DES HOMMES DE TÊTE

Richard Birkefeld (né en 1951) et Göran Hachmeister (né en 1959) écrivent à quatre mains. Tous les deux historiens, leur domaine de recherche couvre l'histoire culturelle et sociale de la première moitié du XXe siècle. Ils ont publié de nombreux livres et essais d'histoire. Après *Deux dans Berlin* (*Deutscher Krimipreis* et *Glauser Krimipreis* du premier roman en 2003), les deux auteurs nous plongent au cœur de la République de Weimar dans *Des hommes de tête*.

Paru dans Le Livre de Poche :

DEUX DANS BERLIN

RICHARD BIRKEFELD
& GÖRAN HACHMEISTER

Des hommes de tête

TRADUIT DE L'ALLEMAND PAR GEORGES STURM

ÉDITIONS DU MASQUE

Titre original :

DEUTSCHE MEISTERSCHAFT
Publié par Eichborn AG

ISBN : 978-2-253-17898-9 – 1re publication LGF

« Vitesse = synthèse de tous les courages en action. Agressive et guerrière.

Lenteur = analyse de toutes les prudences stagnantes. Passive et pacifiste. »

Filippo Tommaso Marinetti,
« La nouvelle religion – la morale de la vitesse »
Nouveau manifeste publié dans le 1er numéro
de l'*Italie futuriste*, 11 mars 1916

« … il est déjà loisible d'observer aujourd'hui dans le cercle des spectateurs d'un cinéma ou d'une course automobile une piété plus profonde que celle que l'on rencontre sous la chaire ou devant l'autel. Et si cela se passe pour l'instant au niveau le plus bas et le plus obtus, où l'homme se laisse passivement investir par la nouvelle Figure, tout donne à penser que d'autres jeux, d'autres sacrifices et d'autres exaltations sont en gestation. »

Ernst Jünger, *Le Travailleur.*
Domination et Figure, 1932.
Christian Bourgois,
Collection « Choix-Essais », 2001.

INDEX DES PRINCIPAUX PERSONNAGES

Falk von DRONTE, hobereau du Brandebourg, champion motocycliste sur Victoria, ancien membre des corps francs

Théa von BOCK, sa maîtresse

Arno LAMPRECHT, ouvrier et ancien combattant de la guerre de 14, champion motocycliste sur Sarolea

VÉRA LAMPRECHT, sa femme

Clara, dite Clara la Rouge, sa belle-sœur

Colonel von GROSS, ancien combattant de la guerre de 14, membre des corps francs

Otto BRAHMKE, ancien combattant de la guerre de 14, son garde du corps et homme de main

Eckhard BAMMEL, représentant de la Sarolea pour l'Allemagne

Hinnork WOTAVA, dit Lapompe, mécano de la Sarolea et ami d'Arno Lamprecht

Alfred PACHL, camarade de Falk von Dronte
Volkmar von SOLZ, camarade de Falk von Dronte

Aloïs HUBER, liquidé en novembre 1923 dans la forêt d'Ebersberg

Walter LANGENSTRAS, police criminelle de Berlin

Wally KRÖSSNER, faiseuse d'anges
Lilo, jeune prostituée
Leo, son souteneur

Gerda ZANDER, dite Charlene Pilander, diseuse de cabaret, ex-maîtresse d'Eckhard Bammel

GUMPERDINGER, prêteur sur gages

Philipp STROCKHOFF, médecin clinicien, chef de service
Wilhelm SONTHÄUSER, médecin gynécologue

Toutes les motocyclettes citées dans ce roman ont existé, de même que les circuits des courses du championnat d'Allemagne 1926, ainsi que bien des faits divers et événements politiques de la République de Weimar…

Le Prologue

Vailly-sur-Aisne
7 juin 1918

Ai l'impression de respirer la puanteur des cadavres. Vent d'ouest dominant. Ce matin, violente contre-offensive des Français. Repoussée avec succès. Étions très fatigués. Avons simplement balancé les cadavres par-dessus le parapet. L'ennemi avait pénétré dans la tranchée. Combat rapproché ! Ai tué mon premier Français, les yeux dans les yeux. Expérience déroutante. A surgi au coude du boyau en hurlant ; a couru directement sur moi, sur mon pistolet, baïonnette en avant. Petit, trapu, un peu large des hanches. Un visage semblable à une éponge, mais des traits fins et doux. Nulle inquiétude, nulle peur dans les yeux, au contraire, un individu d'un naturel incontestablement sensible. Rendez-vous compte ! Beaucoup de sensibilité ! Sans aucun doute ! N'a pas voulu se rendre, s'est battu courageusement, comme un lion. À peine croyable. Ou ma faculté de perception se serait-elle relâchée dans l'intensité du combat ? La peur trouble-t-elle le jugement ? Le regard tranchant de l'analyste est-il dénaturé par le combat ? Il faudra que je réfléchisse à toutes les conséquences de cette idée – quand les camarades dormiront.

Munich
novembre 1923

Falk von Dronte coupa le moteur de sa motocyclette et jeta un coup d'œil de l'autre côté de la place, vers le kiosque du Stachus.

Il était en avance.

Il frotta avec amour son gant sur le guidon et le réservoir de la Victoria, jusqu'à ce que chrome et laque étincellent de nouveau, brillent de tout leur éclat. Une moto, il faut s'en occuper avec soin, c'est la carte de visite du pilote, la partie tangible du succès, elle raconte les exploits de son propriétaire.

Quelques jours auparavant, il avait gagné sa première course. Certes, ce n'était pas une compétition officielle, un pari plutôt, une course entre passionnés du sport motocycliste ; quoi qu'il en soit, gagné, c'est gagné, même s'il n'y avait eu à empocher qu'un paquet de billets de l'inflation. Il avait eu du mal à fourrer le montant de la prime dans sa sacoche, mais le lendemain, l'argent n'avait pas suffi pour acheter quelques grammes de beurre ni même un quignon de pain.

Putain de république !

Il se décida à faire lentement le tour de la place. Le ronronnement de la machine calma la tension presque insupportable qui ne cessait de le tourmenter depuis que le colonel lui avait confié cette mission.

Quelques minutes plus tard, une voiture freina. Quelques coups de manivelle et la vitre descendit.

« Gare ta bécane, et monte ! »

Le camarade Pachl lui faisait signe en grimaçant, et Volkmar von Solz lui ouvrit la portière.

Il se laissa tomber sur le siège passager. Ils traînèrent un peu, firent un détour, discutèrent de la marche à suivre, puis attendirent.

Pas très longtemps, il est vrai. Tout se déroula comme prévu.

À cinq heures tapantes, ils interceptaient Huber dans la Landwehrstrasse. On pouvait régler sa montre sur lui. Depuis des jours, Pachl avait tout arrangé. Il avait pris contact avec lui comme si de rien n'était, ils avaient même bu quelques bières en copains.

Huber sortait de son café préféré. Il y avait dégusté quelques tartelettes à la crème, arrosées d'un ou deux petits verres de schnaps. Il avait l'air de bonne humeur et se réjouit sincèrement quand il reconnut Pachl : « Le hasard, tout de même… »

Ils se regardèrent en riant. Deux dents en or étincelèrent dans la mâchoire supérieure de Huber. Il arborait sans doute déjà ses deniers de Judas.

Pachl le présenta à la compagnie et lui proposa un brin de conduite.

Il bruinait un peu et il accepta avec plaisir.

« Viens, je suis garé juste au coin. »

Ils montèrent en voiture. Pachl s'assit au volant, Volkmar von Solz prit place sur le siège passager et Falk se laissa tomber sur la banquette arrière à côté de

Huber. Ils parlèrent du sale temps et que ça n'allait plus vraiment s'éclaircir.

Volkmar se retourna, une flasque en argent à la main. Quelques lampées de schnaps pour lutter contre le mauvais temps, à la bonne franquette, direct au goulot, sans tenir compte des grades, entre camarades.

Ça ne se refusait pas.

Ils demandèrent à Huber où il aimerait être déposé et il donna son adresse.

« Pas de problème », dit Pachl et il démarra.

Pour quelle raison Huber se serait-il méfié ?

Falk tâta le casse-tête dans sa poche. Encore quelques mètres, et il serait lui aussi un homme d'action. Encore une lampée. Cela leur ferait du bien à tous.

Le colonel lui avait donné ses instructions : *Ne le laisse pas placer un mot. Un mouchard, c'est décevant. Les mouchards n'assument pas. Ils dénaturent tout ce qu'on dit et nient, vont même jusqu'à jurer sur la Bible, et ils se lamentent, ils geignent. Tu n'as qu'à pas écouter.*

Falk appuya fermement le pouce sur le bois de la matraque et s'inventa un rythme.

Un, deux, trois…

Pachl réchauffait de vieilles histoires, des trucs qu'il avait subis de la part de la racaille rouge lors de la libération de Munich. « Ils vivaient tous très bien, ces tsars rouges. Tiens, la veuve de ce vieil Eisner. La gueule de sa villa ! Complètement saccagée, oui ! Qu'est-ce qu'elle a pu brailler ! »

Falk observait Huber.

Aloïs Huber avait le visage mou, le front bas, des sourcils épais, massifs, un nez épaté dont on discernait les pores, un double menton. Flasque, sans énergie, sans grandeur d'âme, sans noblesse intérieure. Ni fierté ni honneur. Une vraie face de traître, quoi. Ou bien, plus simplement, trop de tartelettes à la crème ? Un type comme ça trahissait facilement la cause pour une petite part de gâteau couronné de crème fouettée.

Pendant ce temps, le Munichois Pachl faisait perfidement des blagues sur les Prussiens, dans son bavarois le plus prononcé, aux dépens de Volkmar et Falk, bien entendu. « Il y a bien quelques types solides dans le tas, mais ils ne sauront jamais parler correctement. »

Huber s'esclaffait et, complice, hochait la tête en signe d'approbation. Falk et Volkmar riaient eux aussi, tout à leur attente.

Huber tourna soudain la tête, eut un mouvement de surprise, se pencha de côté pour regarder par la fenêtre dans la grisaille du soir tombant, mit la main en visière, puis appuya le front à la vitre. « Eh, les gars, vous vous trompez de route ! »

Falk le frappa sur la nuque avec son casse-tête, pile sur le fin cache-col blanc. À plusieurs reprises. Sèchement, à coups vifs et appuyés.

Le sang lui battait furieusement aux tempes. Il sentait ses artères se gonfler à son front. Il espérait que cette tension provoquée par l'effort ne se remarquerait pas. Il se concentra sur le bruissement dans ses oreilles.

Calme-toi, mon gars, calme-toi !

Huber avait geint au premier coup porté. Il se tassait sur lui-même à présent.

Volkmar le repoussa violemment contre le dossier de la banquette. « Évanoui. »

Falk le redressa, appuya fermement sa tête contre la vitre de la portière et le maintint par le col de son manteau.

Ils poursuivirent leur route vers la forêt d'Ebersberg. Ils avaient repéré l'endroit, vérifié que l'on ne pourrait pas le retrouver facilement. Ils avaient creusé puis dissimulé le trou, pelleté la terre superflue sur le dévers d'un talus. Aucune bosse de terrain, aucune terre fraîchement remuée ne marquerait l'endroit.

Pachl s'engagea dans le chemin forestier. L'auto cahota. À chaque nid-de-poule, la tête de Huber cognait contre la vitre. Il reprenait lentement conscience.

« Colle-lui-en encore un coup ! » dit Volkmar en lui balançant la flasque contre le front.

« Arrêtez. Il va tout dégueulasser. On est arrivés. »

Le moteur de la voiture hoqueta, au point mort. Volkmar ouvrit la portière arrière. Ils arrachèrent brutalement Huber de son siège, le jetèrent au sol et firent cercle autour de lui. La lumière blême de la lune se déversait à travers les arbres. Les mains de Huber gesticulaient de manière désordonnée. Il se retourna lentement et essaya de se relever.

Il recracha des aiguilles de sapin. « Qu'est-ce qu'il y a ? Mais qu'est-ce que vous me voulez ? » Comme mû par un pressentiment, il se protégea le visage avec le bras et son regard affolé passa hâtivement de l'un à l'autre.

« Putain de saloperie de mouchard ! Tu as parlé au procureur. Tu as balancé tes camarades. »

Les yeux de Huber cillèrent nerveusement, cherchèrent à éveiller leur pitié. « Mais non, camarades, jamais de la vie ! »

Le colonel s'y connaissait. Ce n'était pas le moment de mollir. Ils le frappèrent à coups de pied sur tout le corps.

« Mais arrêtez, j'ai rien… »

Falk se concentra sur le ronronnement de l'auto.

« Je vous en prie, je vous en prie, j'ai jamais… »

On avait convenu que l'un d'entre eux pousse le régime du moteur. Le bruit couvrirait les cris.

Volkmar lui balança un coup de pied au visage. « Tu n'as plus rien à nous dire. »

À quatre pattes à présent, Huber recracha des dents et un filet de sang, s'étrangla, râla, vomit.

Falk se laissa aller aux bourdonnements dans ses oreilles, les accorda au rythme du moteur. Un, deux, trois, un, deux, trois…

Huber fit un dernier effort pour se redresser, réussit un court instant à se tenir debout sur ses jambes flageolantes, mais il perdit l'équilibre, tomba à la renverse, bras ballants, et hurla de terreur.

C'en était trop. Comme un seul homme, comme s'ils avaient obéi à un ordre, ils tirèrent leurs armes et firent feu. Le corps de Huber tressauta, puis ne bougea plus.

Ils le traînèrent sur une cinquantaine de mètres à travers les taillis, jusqu'au trou. Ils y jetèrent le cadavre qu'ils recouvrirent du camouflage prévu, effacèrent les traces. Ils allumèrent brièvement leur falot et furent contents du résultat.

Personne ne retrouverait Aloïs Huber.

Sans échanger un mot, ils époussetèrent leurs vêtements du plat de la main. Ils ne parlèrent pas non plus sur le chemin du retour. Ils se séparèrent au Stachus sans se saluer. Volkmar disparut derrière la Karlstor, Falk enfourcha sa motocyclette, Pachl rendit la voiture de location.

*

Arno Lamprecht ouvrit la porte de la cuisinière, y enfourna du papier journal froissé puis du petit bois. Il craqua une allumette.

De graves soucis lui encombraient la cervelle. Ces maudits billets lui manquaient. Il avait compté avec pour son budget, tout comme il avait espéré la victoire le week-end passé. Mais tout avait chaviré. À vrai dire, c'était la débâcle, il était raide, il n'avait plus un radis en poche. Et il était incapable de s'expliquer comment il en était arrivé là.

Vu l'air méprisant avec lequel il avait enfourné l'argent dans sa sacoche, ce crâneur d'aristo n'avait certainement pas besoin de cette prime. Ce type avait commencé par lui faire l'intérieur dans le dernier virage, de manière si pourrie qu'il avait atterri dans le fossé. Et pour couronner le tout, après sa victoire, ce grand con avait ricané et l'avait nargué.

Nom de Dieu, il avait une telle rage au cœur ! Si des spectateurs ne l'avaient pas retenu, il n'aurait pas parié un clou sur la tronche de ce frimeur. Mais il n'avait pas dit son dernier mot.

Il n'empêche, pour l'instant, tout ça n'arrangeait pas ses affaires. Il fallait qu'il règle cette histoire de loyer, c'était urgent. Il avait horreur de cette menace continuelle, haïssait ces corvées quotidiennes et répugnait à trouver de l'argent par tous les moyens. Ce souci constant lui mettait les nerfs au bout des doigts. Souvent, il aurait aimé remonter le temps, se retrouver dans la tranchée, de retour dans son odeur fétide, mélange de terre, de merde, de charogne et de sang. En ce temps-là, tout était si simple. S'abriter, rentrer la tête dans les épaules, attendre, attendre, attendre, encore et toujours attendre, pour cet instant unique, celui de l'assaut ! Il n'y avait plus alors qu'à bondir hors de la tranchée, courir, tirer ou frapper baïonnette au canon. Tout cela était bien simple ! D'une simplicité brutale !

Encore tout endormie, elle passa à côté de lui et s'affaira à l'évier. Elle fit la moue à cause de son haleine qui empestait l'alcool.

Elle n'allait pas tarder à râler une fois de plus. Elle ne paraissait rien comprendre à tout ce qu'il avait vécu et elle ignorait aussi ce qu'il avait subi. Et comment l'aurait-elle su ? Il n'en avait jamais parlé. Ni des horreurs dont il avait été témoin, ni de la guerre en général.

Elle était debout sur le sol carrelé et froid de la cuisine, tout contre lui à présent dans sa longue chemise de nuit, avec aux pieds ses chaussettes de laine bien trop souvent rapiécées.

Ça n'allait pas tarder à exploser, ces éternelles piailleries, ces perpétuels grognements de mécontentement.

Mon Dieu, mais qu'est-ce qu'elle pouvait bien savoir de tout cela ? Rien, nom de Dieu, absolument rien du tout.

Le feu commençait lentement à prendre. Un café chaud la calmerait.

Il lorgna sur l'étagère pour voir s'il restait un peu du café que lui avait donné Bammel. Un petit cadeau pour services rendus, comme son patron le lui avait signalé. Mais ne subsistait dans le moulin à café que l'odeur du café. Une fois de plus, il ne restait que du thé aux écorces de fèves de cacao grillées.

Elle observait chacun de ses gestes, le regard lourd de suspicion. Elle avait compris. Il pouvait clairement lire dans les rides de son front les mots en train de se former dans sa tête. Il se tourna vers la cuisinière, prit le pique-feu, enleva deux, trois cercles du tampon et chargea du bois par l'ouverture. Les flammes montèrent.

C'est alors qu'elle s'approcha.

Il replaça les cercles dans les feuillures et prit la bouilloire. Il évita son regard, mais entendit qu'elle respirait profondément.

Elle allait remettre ça, elle ne pouvait jamais se taire, rester tranquille.

« T'as encore une fois tout flambé au jeu, hein ? T'as encore passé une nuit blanche, pas vrai ? Avec tous ces bons à rien comme toi, ces gouapes dont pas un n'a vraiment de travail – pas plus que toi d'ailleurs. »

Il voulut se rendre au cellier pour chercher les écorces de cacao.

Elle lui barra le passage.

« Je ne peux pas payer le loyer ; depuis hier soir six heures, je suis assise dans le noir. J'ai essayé trois fois, comme une imbécile, d'allumer le chauffage au gaz. » Elle haussa le ton. « Arno, il nous faut de l'argent, il faut que tu prennes tes responsabilités. Tu veux peut-être que j'aille faire la queue dans la rue pour une soupe, à la cantine roulante de la Caritas, sous le regard de tous les voisins, uniquement pour que nous ayons quelque chose de chaud sur la table ? Tu m'entends ? Cherche-toi un travail qui en soit un. »

Le visage d'Arno tressaillait. Les nerfs, prétendaient les médecins, à cause des expériences vécues au front. Mais qu'est-ce qu'ils en savaient, ces charlatans ? Ce n'est pas le front qui l'avait choqué, c'est la vie civile qui l'avait traumatisé. Mais pour ces guérisseurs, ce genre de maladie n'existait pas.

Le tressaillement se communiqua à son bras droit. Il tapota le crochet du tisonnier sur le garde-fou de la cuisinière. Il fallait qu'il bouge. Bondir de la tranchée, agir, sortir.

Sortir… Il voulut passer devant elle.

Elle lui coupa la route tout en continuant à se lamenter. « Arno, je te parle ! »

Il se crispa. Les frissons augmentèrent. Il l'envoya valser d'une seule poussée.

C'était sa faute, après tout !

Il avait besoin de place, d'air, d'espace.

Sa tête cogna contre la cloison, elle s'écria : « T'es devenu cinglé ? » Puis, étonnée : « Tu m'as fait mal » ; en colère enfin : « Arno, regarde-moi quand je te parle. C'est la dernière fois que je te le dis, bon Dieu de merde, sinon… !

— Sinon ! Sinon ? »

Les tremblements nerveux avaient atteint le crochet du pique-feu.

« Sinon *quoi* ? »

Il hurla et tapa comme un sourd sur la cuisinière avec le tisonnier. Les cercles sautèrent de leur feuillure, des étincelles jaillirent. Une bouffée de fumée alla s'écraser contre la hotte encrassée de suie. De toutes ses forces il jeta le pique-feu contre la caisse à charbon, donna un coup de botte au pied de la table qui se trouva projetée contre le mur, faisant sauter un morceau de crépi.

Elle voulut passer à côté de lui, mais il la retint par la manche et la coinça dans l'angle du mur, près de la porte.

« Sinon *quoi* ? »

Elle se fit toute petite, agita les bras, mais ne parvint pas à se dégager.

Les frissons s'étaient emparés de son visage. Un court instant, ses mains voulurent la saisir à la gorge…

« Arno, tu me fais mal. » Des larmes lui jaillirent des yeux.

Il lui lâcha le bras sans un mot, claqua violemment la porte de la cuisine, arracha la veste élimée du portemanteau de l'entrée, quitta précipitamment l'appartement, dévala l'escalier, fila à travers la cour intérieure, balança un coup de pied contre un seau plein à ras bord de cendre et déboucha dans la rue froide. Quelques flocons de neige voltigeaient dans l'air et son haleine fumait. Il fallait qu'il bouge. Il accéléra le pas. Trois rues plus loin, les frissons se calmèrent.

Il descendit en courant la Rosenheimerstrasse, en direction du centre ville. Mains dans les poches, col de la veste en cuir relevé, tête dans les épaules. Il faisait vraiment froid. Il traversa la rue et sauta sur la plate-forme d'un tramway qui arrivait en bringuebalant.

Il n'avait ni billet ni monnaie en poche. Le contrôleur s'ingénia à le faire descendre. Ils s'apostrophèrent, s'agitèrent en vociférant, leurs cris couvrirent le grincement des roues. On se bouscula sur le quai.

Il serra le poing dans sa poche.

Filer un brutal coup de bêche bien appliqué sous le menton du contrôleur, très simplement, un coup net et indolore, puis s'asseoir comme si de rien n'était.

Mais il sauta du tram. Deux coups violents au passage contre la carrosserie. Trois phalanges en sang. Merde ! Il enveloppa sa main dans son mouchoir et reprit sa marche à pas lourds dans le froid.

De l'argent ! Nom de Dieu ! Il avait besoin d'argent.

Ne serait-ce que pour le loyer et le gaz. Il retira son alliance, s'arrêta et réfléchit. Au crédit municipal de la Westenriederstrasse, ou chez Gumperdinger, ce requin d'usurier ; et pourquoi pas chez Bammel, histoire de se faire rapidement quelques dollars avec une virée lucrative. À cette heure, son patron était toujours à l'hôtel Deutscher Kaiser, pendu aux lèvres de sa dernière maîtresse en date qui y poussait la chansonnette.

« Pardon ! » Un type cossu qui suait l'ennui, un enfant à la main, lui heurta l'épaule et souleva son chapeau pour s'excuser.

Arno le suivit d'un regard courroucé, et il imagina de nouveau le fer de la bêche sur le cou de cet homme. Il se secoua, et pourtant la tension demeurait. Mais comment pouvaient-ils continuer à vivre comme ça, ces gens, comme si rien ne s'était passé, comme si cette putain de guerre n'avait jamais existé ?

Il fallait qu'il se calme, sinon il risquait vraiment de faire une connerie. Il passa devant le Schwan. Pourquoi pas ? Deux ou trois verres de schnaps le soulageraient certainement ; et chez Xavier, il avait une ardoise.

Il entra dans la salle et les vit aussitôt, assis dans un coin au fond.

Cinq copains.

L'un d'entre eux lui devait de l'argent. Il s'approcha de la table et, effectivement, on lui remboursa la somme. C'était son jour de veine. Ils libérèrent une place et déjà les billets voltigeaient sur la table.

Meine Tante, deine Tante[1] ! Sans limite de mise.

Une partie chassa l'autre. L'argent circulait de plus en plus vite dans les mains des joueurs de plus en plus avides. Le temps passa.

Ils ne furent plus que trois.

Il gagnait, il perdait, il tint la banque et eut l'impression de piétiner ses partenaires comme ses ennemis au front. Il les pourchassait dans le *no man's land*, tirait, chargeait à la baïonnette. Tout était très simple !

Des billets volaient dans les airs et des balles sifflaient à ses oreilles. Était-ce la griserie du jeu ou les nombreux verres de schnaps ? Il perdit l'orientation, insidieusement d'abord, puis de plus en plus vite ; et finalement il n'eut plus sous les yeux que des images sans suite, incohérentes : Bammel au Deutscher Kaiser, l'autre espèce de porc-épic du Viktualienmarkt[2], l'Autrichien et la hutte de la prairie alpestre, le paysage qui filait à toute allure, le carton à chapeau, le tripot.

Il eut l'impression de tomber, il vit le grand con, il vit sa femme, le sang, tout ce sang – et il sentit des coups.

---

1. À l'origine, jeu de hasard clandestin des bas-fonds viennois (appelé aussi *Stoss* ou encore *Natchi Waschi*) apparenté au pharaon. *(Toutes les notes sont du traducteur.)*

2. Marché de Munich.

Des coups ?

Oui, des coups violents. Des coups douloureux.

Des coups sur la tête et sur tout le corps.

Il ne fut complètement réveillé que lorsque l'eau froide lui fouetta le visage et qu'il constata avec étonnement qu'il était allongé dans une petite pièce, sur des carreaux humides et froids barbouillés de sang.

Des voix criaient confusément, s'imposèrent lentement mais de plus en plus nettement à sa conscience. Deux voix d'hommes.

« Toi, tu ne sortiras plus d'ici ! » hurlait quelqu'un.

Il essaya de lever le regard, mais ne vit personne. Ses yeux à demi fermés n'entraperçurent qu'un almanach punaisé sur le mur.

10 novembre !

Putain de merde ! Qu'est-ce qui s'était passé ?

Deux jours. Il lui manquait deux journées entières au compteur. Ou bien se trompait-il ? Il était bien entré au Schwan, il y avait bien joué, bu. C'était bien le 8, ça – ou non ? Avant-hier ?

Un nouveau coup l'atteignit au creux de l'estomac. Il se tordit de douleur.

« Où tu l'as fait disparaître ? »

C'était la seconde voix d'homme. Il cligna des yeux, découvrit des chaussures pas cirées. Son regard remonta péniblement le long d'une jambe de pantalon jusqu'à ce qu'il reste accroché à un visage inconnu.

« Où, je te demande ? Où tu l'as fait disparaître ? » La voix était coupante comme une lame de rasoir.

Comment, quoi donc ? « Mais qu'est-ce que vous voulez que j'aie caché ? »

La surprise était totale, et sa voix sonnait comme une voix d'enfant.

La réponse de l'homme éclata dans la pièce : « La tête, naturellement, maudit salopard, la tête ! Je veux enfin savoir, Arno Lamprecht, où tu as caché cette tête. »

Le Départ

15 mars 1926

Ai repris les mesures du 1. Fait des comparaisons. Relu mes anciennes notes. Mes doutes envers la psycho-physiognomonie augmentent. Certes, le criminel notoire, le fou, l'idiot, je les reconnais sur-le-champ à leur faciès, et je peux immédiatement estimer ce que coûtent au peuple sain les vies de ces existences parasites. Des dégénérés se promènent en liberté tandis que les meilleurs éléments de notre peuple se sont sacrifiés pour la patrie sur les champs de bataille et que leurs incurables mais fiers survivants sont condamnés à mourir de faim. À chaque fois que j'y pense, je suis submergé par la colère.

Conclure l'intérieur de l'extérieur. Ce n'est tout simplement pas satisfaisant. Mon Français en est un bon exemple. Il faut d'autres critères. Dans l'absolu, un individu d'une race inférieure peut avoir des traits engageants, alors que sa carcasse biologique intérieure porte le germe de la dégénérescence sociale.

PS : Ai enfin rencontré le Professeur en personne. Il tenait une conférence dans son nouvel institut. Ai pu échanger quelques mots avec lui. Il l'a pris de haut, ce qui ne m'a pas surpris. Front haut, grosse tête. (Quelle mère de héros[1] *! Il faut que je réfléchisse aux rapports entre aide à l'accouchement et dégénérescence !) Beaucoup d'assurance, le Professeur, fier. Un intellectuel de l'action. Chez lui, tout concorde. Ai ri en évoquant Carl Huter. Ce qui est décisif, c'est le crâne, pas la configuration des sourcils. J'en suis moi aussi arrivé à cette conclusion. M'a tapoté l'épaule et dit que j'étais sur la bonne voie. Bon, ce côté condescendant, il faut le supporter. Malgré tout, j'ai bu ça comme du petit lait. Mais, il ne faut pas que je me mire dans mes plumes, il faut que j'essaie de réduire les risques d'erreur grâce à une planification avisée.*

1. Toute femme dont le fils était tombé au front était *Heldenmutter*.

1

Avril 1926

Falk se tenait presque debout sur ses repose-pieds. Penché en avant sur sa machine, il passa la ligne d'arrivée à toute allure. Une bonne chose de faite ! Paule Roberts, une roue derrière lui. Deuxième place pour la première course du championnat d'Allemagne, à Hanovre. Il n'aurait pu espérer mieux.

Il fut pris d'assaut par une nuée de reporters et de spectateurs qui se ruèrent sur lui. Un agent de sécurité lui fit signe de venir retrouver Bauhofer et Roberts derrière la tribune. Deuxième ! Incroyable ; et devant Lamprecht, en plus. Mais qu'est-ce que ce voyou venait faire ici ?

« Bravo, Falk, bien joué ! » Le directeur se pressa à son côté et prit la pose. « Attention, maintenant. Tu fais cadeau d'un beau sourire au photographe. Une petite réclame pour les usines Victoria ! » Un éclair de magnésium.

Un membre de l'organisation de la course le débarrassa de sa motocyclette, un autre l'entraîna vers l'escalier de la tribune encombré de musiciens qui allaient se mettre en place. Des responsables à la mine affairée se démenaient çà et là. Des hommes en frac le félicitèrent. « Essai son, essai son. » Des techniciens testaient la sonorisation.

L'annonceur vint à la rencontre du trio des vainqueurs. « Messieurs, veuillez attendre ici, jusqu'à ce qu'on vous convie sur le podium. » L'homme se lança lestement dans l'escalier de la tribune.

Bauhofer s'éloigna de quelques pas et, méditatif, tourna ses regards vers la forêt municipale. Roberts alluma une cigarette. Le directeur de la course s'agitait frénétiquement en confiant ses marottes à un journaliste qui les notait dans son calepin : « Les automobiles ne sont pas que des autos. Les motocyclettes ne sont pas que des motos. Ce ne sont pas que des moyens de transport. Tout ça signifie aussi fabrication, de moteurs, de pneumatiques, fabrication de selles. Et bien plus encore. Tenez, entre autres, et ce n'est qu'un exemple : une table pliante, des chaises de toile, une tente peut-être, et le véhicule à moteur s'est rapidement métamorphosé en un hôtel mobile, transportable. Tout emballé en un petit paquet et rangé dans une automobile. Que de possibilités ! Il y a tellement de choses là-dedans… »

Ces boniments glissaient sur Falk, il aurait pu les répéter presque par cœur. Il trépignait, impatient. Où donc était Théa ? Est-ce qu'on ne l'aurait pas laissée franchir le cordon de sécurité ? C'est pourtant elle qui devait remettre les prix. Deuxième place ! C'était aussi son succès à elle. C'est elle qui l'avait introduit dans le monde de la compétition.

Le directeur de la course continuait à expliquer tout au long. « L'avenir est dans la motorisation. Elle va tout changer. Tout va aller plus vite. À côté du réseau ferré, il y aura un réseau routier. Il couvrira tout le Reich, avec des routes asphaltées. Le peuple tout entier sera motorisé, comprenez-vous, jeune homme. L'armée sera motorisée, les Allemands vont être plus proches les uns des autres. Nous serons de nouveau un ensemble homogène. La motorisation, je le sais des plus hautes instances gouvernementales, est la première priorité de notre politique économique. Tôt ou tard, la motorisation va déferler sur le honteux traité de Versailles. »

Traité honteux… Les pensées de Falk remontèrent le temps, jusqu'à ce jour où il avait fait la connaissance de Théa. Il y avait trois ans à présent. C'était le jour de ce putsch de bras cassés de 1923. Il était au premier rang, naturellement. Après tout, c'était le moment de risquer le tout pour le tout. À bas les criminels de novembre, les scélérats de l'armistice ! Il était temps de former un nouveau gouvernement du Reich pour remettre de l'ordre dans ce Berlin immoral et dégénéré. Le général Ludendorff marchait en tête, avec Herr Hitler. Le colonel en était aussi, avec tous les autres. Mais tout avait tourné vinaigre. Aux premiers coups de feu, il s'était carapaté, comme presque tout le monde, d'ailleurs. Aujourd'hui encore, il avait un peu honte de sa conduite. Il ne savait même plus combien de temps il avait couru pour échapper aux shakos, jusqu'à ce qu'il se retrouve sous un grand porche. D'emblée, il avait eu conscience de son parfum, puis de sa longue robe noire, du chapeau à bord retroussé et finalement de son joli visage rieur, de ses cheveux bruns, des lèvres pleines. Théa von Bock. Bien connue dans le milieu de la bohème munichoise. Une femme qu'on ne saluait pas en plein jour, malgré son patronyme noble. Et qu'on recevait encore moins dans les familles patriciennes établies et embourgeoisées de Munich. Elle s'en souciait d'ailleurs comme d'une guigne ou, comme elle le disait, d'un *dada*. Théa était fière et vivait selon ses propres principes. Elle l'avait fait entrer, l'avait caché et lui avait fait découvrir un monde qui jusque-là lui avait été fermé. Rien que son appartement ! Elle avait de drôles de tableaux aux murs. D'étranges corps enlacés, tout déformés, à peine reconnaissables. Rien de vraiment beau. Rien qu'il eût connu en tout cas. Il goba tout pourtant, ce qu'il voyait, ce qu'elle disait, ce qu'elle faisait. Elle était franche, audacieuse même, avait un bâtard qu'elle avait fourré quelque part dans un internat. Un scandale.

Le directeur de la course continuait à pérorer : « Il faut que nous familiarisions la jeunesse avec la technique, si nous voulons retrouver notre honneur. La course de motocyclettes, c'est aussi l'ascèse, le dressage du corps, la préparation militaire sportive, comme on dit aujourd'hui. Et l'éducation sportive prépare à l'instruction militaire. Ce qui est interdit à l'armée, au peuple de le faire. Le sport motocycliste est un sport de combat. La motorisation, c'est la mobilisation. » Le directeur posa la main sur l'épaule du journaliste et l'entraîna. « J'ai là du matériel qui va vous intéresser. »

La sonorisation grésillait si fort que Falk dut se boucher les oreilles. C'était plus bruyant que la course !

Il ne la voyait toujours pas. Elle vivait de la fortune de son défunt mari, un monsieur assez âgé qui lui avait offert la sécurité en échange du plaisir que lui procurait sa compagnie. Mais elle n'avait pas vraiment besoin de protection. Ladite bonne société avait beau l'exclure, tous ces beaux messieurs lui couraient après. Elle lui avait raconté tout cela avec une certaine morgue, et il avait ressenti de la fierté quand elle avait fini par l'élire. *Tu es mon galant maintenant, mon amant !* Il était tombé amoureux d'elle sur-le-champ. Avec elle, il n'avait pas besoin d'être constamment au garde-à-vous. Peut-être aussi parce qu'elle était un peu plus âgée que lui. Il pouvait tout lui dire. Enfin, presque tout. Elle se montrait compréhensive. Et elle lui montrait de ces choses… En amour ! Fichtre ! Mais aussi cette poudre – *L'homme avec la coke est là* –, ce truc qui vous rendait un peu fou, vous mettait la tête à l'envers. Dans les jeux de l'amour, justement.

« Restez ensemble. On va y aller ! » L'annonceur redescendait l'escalier quatre à quatre.

Où es-tu, Théa ?

Il s'inquiétait, comme jadis quand il l'attendait en arpentant nerveusement son appartement par crainte de la police, impatient de nouvelles fraîches. Ils s'étaient rapprochés de plus en plus l'un de l'autre, les jours qui avaient suivi le putsch. Théa était d'avis qu'il prenne ses distances avec ce marigot politique. La vie n'était-elle pas assez aventureuse ? Elle riait de ses professions de foi, de ses protestations d'honneur, moquait ses idées national-allemandes et raillait ses camarades. *Des hobereaux militaristes homosexuels qui prétendent tout à coup porter frac et haut-de-forme.* Quelquefois ses incartades le choquaient réellement, mais quelque chose le retenait auprès d'elle. Malgré tout. Laisser tomber les camarades, sans autre forme de procès ? Pour une femme ? Il hésitait. Que faire d'autre ? Il fouillait tous les jours les journaux pour savoir s'il était recherché comme traître à la patrie. C'est comme ça qu'il avait appris ce qui était arrivé à la femme de ce voyou de Lamprecht.

2

Arno avait perdu.

Merde.

La première vraie course de la saison. Perdue !

Henne l'avait dépassé comme une flèche. Bauhofer, Paule Roberts l'avaient tout simplement déposé. Et pour finir, ce von Dronte. De mauvais souvenirs lui revinrent en mémoire.

Eh bien, bravo !

Il avait dû avaler la poussière et leurs gaz d'échappement. Ce n'était pas son jour, en ce début de printemps sec, à Hanovre.

S'il avait plu à seaux, il aurait gagné, si Paule ne lui avait pas mis des bâtons dans les rayons au seizième tour, dans le virage du zoo, il aurait gagné. Il aurait vraisemblablement gagné aussi s'il avait eu une autre bécane entre les jambes.

Si, si, si. Aurait, aurait, aurait !

D'un coup de pied, il envoya valser un caillou qui ricocha sur le chemin caillouteux et atteignit à la cheville un porteur de guêtres avec chapeau melon.

Putain de gommeux !

« Hé, qu'est-ce qui vous prend. J'exige des… »

Ce gandin tombait à point nommé.

Un mot de plus et t'as une grosse tête !

Arno cherchait la bagarre, espérait un mot de plus. Il leva le menton en signe de défi.

Le chapeau melon ne pipa mot.

T'as eu de la chance, petit !

Il poursuivit sa route. Il finirait bien par en trouver un. Un qui ouvrirait sa grande gueule.

Genre celui-là par exemple, là-haut sur le podium.

Car il était là, en haut de l'escalier, ce crâneur de nobliau, ce grand con. Manquait plus que ça ; et qui plus est, à la première épreuve du championnat d'Allemagne.

Évidemment, ce type avait un meilleur matériel sous le cul. La graisse surnageait toujours.

Il ne lui restait que cette ingrate cinquième place.

Meilleurs vœux de bonheur, tout de même !

Il respira bruyamment.

Von Dronte avait marqué des points, pas lui ! Mais il restait sept courses. Il avait donc encore toutes ses chances. Tout de même, les points, c'était la seule chose qui comptait. Des points pour la vitesse, des points pour la trajectoire idéale, pour le risque, des points pour la première place ; et celui qui avait le maximum de points à la fin de la saison était sacré champion d'Allemagne. Rien de plus simple !

Il se fraya un chemin devant le stand de la Continental, joua des coudes dans la masse des badauds pour arriver à la hauteur de la tribune. Il portait encore son cuir et de grosses gouttes de sueur lui dégoulinaient dans le cou.

L'un ou l'autre spectateur qui le reconnaissait lui tapotait l'épaule, lui glissait des mots d'encouragement. Il n'y prêtait guère attention. Il avait encore dans les oreilles l'écho du vrombissement des moteurs et son odorat était encore encombré par la puanteur de la ricine des motos de course et par les effluves des saucisses grillées des baraques de restauration ambulante qui s'amalgamaient aux relents d'huile de moteur que le vent lui soufflait sous le nez depuis le campement des pilotes.

D'une bourrade, il écarta grossièrement un spectateur étonné et se retrouva à quelques mètres de la tribune assiégée par d'innombrables curieux.

La remise des prix n'avait pas encore commencé. Un orphéon jouait la dernière rengaine à la mode, *Oh, du lieber Augustin*, les officiels vêtus de leur habit de cérémonie et de leur haut-de-forme entouraient les glorieux vainqueurs, serraient des mains et jouaient les camarades.

Il reconnut Toni Bauhofer, le vainqueur. Il avait mené sa course avec panache, il fallait lui laisser ça. Paule Roberts était là, lui aussi, sur la troisième marche, sûr de lui comme toujours ; et puis ce von Dronte. Élancé, blond, l'air blasé. Deuxième place.

Il cracha par terre.

Comme il haïssait ce genre de minets ! Des tapettes qui schlinguaient l'eau de toilette et qui, après avoir trempé le bout des doigts dans de l'eau sucrée, mettaient tranquillement de l'ordre dans leur chevelure ébouriffée séparée par une raie minutieusement tirée.

Le grésillement de la sonorisation reprit, suivi d'un sifflement aigu : « Essai son, essai son ! Un, deux – un, deux, trois ! »

L'orphéon se tut.

Un petit homme en knickerbockers glapit dans le microphone : « La parole est au docteur Raddecke, de la toute nouvelle Association de la motocyclette sportive d'Allemagne, qui à dater de ce jour organisera le championnat motocycliste d'Allemagne… Docteur, je vous en prie… »

Putain de discours officiel. Ça ne l'intéressait absolument pas. Il préférait une saucisse de Francfort avec de la moutarde.

Il s'ouvrit un sillon à travers la cohue.

Il entendit résonner derrière lui : « Monsieur le maire, cher ADAC[1], chers champions, chers motocyclistes, cher public, voici venu le jour de la motocyclette. Tous ceux qui, tous les jours, dans le combat quotidien de la vie professionnelle, ont impérativement besoin du moyen de transport le plus rapide et le plus sûr, ceux-là choisissent la motocyclette. »

Blablabla, blablabla – salade par-ci, salade par-là.

Il y avait tellement de monde qu'Arno ne repéra la baraque à saucisses la plus proche qu'à son enseigne ; les flâneurs se pressaient les uns contre les autres et ne le laissaient se faufiler qu'en rechignant.

« *Made in Germany*. Voilà un label de qualité ! Notre devoir pour les années à venir réside dans la fabrication de motocyclettes. À chacun sa motocyclette, voilà le but que doit se fixer une société moderne, motorisée, et mobile. »

Il était enfin devant la baraque. Il commanda d'un gosier sec, pianota impatiemment sur les planches du

1. Allgemeiner Deutscher Automobil Club, toujours puissante association et lobby automobile d'Allemagne.

comptoir. La foule ondulait de-ci de-là. L'épaule à sa gauche lui effleura le menton. Il étouffa un commentaire. Sa main agrippa le bois. Il avait besoin de bouger. Il fallait qu'il s'en aille.

Le vendeur déposa brusquement devant lui la saucisse et une bouteille de bière. De la mousse s'échappait du goulot.

Il palpa la saucisse.

« La saucisse est froide et la bière chaude comme de la pisse, vous avez dû inverser ma commande. »

Le vendeur prit un air occupé.

« Vous vous êtes trompé, là, non ? »

Les consommateurs qui attendaient d'être servis se bousculaient toujours plus, de plus en plus nombreux et envahissants. Il entendait leur souffle, flairait leur sueur. Il regarda fixement le type derrière son comptoir. Il sentait un picotement dans les poings, et cette chaleur qui lui montait au cerveau.

Mais quels types de casques portaient-ils, à sa droite et sa gauche, dans cette multitude, derrière ce coude de la tranchée ? Ici, le casque à pointe, là, l'assiette renversée sur la tête. Se décider à frapper à la vitesse de l'éclair. Charger baïonnette au canon, ou bien faire un signe amical ?

« Casse-toi, tu gênes le commerce ! » cria une voix gouailleuse derrière lui.

Mais c'était celle du gommeux au chapeau melon ! Et il fallait avoir des guêtres blanches pour parler sur ce ton…

Tu parles d'un singe savant.

Le bras le démangea. La saucisse ripa de l'assiette en carton et atterrit sur le sol.

Merde !

Sa colère redoubla d'intensité.

Sa main droite s'apprêtait à agripper la cravate du type aux guêtres, à l'aveugle si nécessaire : la gauche le choperait derrière la nuque et lui cognerait sèchement mais violemment la tête contre le genou qu'il allait lever. Le cartilage du nez du gommeux éclaterait sans bruit, et tout rentrerait dans l'ordre.

Son corps pivota tout d'une pièce, plus vif que jamais.

« Manifestement, vous, vous n'êtes pas bon perdant, hein ? »

Il était face au visage d'une belle femme et il eut juste le réflexe de se lisser les cheveux avec la main.

« Non, euh, non, c'est… »

Sa main brassa l'air inutilement, puis retomba.

Elle portait un bonnet de sport en cuir qui ne laissait dépasser sur la nuque que quelques boucles de cheveux bruns. Ses yeux étaient ombrés de bleu nuit, sa bouche maquillée de la même teinte que ses ongles. Une courte veste en cuir avec un bord-côtes en tricot soulignait sa taille fine, et sur ses longues jambes elle avait enfilé un pantalon à carreaux.

Sa colère s'évanouit, sa gorge se dessécha.

« Je m'appelle Lamprecht, Arno Lamprecht. »

Nom de Dieu, quelle femme !

« Je sais. » Elle riait.

Depuis combien de temps n'avait-il pas vu un visage aussi fin ? Et tout compte fait : est-ce que, ces derniers temps, il avait vu quoi que ce soit ?

Les ondulations de la foule les rapprochèrent soudain, à se toucher. Il sentit son corps ferme, respira un instant son parfum enivrant, fut tenté de poser la main sur elle, de se presser contre elle, mais la multitude les sépara de nouveau. Il la vit rire encore une fois. Il eut l'impression qu'elle voulait caresser le cuir de la manche de sa veste, mais quelqu'un s'était de nouveau glissé entre eux.

Il l'entendit encore crier, alors qu'elle détournait déjà la tête pour partir : « C'est vous qui gagnerez la prochaine fois ! Vous en avez les moyens ! »

La foule les éloigna l'un de l'autre.

« Non, non, c'est pas ça, je peux tout à fait… »

Il ne vit plus que son bras qui émergeait de la mêlée pour le saluer. Il voulut se frayer un passage vers elle.

« Attendez, au fait, c'est… C'est pas ça, je sais perdre, mais c'est que… »

Trop tard ! Elle avait disparu dans la cohue.

« C'est aussi le jour de la machine ! À cet âge de la technique auquel nous vivons, nous sommes mûrs pour sentir l'âme de la machine, même si nous ne la comprenons pas. Mais les vainqueurs – ici, à côté de moi, sur le podium –, j'en suis absolument certain, pourraient écrire tout un roman sur l'âme et la beauté de la machine… »

Arrête tes salades, mon gars, tu ferais mieux de me dire où est passée cette femme ; tu devrais pouvoir la repérer, depuis là-haut.

Arno se fraya un chemin vers la tribune de remise des prix.

« … mais c'est aussi le jour des officiels. L'ADAC et l'Association allemande de la motocyclette ont enterré la hache de guerre et sont désormais unis dans l'Association allemande de la communauté sportive de la motocyclette. Avec leur admission dans la fédération mondiale, la FIM, nous avons réussi à faire un pas de plus vers l'abandon d'une partie de ces maudites chaînes, ces chaînes si haïes du traité de la honte, et à affronter l'avenir avec confiance… »

Il était enfin au pied de la tribune. Où pouvait-elle bien être ? Il essaya de la découvrir parmi les nombreux visages qui fixaient l'orateur, subjugués par ses paroles.

Il fallait pourtant qu'il lui explique.

Aux premiers rangs, les policiers resserraient la jugulaire de leurs shakos, formaient un cordon de sécurité en se prenant par la taille avec des secouristes et des forces de l'ordre civiles, s'arc-boutaient contre la poussée de la foule.

Là : le cordon venait de s'ouvrir et la femme se glissait dans l'étroit passage, se hâtait vers l'escalier et montait à la tribune.

Merde, elle venait de disparaître de son champ de vision. Il était trop près de la plate-forme, il fallait qu'il essaye de se reculer.

« … mais dorénavant, après cette union réussie dans le sport motocycliste, il faudra que la collaboration entre l'industrie et le sport s'approfondisse, et plus particulièrement pour renforcer la protection du marché allemand, pour le soutenir face à la concurrence de la motocyclette étrangère. Et c'est en ce sens aussi que cette journée doit être une journée à la gloire de l'industrie motocycliste allemande. »

Il avait trouvé la bonne place avec vue dégagée sur le podium.

« … et c'est sur ces mots que la course de Eilenried prend officiellement fin. Je vous remercie et vous dis : À l'année prochaine ! » L'orateur recula d'un pas et lança une invitation d'un geste de la main. « Et maintenant, j'aimerais prier madame Théa von Bock de s'approcher, notre fée porte-bonheur de cette année, pour qu'au nom de l'Association allemande de la communauté sportive de la motocyclette, elle remette les prix, et plus particulièrement les lauriers, aux vainqueurs. Théa, s'il vous plaît. »

Les applaudissements le submergèrent et il eut de nouveau la bouche sèche. Tandis que l'orphéon entamait une marche quelconque, il vit la femme serrer la main de quelques officiels, puis embrasser les vainqueurs, et – merde encore – faire une bise au gagnant, puis passer la couronne de lauriers au cou de Bauhofer ; éclats de magnésium, elle portée en triomphe par les trois premiers, le visage tout près de la tronche arrogante du grand con.

Et encore un bisou par-ci, un bisou par-là, bisou chez les Zoulous.

Et voilà qu'en plus, von Dronte la prenait par la taille !

Cette femme et le grand con avaient l'air de très bien se connaître. C'était difficile à supporter !

Et le bellâtre n'était-il pas en train de le regarder fixement, lui, Arno Lamprecht ? Tout leur était-il dû, à ces types ?

La foule poussait, le cordon ne tint plus longtemps, céda, et la multitude, avant tout des enfants, se précipita vers la tribune, tendant des bouts de papier aux vainqueurs pour obtenir des autographes.

Une fois de plus, il eut la vue bouchée. Il s'arcbouta, chercha à se frayer un passage, tandis que quantité de gens le dépassaient en hurlant.

Décidément, Hanovre lui portait la poisse.

Il eut envie d'aller se détendre au campement des pilotes. Son mécanicien, Hinnerk Wotava, dit Lapompe, à qui il avait laissé peu après la course la machine pour révision, avait sans doute commencé les préparatifs du voyage de retour vers Munich.

Contrairement aux autres fabricants de motocyclettes, ils n'étaient qu'une petite équipe. Eckhard Bammel était passé depuis peu représentant général officiel pour l'Allemagne de l'entreprise belge Sarolea. Outre la vente dans la filiale munichoise, il s'occupait avant tout du financement et de l'organisation de leurs engagements aux compétitions. Les Belges soutenaient bien les courses avec du matériel, mais financièrement cela ne suivait pas. C'est ainsi que Bammel était rarement présent sur les circuits. La plupart du temps, il s'activait en amont afin de trouver de nouveaux mécènes pour financer les courses, certes efficaces pour la réclame, mais très dispendieuses.

Lapompe était responsable du transport et de la maintenance des machines et Arno, que Bammel admirait pour la témérité de sa conduite, avait pour tâche de courir et de donner la main à Lapompe pour monter et démonter leur chapiteau.

Bammel l'avait toujours eu à la bonne, jadis pour certaines virées qui n'avaient rien à voir avec les courses, puis avec l'alibi au moment du meurtre de sa femme, et finalement en l'embauchant comme pilote professionnel. Arno était même parfois persuadé que, sans l'aide de Bammel, il ne pourrait jamais gagner correctement sa vie.

La perspective de s'accorder une bière fraîche avec son mécano calma un peu sa rage contre le grand con.

Le travail serait vite terminé : la moto de course, la machine de réserve et la Megola pour les randonnées privées, les pneumatiques de secours, les caisses à outils et de pièces de rechange, le tout chargé sur le Hanomag, ainsi que la grande tente grise modulaire qui servait d'atelier mobile et souvent aussi de cantonnement.

Mais ils ne la démonteraient que le lendemain matin, car il était trop tard pour prendre la route vers Munich.

Le bruit de la fête qui lui narguait douloureusement les oreilles renforça son pressentiment : on n'en resterait pas à une seule bouteille de bière.

3

Falk éprouvait du plaisir à se retrouver ainsi haut perché sur la tribune, le regard sur une masse de gens chez qui il lisait l'admiration et l'enthousiasme, mais aussi de la joie, une sorte de ravissement même, comme si chacun d'entre eux avait apporté sa pierre au triomphe.

Le vainqueur a beaucoup de collaborateurs, comme le directeur se complaisait à le dire, *car presque tout le monde aime se chauffer au soleil rayonnant du vainqueur. On appelle ça la psychologie de masse. Psychologie de masse et identification de masse, c'est comme ça qu'il faut comprendre le monde moderne.*

Il avait pris les paroles de l'ingénieux directeur pour une roublardise, mais elles n'étaient pas complètement ineptes. Il était justement en train de ressentir cet étrange mais agréable frisson, cette sublime sensation, ce sentiment de puissance.

Mais où Théa pouvait-elle donc être, nom de Dieu ?

Il essaya de la découvrir dans la cohue qui se bousculait devant la tribune, fouilla du regard les premiers rangs, la chercha dans le fond et la repéra enfin.

Il n'en crut pas ses yeux ! Elle était devant une baraque à saucisses et roucoulait avec Arno Lamprecht, ce voyou de Munich. Rien que son allure, déjà ! Taillé à la hache, trapu, son physique respirait la violence. Avec ses cheveux noirs en bataille et ses yeux étroits, il avait en lui quelque chose du loup ; un type dangereux, en tout cas.

Qu'est-ce que ces deux-là pouvaient bien avoir à se dire ? Il y a des femmes qui se sentent attirées par ce genre d'hommes. Théa en faisait-elle partie ? Mais avant que la jalousie le gagne, Lamprecht était de nouveau seul, elle avait disparu dans la foule.

Deux jours auparavant, quand il avait jeté un coup d'œil sur la liste des inscrits, il avait été très étonné : Arno Lamprecht pouvait difficilement être présent à Hanovre, puisqu'il avait été interdit de courses à cause de cette histoire à propos de sa femme.

C'était le bouquet ! Lamprecht sur une Sarolea, à Hanovre, pour la première course du championnat ! Plus d'erreur possible ! Lamprecht venait piétiner ses plates-bandes. Il était même arrivé cinquième. Mais qu'est-ce qu'il avait bien pu fricoter pour se retrouver dans une écurie belge ? Il fallait de l'argent, ou de très solides relations.

Il est vrai qu'il s'y connaissait comme pilote, il fallait bien le reconnaître ! Il maîtrisait sa machine comme un cheval de course. Falk avait pu le constater en 1923, quand ils s'étaient tiré la bourre lors de cette course à travers champs et forêts. Il y avait de grosses sommes illégales en jeu, et l'engagement des pilotes avait été terrible. Alors que Lamprecht avait voulu le doubler dans un virage à droite très serré, d'un petit coup de guidon il lui avait coupé la trajectoire idéale et Lamprecht s'était retrouvé dans les pâquerettes après un freinage de trappeur. Ah là, là, qu'est-ce qu'il râlait, cet emplâtre, quand il avait fini par passer la ligne ! Il avait fallu qu'ils s'y mettent à quatre pour l'empêcher de lui sauter à la gorge. Pas sport pour un sou, le gaillard.

Bon, il est vrai qu'il n'aurait peut-être pas dû en rajouter en allumant un cigare sous son nez avec quelques-uns de ces grands bouts de papier qu'on appelait alors de l'argent. Mais il était consterné de le retrouver sur son chemin, ici, en liberté et l'air en pleine forme.

Il avait encore une fois croisé ce type en novembre 1923 alors qu'il ne s'y attendait pas du tout, peu de temps après le putsch, dans un tripot de Bogenhausen, chez Oskar. Pachl et von Solz y étaient aussi. Lamprecht jouait les provocateurs, malpoli, soûl, et il avait même fini par en venir aux mains. Et si ce type – comment s'appelait-il déjà ? –, Bammel, ne l'avait pas calmé, il se serait retrouvé le nez dans la sciure. Cela dit, Bammel faisait lui aussi partie de ces faux jetons qui nageaient entre deux eaux tels des requins, comme on dit, avec cette manière antipathique de se présenter : *Permettez, je m'appelle Bammel. Avec deux "m". Je peux vous procurer tout ce que vous désirez. Pour votre plaisir, des choses interdites, des autos, des bagnoles de location. Et tout est neuf, tout est moderne. Des prix abordables. Je connais très bien…* Un type puant, quoi.

Mais Pachl le connaissait, et manifestement même très bien. Sinon, le Lamprecht se serait pris une bonne rouste.

Tout à coup, Théa apparut sur la tribune. Elle salua les officiels de l'ADAC comme de vieilles connaissances, envoya des baisers à l'assistance et claqua deux grosses bises sonores sur les joues du vainqueur. On lui tendit la couronne de lauriers qu'elle passa au cou de Bauhofer et elle s'appuya contre lui, prit la pose pour les photographes de presse, genou droit levé.

Il avait eu un léger pincement au cœur quand elle était entrée en scène. Comment pouvait-elle être aussi confiante face à des inconnus ? Quoi qu'il en soit, il avait une admiration sans bornes pour Théa. D'une certaine manière, elle dominait toujours la situation.

Et lui, dans tout cela, s'en sortait plutôt bien. Il pouvait non seulement s'abandonner à sa beauté, mais elle avait toujours de grands projets pour lui. Munich était devenu trop petit pour elle. Et comme par ailleurs tous les camarades s'étaient dispersés il ne savait où, Théa avait eu beau jeu de le convaincre. *Tu dis que tu sais bien faire de la moto ? Ça serait quelque chose pour toi, ça, non ?* Ils avaient fait leurs valises pour Berlin, et une nouvelle vie commença pour lui, tout aussi palpitante.

Entre-temps, les photographes avaient formé un demi-cercle autour du podium. Théa posait, jouait les coquettes et blaguait avec eux. Même Toni Bauhofer perdait un peu de son auréole à son profit.

Depuis ce jour de novembre 1923, Théa l'avait beaucoup aidé. Son défunt mari avait fait fortune pendant la guerre avec sa fabrique d'établis, et c'est ainsi qu'elle connaissait l'un ou l'autre de ces messieurs les patrons. Elle avait écrit à l'entreprise Victoria et fini par gagner à sa cause le directeur qui l'adorait et lui mangeait quasiment dans la main. C'est donc à Théa qu'il était redevable d'avoir eu la chance de faire ses preuves lors d'essais dans la lande de Brandebourg.

Et le directeur avait été convaincu de ses talents. Un tour de force – avec elle comme porte-parole…

Vous êtes mon homme, vous allez piloter pour moi ! Santé !

Ils étaient debout autour d'une table pliante, un verre de champagne à la main, dans la poussière d'une piste caillouteuse, et le directeur pérorait à propos de nouveaux défis. L'air sournois, Théa lui avait fait les yeux doux, avait paru captivée par son discours et pour finir, incidemment, lui avait mis le contrat à signer sous le nez. Falk pouvait enfin piloter en professionnel, et le reste, c'était l'affaire de Théa.

L'orphéon attaqua l'hymne national. Falk rectifia la position. Les spectateurs se turent, se découvrirent, gardant à la main chapeaux et casquettes.

Théa savait bien s'y prendre avec les bourgeois, ces boutiquiers qui n'avaient que l'argent en tête. Il y avait longtemps qu'ils s'étaient accommodés de cette guerre perdue et des criminels de novembre, ils ne pensaient plus qu'à assurer leurs rentrées d'argent. Falk se demandait parfois ce qu'ils avaient fait de leurs valeurs, de leur amour affiché pour la patrie. Mais il s'interdisait toute remarque, se contentait de ses tours de piste, laissait parler Théa.

La scène mondaine était son véritable emploi. Une soirée sympathique dans leur nouvel appartement des quartiers ouest de Berlin, et tous les invités se sentaient comme chez eux, sous le charme de sa conversation cultivée et de sa manière excentrique de s'habiller. La plupart du temps, le champagne coulait à flots et Théa parlait, citait, déclamait. Elle discourait sur l'art, la littérature, la danse, le théâtre, le cinématographe et les moteurs, avait même une opinion sur le carburant ainsi que sur les avantages qu'il y avait à démonter les pots d'échappement pour augmenter la vitesse.

Et puis, il y avait aussi l'ameublement : tout ce qu'il y avait de plus beau, comme auparavant à Munich. Avec d'autres meubles toutefois. Il fallait que ce soit « quelque chose de moderne », de résolument moderne. Dans le salon – le salon ! – des fauteuils en tubes d'acier !

Elle avait insisté : *Surtout rien de confortable ! Il me faut des lignes claires, des formes fonctionnelles.*

Le directeur n'avait fait aucune remarque. *Ce n'est pas pour de vieux messieurs*, avait-il cependant glissé dans un sourire. *Des meubles comme sortis de boîtes de jeux de construction pour enfants...*

Des meubles pour rire. Des meubles facétieux. Aux yeux de Falk, que du foutoir moderne. Il s'était un peu plaint, mais vite avoué vaincu par les arguments de Théa : *Les motocyclettes aussi doivent être modernes et fonctionnelles.*

Fonctionnel.

Elle avait un curieux vocabulaire ! Elle avait toujours raison, et on arrivait même à s'habituer aux mots qu'elle employait. La tourelle d'un navire de guerre n'avait pas de fioritures non plus, elle était fonctionnelle. Évidemment. Finalement, la guerre était bien la mère de toutes choses. Des meubles en tubes d'acier, c'était la guerre dans le salon ou, comme le disait toujours Théa, la guerre des modernes contre l'antiquaillerie. Comme quoi, tout était guerre.

Avant même que les dernières notes de l'hymne se fussent tues, les hurlements de la foule massée devant la tribune avaient repris. Falk vit que Bauhofer s'exhibait au public tout en se penchant vers Théa pour lui murmurer quelques mots à l'oreille. Elle lui sourit. « Vous êtes un charmeur. »

C'était exactement ce genre de comportement qu'il avait parfois du mal à digérer, son enthousiasme presque illimité pour les courses… et les pilotes. Elle aimait les sentir, les machines, disait-elle, et plus particulièrement cette singulière odeur de gomme des pneumatiques, quand ils arrachaient le bitume.

Naturellement, les pilotes la vénéraient aussi. Pas étonnant, avec cette aura. Elle transformait ces remises de prix en événements. Qui n'aurait aimé sentir son baiser au vainqueur !

C'est pourquoi Falk ressentait toujours ce petit pincement. Il balançait entre jalousie et fierté. Il était lui aussi sur une marche du podium. Et pas seulement Bauhofer. Ou Paule Roberts.

Il était deuxième, après tout ! Il serra fermement Théa contre lui.

Théa au centre, le quatuor saluait le public en agitant les mains. Chapeaux et casquettes s'envolèrent sous les hurlements.

Falk se pencha à son oreille et cria presque : « Qu'est-ce que tu as à faire avec ce Lamprecht ? »

Un bref instant, ses yeux exprimèrent cet air compatissant qu'elle prenait de temps en temps. « Inutile de te faire du mouron pour ça, chéri, jouis de ton triomphe. » Elle rayonnait de nouveau face aux photographes.

Mon œil ! Avec Lamprecht, finie la plaisanterie ! On ne pouvait rien en attendre de bien, de ce type. Il voulut répliquer quelque chose, mais le cordon de police se rompit et la foule se précipita vers la tribune. Théa réussit à s'échapper au dernier moment et disparut.

Bauhofer fut hissé sur des épaules. On le transporta sur le devant de la scène avec des hurlements d'enthousiasme. Quelques jeunes spectateurs entourèrent Falk et lui mirent sous le nez des bouts de papier et des programmes.

« L'un après l'autre, chacun son tour. »

Les idées du directeur lui revinrent en mémoire. De petits clichés de chaque pilote serviraient de cartes à signer. On pourrait aussi les coller dans un album. Une idée épatante, une bonne affaire. *Falk, l'argent court les rues.*

De plus en plus de bouts de papier se tendaient vers lui, jusqu'à ce que Bauhofer se retrouve de nouveau sur ses pieds et que tout le monde se précipite vers lui pour prendre un de ses autographes au vol.

La vie du deuxième était plus simple ; mais quand on avait perdu, la foule vous oubliait très vite.

Falk regarda autour de lui.

Lamprecht avait disparu et il fut envahi par un sentiment étrange, comme celui qui le gagnait quand Théa minaudait.

Il ne fallait pas qu'il perde ce type de vue.

4

Arno pressa la bouteille de bière contre sa joue.

« Pour ce qui est des freins, tu les as pas encore bien à la pogne, mais pour la température des bières, t'es champion, tu devrais être primé. Comment tu t'y prends, Lapompe ?

— Je commande des pains de glace chez les marchands locaux. »

Wotava poussa la machine sous la tente et essuya la sueur de son front. « À l'ombre et bien isolés, ils tiennent au moins quatre à cinq jours. » Il se mit à réexaminer les tambours de freins. « Qu'est ce qu'on fait ce soir ? On va en ville ? Histoire de se descendre quelques schnaps et de voir si on peut se faire une vidange ? »

Arno laissa la bière fraîche couler dans son gosier. L'alcool le calmait. Deux, trois bières, et le pouls redevenait normal. Comme au front. Soûl avant l'assaut, soûl pendant l'assaut, soûl après l'assaut. L'alcool aidait avant tout à vaincre la peur, puis la lâcheté, et au bout du compte il banalisait cette joie effrénée d'avoir survécu. Le déroulement d'une course de motocyclettes ressemblait à cela. Peur et excitation avant, courage ou lâcheté pendant, joie ou déception après. Et c'était très dangereux aussi, de toute façon.

« Nooon, pas envie ! » Arno s'assit sur une chaise pliante et posa les pieds sur une caisse à outils. « Je ne sortirai qu'après être monté sur le podium.

— Dans ce cas, faudra encore que tu t'entraînes un peu, Arno, parce que mes freins sont au quart de poil. » Wotava se redressa et reposa sa clef à molette sur l'établi. « Tu te rappelles ce que Cockerell a toujours dit : Il n'y a que celui qui perd qui a des freins parfaits !

— Trouve-toi une autre vanne ! »

Wotava nettoya ses mains pleines d'huile et de cambouis avec un chiffon imbibé d'essence. « Je vais sortir le camion du parking, on pourra commencer à charger. » L'effervescence du départ commençait lentement à se faire sentir.

Arno suivit son mécano du regard jusqu'à ce qu'il ait disparu dans la foule des curieux qui flânaient dans le campement des pilotes.

Cette agitation haute en couleur lui rappelait celle du cirque. Les motos de course les plus variées voisinaient dans le plus grand désordre avec des empilages de pneumatiques et des caisses à outils ; elles étaient entourées de pilotes, de mécaniciens, d'ouvriers d'usine et de flâneurs. Les nombreuses firmes de motocyclettes avaient chacune à disposition une place limitée, sur laquelle on dressait de grandes tentes. C'est là qu'on entretenait les machines, et là aussi que dormaient souvent les mécanos, sur de simples lits de camp.

Il but une longue gorgée de sa bouteille…

Et puis toutes ces motocyclettes, ces merveilles de la technique, toutes plus belles que la Victoire de

Samothrace, dommage qu'il ne puisse les piloter toutes…

Il ferma les yeux. La BMW R42 noire avec son nouveau système d'admission passa devant lui en vrombissant, suivie de la Moto Guzzi 500 4 valvole du type OHC. Il admira la Wanderer et son pot d'échappement côtelé original et regarda d'un air émerveillé la Windhoff 4 qui, presque privée de cadre par son constructeur et avec cette singulière section de moteur en fonte d'aluminium, semblait s'élancer à la rencontre du futur. La Brough Superior SS 100, la Rolls Royce des motos, passa à toute allure, puis une Böhmerland, « la plus longue moto du monde », d'un vert criard, une Indian Scout jaune et rouge, une NSU, une AJS H8, une Motosacoche 500 et finalement la Victoria, équipée d'un moteur à compresseur mécanique avec laquelle Adolf Bruders avait établi aux Journées du record de Fribourg la nouvelle pointe de vitesse d'Allemagne avec 165 kilomètres à l'heure – et sur laquelle était dorénavant assis ce grand con.

Mais il ne voulait pas recommencer à maronner, laisser remonter ses bouffées de colère. Parce que sa Sarolea 500 23 M avait aussi de qui tenir. Et il aimait son vernis noir avec ce fin liseré jaune doré du réservoir et du garde-boue, le léger ronronnement à la mise en route, les vibrations dans le guidon, le bond en avant au déma…

« Vous êtes Arno Lamprecht ? »

Éjecté du circuit ! Il cilla, il avait le soleil de l'après-midi finissant en plein dans les yeux. Il se leva d'un bloc et distingua les contours noirs de la silhouette de l'homme debout devant lui.

Et il eut tout de suite la puce à l'oreille : une question de roussin, ça ! Danger !

Deux pas rapides, et il avait le soleil de côté. Un visage se matérialisa en pleine lumière.

« Et ça intéresse qui ? » Il avait devant lui un homme de taille moyenne. À vue de nez, proche de la trentaine, un peu enveloppé, veste en coton de Manchester, pantalon de confection, habits de flic, front haut, tempes dégarnies, lèvres pleines, petits yeux de cochon, face de bourrin.

La voix demeura calme et sobre. « Je m'appelle Walter Langenstras, police criminelle de Berlin ! » On lui colla un insigne sous le nez. « Bon, je répète… » Le ton s'était légèrement durci. « Êtes-vous Arno Lamprecht, né le 16 février 1897 à Metz, résidant à Munich ? »

Il opina. « Oui, c'est moi – et qu'est-ce que je peux pour vous ?

— Asseyons-nous. » Le flic se saisit d'office de la chaise pliante et lui désigna du doigt la caisse à outils. Arno hésita un instant, chassa lentement l'air de ses poumons et se laissa tomber sur la caisse. Il connaissait cette manière de faire, ce genre de type était capable de vous attirer des tonnes d'ennui. C'étaient des bouledogues, de vrais clébards pleins de vices. Tout lui revint en mémoire. Tout l'édifice qu'il s'était laborieusement construit et qu'il avait vite oublié.

« J'ai consulté les listes des participants aux courses, commença le flic, et, si j'en crois ce que j'ai lu, vous étiez l'été dernier sur le circuit de Fichtenhain, à Heide, lors de la course de motocyclettes de l'autodrome… »

Arno l'interrompit : « Moi, et des milliers d'autres. » Ce genre de réflexion ne pouvait pas nuire.

« … et ce, du vendredi après-midi au lundi matin pour être précis », poursuivit l'homme de la criminelle sans se laisser démonter. « Est-ce que par hasard vous auriez croisé cet homme ? »

Arno jeta un regard sur une photo format carte postale. Le cliché montrait un gros homme, âgé d'une bonne trentaine d'années, debout devant un décor de studio, à ses pieds une grande malle de voyage, derrière lui une nacelle de zeppelin afin de donner l'impression qu'il s'agissait du riche passager d'un aéronef. Il avait l'air d'un Méridional avec sa moustache noire en broussaille.

« Non ; jamais vu ! » Il rendit la photographie. « C'est qui ?

— Cet homme s'appelait Lorenzo Wagner, célibataire, moitié italien, mère allemande, il était reporter au *Dithmarschener Volkszeitung.* » Le flic remit le cliché dans son enveloppe et poursuivit : « … et quelques jours après la course, il a été retrouvé assassiné dans la forêt de l'arrondissement rural de Hain.

— Euh… désolé, mais

— Et celui-ci (Arno eut une autre photo sous le nez) peut-être le connaissez-vous ? »

Il prit le cliché en main. Il y avait cette fois, dans un ovale sépia, le buste d'un homme aux pommettes hautes, l'air consumé de chagrin, qui se sentait manifestement mal à l'aise dans ses habits du dimanche.

« Je ne le connais pas non plus. » Le type commençait à lui taper sur les nerfs. Il ajouta, finaud : « Je suppose que ce pauvre type a été assassiné, lui aussi ? Je me trompe ?

— Parfaitement exact, gros malin. » Le flic reprit la photo. « Et vous savez aussi où ? Je parie que vous n'étiez pas loin non plus. »

Ah, c'est de là que venait le vent. Pour une raison quelconque, ce flic avait une dent contre lui.

Bon, ben, écoute bien, espèce de fouineur. Il laissa la plaisanterie fondre sur sa langue : « Alors comme ça, j'étais dans les parages ? Laissez-moi deviner. Peut-être aussi dans les chiottes mobiles de la course de l'Avus à l'automne dernier, ou il y a trois mois avec les nudistes du Wannsee, ou encore au début de cette semaine avec les petits vieux de soixante-quinze ans du club sportif de la police de Berlin, ou… »

Le policier ne montra aucun signe d'irritation : « Vous n'avez aucune raison de vous entêter à ce point, Herr Lamprecht. Cet homme sur la photo s'appelle Krzysztof Woitkowitz, c'était un travailleur itinérant polonais embauché dans une scierie près de Weissenfels. Sa dépouille a été retrouvée le mois dernier dans un fossé de la route d'Iéna. Vous percutez ?

— Vous voulez dire la départementale de Naumbourg-sur-la-Saale direction Iéna ? » Il fallait qu'il se retienne, contienne sa colère, garde la tête froide. « Vous parlez de la course du triangle de Naumbourg, "Autour de Dobichau", et vous voulez sans doute savoir si j'y ai participé ce week-end de mars. Oui, j'y étais. J'ai même gagné la course dans ma catégorie. Mais je ne connais pas cet homme et je ne l'ai jamais croisé de ma vie, pas plus à Dobichau qu'ailleurs sur cette terre. Mais j'aimerais bien savoir pourquoi vous me demandez ça, à moi précisément… »

Il fut interrompu. « Et celui-là ? Il ne risque pas de passer inaperçu, celui-là ; est-ce que vous l'avez vu ce week-end, ici, à Hanovre, sur la course ? Page quatre ! »

Cette fois on ne lui tendait pas une photographie, mais le programme du Georg-Palast, un cabaret où se produisaient des artistes de renommée internationale, comme le révélait la couverture. Sur la quatrième page, en haut à gauche, on pouvait admirer la duplication d'un Nègre au large sourire, coiffé d'un chapeau de paille et d'une veste à rayures noires et blanches, une trompette à la main. La légende disait : *Le musicien nègre Washington Wallace, soliste virtuose de l'orchestre de jazz américain les Northern Syncopators*.

Arno montra le portrait du doigt. « Vous voulez vraiment parler de ce Nègre, là ? » Il secoua la tête. « Non, certainement pas ; je ne l'ai jamais vu. Depuis que je suis à Hanovre, je n'ai jamais vu de Nègre, pas plus le soir que dans les rades, ou sur le circuit, parmi les spectateurs. Désolé, et en plus, en y réfléchissant bien, de toute ma vie je n'ai jamais vu un vrai Nègre, je veux dire un Nègre en vrai. »

Il regarda le policier droit dans les yeux et ajouta tranquillement, avec un grand sang-froid : « Je pars de l'hypothèse que le Nègre est mort, lui aussi, qu'il a été assassiné, sans doute ici, à Hanovre. Je trouve tout cela terrible et tous ces types me font de la peine. Mais dites-moi maintenant enfin, nom de Dieu, pourquoi vous me posez toutes ces questions, à moi, précisément ? »

L'homme de la criminelle se pencha en avant et lui reprit lentement le programme des mains. « Routine, Herr Lamprecht, routine, tout cela n'est que routine.

Nous essayons de poser des questions au plus de témoins possible, dont nous savons avec certitude qu'ils se sont trouvés dans les environs immédiats des trois lieux de la découverte des corps. » Il se leva. « N'ayez donc aucune crainte : en dehors de vous, il y avait en effet beaucoup de monde, vous avez raison. Il nous importe avant tout, pour le moment, de trouver des témoins qui auraient éventuellement vu les victimes, ou qui les auraient connues ou qui auraient remarqué l'un ou l'autre fait suspect qui pourrait nous avancer dans nos investigations.

— Ben alors, désolé. » Il respira plus librement. « Comme je vous l'ai déjà dit…

— Bien, ce sera tout. » Le flic se retourna pour partir, fit quelques pas, revint en arrière. « Les trois corps ont été retrouvés sans tête : elles ont été coupées. C'est un acte incroyablement brutal et sanglant. Et encore ceci : pour attraper une bête féroce comme ça, si nécessaire j'interrogerais la moitié de l'humanité. »

C'était une grenade de soufre et de phosphore qui venait de lui exploser au nez. Sans aucun doute. Il sentit une forte odeur de chlore, en eut le souffle coupé, ses bronches paraissaient se coller, les poumons lui faisaient mal ; comme l'image de sa femme qui venait de s'imprimer sur sa rétine. Véra était de retour, tout à fait présente, le couvercle avait sauté, après tout ce temps… ces nombreux mois de vide… elle l'avait rattrapé, décapitée, lui faisait comprendre que tout cela n'était pas fini.

« Je, je vous… oui, oui… comprends », bégaya-t-il, impuissant.

L'homme de la criminelle jeta encore un coup d'œil sur son calepin et quitta la place sans un salut.

Arno se laissa retomber sur la caisse à outils et se passa la main dans les cheveux.

Véra !

Véra était revenue ! Sa main qui se refermait sur le vide sanglant de l'oreiller. Jusqu'à ce qu'il comprenne, soûl comme un cochon. Comme il avait crié jusqu'à l'arrivée de la police ! Oui, les flics, avec leurs terribles insinuations. Et ces putain de trous de mémoire. La recherche des heures oubliées, retrouver le fil de son emploi du temps. Il lui manquait presque deux jours complets, et impossible d'y remettre de l'ordre.

Bon, les bourres avaient fini par le relâcher. Bammel lui avait procuré un alibi. Il avait aussi essayé de l'aider à rapiécer le temps oublié. Il avait rencontré Bammel à l'hôtel *Deutscher Kaiser*, lui et sa nana, la chanteuse, dans le hall. Ce jour-là, il avait couru pour l'écurie de Bammel et le soir il avait fréquenté le tripot de Bogenhausen. Bammel lui avait aussi raconté qu'il avait eu maille à partir avec ce jeune type qui s'était moqué de sa guigne au jeu, et ensuite… ensuite la police l'avait retrouvé au petit matin près du lit, à côté de sa femme morte. En train de hurler comme un fou.

Mais qu'est-ce qui avait bien pu se passer avant ?

Il avait bu, bu comme un trou, avait joué, évidemment, avait perdu, gagné, puis quitté la table de jeu, s'était procuré de l'argent, était retourné au jeu. Le nom de Gumperdinger lui était revenu en mémoire. Son alliance. Combien de fois l'avait-il mise au clou ? Tout restait flou. Pas étonnant que les flics ne l'aient pas cru. Et le pire, c'est qu'il ne savait réellement pas où il était au moment de la mort de Véra.

Pas étonnant non plus qu'ensuite il ait voulu s'étourdir le plus rapidement possible. Toujours sur la moto. Toujours de prime saut. Toujours sur les circuits. Toujours courir, ne jamais réfléchir. Bien maintenir le couvercle sur cette histoire.

Mais qu'est-ce qu'il était con !

Et pourtant ! Comment avait-il pu refouler ces terribles événements ? Par le deuil, le désespoir, la torpeur ? Ou sa mauvaise conscience les avait-elle rejetés dans l'oubli ? Quelqu'un avait coupé la tête de sa femme – il ne savait pas pour quelle putain de raison – et ce quelqu'un était toujours libre d'aller et venir à sa guise. Et voilà ce flic qui se pointe et qui lui raconte qu'il se passe la même chose dans le milieu du sport motocycliste, qu'on tranche des têtes.

Il fallait qu'il prenne les choses en main, sinon on allait lui remettre le grappin dessus. Ce n'était qu'une question de temps et aussi – il s'en doutait – d'échange d'informations entre les administrations des polices des différentes régions du pays. Au moment de son affaire, ils avaient été obligés de le relâcher parce qu'ils n'avaient aucune preuve contre lui. L'alibi de Bammel avait fait le reste. Ils n'avaient pas non plus trouvé d'autres suspects. Les investigations s'étaient perdues comme l'eau dans les sables. Et les soupçons continuaient à lui coller à la peau. Ballotté entre autoaccusation et accès de colère, il avait cherché des explications sans jamais en trouver une seule. Mais qui donc avait pu faire subir une telle horreur à sa femme ?

Sinon lui-même…

Oui – il était très colérique, soit –, mais décapiter quelqu'un ?

Il pensait quelquefois à cette bêche avec laquelle… la tête de cet Anglais à Ypres, en décembre 1918…

Mais ça n'avait rien à voir, c'était la guerre, non ? Et elle était finie, n'est-ce pas ?

Mais au fond : n'avait-il pas marché dans les rues pendant des années, une bêche à la main ? Aurait-il fini par troquer le fruit de son imagination contre une vraie bêche ?

À l'époque, il était coincé dans la région de Brandebourg, une fois ici, une fois là, et il avait été tout heureux quand Bammel l'avait embauché chez Sarolea. *Quitte à tourner en rond tout le temps, tu devrais en profiter pour te faire du beurre.* Et c'est ce qu'il avait fait. Le vent des courses lui libérait l'esprit, l'avait distrait de cette gamberge qui lui torturait continuellement les méninges. Avec ce Langenstras et ses questions, tout était revenu : ce terrible sentiment d'être au pied d'un mur infranchissable.

Mais cette fois-ci, il ressentait le besoin intense, urgent, d'y appuyer une échelle.

5

Trois taxis lui passèrent sous le nez en pétaradant. Ses talons martelaient sèchement le trottoir. Falk von Dronte se retrouva à marcher au pas. Une, deux, une, deux. Ne pas dévier de sa route. Les passants l'évitèrent. Il y prit plaisir. Il marcha pour se donner du courage. Depuis combien de temps n'avait-il pas rencontré le colonel ? Il jeta un coup d'œil à sa montre, s'arrêta et repartit d'une allure de flâneur. Rompez le pas ! Il était en avance.

À cette époque-là, en 1918, il avait été en retard.

Lui, le jeune cadet Falk von Dronte, venait juste d'avoir dix-sept ans. Vieille noblesse de Poméranie. Il voulait naviguer, se rendre à la rade de Schilling, monter sur les gros rafiots, direction pleine mer en avant toute contre les Anglais, accomplir son devoir patriotique dans le grand concert des nations.

L'avenir en avait décidé autrement.

L'infamie qu'il avait subie lui faisait encore mal. La meute des Rouges avait commencé par le démolir à la gare de Wilhelmshaven, tout simplement parce qu'il portait l'uniforme ; ils avaient braillé « La guerre est finie », avaient agité des drapeaux rouges, arraché ses galons et piétiné la photo de sa mère dans la poussière. Quelle humiliation, quelle honte ! Non seulement pour lui, mais pour la patrie.

Le monde s'était écroulé.

Et c'est le colonel qui le lui avait reconstruit.

Le colonel, habillé en civil, l'avait aidé à se relever alors qu'il était allongé au milieu des détritus de la place de la gare, et il s'était occupé de lui pendant quelques mois. Il lui avait tout expliqué. Du coup de poignard des agitateurs judéo-bolchéviques dans le dos de l'armée qui combattait avec un tel esprit de sacrifice, en passant par la trahison des criminels qui avaient signé l'armistice de novembre pour finir par le bâillon du honteux traité de Versailles qui devait être révisé coûte que coûte.

Mais il lui avait parlé aussi de l'expérience vécue aux combats, de la discipline, de la guerre, qui vivifiait la nation et en exigeait des énergies supérieures ; qui l'avait endurci et préparé à la grande mission nationale qu'ils avaient devant eux.

Falk avait compris qu'on lui avait volé cette expérience de la guerre, ses camarades se moquaient souvent de lui, le prenaient pour un blanc-bec parce que l'odeur du front lui manquait.

Mais le colonel prenait sa défense et le conseillait.

La guerre n'est pas terminée, elle est épuisée, simplement, et elle attend le moment de s'accomplir pleinement. Nous n'oublierons pas les humiliations. Avant même de songer à la grande vengeance, il nous faut nous purifier.

Le colonel l'avait aussi flatté, enjôlé.

Nous avons besoin de la jeunesse. Des jeunes comme toi, Falk, intelligents, talentueux, ambitieux, avec des idées au cœur marquées à droite. Vous êtes l'avenir du Reich. Soyez patients ! Tout le monde aura l'occasion de faire ses preuves. Toi aussi !

C'est ainsi que Falk l'avait suivi. Quand le colonel avait commencé à tendre les mailles de ses filets sur l'Allemagne, il lui avait servi d'agent de liaison sur sa motocyclette, tout en guettant patiemment le jour où il pourrait lui aussi faire enfin ses preuves. *Chacun fait ce qu'il peut*, le consolait le colonel. Pardieu, il savait piloter une moto. Il avait déjà gagné quelques petites compétitions. Mais le temps des vraies preuves avait fini par arriver quand même. Le colonel lui avait confié la direction des opérations. Que d'honneur ! *Trouve-toi un ou deux camarades en qui tu as confiance et fais ton devoir. Pour l'honneur de l'Allemagne, pour la gloire de notre patrie.*

Et tant pis pour Huber, ce traître.

Il jeta de nouveau un coup d'œil à sa montre. Qu'est-ce que le colonel pouvait bien lui vouloir, après tant d'années de silence radio ? Il s'arrêta un instant, indécis. Quand l'avait-il vu pour la dernière fois ? Probablement peu de temps avant le putsch, quand il était venu dans cet horrible hôpital rempli de tous ces corps estropiés qui y végétaient. Un spectacle terrible, mais une grande leçon. *C'est pour eux qu'on fait ça, Falk. C'est pour ça que nous devons être impitoyables envers les traîtres.*

Falk se remémora la longue cicatrice qui barrait l'épaule du colonel, et aussi le médecin qui chargeait une seringue. Comment s'appelait-il déjà ? Strockhoff.

Il y a là des gens qu'on ne peut même plus laisser

sortir, avait déclaré le colonel, *mon ancien ordonnance par exemple, Hanke, la même grenade que celle qui m'a blessé, été 1917, cela fait donc six ans et x opérations, et malgré tout encore un trou à la place du visage. Et les douleurs, elles doivent être terribles. Mais je m'occupe de lui, je lui rends toujours visite, c'est très difficile à admettre, nom de nom. Plus qu'un œil, sinon de la chair déchiquetée, plus de bouche, ne plus jamais pouvoir parler et ne plus avaler que du liquide. Quand je suis avec lui, je lui raconte tout simplement quelque chose, je lui parle du Mouvement, de nos buts. Et je remarque qu'il est présent, qu'il est à mes côtés. Il me donne la force de continuer. Nous formons un tout, une famille. Nous n'avons pas fait tout cela pour rien. Tous ces héros, ici, dehors, dans les corridors, c'étaient des soldats, et maintenant, sommairement rapiécés, ils sont devenus les assistés de ce régime de traîtres qui prolongent leurs vies avec de honteuses promesses. Ça ne peut plus durer comme ça, le Reich ne peut pas traiter ainsi ses vétérans.*

Le médecin lui avait fait sa piqûre et le colonel avait eu l'air plus détendu. *C'est pour tous ces gens que nous faisons notre terrible devoir. Tu comprends ça, Falk ?*

Oui, le colonel avait une conduite qui en imposait. Falk avait été heureux d'être venu au rapport dans ce misérable hôpital. Le colonel s'occupait de tout le monde, ne laissait tomber personne. Tout cela lui avait donné de la force.

Mais cela remontait à bien longtemps et n'avait plus grand-chose de commun avec la vie qu'il menait à présent.

Il était onze heures.

Il était censé le rejoindre dans un café au bas du Kurfürstendamm, à l'endroit où la prestigieuse avenue devenait quelconque.

Il traversa. Le soleil d'avril perçait les frondaisons de l'allée centrale qui verdissait déjà. Elle avait été conçue pour les cavaliers, mais on n'en voyait aucun. En revanche, quelques adolescents en vêtements de travail y tapaient dans un ballon.

Il quitta l'ombre des arbres et son regard fouilla l'autre côté de la rue.

Il vit le colonel de loin, assis tout au bord de la chaussée, vêtu comme un dandy : costume d'été clair avec un col de couleur, chemise noire avec nœud papillon, melon sur la tête. Devant lui, sur la nappe lie-de-vin, une canne avec une tête de lion en argent. Et le colonel s'était laissé pousser une petite moustache sous le nez.

Cette dégaine ne lui allait pas du tout, lui dont les vêtements civils étaient toujours agrémentés d'accessoires militaires, pattes d'épaule, poches rapportées ou boutons en métal.

Bon, tout le monde avait le droit de changer.

Les chaises à côté du colonel étaient inoccupées. Et qui donc aurait pu se permettre de traîner à cette heure à la terrasse d'un café ? La plupart des passants avaient l'air affairé et ne perdaient pas leur temps à regarder les quelques oisifs attablés. Des ménagères, des ouvriers, des facteurs allaient leur chemin, chacun avec ses préoccupations. Les laitiers collectaient leurs dernières bouteilles.

Falk arriva à la table et rectifia un peu la position.

Le colonel lui fit un bref signe de tête et le pria de s'asseoir. « Tu portes un bien beau costume, Falk ! »

Le colonel le détaillait des pieds à la tête. « Apparemment, ces histoires de courses nourrissent bien leur homme. J'ai lu que tu avais gagné la course d'orientation "Autour du monument d'Hermann" ! »

Falk hocha la tête. « La plupart du temps ces compétitions ne sont qu'honorifiques. Je gagne durement ma vie comme pilote d'essai.

— Ne joue pas les modestes, ô jeune héros moderne ! Te voilà une petite célébrité, maintenant. Peut-être que je devrais m'informer un peu plus sur ce métier de motocycliste. »

Une auto frôla le trottoir à vive allure, la nappe de la table se souleva, mais la canne lui évita de trop gonfler. Le colonel lui ajouta son melon et commanda deux thés avec du sucre.

Falk ne disait mot. Tout à coup, une armoire à glace s'approcha et s'assit une table plus loin, lui jeta un regard assassin en esquissant à peine un salut.

Otto Brahmke, chauffeur et garde du corps du colonel, quatre-vingt-dix kilos pour presque deux mètres. Il arborait comme toujours son air féroce. Falk tressaillit intérieurement. Comment avait-il pu ne pas remarquer ce grand balèze ? Brahmke était une énigme. Il savait s'approcher à pas de loup, comme un Indien.

L'ange gardien du colonel avait à peine changé. Il portait toujours le collier, cette barbe qu'affectionnaient les matelots du Reich, et avec sa vieille veste en cuir sur les épaules, il avait l'air d'être à bord d'un navire en train de couler dans la baie de Scapa Flow.

Rien n'avait donc changé. Les vieilles relations devaient encore aller bon train, elles aussi.

« Alors, même de nos jours, pas un pas sans chien de garde ? »

Falk s'effraya un peu du ton qu'il avait employé, mais le colonel ne laissa rien paraître.

« Une protection rapprochée n'a jamais fait de mal. » Il se détourna de Brahmke. « Et en plus, en public, c'est souvent un avantage de faire comme si on ne se connaissait pas. Prudence est mère de sûreté. »

Ah, mon Dieu ! Que tout cela sentait encore le complot et la société secrète ! Falk rassembla ses pieds sous la chaise. Attention, mines antipersonnel !

Ils sirotèrent leur thé.

D'un simple coup d'œil, Brahmke venait de renvoyer la serveuse. Il avait réussi à s'installer à une table en terrasse sans rien commander.

Le colonel s'éclaircit la voix. « Bon… »

Les freins d'une voiture de livraison grincèrent. Un mitron en sauta, stabilisa sur ses mains plusieurs plateaux chargés de tartes et les transporta en équilibre jusqu'à l'entrée du café. Sur la voiture, une réclame en gros caractères manuscrits attirait les regards : *Les tartes de Tattkes sont les meilleures, bien plus qu'ailleurs*.

« Partout dans ce pays décadent, que des âmes de boutiquiers. Que de la réclame pour n'importe quelles conneries », s'indigna le colonel.

Une autre camionnette passa à grand fracas. Elle faisait de la réclame pour la Semaine du blanc chez Hermann Tietz.

« Et tout dans la main des Juifs ! L'honorable commerçant allemand, l'honnête ouvrier n'ont plus aucune chance. Ce n'est plus du tout mon Allemagne. Plus que des Juifs et autres pouilleux dans nos… »

Le bruit de la circulation avala une partie de sa

démonstration. « … métissés avec la lie la plus ignoble… »

Falk jeta un rapide coup d'œil autour de lui. Brahmke tripotait les boutons de sa veste en cuir. Ce type portait certainement encore une arme sous sa veste, alors que tout était redevenu parfaitement normal. Même la démocratie n'était pas si terrible que ça. On travaillait. On s'amusait. On sortait, on s'en sortait. D'une certaine manière, on finissait par entrer en république comme un jeune garçon dans les fringues trop grandes des aînés.

Théa fit irruption dans ses pensées. Elle avait raison quand elle disait : vivre et laisser vivre. Pourquoi être si rigoureux, si sévère ? Entre-temps, le grand héros de guerre Hindenburg était devenu président du Reich et l'empereur avait approuvé, depuis son exil. Théa avait commenté l'événement d'un *Business as usual* – depuis peu, elle aimait les mots anglais –, *business as usual, cher Falk, même ce qui est apparemment nouveau doit avoir l'air ancien…*

Il songea un instant à lui faire une demande en mariage.

Le colonel le regardait droit dans les yeux : « Non, rien n'a changé, même si tu as l'air de t'être laissé corrompre par tout ce clinquant et toutes ces fanfreluches, ce toc… » Il fit une moue de dégoût. « Partout cette frivolité superficielle qui affaiblit et suce le sang de notre Allemagne. » Le colonel prit une courte respiration. « Et puis cette musique de Hottentots, qui braille partout. » Il jeta un coup d'œil à Brahmke.

Celui-ci approuva d'un léger signe de tête : « Tamtam de singes. »

Curieuse expression. Mais menaçante, comme son auteur.

Le colonel reprit son discours. « Aurais-tu oublié que nous n'avons perdu qu'une bataille, une ridicule escarmouche, et que l'issue de la guerre n'est pas encore décidée ? As-tu oublié tout ce que je t'ai appris ? »

Il secoua la tête. Le moyen de faire autrement ?

Du bout des doigts, le colonel caressa délicatement le lion d'argent du pommeau de sa canne. « Nous n'en sommes qu'au regroupement. Et nous avons besoin de ton aide. »

Il y avait anguille sous roche. Tout cela ne présageait rien de bon. « Je songe justement à me marier, à fonder une famille. Aux autres de s'y coller ! »

Un léger râclement. Des pieds de chaise grattaient les dalles du trottoir berlinois. Sans doute Brahmke se déplaçait-il. Von Dronte n'osa pas se retourner.

« De la famille, nous en avons tous. »

Le colonel retira le jonc de la table. « Personne ne t'en empêche. C'est justement parce qu'on a de la famille qu'il faut qu'on se batte pour l'Allemagne. Tu veux que tes enfants grandissent dans cette putain de république et soient élevés par les criminels de novembre ? C'est ça que tu veux ? Et c'est toi qui dis ça ? »

Cela lui devint insupportable. Il fit semblant de se détourner, et fut effrayé de constater que Brahmke était soudain assis très près de lui. Il fallait qu'il soit sur ses gardes ! Il ne pouvait se permettre aucun écart.

Le colonel croisa les mains sur le lion de sa canne qu'il tenait entre les jambes et, se penchant en avant, murmura à l'oreille de Falk : « Ils t'ont pris ton honneur, ils ont piétiné le souvenir de ta mère dans la poussière. Et tu te rappelles ce que tu as promis comme homme d'honneur allemand : être fidèle aux camarades, jusqu'à la mort. Tu ne vas tout de même pas être parjure. Tu te rappelles aussi ton serment : les traîtres seront liquidés. »

Brahmke grommela quelque chose d'inintelligible, mais qui sonna comme un avertissement.

Falk regardait toujours fixement le colonel. « Mais ce n'est pas ce que j'ai voulu dire. Je connais le serment. Inutile de me le coller sous le nez. C'est blessant pour mon honneur. J'en suis toujours, mais maintenant nous en sommes plutôt à l'heure du répit, non ? Souffler un peu, rassembler les forces, comme tu dis… »

Le colonel acquiesca de la tête, se cala contre le dossier de sa chaise, gardant les mains sur le pommeau de la canne. « Oui, rassembler des forces, c'est exactement ce que nous sommes en train de faire. Excuse-moi si je t'ai blessé… »

Falk venait de se rendre compte que Brahmke sentait le cuir, le vieux cuir, une odeur de cuir assez rance.

« … mais il faut que nous soyons certains que tout le monde est resté fidèle au drapeau.

— Qu'est-ce que tu me veux ? » Falk s'était un peu détendu et se demanda si Brahmke avait toujours dégagé cette odeur.

Le colonel se pencha en avant. Sa voix était émue, plus irritée aussi. « Les Rouges déterrent les vieilles histoires, pour bien nous chier dans les bottes. Et pourtant, tout ça, on l'a fait pour l'Allemagne. » Il se rapprocha encore de Falk. « Écarter les traîtres sans faire de chichis, par la voie la plus directe, ces espèces de salopards qui ont travaillé pour l'ennemi, en faire un exemple pour servir de repoussoir et protéger la patrie, c'était bien alors le premier des devoirs patriotiques, non ? Et on aurait le droit, aujourd'hui, de pousser des hauts cris d'indignation et d'en appeler à la justice ? Alors que, pourtant, une haute trahison reste une haute trahison ! C'est la défense du Reich tout de même, la bravoure militaire qui étaient en jeu. Lorsqu'un gouvernement de canailles signe un traité aussi honteux que celui de Versailles, on ne peut pas laisser faire, il faut évidemment prendre l'initiative et agir. Pour que notre patrie allemande retrouve son honneur. » Le colonel se radossa. « Mais ce n'est pas à toi qu'il faut que j'apprenne ça. »

Il flottait une odeur de cigare.

Falk se retourna. Brahmke tirait sur un bout de mégot sans rien perdre de ce qui se passait dans la rue. Les jeunes footballeurs étaient en train de remiser leur ballon. Ils disparurent sous le porche d'une quincaillerie.

Le colonel poursuivait. « Et maintenant, au Parlement, on ose remettre ces vieilles histoires sur le tapis. Commission d'enquête du parlement du Land, commission d'enquête parlementaire de l'Assemblée, etc. Elles se lancent sur la trace de pratiquement toutes les personnes disparues. » Il s'éclaircit la voix. « Et je peux te confier qu'il y en a des tonnes, je me suis renseigné. Et comme je l'ai déjà dit, ce sont les associations de patriotes qu'on rend responsables des disparitions. »

Brahmke se leva. « J'vais me chercher quelque chose. J'en ai pas pour longtemps. »

Ils le suivirent du regard. Il traversa l'avenue avec lenteur, les mains dans les poches. Les automobilistes n'osaient pas corner.

Le colonel fit signe à la serveuse et commanda deux vermouths. « Ce n'est pas que nous autres patriotes n'ayons pas le courage de répondre de nos actes, nous savons nous défendre. Mais, après la raclée du putsch de novembre, nous avons décidé, parallèlement au combat quotidien, de renforcer notre travail politique au Parlement, au nom de la légalité – et en plus, en faisant ça, en jouant la légalité, on touche des indemnités de l'État. Ces commissions d'enquête tombent donc à un moment extrêmement gênant, elles nous coûtent des efforts inutiles, et tous les nationaux-allemands concernés s'en plaignent amèrement. J'ajoute, quoique personnellement on ne me reproche rien, et qu'on ne puisse d'ailleurs rien me reprocher – du moins jusqu'à maintenant –, que toute agitation superflue, toute enquête gêneraient mes projets politiques de députation, me seraient donc, à ce moment précis de notre combat, on ne peut plus nuisibles ; car la voie parlementaire me paraît, à moi aussi, très appropriée. J'ai donc besoin de toutes mes forces et c'est pourquoi cette affaire me préoccupe, car elle n'est pas aussi anodine qu'il y paraît ; et en outre elle te concerne aussi, toi, en tant que partie prenante…

— De quoi s'agit-il ?

— Tu ne lis donc jamais les journaux, hein ? Que les pages sportives, n'est-ce pas ? Quelle vanité, mon cher Falk, quelle vanité ! »

Il fut outré, voulut répondre, mais la serveuse qui posait les vermouths sur la table l'en empêcha.

Le colonel poursuivit dès qu'elle eut disparu. « Eh bien, Falk, voici de quoi il est question : la commission d'enquête s'occupe depuis peu de ces vieilles lunes de Bavière. Ce qui ne va pas plaire à nos amis de Munich.

Et qui ne plaira pas non plus à Berlin. » Il jeta un journal plié en deux sur la table.

Un gros titre avait été entouré d'un coup de crayon gras : DÉCOUVERTE DES RESTES D'UN INCONNU DANS LA FORÊT D'EBERSBERG.

Falk s'apprêtait à lire, mais le colonel l'en empêcha : « Tu en fais une tête ! Toutes les traces effacées, pas d'indices, rien. C'est bien ce que tu avais prétendu ce jour-là, à l'hôpital, ou je me trompe ? » Il frappa sèchement du bout ferré de sa canne sur le sol dallé. « Et maintenant, ça ! Ça tombe vraiment très mal ! Tu comprends ? C'est clair pour toi ? Je vois déjà les manchettes : *Encore un officier allemand candidat au Parlement mêlé à une exécution sommaire.* »

Falk se sentit pâlir. Quel merdier ! « Nous avons tout fait soigneusement. Ce ne peut être qu'un énorme hasard », répliqua-t-il. Une autre manchette se mit à danser sous ses yeux : *Scandale ! Un espoir du sport motocycliste impliqué dans un meurtre. Fin de sa carrière ?*

Le colonel reprit d'un ton agacé. « Hasard par-ci, énorme par-là… Jusqu'à maintenant, la police ne s'est pas encore manifestée. Mais il faut que nous sachions où nous en sommes. Quand ils auront identifié le cadavre, il sera trop tard ; et alors… je nous souhaite bien du plaisir ! » Il passa au ton de commandement : « Tu vas donc rendre visite à tes anciens associés et tu vas leur secouer les puces, les questionner, tu vas rechercher des complices éventuels, pour voir si l'un ou l'autre ne se serait pas oublié à chanter chez les flics. Il faut que nous sachions exactement comment ce *hasard énorme* a pu arriver ; dans notre intérêt commun. La mission est claire ? »

Le colonel ne paraissait pas attendre de réponse. Il avala son vermouth d'un trait et se leva.

Brahmke refit soudain surface et jeta son mégot éteint dans le cendrier. Une fois encore, Falk ne l'avait pas entendu approcher. « Oui, oui, évidemment, je m'y mets, bégaya-t-il, il ne faut pas que ça nous retombe dessus. »

Il réfléchit. Le colonel avait raison : même s'il n'était encore rien arrivé jusqu'à présent, cela ne voulait rien dire, absolument rien ! Un meurtre non élucidé, un cadavre d'inconnu, tout ça pouvait facilement déclencher une réaction en chaîne. Sa liberté et son avenir étaient en jeu.

Le colonel fit un pas vers Falk. « On se tient au courant. J'attends ton rapport ! » Il se pencha à son oreille, lui mit la main sur l'épaule et murmura : « Encore heureux que vous ayez emporté la tête, sinon ils auraient découvert le pot aux roses depuis longtemps. Habile, mon cher, très habile. »

Falk ne comprit pas, parcourut l'article en diagonale, crut encore entrevoir le sourire reconnaissant du colonel. Il se revit tout à coup dans la forêt. Il entendait le ronron du moteur, les jérémiades de Huber, les coups de feu, sentait que ses oreilles s'étaient bouchées, respirait l'odeur du corps sans vie.

Il survolait le texte sans y prêter réellement attention, jusqu'à ce qu'il tombe sur les lignes qui expliquaient l'étrange remarque du colonel :

« ... suite à une dénonciation anonyme, ainsi que nous l'a confirmé la police criminelle, on a découvert dans la forêt d'Ebersberg le cadavre d'un inconnu d'une quarantaine d'années. L'homme a manifestement été exécuté par arme à feu. Comme le révèle

aussi l'état de décomposition du corps, le défunt a dû être enterré là il y a trois ou quatre ans, aux temps troublés de notre république. Un crime politique n'est donc pas à exclure. Horrible détail : l'homme a été décapité, ce qui rend encore plus difficile son identification. Malgré des recherches approfondies dans les parages immédiats du lieu de crime, la tête manquante n'a pu être retrouvée. Selon un porte-parole de la police criminelle, il est fort possible que les assassins l'aient emportée pour la faire disparaître... »

Falk fixa les caractères du journal jusqu'à ce qu'ils se brouillent sous ses yeux. Qu'est-ce que c'était que cette histoire ? La tête de Huber, disparue ? Tout simplement disparue ? Comment était-ce possible ? Il ne pouvait pas le croire. Mais le colonel avait raison, cette histoire pouvait devenir dangereuse.

Quand il leva de nouveau les yeux, il eut juste le temps de voir le dos du colonel von Gross qui se faufilait entre les passants et s'éclipsait vers le centre-ville. Brahmke avait disparu sans laisser de traces.

6

De la poussière !

Tout était plein de poussière.

Le seul fait de se déplacer suffisait à la faire s'envoler. Arno vit les grains de poussière danser dans les rayons de soleil qui filtraient entre les interstices des volets roulants. Tout l'appartement était plongé dans une lumière diffuse, on ne distinguait que vaguement les meubles blottis dans l'obscurité.

Il ne leva pas les stores, il ne voulait rien voir, il avait peur des souvenirs.

Ne perds pas tout au jeu ! Pense au loyer !

Chaque meuble était un reproche. Une reconnaissance de dettes, une hypothèque. Le turban de fourrure traînait toujours sur le sol de l'entrée, recouvert de poussière. Le petit billet pour Véra était demeuré là où il l'avait déposé. Il le prit en main, l'agita pour le dépoussiérer et lut les quelques mots. Son écriture avait complètement changé entre-temps. Le billet atterrit sur le sol.

T'as tout flambé une fois de plus, et on a le loyer à payer !

La boîte à chapeau avait disparu. La police avait pensé que l'assassin s'en était servi pour transporter la tête. Qu'est-ce qu'ils avaient pu l'assommer de questions, puis le tabasser ! Mais il ne savait rien, nom de Dieu.

Le sang sur sa main ?

Il avait secoué sa femme pour la réveiller.

Véra ! Véra ! Qu'est-ce que t'as, Véra ?

Et sa tentative maladroite pour allumer l'éclairage au gaz ! Mais il n'y avait plus de gaz, pour la bonne raison qu'il n'avait pas réglé la facture. Où étaient les bougies ? Les allumettes ? Il avait trébuché dans le noir absolu jusqu'à ce qu'enfin la bougie s'allume. Et c'est là seulement qu'il avait vu le sang sur sa chemise. Tout ce sang, noir, froid et coagulé, dont tout le drap était éclaboussé.

Il n'avait toujours rien compris. Jusqu'à ce qu'il soulève l'édredon, et qu'il la voie, étendue là – exsangue, rigide et sans tête.

On va te la couper aussi ; on va te la couper aussi.

C'est ce dont ils l'avaient menacé pendant les interrogatoires. Ils réglaient bien le tir sur lui, ces salauds. Il s'était efforcé de reconstituer le fil de son emploi du temps. Jusqu'à ce que Bammel vienne et le tire de là. Il lui avait fourni un faux alibi et lui avait raconté ensuite ce qu'il avait fait réellement, où il avait vraiment passé ces deux jours.

Les souvenirs lui revinrent lentement en mémoire. Cette virée de contrebande pour Bammel. Pas étonnant qu'il lui ait fourni un alibi. Après avoir tout perdu chez Schwan, il avait foncé chez Bammel, qui avait naturellement eu une virée à lui proposer et lui avait radoté quelque chose à propos de nouveaux associés. *Tends bien l'oreille, faut pas que tu rates ça.*

Oui, oui. Alors qu'il était encore dans les vapes suite au jeu et à l'alcool, une espèce de barbu à la tronche de criminel lui avait remis un paquet au Viktualienmarkt. Puis ç'avait été la routine. Direction l'Autriche, livraison dans une prairie alpestre, retour avec l'argent, arrivée chez Oskar pour le remettre à Bammel. Il avait déjà prélevé sa part, acheté ce putain de turban en fourrure à la Gärtnerplatz, chez Hohenegger. De retour à la maison, il s'était étonné que Véra ne soit pas rentrée à cette heure. Il avait posé la boîte à chapeau sur la table de la cuisine, disposé dessus en éventail quelques dollars, et ce simple billet : *Je t'aime.*

Non, il ne mettrait certainement pas les pieds dans la chambre à coucher. Il ne jeta qu'un bref coup d'œil au salon. La chaise longue voulut lui confier quelque chose depuis l'obscurité – ou était-ce la voix de Véra ? Il était question de jeux canailles et de coquineries amoureuses, mais il ferma la porte. L'horreur qui accablait cet appartement et l'écrasait de culpabilité masquait aussi tout souvenir de tendresse passée.

Il n'avait plus remis les pieds dans l'appartement, plus jamais habité ailleurs qu'à l'hôtel. Avec toute sa vie dans sa valise, comme on dit quand on est toujours sur les quatre chemins et qu'on n'a pas besoin de domicile fixe.

Le loyer, Arno ! Le loyer !

Depuis ce jour funeste, il avait payé le loyer – depuis trois ans, ponctuellement, comme un pécheur qui estimait que régler ses quittances, c'était s'acheter des indulgences. Il avait bouclé l'appartement à double tour, et tout oublié. Jusqu'à ce que cet homme de la police criminelle de Berlin reprenne les choses en main.

Son mariage gâché, la mauvaise conscience qui ne se laissait plus étouffer : tout était de nouveau là. Ces interrogations aussi, qui soudain exigeaient impérieusement des réponses. Ils le soupçonneraient de nouveau, dans pas longtemps. Il fallait donc absolument qu'il se bouge avant.

Et il en était capable. Il possédait un bon sens de l'orientation, trouvait son chemin dans les coins les plus impénétrables. Il l'avait prouvé, jadis, motocycliste naviguant entre les différents secteurs déchiquetés du front de Verdun, entre l'état-major et les lignes. Même lorsque la campagne ressemblait à un paysage lunaire, pleine d'entonnoirs et de cratères obscurs, sans arbres ni constructions, sans aucun point de repère jusqu'à l'horizon – qu'elle avait été gazée avec des nuages de poison, que la terre était saturée de vapeurs toxiques ou recouverte de fumée de poudre à canon –, il avait trouvé son chemin en posant des questions aux camarades, voire aux *poilus*[1] prisonniers – natif de Metz, il avait appris des rudiments de français. Mais, et il n'y avait aucun doute sur ce point, ces dernières années il n'avait fait que tourner en rond. Et pourtant, comme il le comprit, la vie n'était pas une petite course avec un record du tour à battre, mais un putain de parcours plein d'obstacles sur de longues distances, dont le but demeurait inconnu, avec un putain de chargement à se coltiner sur le dos.

1. En français dans le texte.

Il alla à la fenêtre de la cuisine, tira d'un coup sec la languette du store qui s'enroula brusquement. Il ouvrit en grand un des battants de la fenêtre. Des grains de poussière tourbillonnèrent, happés par la rue, et se perdirent dans la lumière de midi. L'horloge de St. Johannis indiquait une heure moins le quart. Il fallait songer à partir.

J'ai payé le loyer, Véra, maintenant c'est celui qui t'a fait ça qui va devoir régler l'addition.

Avant de quitter l'immeuble, il sonna au premier étage chez Anzengruber, le propriétaire, résilia la location de l'appartement et lui rendit les clefs. Il paya encore deux mois de loyer en sus et le pria de faire cadeau à qui il voudrait de tout son contenu, à moins qu'il ne réussisse à le vendre.

Puis il s'élança sur sa bécane et fila en direction de la Wiener Platz.

En fait, il n'était pas certain qu'elle viendrait. Et si d'aventure elle se pointait tout de même, il pouvait certainement s'attendre au pire.

*

Cinq minutes plus tard, il était assis sous un marronnier du jardin de la brasserie de la Hofbräukeller, devant une grande bière fraîche. La plupart des tables étaient déjà occupées, l'atmosphère était on ne peut plus détendue, et les cuivres jouaient le *Chœur des pèlerins* de *Tannhäuser*. Une brise fraîche montait de l'Isar toute proche et le soleil, haut sur le Gasteig, répandait sa lumière vive sur les lierres grimpant aux façades des arrière-cours de la Grütznerstrasse. Les arcades en bois avec leurs buvettes en planches étaient à l'abri dans la fraîcheur de l'ombre, comme la table à laquelle il s'était installé et d'où il pouvait aisément observer la Wiener Platz par le large portail grillagé.

Et voilà déjà qu'elle s'approchait à grandes enjambées.

Clara !

Celle qui n'avait pas la langue dans sa poche. Clara, cette fille si honnête. Sa belle-sœur. La sœur célibataire de Véra, qui vivait avec sa mère dans le quartier de l'Au, sa mère à qui il avait laissé le message le matin même : il fallait absolument qu'il parle à Clara, peut-être vers une heure dans le jardin de la Hofbräukeller, si du moins elle avait le temps ? La mère – sa belle-mère – n'avait pas daigné lui jeter un regard ; son silence ne lui avait craché que du venin. Elle ne l'avait jamais aimé. Si, en fin de compte, Véra l'avait tenu pour un débauché, sympathique au demeurant, aux yeux de sa mère comme de sa sœur il n'était qu'un grand voyou sans espoir d'amendement.

Clara la Rouge. Elle arrivait à grands pas, mal fagotée comme d'habitude, un peu plus potelée que Véra, chaussures solides et grossières aux pieds, vêtue d'une robe ample, comme en portaient les femmes qui prétendaient protester contre corsets et fanfreluches. Socialiste de la tête aux pieds. Une Clara Zetkin de Haidhausen ! Il se leva et lui tendit la main. Elle l'ignora et siffla entre ses lèvres blanches de rage : « Que tu oses te montrer, c'est déjà gonflé de ta part, pire que grossier, mais que tu oses le faire ici me confirme une fois de plus que tu n'es qu'un mufle.

— Clara, je t'en prie. »

Elle l'arrêta d'un signe de la main : « Épargne-moi tes simagrées, tu veux, je suis venue uniquement parce que je ne voulais pas manquer de te dire en face quel genre de type puant tu es. Tu es responsable de la mort de Véra et tu veux me rencontrer ici – ici, comme par hasard. Pouah ! Quelle horreur ! » Elle lui cracha au visage, fit demi-tour et d'un pas énergique prit la direction de la sortie.

Il demeura un moment sans voix.

Il s'essuya sommairement la joue d'un revers de manche et se lança à sa poursuite.

En trois pas, il l'avait rattrapée : « Clara, attends, mais attends donc. Clara, je t'en prie. » Il lui posa la main sur l'épaule.

Elle pila, quasiment pétrifiée.

« Ne-me-touche-pas, ne me touche pas, ou j'appelle à l'aide ! »

Il retira sa main. Dans la foule des clients qui entraient dans le jardin de la brasserie, on commençait à lorgner dans leur direction.

Il tenta de la calmer : « C'est bon, Clara, je ne te toucherai pas, mais laisse-moi au moins te parler, s'il te plaît, juste quelques mots. »

Elle se remit à marcher en silence et tourna dans la Grütznerstrasse. Il la suivit, muet lui aussi, en gardant ses distances, un pas et demi de côté derrière elle.

Quand ils eurent passé le pâté de maisons et qu'ils longèrent la rive de l'Isar sur un chemin désert, Clara s'arrêta brusquement, se retourna et l'affronta.

« Georg était un type si bien… »

La voix bouleversée, elle demeurait étrangement impassible. Il sentait qu'elle prenait sur elle pour ne pas crier.

Elle le regarda droit dans les yeux : « Tu sais, c'était pas un raté comme toi. Il avait de l'ambition, il était travailleur, il ne rechignait à aucune corvée, et voilà qu'ils l'abattent, ces fumiers ! » Elle avait les larmes aux yeux. « Tu sais, je te hais, parce que toi, tu vis, toi, le mari de ma sœur, le joueur, l'ivrogne, le cogneur. Tu reviens de la guerre sain et sauf et tu te conduis comme un fainéant, un voyou, et Georg est lâchement exécuté. Je suis tellement en colère ! » Elle secoua désespérément la tête, fit quelques pas hésitants, puis s'arrêta de nouveau.

Comme paralysé, il haussa les épaules : « Je suis désolé, je n'ai absolument pas pensé à cette histoire avec Georg. »

Elle se précipita sur lui et répéta, railleuse, main levée : « Absolument pas pensé, c'est tout toi, ça ! Là-haut, à cinq mètres de la table où il y a trois minutes tu as descendu ta bière en toute innocence, c'est là, sous le marronnier, qu'en 1919 Georg était étendu par terre avec les autres. » Les larmes lui jaillirent des yeux.

« Clara, cela me fait tellement de peine. »

Elle ne réagit plus à ses tentatives de la calmer, elle était tellement submergée par la rage qu'elle ne le voyait même plus.

Elle cracha sa haine : « Tu sais, douze hommes loyaux, désignés par ce salaud de curé, dénoncés comme communistes – *pff !* Rends-toi compte, Georg communiste ! Il ne savait même pas comment ça s'écrit… et ces fumiers, ils les butent, et en plus ils les dévalisent. Et Georg qui se vide de son sang pour rien, absolument pour rien ; il avait encore toute la vie devant lui, et ils le descendent comme ça, sans façon. » Elle claqua des doigts. « Ces criminels de droite, ces membres des corps francs. Tu sais, tout ça, c'est déjà plus que de la barbarie, ça dépasse l'entendement. Mais quand, après tant d'années, on arrête enfin ces assassins, ils sont acquittés ! Il n'y a pas trois mois de ça ! Rends-toi compte : ils abattent douze personnes, et on les acquitte ! »

Elle reprit sa marche en avant, moulinant des bras comme si elle déclamait à la tribune d'une réunion publique.

Il ne répliqua rien. Les mots étaient inutiles. Georg avait été le grand amour de Clara, elle ne s'était jamais remise de son exécution. Il la suivit lentement.

Il subit ses insultes : « Mais rien n'atteint Arno Lamprecht, mon adorable beau-frère ! » Elle l'imita avec méchanceté : « Ça me fait de la peine, Clara, ça me fait de la peine, ma chère Clara, j'avais complètement oublié cette histoire, ça me fait de la peine de picoler exactement à l'endroit où Georg s'est vidé de son sang, ça me fait de la peine, Clara, je n'ai pas pensé à mal, Clara. Véra a été assassinée, ça me fait de la peine, j'étais soûl quand ça s'est passé, ça me fait de la peine, malheureusement je n'étais pas là, je m'appelle Arno Lamprecht, profession motocycliste, ex-soldat, puis ivrogne, puis joueur, puis cogneur, et à la fin des fins j'ai précipité ma femme dans le malheur, et je suis devenu un assassin. »

Il l'attrapa par l'épaule et l'obligea à se retourner. Il la secoua violemment, lui hurla en pleine face : « Tu vas trop loin, tais-toi maintenant, et arrête de m'insulter tout le temps ! »

Elle le regarda pendant de longues secondes, bouche bée, hébétée, incrédule. Elle commença à lui marteler la poitrine avec les poings, lentement d'abord, puis en augmentant la cadence, de plus en plus vite, jusqu'à ce que ses bras faiblissent et qu'elle se mette à sangloter, proche de la crise de nerfs. Elle était si près de lui que son souffle haletant lui effleura le cou. Quand il voulut de nouveau lui poser la main sur l'épaule, elle le repoussa encore.

« Et alors, qu'est-ce que tu veux de moi ? » Sa voix était plus calme.

Il commença en hésitant : « Je voulais seulement parler de Véra avec toi. Est-ce que tu sais de quoi elle est vraiment morte ? »

Il l'entendit respirer bruyamment. « T'en as de ces questions ! Quelqu'un lui a tranché la tête. » Elle haussa les épaules, de l'air de celle qui ne comprend pas ce qu'on lui demande. « Et si tu as quelque chose à voir dans cette histoire, tu me… »

Il l'interrompit : « Véra est morte des suites d'un avortement, à cause d'une grave hémorragie. On lui a certainement coupé la tête après. »

Sa belle-sœur le dévisagea, bouche ouverte : « D'où tu sais ça ? »

Il pouvait enfin s'expliquer : « La police m'a tout raconté, dans les moindres détails. Pourquoi tu crois qu'ils m'ont relâché ? À l'heure de sa mort, je n'étais même pas à la maison, j'ai un témoin, mon patron, et je n'ai pas pu non plus lui couper la tête, c'est matériellement impossible : une voisine a témoigné qu'elle l'aurait remarqué, si j'étais ressorti après mon retour dans l'appartement. Tu comprends ? »

Il la regarda, l'air interrogateur, mais elle avait les yeux baissés.

« Tu comprends ? La tête a disparu et tu peux me croire que les flics ont retourné tout l'appartement, la cave, le grenier, et tout l'immeuble ! Rien ! Tu comprends ! Rien ! Ils n'ont absolument rien trouvé ! Je n'ai donc pu ni tuer Véra ni la mutiler. Tu comprends, enfin ? Sinon, je me baladerais pas en liberté ! Elle est morte des suites d'un putain d'avortement ! » finit-il par hurler.

« Elle s'est donc décidée quand même », murmura Clara. Elle lui tourna le dos, fit quelques pas et se laissa tomber sur le banc le plus proche.

Il se précipita, resta debout devant elle : « Comment ça ? Tu étais au courant ? »

Le regard de Clara l'évita : « Je le lui avais pourtant déconseillé, ne serait-ce qu'à cause de sa maladie du cœur. »

Il s'assit contre elle : « Je sais, Clara ! Mais, nom de Dieu, pourquoi est-ce qu'elle l'a fait quand même ? »

Elle s'éloigna de lui d'une longueur de bras tout en continuant à fixer les eaux de l'Isar. Elle lui jeta les mots à la figure : « Qui pourrait avoir envie d'avoir un enfant de toi ? D'un si grand vaurien. Tu sais combien de fois Véra est venue se plaindre à moi ? Des centaines de fois, mon cher ! Que tu ne cherchais pas sérieusement du travail, que tu ne prenais aucune responsabilité. Tu perdais ton temps avec cette histoire de courses de motos de cinglés, qu'elle ne savait jamais si tout ce que tu trafiquais n'était pas criminel. Combien de fois elle est venue s'asseoir dans ma cuisine pour pleurer ! »

On en était arrivé au point le plus délicat. Il aurait préféré se boucher les oreilles, mais il s'obligea à écouter, même si ses paroles le pilonnaient plus intensément que le feu roulant au front.

« Pas d'argent pour acheter à manger, pas d'argent pour le loyer, tout flambé au jeu ou, plus grave encore, tout au clou ! Et de temps à autre, tes éternels accès de violence ! Elle m'a même raconté que tu avais une fois mis ton alliance en gage en croyant qu'elle n'avait rien remarqué. Arno, Arno ! » Elle secoua la tête. « Et tu me demandes pourquoi elle a fait ça ! Elle était à bout de nerfs. Comprends ça une fois pour toutes, elle s'est fait énormément de souci pour votre avenir, pour votre petite famille – oui –, elle est même allée jusqu'à s'inquiéter pour toi. Jamais elle n'aurait mis un enfant au monde dans cette situation critique, financière et économique, au grand jamais ; pour ça, il aurait fallu que tu te conduises autrement, comme quelqu'un qui fait face à ses obligations, au rôle d'un père de famille… »

Les oreilles lui faisaient mal. Chaque phrase était une série de détonations. Il ne pouvait se défendre que mollement. *Mon Dieu, j'ai bu pour supporter le retour dans un pays qui n'en était plus un pour moi, vous comprenez, j'avais l'impression d'être un arbre déraciné. Et j'ai joué aussi parce que la guerre m'avait appris que seule la chance ou la guigne détermine la survie, pas le travail ni les économies. Je suis revenu dans un monde où régnaient les gros profiteurs de guerre et les lâches petits donneurs de leçons, ceux qui prétendaient m'expliquer qu'il fallait que je prenne place sans rien dire dans la file d'attente, sans me plaindre, jusqu'à ce que quelqu'un me donne par pitié un travail mal payé. Je ne l'ai pas supporté – Véra, Clara –, ça m'a fait dégueuler, ça me fait encore dégueuler, ça fait de moi une bête féroce...*

Il se leva, fixa Clara droit dans les yeux, respira par à-coups, incapable de répondre quoi que ce soit.

... et vous voyez bien ce qui se passe dans ce pays. La guerre n'est pas encore finie, elle continue tous les jours depuis 1919, la droite contre la gauche et contre les syndicats, la gauche contre la droite, les nationalistes et l'extrême droite, la droite et la gauche contre l'Église, chacun contre tous et tous contre chacun, et encore tous contre les Juifs et tous contre le traité de Versailles, et moi au milieu de tout ça, moi contre les propriétaires, contre mes associés et contre Véra, ma femme. C'est terrible, tout ça, je sais, mais croyez-moi, il faut toujours se battre violemment pour une place au soleil, et celui qui ne se défend pas, qui ne répond pas aux coups par des coups, celui-là reste sur le bord du chemin et perd la course...

« ... et tu n'es rien de tout ça, Arno. » La voix de Clara lui parvint de nouveau plus distinctement. « Et c'est pour ça qu'elle voulait le faire passer, cet enfant. Mais je lui ai dit que si elle n'avait pas assez d'argent, elle ne pourrait qu'aller chez une faiseuse d'anges et que ça, c'était dangereux, qu'il fallait qu'elle essaie de trouver l'argent pour consulter un vrai médecin. »

Il réussit à articuler quelques mots : « Et alors ? Tu as certainement pu aider Véra, comme ça, entre sœurs, je suppose que tu l'as certainement même confortée dans son idée. Alors, Clara, tu l'as envoyée chez qui ? »

Sa belle-sœur lui sembla se troubler un instant. Elle tripota nerveusement le col de son ample robe et se leva. Elle avait l'air moins sûre d'elle : « Je le lui ai déconseillé. Ne le fais pas, Véra, ne le fais pas, c'est dangereux. » Elle s'essuya le nez avec le dos de la main en reniflant. « Mais, j'ai encore dit, si elle jugeait qu'il n'y avait pas d'autre solution, qu'il fallait qu'elle aille à Hohenburg.

— Où ça ?

— Hohenburg, c'est le local du parti communiste pour les quartiers ouest. Un bistrot.

— Chez tes camarades, si je comprends bien.

— C'était mille fois mieux que chez un quelconque charlatan. »

Il répondit méchamment : « Et effectivement, ça s'est passé exactement comme prévu ! Et il est où, précisément, ce troquet ?

— Ganghoferstrasse, au coin de Gollierstrasse.

— Et c'est là qu'elle s'est fait avorter ? »

Sa belle-sœur le regarda avec mépris et ne lui cacha pas qu'elle le prenait pour un parfait crétin, même s'il avait cru un instant qu'un doute avait germé dans son esprit : avait-elle donné le bon conseil à Véra ?

« Non, naturellement ! Mais si elle est effectivement allée là-bas dans cette situation critique, on lui aura donné des adresses, comprends-tu, des adresses de médecins qui récusent comme nous l'article 218. »

7

« C'est chic, ça. » Théa le retint par la manche et posa la tête sur son épaule. « Et c'est même pas cher. »

Ils étaient devant une vitrine des grands magasins Wertheim, Leipziger Platz. Les gaz d'échappement empuantissaient le large trottoir. Des passants, bien ou mal habillés, jeunes ou vieux, circulaient, pressés, avec en point de mire la large entrée de l'établissement ; happés par une quelconque promotion.

« Alors, petite tête de gravure de mode, qu'est-ce que t'as à me bousculer comme ça ? » s'emportait un jeune homme. S'ensuivit une excuse sommaire.

Falk prit Théa par la taille, tenta de l'éloigner de la mêlée. Ils se retrouvèrent à la devanture suivante. Il leva les yeux au ciel. « Mais tu en as une armoire pleine, de ces trucs !

— Et alors, qu'est-ce que ça peut te faire ? »

Effectivement, qu'est-ce que ça pouvait bien lui faire. Rien, ça ne le regardait pas.

La tête de Huber, voilà ce qui lui occupait l'esprit. Il ne parvenait pas à l'oublier.

Il avait cru que cette histoire d'exécution était loin

derrière lui, alors qu'il trouvait tout doucement ses marques dans le monde nouveau en train de naître. Même les passants affairés qui se bousculaient si effrontément donnaient l'impression d'être plus paisibles que quelques années auparavant. Beaucoup parmi eux pouvaient dépenser plus, avaient plus de temps libre et même quelques sous de reste pour éventuellement assister à une course de motocyclettes.

Falk gagnait à présent suffisamment d'argent pour ne plus vivre aux crochets de Théa. Alors, à quoi bon changer quoi que ce soit ? Il avait un travail fixe et se sentait reconnu. Et les courses lui procuraient ce moment de tension nerveuse qui débrouillait les choses en les réduisant à leur plus simple expression : combat – et… victoire ou défaite. C'était pas plus compliqué que ça ! Quant au reste, le monde paraissait diablement confus. Bien plus embrouillé qu'il ne l'avait cru à la fin de la guerre.

Avec Théa, il s'était habitué à une vie insouciante mais tout aussi excitante, et il avait oublié cette histoire de Munich. Enfin presque ; il l'avait rangée dans un coin de sa mémoire, le temps passait si vite…

Un jeune homme en uniforme de cadet se tint tout à coup à ses côtés, surgi de l'ancien monde. Il le reconnut à peine. Les vieilles histoires reprirent la main. Tout se compliquait, devenait soudain très trouble. À commencer par ce Lamprecht, puis ce retour du colonel avec son journal, autant de signes peu ragoûtants. Il fallait qu'il soit prudent et revoie Pachl et von Solz – si toutefois il réussissait à les retrouver.

De toute façon, il ne pouvait pas croire que l'un ou l'autre ait agi en traître. Il se mettrait en quête de Volkmar von Solz dès le lendemain, et sitôt que le calendrier des courses le permettrait, il rendrait une petite visite à Pachl. Ce Munichois pur sucre n'avait certainement pas déménagé.

Son regard erra sur les mannequins de la vitrine. Certains portaient des vêtements très à la mode, avec des corsages. D'autres, nus, attendaient leurs parures, à d'autres il manquait un membre.

Il préférait les poupées avec leur tête.

Dans quelle histoire s'était-il embarqué à cette époque-là ? Cela remontait à bien loin, au temps où un mot en trop était déjà une traîtrise. Traître à la patrie, traître au peuple, traître à la cause nationale, traître à l'armée, traître envers les camarades, haute trahison : la trahison guettait partout. On vivait dans un monde de félonie, sous le joug de ce honteux traité signé par les plus misérables de tous les traîtres. Celui qui exécutait ces renégats ou leurs sympathisants agissait en légitime défenseur du peuple, au nom de l'honneur bafoué. Même la justice se montrait compréhensive à cette époque. Mais à présent ? Pouvait-on encore espérer sa clémence automatique et une relaxe ?

Il jouait son va-tout ! Son avenir, les courses de moto, sa carrière ! Il y allait de l'affection de Théa ! Car il ne lui avait évidemment rien dit de cette histoire avec Huber. Mais n'avait-elle pas raison quand elle commentait les événements des journaux en prétendant qu'il n'était pas question de justifier toutes les bassesses et toutes les violences au nom du drapeau de l'honneur national ? Peut-être que si. Mais les troubles consécutifs à la guerre avaient marqué une sorte de transition. À cette époque, on ne parlait ni de droit ni de loi, tout le monde avait essayé d'imposer ses intérêts et ses vues en usant de violence.

Il lut « col de castor » sur une étiquette. Nom d'une pipe, qu'est-ce que pouvait bien être un *col de castor* ? Il vit le sourire amusé de Théa : « Très élégant, très *ladylike*. Mais c'est écrit là, tiens : c'est un *manteau de midinette*. »

Elle l'attira vers un mannequin de la vitrine suivante, vêtu d'une robe en satin bleu nuit, avec cette étiquette explicative : « Donne l'allure élégante ».

Pas aux yeux de Falk. Informe, le satin tombait comme une serpillière des épaules de la poupée. Elle avait un air délibérément masculin, avec cette raie sur le côté et ces cheveux coupés « à la garçonne », ces oreilles dégagées.

On dirait un homme avec des boucles d'oreilles, engoncé dans un sac, se dit-il ; même Théa ne portait pas les cheveux aussi courts.

On pouvait encore lire, entre parenthèses : « Velvet ». De nos jours, le loden et le costume traditionnel sont choses surannées, aurait dit Théa, en prononçant à l'anglaise : la mode est *internachoneule*. Mais Théa ne disait rien et désignait des escarpins pointus ornés de strass sur les talons.

Le dernier cri[1].

« Oh ! il me les faut. » Théa voulut l'entraîner par la porte ouverte à deux battants.

Mon Dieu ! Des robes courtes bouffantes, des coiffures d'hommes et des chaussures pour jeunes filles frivoles ! D'une certaine façon, l'époque contemporaine était tout de même un peu trop légère pour lui. Changement de mentalité ne signifiait pas automatiquement

1. En français dans le texte.

changement de mode. Et le colonel n'avait-il pas raison ? Les grands magasins mettaient à la rue les tailleurs qui faisaient tous faillite. Un passant le heurta à l'épaule. Non, il en avait assez pour aujourd'hui. Pour lui, le lèche-vitrines était terminé.

« Non, Théa, tu vas encore me traîner d'une cabine d'essayage à l'autre. Je sais tout du *dernier cri*, tout ce dont la femme du monde a ab-so-lu-ment besoin : les chaussures ici, la robe là, et je vais de nouveau me retrouver à trotter derrière toi comme un âne bâté, jusqu'à ce que, comme souvent, on atterrisse ce soir tard au théâtre du Nollendorfplatz, et tout ça pour voir pour la énième fois une opérette ennuyeuse bourrée de rengaines. »

Elle fit la moue : « On ne peut tout de même pas toujours assister aux combats de boxe ! Ne sois pas rabat-joie, viens avec moi, peut-être qu'on trouvera aussi quelque chose d'élégant pour toi.

— Non, je n'ai vraiment pas de temps à perdre. Il faut que je me lève tôt demain matin, tu sais que je veux tester la nouvelle motocyclette pour voir de quoi elle est capable sur une longue distance. Et je veux aussi tâter du parcours de la course d'automne de Brandebourg.

— Ah bon ! Et pourquoi demain, précisément demain ?

— Parce qu'il faut que je m'entraîne, pour que je sois bon, pour que je sois toujours sur le podium et que tu sois toujours à mon côté. » Il serra Théa contre lui.

Et pour que Lamprecht ne mette pas ses sales pattes sur toi.

Il préféra garder cette remarque pour lui, sinon elle lui en rebattrait les oreilles pendant toute une semaine. Mais la manière dont cet individu tournicotait autour de Théa était par trop évidente. Est-ce ainsi qu'il lui rendait la monnaie de sa pièce à cause de cette vieille histoire ? Ou bien était-il tout simplement tombé sous son charme, comme tout le monde ?

Elle sourit, flattée, lui déposa un léger baiser sur la joue, puis s'en alla après un dernier soupir condescendant.

« Bien, je vais donc y aller seule. À demain matin. »

Théa n'avait certes pas l'air de lui en vouloir quand elle disparut dans le magasin, mais sa démarche énergique donnait à penser qu'elle venait de lui annoncer une nuit longue et bien arrosée. Oui, il imaginait bien la chose : demain matin, à six heures, tandis qu'il beurrerait les tartines de son casse-croûte, elle rentrerait à la maison, les yeux battus par cette longue nuit, la mine défaite mais toujours réjouie, balançant ses chaussures à travers l'appartement et massant ses talons endoloris.

Peut-être devrait-il quand même rester avec elle ?

Il l'imagina au théâtre durant l'entracte, sirotant du mousseux avec des vieux galants comme le directeur ou bêtifiant avec une floppée de jeunes gens qui voltigeaient autour d'elle avec empressement – comme les mites autour d'une lampe –, et il la vit encore dans une boîte de nuit, habillée d'une de ces robes courtes qu'elle allait acheter, en train d'*en tourner une sur les talons*, comme elle aimait à le dire en berlinois, tandis que ses déhanchements en dansant le Black Bottom relèveraient de manière inconvenante l'ourlet de sa robe.

Cette affaire avec Volkmar pouvait peut-être encore attendre une journée ?

La jalousie s'empara de lui une fois encore. Il demeura un moment indécis. Non, cette histoire avec Huber ne pouvait pas attendre. Si quelque chose venait au jour, c'en serait aussi fini avec Théa. Jalousie ou non, il fallait qu'il commence son enquête.

Falk avait du mal à croire qu'un de ses vieux camarades aurait été assez fou pour revenir en cachette au trou qu'ils avaient creusé, déterrer le cadavre et lui trancher la tête. Pourtant, elle avait bien été coupée, cette tête. Mais quand et pourquoi ? Un fou pouvait avoir mille raisons, naturellement, mais la plus vraisemblable pouvait être un chantage. Un des assassins ? C'était peu vraisemblable. Un complice ou un témoin inconnu de la scène, qui aurait eu besoin de cette tête comme moyen de pression, peut-être ? Et qui voulait-on faire chanter ? Lui, Pachl ou Volkmar, ou même le colonel ? Celui-ci n'avait fait aucune allusion qui allât dans ce sens, mais peut-être n'avait-il pas tout dit…

Peu importe, il suffisait d'une branche pourrie pour semer une belle pagaille, répandre inquiétude et méfiance. Le colonel avait-il raison ?

Il fallait tirer les choses au clair, et vite.

*

Théa rentra encore plus tard qu'il ne l'avait imaginé. Il était en train de graisser sa motocyclette, les essieux, les transmissions, différentes pièces du moteur, l'articulation de la pédale de kick, quand elle descendit toute réjouie d'un taxi. Il ravala sa colère dès qu'elle lui passa les bras autour du cou. Elle sentait encore l'alcool et avait les yeux rêveurs. « Conduis prudemment et reviens vite. »

Il rit : « Le mieux serait vers trois heures de l'après-midi, hein, quand tu te réveilleras ? » Sa colère s'était envolée.

Elle marmonna quelque chose tout en bâillant à se décrocher la mâchoire. Lanières des chaussures en main, clopinant un peu, elle monta pieds nus les marches qui menaient au perron. Avant de franchir la porte, elle se retourna encore et lui fit un bref signe de la main.

Il appuya à fond sur la pédale de kick, enfourcha sa machine, accéléra plusieurs fois, et de manière si bruyante qu'il fit sans doute cadeau de quelques voisins à une association contre le bruit. Puis il ajusta sa casquette et ses lunettes de vitesse, embraya et fonça sur le chemin de gravier jusqu'à la chaussée.

Il traversa les rues vides du quartier des villas en direction de la vieille Heerstrasse, de la Reichstrasse qu'il suivit rapidement en direction de Bernau, Eberswalde.

Il n'y avait presque pas de circulation à cette heure matinale, et il sortit très vite du centre-ville.

Il avait consulté le Gotha pour trouver l'adresse de Volkmar. Le quartier général de la famille se trouvait aux confins de l'Uckermark. Il pourrait rouler vite jusque là et pousser la machine à fond le plus souvent possible. Au retour, pour solliciter au maximum la carrosserie, il avait l'intention de prendre des petites routes pleines d'ornières et des chemins cahoteux semés de cailloux comme on en rencontrait si fréquemment dans la plupart des courses.

S'il lui restait encore suffisamment de temps après sa visite à l'Uckermark, il pourrait refaire le trajet, puis bien se mettre en mémoire la configuration et les difficultés du parcours avec lequel la course d'automne du Brandebourg mettrait fin à la saison. Ces derniers temps, il l'avait déjà emprunté pour s'approprier chaque virage, chaque bosse et chaque creux de terrain, chaque revêtement de sol. Il n'était pas à exclure que cette dernière course décide du championnat et il voulait absolument être prêt. Il connaissait l'itinéraire comme sa poche : peu à peu, la motorisation avait fait du Brandebourg un faubourg de Berlin.

Encore enfant, il ne s'était pas beaucoup éloigné des environs du domaine paternel. On n'allait pas bien loin en patache. Tout lui semblait alors immense. Et à présent ? Plus les motocyclettes devenaient rapides, plus son monde rapetissait. Plus il se compliquait aussi ; comme un petit mécanisme d'horloge.

Il n'eut pas le temps d'épuiser la question. Il fut vite rendu, mais Volkmar était absent. Il sirota donc un thé sur la véranda avec sa mère et sa sœur. On avait une vue impressionnante sur le domaine et les pâtures environnantes. Un étalon noir était sellé dans son enclos, plusieurs chevaux de race broutaient à l'envi dans un pré, s'ébrouant continuellement pour chasser les innombrables mouches qui dérangeaient aussi la compagnie.

La mère n'était pas contente de son Volkmar. La moue dédaigneuse, elle se laissait aller à d'amers reproches. Le caractère versatile, la perpétuelle bougeotte que ce garçon avait en lui l'attristaient, se plaignit-elle en agitant sa tapette à mouches d'un air menaçant. Au lieu de s'occuper de son propre domaine, se lamentait-elle, de semer et de récolter, comme il se doit pour un hobereau, il préférait défendre des propriétaires étrangers dans les pays baltes.

La tapette claqua près de la tasse à thé de Falk et écrasa une grosse mouche bleue sur la nappe.

Mais ce n'était pas tout, continuait-elle, redevenue impassible ; il combattait les Rouges dans la Ruhr, les Polonais dans le nord de la Silésie, ne donnait quasiment jamais de ses nouvelles et faisait tout pour continuer à se consacrer au métier de soldat. Même quand la situation s'était apaisée dans le Reich, il n'avait pas entendu l'appel de l'héritage et de la tradition qui lui commandait de labourer consciencieusement pour sa famille et les domestiques ; au lieu de cela, fit remarquer presque méchamment la vieille dame, il s'était après la guerre acoquiné à Munich avec des lansquenets en maraude et des romanichels sans ressources, et pire encore, plutôt que d'ensemencer la lande de Brandebourg, il était parti en 1924 en Amérique du Sud pour continuer à mettre des braves gens sous terre.

Falk se sentait mal à l'aise. Il prit rapidement congé.

La sœur l'accompagna jusqu'à sa motocyclette. « N'en veuillez pas trop à ma mère de ses jérémiades. Elle pense dans des catégories très étroites. Pour elle, l'essentiel, c'est sa maison et sa famille. Elle ne connaît rien d'autre. Qu'on puisse porter le regard sur de grandes choses et embrasser l'horizon, cela dépasse son entendement. Et Volkmar est un soldat, justement. Et nous aurons besoin de soldats si nous voulons un jour redresser l'Allemagne et remettre à leur place ces bavards de démocrates. » Elle avait dit cela avec une grimace dégoûtée.

Falk hocha la tête en signe d'approbation.

Au revers de sa veste de cavalière était épinglée une petite croix gammée. Portait-elle toujours ce macaron ? Qui voulait-elle impressionner durant ses promenades à cheval ? Les ouvriers agricoles polonais ?

« Mais inutile de vous expliquer tout ça, à vous. » Elle lui souriait de ses mille taches de son, écarta de son front une de ses mèches rousses et se coiffa de sa casquette.

Falk comprit qu'elle non plus n'appréciait pas que Volkmar eût tant la bougeotte. Avec la lourde dette de sang que le corps des officiers issus de la noblesse terrienne avait payée à la guerre, ce n'était certainement pas simple pour elle de trouver un homme de son rang, un hobereau qui les aiderait, sa mère et elle, à faire face aux importants travaux du domaine.

Elle essaya de faire pirouetter sa cravache entre trois doigts. « Il m'a écrit qu'il rentrerait vraisemblablement cet été. » Elle se retourna. « Mais je ne l'ai pas encore dit à la vieille. Elle ne supporterait pas que quelque chose vienne encore une fois l'en empêcher.

— Si vous apprenez quoi que ce soit, soyez aimable de me prévenir. »

Falk lui donna son adresse, prit congé et appuya à fond sur la pédale de kick. Dans le rétroviseur, il la vit dans la poussière en train de calmer son cheval en lui flattant l'encolure.

8

À intervalles rapprochés, Arno fit hurler plusieurs fois la Sarolea. Il aurait aimé en avoir déjà fini avec cette deuxième course pour le championnat d'Allemagne ; enfin gagner des points.

« Magnez-vous le train ! »

Des nuages de gaz d'échappement l'enveloppaient.

C'était son jour. Il le sentait. Il était tendu à l'extrême. Concentré, il fixait le bras du starter.

Il se projeta en pensée dans l'étroit passage par lequel il allait se faufiler. Il était prêt. La distance lui convenait. Il avait le profil des virages bien en tête, il possédait une technique risquée mais qui jouait en sa faveur pour contrer la force centrifuge et maîtriser ce genre de courbes. À dire vrai, le grand con n'était pas mauvais non plus dans les virages, mais von Dronte avait fait un mauvais temps aux essais et se trouvait relégué aux dernières places, loin de la ligne du départ.

Le rugissement de sa Sarolea couvrait celui des autres moteurs. Elle avait l'air de claironner pour la charge. Il sentait toute sa puissance entre les jambes.

« Allez, baisse enfin ton drapeau ! » Il avait des crampes dans le mollet de sa jambe d'appui, et sentait peu à peu la rage monter en lui. Il fallait qu'il se calme, sinon il allait encore tout gâcher : l'irritation risque d'entraîner la défaite.

Mais le départ traînait encore. C'était l'ambulance qui bloquait le circuit, à présent. On brailla dans les haut-parleurs que le directeur technique de la course avait eu un accident avec sa motocyclette lors de la dernière vérification du parcours et qu'il s'était cassé les deux jambes et un bras.

Mauvais présage ! Ce type n'était pas un pilote du dimanche ! Une preuve de plus que le circuit du Wildpark de Karlsruhe, avec ses quatre virages quasiment à angle droit, n'était pas une promenade de santé.

Arno tenta une fois encore de se passer en revue dans sa mémoire la configuration des trajectoires, ce qui ne calma pas son impatience. Toute la tension était concentrée dans la main qui commandait à la manette des gaz. Il fallait qu'il aligne le meilleur départ, et il ne voyait donc plus que ce passage étroit. Il voulait s'y précipiter d'entrée, gagner la meilleure position et laisser la poussière à ses concurrents.

Le starter ne donnait toujours aucun signe. Il ne le supporterait plus longtemps. Il refit en pensée le chemin de la Hohenburg, la brasserie des communistes. Il fallait qu'il rentre à Munich le plus vite possible et se voyait déjà en train de remettre de l'ordre dans tout ça.

Quelqu'un criait à l'oreille du starter, les mains en cornet, et peu de temps après, celui-ci fit signe de couper les moteurs.

« Putain de bordel de merde ! » Arno lâcha le guidon, remonta ses lunettes sur sa casquette en cuir, respira profondément et observa ses concurrents.

Il était dans la deuxième rangée, entre Paule Roberts et Franz Islinger, qui jouait à ne plus pouvoir retenir sa NSU 251. En bout de rang, Fiffi Gernersheim et Max Kaloschke balançaient leurs machines entre les jambes. Pilotes d'opérette. Tous juste bons à épater la galerie, quoi.

Sur la première ligne, les grands du monde de la motocyclette s'observaient. Ils avaient l'air plus concentrés : Kornmann sur Euperia, Henne sur BMW, Soenius sur Indian, Petzold sur sa Brough Superior et, juste devant lui, la Flèche rouge, Gregor Geyer sur Horex.

Paule Roberts détacha la jugulaire de son casque et se tourna vers lui : « T'as pensé, entre-temps, à rejoindre notre association ? » Avec sa veste mi-longue couleur kaki, les bottes de cuir qui lui arrivaient au creux du genou et dans lesquelles il avait pincé ses culottes de cheval, il ressemblait au portrait de ce général von Lettow-Vorbeck qui avait commandé les troupes en Afrique orientale. « On aurait bien besoin d'un gars comme toi », insista-t-il.

Il commençait à lui bassiner les oreilles, celui-là, avec sa politique. Depuis deux jours, il le serinait au sujet de puissantes formes organisationnelles, que les pilotes allemands devaient se tenir les coudes et qu'il fallait soutenir la production motocycliste nationale.

Arno n'avait écouté que d'une oreille, il se revoyait devant la porte fermée de la Hohenburg. Immédiatement après sa discussion avec Clara, il était allé repérer les lieux, mais un écriteau en carton interdisait toute question : Fermé pour cause de maladie. Et les coups de pied contre la porte d'entrée n'avaient servi à rien. La voix de Paule le ramena à la réalité : « On est de plus en plus nombreux.

— De quelle association tu veux parler ? » Arno tamponna la sueur qui lui coulait le long du nez.

Transpirer avant la course ! Cela n'était pas bon signe… Paule découvrit le revers de sa veste. « Celle-là, bien sûr, une association tournée vers l'avenir. » Un petit macaron avec une croix gammée émaillée étincela.

« Ah bon, t'es avec les Bruns. Et qu'est-ce qu'ils feraient de mieux ? »

Paule eut l'air un peu déçu et rabattit son revers. « Au moins, eux, ils font quelque chose pour nous, je veux dire pour l'automobile, avant tout pour la motorisation, pour les conducteurs d'automobiles et les pilotes de motos, pour les spécialistes comme nous autres, quoi. J'ai lu un article dans le journal de notre parti, de Hühnlein, notre maréchal des logis ; ah ! là, là ! ils ont de ces perspectives d'avenir ! On pourrait devenir quelqu'un, toi et moi.

— Toi et moi, répéta Arno en replaçant ses lunettes de protection sur le nez, toi et moi, on veut devenir champion d'Allemagne, du moins c'est ce que je crois. Alors, fais attention, parce qu'on va y aller ! »

Le starter avait levé le drapeau rouge. Les pilotes remirent leurs casquettes, chaussèrent leurs lunettes et firent redémarrer les moteurs. Le bruit assourdissant reprit.

Il crut encore entendre : « … champion, oui, mais sur une machine allemande », et le drapeau fut baissé.

Tandis qu'il bondissait en avant, moteur hurlant, il entendit les acclamations des spectateurs qui s'unissaient aux crissements des pneumatiques qui brûlaient le bitume. Il s'engouffra dans une nappe de fumée et de caoutchouc brûlé et se retrouva aussitôt dans le passage tant convoité, en pleine bagarre, au centre de toutes les silhouettes volantes, en plein milieu de la chasse. Le vent de la course lui explosa littéralement dans la bouche, et déjà il avait sauté Petzold. Les arbres de l'allée se précipitèrent à sa rencontre et, à gauche et à droite de la piste, les spectateurs se métamorphosèrent en deux bandes de papier multicolores et frémissantes. Un peu avant le premier virage à droite, Paule le déposa presque en se jouant et il eut encore le culot de corner triomphalement.

« C'est la guerre que tu veux ? » Il se catapulta dans le virage et se déporta un peu sur la droite. Gregor Geyer dut freiner, perdit du terrain et resta derrière lui dans les lignes droites qui suivirent.

« Bien fait pour ta gueule ! » Sa roue avant toucha presque la queue de carpe du pot d'échappement de Paule Roberts. À la Stutensee Allee, il passa sur la droite, accéléra et embarqua Soenius et son Indian dans un duel pour la meilleure attaque du virage. « C'est même bien fait pour *vos* gueules ! »

12e tour. Et déjà le tableau d'affichage avait disparu à sa vue. Geyer et la Zündapp noire de Freddy Taddeus fonçaient devant lui dans la Grabener Allee. Seppl Stocker l'avait doublé aussi sur sa Wanderer jaune en s'engageant dans le deuxième virage du neuvième tour, quand il avait malencontreusement passé la mauvaise vitesse. Devant ces trois-là, il le savait, fonçaient encore vers le but Islinger, Henne, Soenius, Kornmann et Paule Roberts. Il avait encore le temps, restaient quinze tours, presque 110 kilomètres et soixante virages ! La bataille était loin d'être terminée !

17e tour. Taddeus avait été sa première victime. Dans le virage avant la ligne d'arrivée sa Zündapp n'avait pas eu l'ombre d'une chance, elle eut même l'air arrêtée quand il s'engouffra dans le couloir idéal, telle une boule de billard à laquelle on eût donné de l'effet. Et il vola à la rencontre d'Islinger sur sa NSU. Celui ci avait manifestement des difficultés avec son moteur qui cafouillait et crachotait. Un favori de moins ! Après le virage suivant, il dépassa le grand con comme une fusée : von Dronte marchait au bord de la piste en poussant sa Victoria vers la ligne d'arrivée. Éliminé ! Quelques secondes plus tard, il coudoyait Seppl Stocker, cette grande gueule de Bavarois.

20e tour. Stocker était à bout. Il ne s'agissait plus maintenant que de lui infliger une bonne correction sous les yeux du public. Sur la ligne droite de départ, là où les spectateurs hurlaient sur les tribunes, il dépassa la Wanderer sous les applaudissements de la foule, enveloppa sa proie dans un nuage de poussière et l'abandonna aux suivants. Mais Gregor était une autre pointure. La Flèche rouge, ou Gregor le Rouge, comme l'appelaient les pilotes parce qu'il sympathisait ouvertement avec la gauche, faisait bien attention dans les virages et ne le laissait absolument pas se mettre à l'abri dans son sillage. Et pourtant il lui régla son sort au virage suivant. Gregor le Rouge rata la trajectoire idéale et dut rétrograder. Une seconde ! Une seule seconde, et il était passé. Puis, tout de suite, virage à gauche au bord de l'Allee, tout près du public qui hurlait. Au bon moment, avant le virage suivant, se porter sur la droite en conservant un train d'enfer – des banderoles de réclame, des visages, des bras qui s'agitent, des cris ! Mettre les gaz, à fond les manettes ! La Horex avait disparu, il ne restait plus devant lui que Paule, Kornmann, Henne et Soenius.

26e tour. Ils formaient un peloton de cinq pilotes – et il était en tête. Incroyable ! « Arno ! Arno ! » Les acclamations des spectateurs retentissaient dans le Wildpark, l'éperonnaient, le poussaient aux limites. *Celui qui freine a perdu !* Les vérités de Lapompe cognaient dans son crâne avec la rapidité des changements de vitesse et les mouvements presque automatiques de la machine. Se pencher sur la gauche, se redresser, changer de ligne, se pencher sur la droite, se jouer de la force centrifuge, éviter de se laisser aspirer, garder l'avantage – encore un tour, plus que quatre virages. Incliner à gauche. Encore trois virages. Passer sur la droite – nom de Dieu – trop près du public – des cris – correction de trajectoire – la BMW de Henne se glissa furtivement à sa gauche, sa trajectoire idéale était coupée, il ne servait à rien de se bousculer. Henne s'entêtait, cherchait l'épreuve de force, et – merde – Soenius collait à la roue de Henne. Le virage vers la courte ligne droite à présent, se pencher à gauche. Il s'en doutait, le ressentit douloureusement dans l'oreille : l'angle d'inclinaison ne collait pas, mais il n'y eut pas de problème pour Henne et Soenius qui entrèrent élégamment dans le virage, aérodynamique parfaite. Il dut rétrograder. Une seconde, une seule seconde – troisième position. Paule voulut aussi l'avaler. Arno avait déjà engrangé deux points : sa troisième place à Hanovre. Non, ne pas le laisser passer, il fallait qu'il monte sur le podium. Il sentit qu'il écrasait les pieds d'un spectateur, entendit le cri qui se perdit aussitôt dans le vent de la course et accrocha avec le repose-pied droit un parapluie qui fut arraché des mains d'une femme et l'accompagna quelques brèves secondes, jusqu'à ce qu'il se prenne dans la barrière de sécurité. Paule dut freiner. Pas de bol. Encore deux virages ? Adieu à la Stutensee Allee ! Happé par le dernier virage. Sans problème. La ligne droite d'arrivée. Henne passa à toute allure sous le drapeau, suivi de Soenius, et puis lui – troisième –, avec moins d'une putain de seconde de retard sur le premier. Mais après tout : deux points. Quatrième Paule, cinquième Kornmann.

Bammel lui avait fait promettre de supporter avec vaillance le banquet de la victoire dans la grande salle du Kolosseum, alors que cela le démangeait de partir pour Munich immédiatement après la course pour tirer les choses au clair.

Bammel, qui ne pouvait être présent à Karlsruhe parce qu'il essayait une fois de plus de trouver de l'argent comme le soupçonnait Wotava, l'avait exhorté à respecter les contrats avec Sarolea et par conséquent à être présent à la remise des prix. Raison de plus, puisqu'il était dans les trois premiers. La marque de la motocyclette ferait de nouveau tous les titres et on pourrait la lire sur toutes les réclames. En outre, Bammel lui avait rappelé leurs affaires dans l'Eichsfeld, ainsi que la compétition de l'Olympia à Berlin, organisée par un fabricant de motos et conçue pour être une manifestation publicitaire efficace en direction du public.

Promis, Arno ?

Promis.

Il savait bien de quoi il était question dans ces compétitions : d'affaires. Les promesses et les contrats doivent être respectés, pas de problème et, en plus, il était plus raisonnable de descendre à Munich le lendemain, après une nuit de repos.

C'est ainsi qu'il se jeta dans son beau costume. Il avait coiffé ses cheveux en arrière, comme Rudolf Valentino. Wotava avait même mis de la pommade sur les siens.

Et tandis que son mécanicien cherchait une place libre, on le conduisit à une table réservée aux pilotes professionnels, celle qui se trouvait immédiatement à côté de la scène. La plupart des collègues étaient déjà là. Il les connaissait tous, seuls lui étaient étrangers les nombreux amateurs, les seniors et les pilotes privés, les membres des clubs de motocyclistes locaux, qui couraient chacun dans sa catégorie.

Paule Roberts était à la table voisine et ignora son salut, faisant comme s'il se concentrait sur les explications auxquelles il se livrait à haute voix pour justifier que cette fois encore il n'avait raté que d'une épaisseur de pneu la victoire. Une table plus loin, il reconnut le grand con, main ouverte bavarde, en pleine discussion avec Max Kaloschke.

Fumiste ! Il avait eu le souffle court pendant la course, mais ici il se gonflait comme une outre !

Arno s'assit à côté de Franz Islinger, commanda une pils et un schnaps et s'orienta dans la salle.

Il ne mit pas longtemps à la trouver. Elle se tenait au fond de la scène, un papier à la main, essayant d'influencer le chef de l'orchestre de danse. Dans le contre-jour des projecteurs, il discernait la forme de ses longues jambes et, effet de l'éclairage, sa robe courte avait l'air de se métamorphoser en un voile de gaze – un spectacle à vous couper le souffle.

Islinger, fasciné lui aussi, regardait dans la même direction.

« Quelle femme, hein, Arno ! »

Il avala sa salive.

« Euh, ben oui. »

Islinger fit claquer sa langue : « Théa von Bock ! Belle, riche… et mangeuse d'hommes. En fait, trop bien pour une déesse des motocyclistes. Elle devrait faire du cinéma.

— Ou venir chez moi, à la maison. » La réflexion lui avait échappé. Comme ça, sans plus.

Islinger leva son verre de mousseux et trinqua avec lui : « Continue à rêver, Arno. De toute façon, t'as pas de chez-toi, et pour une femme comme ça, il t'en faudrait un ; alors arrête de déconner, tu ne vis que dans des chambres d'hôtel minables, comme moi.

— Et ce von Dronte ? »

Islinger secoua la tête. « Attends, mec, c'est pas la même cylindrée. Vieille noblesse terrienne de Poméranie, maladie vénérienne, décadent, fauché, mais allure stylée, sûr de lui. Il a de l'instruction, sait se tenir en société et a quelque chose que tu n'as pas, mon vieux : un patronyme qui remonte à Barberousse.

— Arrête, Franz, pitié ! » Les remarques d'Islinger le blessaient. Quoiqu'il eût certainement raison, Arno n'abandonnait pas tout espoir. Pas avec ces nombreuses distributions de prix, ces remises de coupes qu'elle maîtrisait de manière routinière et charmante, ou avec ces minauderies envers des hommes âgés en frac qui avaient bien du mal à cacher leur intérêt pour elle. Il remarqua avec soulagement qu'il ne l'avait pas encore vue une seule fois à la table de von Dronte. Y aurait-il de l'eau dans le gaz ? Avant qu'il puisse se repaître de cette idée agréable, il fut appelé sur la scène pour la remise des prix.

Installé aux côtés de Henne et Soenius, il laissa ronronner sur lui le discours du responsable de la course, jusqu'à ce qu'enfin elle se tienne devant lui et lui tende une coupe en argent, qu'il pinça sous le bras gauche pour l'enlacer avec le droit tandis qu'elle lui donnait deux légers baisers sur les joues. À travers la fine gaze de sa robe, il sentit qu'elle ne portait ni corsage ni soutien-gorge. L'idée qu'elle était presque nue sous sa robe l'excita et le dérouta à la fois. Il avait le sentiment de l'avoir serrée quelques battements de cils de plus que ne l'autorisait la bienséance et crut sentir qu'elle s'en était rendu compte, elle aussi, mais qu'elle l'avait toléré.

« Toutes mes félicitations, Herr Lamprecht, mes meilleurs vœux ! Troisième place. Toute ma considération. »

Mais dans ses yeux il ne découvrit aucun signe de connivence. « Je sais perdre, chère madame. À

Hanovre, je n'ai pas pu vous dire… » Il était tendu. Mais qu'est-ce qu'il n'allait pas lui raconter là ?

« De quoi parlez-vous ? Vous avez gagné, Arno. Vous permettez que je vous appelle Arno, n'est-ce pas ? » Elle lui souriait cordialement.

« C'était juste pour causer.

— Deux points pour le championnat d'Allemagne. Vous pouvez être satisfait. »

Elle s'éloigna de quelques mètres et demeura à côté du président de l'Association des motocyclistes de Karlsruhe qui annonça que la cérémonie de remise des prix était close et que la course du Wildpark était terminée pour cette année. Tous les motocyclistes se précipitèrent sur la scène.

Arno entendit encore le président qui annonçait : « Avant que la musique ne vous invite à danser et que nous passions à la partie moins officielle, moins guindée… et disons, plus humide de la soirée, je ne voudrais pas omettre de remercier tous les participants à la manifestation, tous les organisateurs et toutes les parties prenantes, et plus particulièrement nos courageux vainqueurs, ces figures de proue de notre sport et enseignes de leurs entreprises. Et en ce sens, un triple hourrah ! »

« *Heil !* » répondit la salle.

« Hourrah, hourrah ! »

Des spectateurs bondirent sur leurs chaises :

« *Heil !*

— Hourrah, hourrah ! »

Et l'écho s'amplifia : « *Heil !* »

Quelle belle manifestation ! Arno regarda la foule qui applaudissait et fut très impressionné. Il sentit la chair de poule sur ses bras en même temps qu'une odeur d'alcool s'imposait derrière lui.

« J'ai qu'une chose à te dire : ôte tes sales pattes de ma femme. »

Le grand con ! Arno se retourna dans l'intention de lui rendre l'exacte monnaie de sa pièce, mais il était déjà hors de portée.

Il le vit sourire au bord de la scène et marcher bras ouverts vers Théa.

9

Après sa mauvaise performance à Karlsruhe, Falk fit examiner sa machine sous toutes les coutures à Nuremberg. L'ingénieur en chef Steinlein en personne mit la main à la pâte, jusqu'à ce que tous les problèmes soient résolus et la révison terminée.

Puis il reprit la route vers Munich pour enfin sonder Pachl. Il saisit l'occasion pour tester les nouveautés de Steinlein. Nuremberg-Munich aller-retour, voilà qui le maintiendrait lui aussi en forme.

La moto ronronnait sans problème, alors qu'il poussait souvent la Victoria à fond. Il eut des difficultés pour se ravitailler en carburant, il n'y avait que dans les grandes villes qu'on pouvait espérer un approvisionnement régulier. À la campagne, il dut se procurer le précieux liquide dans une pharmacie. En bouteilles de deux litres.

Il fallait donc prendre ses précautions pour un long trajet. Le directeur avait-il déjà pensé à un réseau de postes à essence, y compris en province ? Certainement. Il n'arrêtait pas de pontifier qu'il ne fallait pas oublier de songer aux conséquences du trafic en constante augmentation. Il s'était même associé à une entreprise qui fabriquait des feux tricolores censés régler le trafic aux carrefours à grande circulation. Et il projetait aussi de mécaniser l'agriculture. Comme il le disait souvent avec humour, ce n'était pas pour rien qu'on parlait de *chevaux-vapeur*.

Falk atteignit enfin les faubourgs de Munich. Pachl lui avait un jour confié son adresse. Il se rendit donc dans la Neustätter Strasse et comme il ne se rappelait pas le numéro, il se mit à faire toutes les maisons l'une après l'autre. Il tomba vite sur une plaque émaillée.

Alfred Pachl, Bureau d'assurances pour Associations de défense raciales[1]*. Société contractuelle des assurances nationales allemandes – Société anonyme de Hambourg. Assurances accident, responsabilité civile, indemnités de décès.*

Falk gara la Victoria. Pachl donnait donc dans les assurances, à présent, tout en profitant des anciennes relations. Bonne idée. Un commerce certainement lucratif. La plaque avait néanmoins l'air très négligée, s'écaillait même par endroits. Peut-être n'était-ce là qu'une couverture, au lieu d'une assurance pour vieux camarades qui ne se sentaient bien qu'entre eux.

Falk pensa aux sociétés-écrans sous les intitulés innocents desquelles grouillaient jadis à Munich quantité d'organisations raciales qui préparaient clandestinement la révolution nationale, ainsi qu'aux innombrables pseudonymes ou noms de guerre qu'elles utilisaient. Pachl, qui était toujours chargé de trouver

1. Organisations paramilitaires d'extrême droite sous la République de Weimar.

des voitures de location quand ils montaient des coups, ne parlait crânement que de la société Fahr und Kipp qui mettait son parc automobile à sa disposition. Un nom d'un ridicule achevé[1]. Avec en couverture une société sans doute parfaitement régulière, dont seul Pachl connaissait le véritable nom. Couverture, tel était alors le mot d'ordre, et même entre camarades. Il n'était en effet jamais bon d'en savoir trop. Il y avait des espions partout.

Du genre de Huber.

De temps en temps, Falk avait été en relations avec la Bayrische Holzverwertungsgesellschaft[2], derrière laquelle se dissimulait la Brigade Ehrhardt qui s'était installée à Munich après l'échec du putsch de Kapp contre le gouvernement de Berlin. Il s'était entremis pour qu'une entente harmonieuse s'instaure entre le colonel et le capitaine de corvette Ehrhardt, dont il avait fait la connaissance à Wilhelmshaven. C'est aussi dans cette Bayrische Holzverwertungsgesellschaft qu'il avait fréquenté Pachl et Volkmar von Solz, deux honnêtes nationalistes, des camarades de confiance. Deux hommes épris d'action qu'il n'avait jamais perdus de vue, même quand ils avaient suivi Ehrhardt à l'Organisation Consul et alors que le colonel poursuivait à pas de tortue les relations avec le capitaine de corvette, étant d'avis qu'Ehrhardt était plutôt un individu pour les basses œuvres. Quand il s'agissait de s'attaquer aux gauchistes et autres corrupteurs du peuple, c'était sans conteste un bon camarade, mais, hélas, trop vaniteux. Pachl, Volkmar et Falk s'étaient

1. En argot : « Roule et pique-toi la ruche. »
2. Société bavaroise pour l'exploitation des forêts.

malgré tout revus souvent dans des brasseries, avaient bu des coups ensemble et déclaré qu'un jour ils feraient de grandes choses pour la cause nationale.

En repensant à tout cela, Falk se surprit à fredonner la mélodie du chant de la brigade Ehrhardt :

Croix gammée sur le casque, / Passement noir-blanc-rouge, / Nous sommes la brigade Ehrhardt. / La brigade Ehrhardt / brise tout en mille morceaux. / Gare à toi, gare à toi, / Salaud de travailleur !

Aux yeux du colonel, c'était pousser le bouchon un peu trop loin. Avec de tels chants, impossible de persuader le monde ouvrier d'adhérer à la communauté du peuple, on se faisait des ennemis pour rien. Car il était même déjà arrivé au colonel de s'asseoir avec des syndicalistes. Un peuple, un Reich !

Toutes ces histoires semblaient bien dépassées. Tout cela n'avait plus rien à voir avec le présent, si ?

Falk cherchait vainement le nom de Pachl sur la plaque de l'entrée de l'immeuble.

Sans le quitter des yeux, un homme relativement âgé vêtu d'un costume gris élimé et coiffé d'une casquette posa au sol sa serviette en cuir et sa gamelle, puis enfonça une clef dans la serrure.

Falk pinça sous le bras sa casquette en cuir et ses gants, déboutonna sa veste. « Excusez-moi, monsieur ! Dites-moi, Alfred Pachl habite à quel étage ? Je ne vois pas son nom. »

L'homme ouvrit la porte et s'adossa dans l'entrebâillement. « Ben, je l'ai déjà dit au propriétaire. Ça fait bien un an maintenant. Et qu'est-ce qu'il a fait ? Rien. Ma femme n'arrête pas de vouloir briquer la plaque, mais moi, je dis que ça regarde le propriétaire, et puis c'est tout. Mais tout le monde s'en fout. » Il se tut un instant et regarda Falk, l'air curieux. « Qu'est-ce vous lui voulez, à çui-là ? » Il l'examina de haut en bas et conclut : « Z'êtes pas d'ici, vous !

— Non. Alfred Pachl est un vieux camarade, nous avons fait la guerre ensemble.

— Un camarade de guerre ! Ah bon ! Vous m'en direz tant ! Pourtant Pachl a passé toute la guerre à Munich à se dresser sur ses ergots. » L'homme le dévisagea encore une fois. « Il n'est devenu courageux que quand ils ont chassé ceux de la République des conseils[1]. Bon, c'est vrai qu'ils étaient pas mal cinglés aussi, ceux-là, avec leur république qui devait voler de clocher en clocher, et tout ça pour négocier tout de suite avec le pape ! Mais fallait-il pour autant en tuer tellement ? Je le vois encore, le Pachl, en train de rire en traînant une paire de malheureux ouvriers dans la Kapuzinerstrasse. Ils sont allés les fusiller dans les abattoirs. Et Pachl, ce fumier, s'en est vanté. Il s'est baladé dans le coin pendant des jours avec son fusil en bandoulière et un brassard blanc, toujours à la chasse aux prétendus Rouges. » Il se tut quelques instants et lui lança un regard méchant. « Et vous étiez un de ses camarades ! Vous aussi, vous faisiez partie de cette bande d'assassins ?

— Non, non, ne vous énervez pas ! J'exagère en parlant de camarade de guerre, disons plutôt copain

1. Une première République des conseils de Bavière, dite aussi de Munich, est proclamée le 2 avril 1919 et sombre vite. Durant la seconde, plus radicale, des otages sont massacrés par l'« Armée rouge » bavaroise, et le 23 avril 1919, les troupes régulières et irrégulières, les corps francs, prennent la ville d'assaut. Toute résistance cesse le 3 mai.

de régiment. Je n'ai passé qu'un petit mois ici vers la fin de la guerre. J'étais bien trop jeune à l'époque. À l'armistice, je suis vite retourné chez ma mère.

— Ben, alors, pourquoi vous me racontez ces salades ? »

L'homme n'avait pas l'air de vouloir se calmer.

« Vous savez, pendant ces quatre semaines, j'avais un œil sur la fille de la cuisinière. Elle venait de temps en temps à la caserne pour détourner quelques restes de viande de porc qu'elle emportait à la maison. Et comme je suis juste de passage à Munich, j'aurais bien aimé la revoir. Ça doit être devenu un beau brin de fille ! Je ne connaissais que l'adresse de Pachl, j'espérais qu'il pourrait m'aider à la retrouver, et je me suis dit que les gens seraient peut-être plus aimables si je me présentais comme un de ses camarades, que comme ça, j'obtiendrais plus facilement des renseignements. »

L'homme cligna des yeux. « Vous pensez qu'à la guerre comme en amour, tous les moyens sont bons pour arriver au but ! »

Falk éclata de rire. « Oui, c'est à peu près ça, excusez-moi. »

L'homme se mit à rire aussi. « Ben, avec moi, vous êtes à la bonne adresse !

— Vous allez quand même m'aider ? »

L'homme cessa de rire et secoua la tête. « Ça va pas être possible. Ça me fait de la peine pour sa femme. Mais le Pachl, il n'est plus parmi nous. » Il baissa les yeux. « D'un sens, c'est peut-être aussi une espèce de justice.

— Mon Dieu, qu'est-ce qui s'est passé ?

— Le gaz, jeune homme, le gaz ! C'est le gaz qui l'a tué ! Un empoisonnement au gaz ! Lui et sa femme. Les conduites sont toutes pourries. Ça fait quelques années que le gaz arrête pas de tuer des gens. Il suffit quelquefois de cogner contre une conduite en poussant un meuble, de toucher un tuyau sans faire attention, ne serait-ce qu'un peu même, et qu'il soit poreux, et hop, tu te réveilles plus le lendemain matin. Faut dire aussi que les gens sont tous trop fainéants pour couper le robinet principal avant d'aller se coucher. Parce que tout est pourri, oui, tout, les tuyaux, les conduites et tout le toutim. Ah pour ça, y a pas d'argent, mais ça fait des années qu'on discute pour savoir s'il faut ou non dédommager les Hohenzollern… Il leur en restera pourtant toujours assez ! » L'homme était de nouveau en train de s'énerver.

« Et alors, qu'est-ce qui s'est passé ? »

Il ne se laissait pas interrompre facilement. « Comme je l'ai dit, les gens sont trop cossards. Ils ont chez eux un brûleur moderne, avec une chaînette pour régler le tirage et tout le toutim, qui se détraque avec le temps. Ils le coupent le soir, ils pensent qu'il suffit que la flamme soit éteinte – mais le robinet est pas fermé, et alors le gaz continue à arriver, pfuiiii ! t'entends rien. C'est comme ça qu'ils sont morts pendant la nuit, les Pachl. Oh, ça doit remonter à un an et demi, maintenant. Parce qu'au moment où tu sens quelque chose, c'est trop tard, t'es mort. » Il reprit haleine. « Mais peut-être qu'il a été pris de remords, ce fumier, et qu'il s'est suicidé à cause de toutes ses saloperies. » Il reprit sa gamelle et la cogna contre la plaque. Un peu d'émail sauta et l'ancienne craquelure s'élargit. « Mais c'est pas moi qui vais la démonter, cette plaque. Comme je l'ai répété à ma femme, ça, ça regarde le propriétaire. »

Sur ce, il laissa Falk en plan. La porte claqua et il la verrouilla de l'intérieur.

10

Le moment était enfin arrivé. Il avait attendu presque toute une semaine.

L'écriteau avait disparu. Arno ouvrit la porte.

Il n'y avait pas grand monde dans la brasserie. Il savait qu'à cette heure les habitués étaient encore au chagrin, chez Drexler, à la fabrique de machines à coudre Strobel, à la brasserie Augustiner ou à l'usine de caoutchouc Metzeler. Les brasseries du Westend ne se rempliraient lentement que quand les sirènes annonçant la fin du travail auraient retenti.

Assis à une table du fond, quatre hommes âgés jouaient aux cartes ; debout au comptoir, un invalide de guerre manchot aspirait sa bière avec une paille.

Arno salua la compagnie depuis le seuil et commanda une bière à la pression.

À l'aide d'une spatule, la patronne fit sauter la mousse d'une bière en attente, en ajouta de la fraiche à la tireuse et tendit à Lamprecht le demi couronné d'un bonnet crémeux.

« À ta santé, camarade. »

Il avala une longue gorgée, tout en étudiant les affichettes et les tracts punaisés aux murs. Des slogans tracés au pinceau attirèrent son attention : *Camarades, en avant pour le 1er mai ! Ouvriers spécialisés allemands, en route pour la Russie ! À bas la bourgeoisie internationale !*

Immédiatement à sa droite, il repéra une affiche avec un fusain représentant une femme enceinte, accablée, tenant un petit garçon à la main tout en pressant contre son sein le nourrisson qu'elle avait calé sur son bras droit. *À bas l'article anti-avortement !* proclamait le slogan.

Clara avait raison : ici, on pourrait sûrement l'aider.

Seulement, il ne savait pas comment présenter sa requête. Le moment était pourtant bien choisi : le local serait bientôt plein, et la patronne n'aurait certainement plus le temps de s'occuper de lui.

Il vida d'un trait le reste de sa bière et commanda la suivante. Quand la patronne la lui apporta avec un sourire aimable, il se sentit encouragé, et tenta sa chance.

« Dites-moi, j'aurais une question, enfin… j'ai un problème. Ma femme, elle – eh bien – elle m'a dit… »

Il vit que le visage de la femme se renfrognait. Une profonde ride se forma sur son front. Elle s'affaira ostensiblement à tirer d'autres bières d'avance.

Ce n'était pas le moment de dire une bêtise. « Bon, eh bien, elle m'a dit qu'elle était…

— Votre femme est enceinte, c'est ça ? » Il y avait une pointe de méfiance dans la brutalité du ton. Elle s'essuya les mains à son tablier. « Et alors ?

— Eh bien, je pensais, peut-être, que… vous pourriez m'aider. »

Elle secoua la tête. « Non, mais j'ai quelque chose pour vous, là. » Elle fouilla dans plusieurs petits tas de papiers empilés sur le rebord de la fenêtre, en tira un tract qu'elle lui colla dans la main. « Lisez ! Il y a là-dedans tout ce que nous, section du parti communiste du Westend de Munich, on pense des grossesses non désirées. »

Il survola les quelques lignes et apprit, sous le titre *Le communisme et l'article 218*, qu'il n'y avait pas de loi anti-avortement en Union soviétique, et qu'à Munich il y avait cinq fois plus de décès après un avortement qu'à Leningrad, que c'était parce qu'en Allemagne les femmes étaient obligées d'aller chez des charlatans ou des faiseuses d'anges, et non chez des spécialistes qui exercent dans des hôpitaux, comme à Leningrad, que sur mille femmes et adolescentes avortées chaque année à Munich, onze payaient de leur vie cet article 218 antisocial et misogyne, et que ce sacrifice touchait exclusivement les plus pauvres, vu que les privilégiées avaient les moyens d'avorter chez des médecins compétents ou à l'étranger, dans des pays qui avaient légalisé l'avortement, et qu'il serait enfin grand temps de supprimer ce paragraphe, ce à quoi le KPD s'employait particulièrement.

Arno leva les yeux : « Oui, oui, c'est parfaitement exact, cette histoire d'article 218 est une vraie saloperie ; je pensais simplement que vous connaîtriez éventuellement quelqu'un... »

Elle l'interrompit sèchement : « Nous voilà d'accord, alors. »

Elle versa un schnaps au manchot et planta une paille dans son verre. « C'est ma tournée, Fredl ! » Il la remercia, avança les lèvres en cul de poule, y pinça le chalumeau, aspira le liquide d'un trait, sans respirer, puis du bout de la paille traça des zigzags sur le fond du verre pour en sucer les dernières lichettes à grand renfort de gargouillis.

Tout en maintenant un verre sous le robinet de la tireuse, la patronne se tourna vers Lamprecht : « Et puis comme ça, camarade, vous saurez où mettre votre croix aux prochaines élections ! »

Non, décidément, personne ne l'aiderait ici. Il sirota sa bière en se demandant comment il pourrait obtenir des adresses.

Trois ouvriers entrèrent. Ils étaient manifestement déjà un peu pompettes et l'un d'entre eux, un barbu, tapota l'épaule du manchot. « Bois pas tant, Fredl ! Si tu continues, faudra que tu pisses avant de rentrer chez ta vieille, et ici t'as personne pour te sortir l'agace-cul du futal. »

L'invalide de guerre grommela quelques mots inintelligibles tandis que les trois compères prenaient place en riant. Ils commandèrent des pots de bière et se mirent à discuter bruyamment. Plus tard, alors que le manchot s'apprêtait à quitter les lieux, le barbu se chargea de son addition.

« Remets-nous une tournée ; pour les joueurs du fond aussi, et pour l'homme seul au comptoir. » Le barbu lui fit un signe de connivence. « À la tienne, camarade ! C'est mon anniversaire !

— Tous mes vœux ! » Arno leva son verre et trinqua avec lui. Peut-être pourrait-il l'aider, celui-là ? Il avait l'air d'un habitué, avait le verbe haut et cherchait continuellement à convaincre ses camarades – mais est-ce qu'il s'y connaissait en histoires de femmes ?

Il l'entendit qui disait, exalté : « Faut qu'on aille à Berlin à la Pentecôte, faut que la Confédération du front rouge[1] hisse les couleurs, comme l'an dernier, et j'espère que vous en serez. Il faut enfin que les collègues sachent qui défend leurs intérêts. Il faut que ce rassemblement dans la capitale soit un signe pour tout le Reich. » Les hommes trinquèrent.

Même depuis le pissoir de l'arrière-cour, Arno entendit la voix obsédante qui le poursuivait : « … la Confédération doit tenir un rôle que le parti en tant que tel ne peut pas tenir. »

Quand il revint, il régnait un silence gêné dans la salle. Les vieux du fond avaient posé leurs cartes et ne quittaient pas le comptoir des yeux. Le barbu et ses camarades étaient assis sans un mot devant leurs chopes. L'air penaud, ils avaient les yeux baissés sur le plateau de la table. En face d'eux, pouces dans le ceinturon, jambes écartées, crânait un petit homme maigre d'une vingtaine d'années en uniforme brun de SA.

La voix était grinçante : « Bon, *Nous parcourons l'Allemagne, nous combattons pour Adolf Hitler* ; allez, j'écoute ! »

Arno se jucha sur son tabouret et repéra un second SA à l'autre extrémité du comptoir. Celui-là, qui devait bien peser dans les cent kilos et mesurer près de deux mètres, beugla d'une voix de stentor tout en le regardant d'un air méprisant : « Allez ! Vous avez entendu ce que mon camarade vous a gentiment demandé : chantez,

1. Roter Frontkämpferbund, organisation paramilitaire de combat du Parti communiste allemand (KPD).

nom de Dieu, et plus vite que ça, ou on va vous chauffer vos culs de Rouges ! »

Arno vit la patronne sortir de derrière le comptoir, un balai à la main : « Erwin ! Casse-toi tout de suite avec ton pote, et magne-toi, t'es tricard ici ! Sinon j'appelle la police ! » Debout face au géant, elle le menaçait de son manche à balai qu'elle serrait dans ses mains, prête à frapper. D'un geste vif, l'armoire à glace lui arracha l'ustensile des mains. « Tu me menaces, moi, salope de communiste ? » Il cassa le manche sur son genou et jeta les deux morceaux derrière lui. « Je suis mort de rire ! Fais bien attention que la police t'arrête pas toi, parce que ta place est derrière les barreaux, espèce de putain de bolchevique apatride. Parce qu'il est grand temps qu'on passe le balai dans le pays et qu'on nettoie tout ça. »

« Allez, chantez ! » grinça la voix du petit SA. Il frappa le sol du pied avec le talon de sa botte pour marquer la cadence et leva les bras en imitant un chef d'orchestre. « Allez : deux, trois, quatre, *Le front rouge, cassez-le en deux ! Voilà la SA, prenez garde ! Nettoyons les rues.* »

Arno se laissa glisser du tabouret et se pencha légèrement en avant, mains en appui sur les cuisses. Un des trois buveurs regarda autour de lui, les yeux écarquillés, apeuré. Arno respira profondément.

« Pour commencer, on ne parle pas comme ça aux dames. » Au passage, il apprécia le calme de sa voix. « Deuxièmement, vous avez entendu ce que la patronne a dit. Alors, caltez ! »

Il but une gorgée de sa bière tout en observant les deux SA par-dessus le bord de son verre.

Le géant le reluquait, bouche bée, tandis que la maigre chemise brune qui n'était qu'à quelques pas de lui tournait lentement mais théâtralement la tête dans sa direction : « Pardon ? » La voix sifflait avec un crissement de scie circulaire. « Qu'est-ce qu'il a dit, ce fumier de Rouge ? Il le répéterait pas, des fois ? » Le freluquet s'avança vers lui, s'approcha au plus près, pencha la tête en arrière et mit la main en cornet à son oreille, l'air sournois : « J'entends rien, t'as perdu ta langue tellement que t'as les foies, hein ?

— Gare à ta gueule, espèce de petite merde brune. »

Vif comme l'éclair, Arno avait saisi la main droite du SA, la lui tordit dans le dos, la forçant jusqu'à l'épaule, si bien que le gringalet dut faire très rapidement une rotation de 180 degrés pour se retrouver debout sur la pointe de ses bottes de cuir, dos comprimé, hurlant de douleur.

« Ça ressemble pas à un chant, ça, dis voir, bonhomme ! »

Arno se tourna vers le gros qui s'approchait lentement. « Reste où t'es, sinon ton copain va être obligé lui aussi de boire sa bière avec une paille. » Le gros s'arrêta, mais Arno sentait qu'il gambergeait rudement.

Il tira le bras encore plus haut, et le petit se remit tout de suite à crier et à faire des pointes. « Bon, les gars, qu'est-ce que vous voulez chanter ? » demanda-t-il à la compagnie. Personne ne réagit. Un profond silence régnait dans la brasserie, puis un des joueurs de cartes se leva : « Qu'est-ce que vous diriez de : *Debout, debout, en avant, luttons* » ?

« Bien. » Arno fit faire un demi-tour au petit SA et proposa à l'amateur de cartes : « Donne-nous le ton. »

Celui-ci commença à chanter d'une voix chevrotante, mais qui se raffermit très vite : *« Debout, debout, luttons ! Nous sommes nés pour la lutte. Debout, debout, luttons, Nous sommes prêts !*

— À toi, maintenant. » D'un coup de genou dans les reins et tout en accentuant encore la pression sur le bras, il poussa en avant la petite chemise brune qui se remit à crier et à répéter les paroles en une sorte de récital pleurnichard.

« Bien, dit Arno, continue. »

Les quatre vieux du fond se levèrent et poussèrent ensemble la chansonnette à pleine voix : *« Nous l'avons juré à Karl Liebknecht, Nous tendons la main à Rosa Luxembourg.*

— À toi encore, maintenant. »

Le SA larmoya en débitant les paroles d'une voix uniforme.

« Et maintenant, tous ensemble ! » Lamprecht envoya un regard perçant au balèze. « Toi aussi, et sans te faire prier ! »

Le barbu et ses camarades s'y mirent aussi : *« Nous l'avons juré à Karl... »*

Tout à coup le costaud se précipita inopinément en avant, avec une rapidité qu'Arno n'avait pas soupçonnée, mais il était sur ses gardes. L'énorme poing arrivait à toute vitesse. Arno souleva vivement le petit SA et les phalanges s'écrasèrent contre sa tempe, ce qui l'envoya valser. Arno lâcha le petit homme qui dans un hurlement heurta violemment les madriers du sol où il se tordit de douleur.

La seconde nécessaire au gros SA pour se rendre compte des dégâts suffit largement à Arno. Il le chopa par les oreilles et l'attira vers lui pour lui donner un violent coup de boule sur le nez, tandis qu'un genou bien placé lui écrasait les parties. Sa casquette à visière vola derrière le comptoir quand il se plia en deux comme un couteau suisse et tomba à genoux. Le sang lui jaillit du nez et sa main se mit à voltiger loin de son visage écorché, comme pour chasser une mouche.

« Et maintenant, allez vous faire foutre ! » Arno envoya un coup de pied au cul du petit qui se roulait toujours par terre, et se démena encore un instant, puis se précipita vers la sortie, toujours courbé en deux, bras retourné dans le dos. Il faillit perdre l'équilibre sur le trottoir. « Vous nous le paierez, bande de salopards de communistes ! »

Arno attrapa le gros par le ceinturon et le remit sur ses pieds, s'empara de la casquette à visière que lui tendait la patronne, d'une tape l'enfonça profondément sur le crâne du SA encore engourdi à qui il fit passer la porte. « S'il y a du verglas, tu mets tes patins ! » Une petite poussée, et elle claqua dans le dos du malabar.

Quelques clients applaudirent. Le barbu se manifesta : « L'addition de notre camarade, là, tu la mets aussi sur mon compte, ça va de soi. » Il fit semblant de s'essuyer la sueur du front avec le revers de la main. « Eh ben, dis donc, côté Karl Marx, on peut pas dire qu'on s'est couvert de gloire. De pipi plutôt ; nom de Dieu de merde, dire que c'est pénible, c'est rien ! »

Arno termina sa bière. La patronne se pencha vers lui par-dessus le comptoir et lui posa la main sur l'épaule : « T'as un sacré culot, camarade ! T'as pas peur, hein, tu sais comment t'y prendre, avec ces raclures brunes.

— J'en suis pas fier pour autant : jusque-là, la castagne m'a attiré que des emmerdes », marmonna-t-il.

Elle lui servit un schnaps : « Bon, mais cette fois, tu vas y gagner. Ta femme a besoin d'aide, il te faut une adresse sérieuse, c'est ça ? Tu m'as aidée, ben je vais t'aider aussi.

— Ma femme est morte il y a quelques années de ça », murmura-t-il, et il avala son schnaps. « Elle est morte des suites d'un avortement et j'aimerais seulement savoir où elle a pu aller, à cette époque-là, à Haidhausen, en novembre 1923. »

*

Comme toujours quand il séjournait à Munich, il passa la nuit à l'hôtel Strohhöfer. Anxieux et insomniaque, il se leva tôt et commença ses recherches.

Il ne lui restait plus qu'une journée. Ensuite, il avait des rendez-vous et serait continuellement sur les quatre chemins.

Jeudi, il allait quelque part dans l'Eichsfeld ; et, comme Bammel le lui avait laissé entendre de manière énigmatique, pour une virée qui n'avait manifestement rien à voir avec les courses du championnat. Les vieilles histoires allaient-elles recommencer ? C'était reparti pour les affaires louches ? Comme jadis avec Wotava, quand ils avaient été contraints par Bammel de passer en contrebande depuis la France, dans la vieille Opel Torpedo, des caisses d'armes pour les corps francs bavarois ; ou lors de virées aventureuses dans la Ruhr occupée, au cours desquelles ils faisaient la contrebande d'ils ne savaient quels médicaments, et devaient souvent fuir les contrôles de la police militaire française au prix de poursuites périlleuses. Il se demandait parfois si Bammel dirigeait encore la Sarolea avec sérieux, si les finances étaient saines. Il espérait seulement que son patron savait ce qu'il faisait.

Le dimanche suivant au plus tard, Arno devait être à Berlin pour une course de motos de tourisme. On présenterait aux visiteurs les machines qu'ils pourraient acheter dans la même version. Bammel accordait toujours beaucoup d'importance à ces manifestations, c'était pour lui l'occasion de vérifier immédiatement le rapport entre place à l'arrivée et nombre de ventes. Première place : vingt motos vendues par semaine ; vingtième place : une seule.

La compétition et la réclame ! Pas étonnant que les quotidiens de gauche fustigent les courses de motos comme étant des manifestations commerciales dénuées de toute préoccupation sportive. Mais qu'est-ce que ces gens-là savaient de la vitesse ?

La patronne de la brasserie lui avait griffonné quatre adresses sur le bout de papier qu'elle lui avait tendu. Quatre noms de médecins chez qui Véra avait pu se rendre.

Dr Ephraim Hirschberg, Dr Philipp Strockhoff, Dr Johannes Waldmüller et Dr Wilhelm Sonthäuser.

Les adresses étaient éparpillées aux quatre coins de la ville et il se décida à les prospecter l'une après l'autre dans le sens des aiguilles d'une montre. Mais la chance ne lui sourit pas. Il dut ronger son frein dans les trois premières salles d'attente avant d'être reçu dans le cabinet du médecin, et finalement aucun d'entre eux ne put, ou ne voulut, se souvenir de Véra.

Tous ses espoirs dépendaient du numéro 2 de la Comeniusstrasse, la dernière adresse. Il gara sa moto, gravit quelques marches et sonna à l'entresol.

« Je ne crois pas être en mesure de vous aider », lui répondit la secrétaire en lui faisant comprendre d'un grand geste de la main que l'entretien était clos.

« Ce n'est pas à *vous* que je demande de m'aider, mademoiselle, rétorqua-t-il aimablement, quoique sa respiration commençât à s'accélérer ; mais au docteur. » Il ne fit pas le moindre geste qui eût indiqué qu'il avait l'intention de partir. « Je n'ai qu'une ou deux questions, et je disparais.

— Si vous ne sortez pas immédiatement, je…

— … vous appelez enfin le docteur ?

— Non, vous êtes trop désagréable, monsieur : la police ! »

Elle se pencha par-dessus le comptoir de la réception, décrocha le téléphone de sa fourche, tourna l'appareil vers elle et pointa un doigt vers le cadran d'appel.

« À votre place, je n'appellerais pas la police. » Il s'efforçait de parler lentement et distinctement. « Je crois que cela vous attirerait plus d'ennuis qu'à moi. » Elle sentit que son interlocuteur ne demandait qu'à laisser éclater sa colère, car elle reposa le combiné sur la fourche. « Mon Dieu, mais qu'est-ce que vous voulez, à la fin ?

— Je vous l'ai déjà dit : m'entretenir très brièvement avec le docteur. Il n'est pas question de moi, mais de ma femme, vous comprenez ? C'est très important. Je suis venu exprès à Munich, juste pour avoir quelques réponses, vous savez, pas pour faire des histoires. » Les dernières syllabes s'échappèrent en sifflant de ses dents serrées.

Elle le regarda avec anxiété et il se rendit compte qu'elle ne doutait pas un seul instant qu'il eût les nerfs à fleur de peau. Elle frappa quelques coups brefs à une porte où luisait une plaque en cuivre sur laquelle il lut « Cabinet de consultation » et entra, non sans lui avoir jeté un dernier coup d'œil inquiet. Elle réapparut quelques secondes plus tard et lui tint la porte, l'air un peu rassurée. « Le docteur vous prie d'entrer. »

Arno pénétra dans une pièce pleine d'armoires aux portes en verre bourrées de boîtes de médicaments et d'instruments chirurgicaux. À gauche, une grande fenêtre aux vitres dépolies. Entouré de vasques chargées d'instruments divers, placées en quinconce à différentes hauteurs autour d'un pivot central, comme dans un salon de coiffure ou, pour mieux dire, une salle de torture, un lourd et étrange fauteuil en cuir et tubes chromés, au dossier et à l'appuie-tête réglables par des vis à ailettes et protégés par un tissu blanc. Sous l'assise de la sellerie semi-circulaire évidée était accrochée une cuvette en émail. Deux béquilles de forme incurvée, articulées et relevables manuellement, se dressaient en l'air de part et d'autre du siège, avec des coudes molletonnés ajustables prolongés par des arceaux chromés qui se terminaient par des sortes de repose-pieds. Le monstre, apparemment ajustable verticalement et horizontalement à l'aide de deux manivelles, trônait sur une estrade où il pouvait pivoter.

L'image de Véra assise dans ce fauteuil lui était absolument insupportable.

Il détourna rapidement les yeux, appréhenda une table de rangement chargée elle aussi d'instruments, un divan d'auscultation et enfin un bureau massif en acajou, derrière lequel était assis un homme svelte en blouse blanche, l'œil collé à la tourelle d'un microscope. Il releva la tête, chaussa un pince-nez et vint à la rencontre d'Arno, main tendue. La plaque réceptrice de son stéthoscope lui pendouillait sur le ventre. Le médecin le regardait, l'air interrogatif. « Que puis-je pour vous ? »

Arno lui serra la main. « Je m'appelle Lamprecht, Arno Lamprecht, je ne vous retiendrai pas longtemps, docteur, j'aurais aimé savoir si ma femme était en traitement chez vous. »

Le médecin ne lui lâchait pas la main. La tête légèrement inclinée, il le regardait de ses yeux bleus intelligents. « Vous vous appelez comment, dites-moi ? Lamprecht ? Arno Lamprecht ? Vraiment ? Mais vous n'êtes pas *le* Arno Lamprecht, si ? Lamprecht-à-fond-les-manettes, le pilote de course ? L'obus bavarois sur Sarolea ?

— Oui c'est bien moi. » Il était surpris. Il ne se serait pas attendu à un tel accueil en un tel lieu. « Oui, les reporters sportifs m'ont surnommé comme ça : Lamprecht-à-fond-les-manettes. L'obus bavarois, mais depuis quelques jours seulement, depuis la course de Wildpark, depuis que j'ai… »

Le docteur l'interrompit et termina sa phrase « … fini à la troisième place de manière étourdissante, sensationnelle ». Les yeux du médecin brillaient. Il prit Arno par l'épaule, le mena au divan et le pria de s'asseoir. Lui-même occupa un tabouret pivotant. « J'y étais le week-end dernier, je vous ai vu courir. J'étais exactement dans le virage où vous avez si adroitement mis des bâtons dans les rayons de Paule Roberts, où il a passé la mauvaise vitesse et a ensuite coulé comme un canard en plomb. Grandiose, tout simplement grandiose ! »

Le médecin se leva, alla à son bureau et revint, une photographie à la main. « Là, vous voyez ! »

Le cliché le montrait souriant, vêtu d'une tenue de motocycliste complète en cuir, assis sur une machine garée sur sa béquille, tandis qu'une femme blonde élégante se tenait en amazone sur le tansad, se serrant contre lui et jouant manifestement à se faire peur.

« Ma nouvelle Sarolea, la même écurie que votre machine de course, mais la version tourisme, de cette si noble couleur lie-de-vin, 346 cm^3, 125 km/h de vitesse de pointe, poursuivit fièrement le médecin. Je me la suis offerte le mois dernier et je me suis tout de suite précipité à Karlsruhe avec. Que vous le croyiez ou non, j'ai même – comme ces jeunes chauffards – démonté le pot d'échappement. Épatant, tout simplement épatant, croyez-moi… Ces sensations de conduite, ce ronronnement satisfait. Avant, j'avais une Stock R 119 vert criard, mais je vous l'affirme, aucune comparaison, aucune comparaison. Au fait, c'est ma femme qui est assise sur le siège arrière. Mais elle préfère le confort des automobiles. Ah, c'est bien ça, les femmes ! » Le médecin eut un rire moqueur en reprenant sa photographie. « À propos de femme, mon assistante me dit que quelque chose vous tient à cœur concernant votre épouse.

— Oui, oui ! » Arno se réjouit que le médecin en vienne au fait. Il avait craint qu'on sollicite le point de vue du pilote professionnel et qu'il doive pérorer sur les différentes marques de motos, leurs avantages et leurs inconvénients. Il tira sa photographie de sa poche de veste et la tendit au docteur. « Est-ce que ma femme serait éventuellement venue en consultation chez vous, à cause d'un… », il fallait qu'il soit prudent, « … à cause d'un, euh !… comment dire, à cause d'une histoire de femme un peu alarmante ? Ça devait être début novembre 1923. Il est possible qu'elle n'ait pas donné son véritable nom, et je sais bien que ça remonte à loin, mais…

— Vous ne voulez évidemment pas me dire pourquoi, après tant d'années, vous voulez savoir…, justement aujourd'hui… ?

— Exactement, j'aimerais bien garder les raisons pour moi, si toutefois ça ne vous gêne pas trop pour vous rappeler…

— Absolument pas, je respecte vos raisons. Bon, voyons… » Le médecin se débarrassa de son lorgnon, observa longtemps le cliché et réfléchit. « … À cause d'une de ces histoires de femme un peu alarmante, comme vous dites. Hum, hum, et ça, c'est votre épouse. » Il continuait à étudier la photographie et murmura sans la quitter des yeux : « Non, non, je ne crois pas que votre femme m'ait jamais consulté pour ce genre d'affaire. »

Quatre adresses, quatre billets perdants. Un profond désespoir s'empara de lui. « Et… est-ce qu'elle ne serait pas venue pour une autre histoire, docteur ? » La question sonna comme une supplique.

« Quel était le prénom de votre femme ? »

« Véra. »

« Bon, mettons toutes les chances de notre côté. » Le médecin le prit par le bras et le conduisit à l'accueil. Assise à sa machine à écrire, l'assistante leva brièvement les yeux sans cesser de taper sur les touches du clavier. Le médecin ouvrit à deux battants une armoire métallique pleine d'archives et passa au peigne fin les dossiers suspendus, un nom après l'autre. « Je suis désolé ! Votre épouse n'était pas une de mes patientes. » Le médecin lui tendit la main. « Est-ce que je peux encore quelque chose pour vous ? »

Arno réfléchit un court instant : « Oui, peut-être. À votre avis, docteur, vers qui une femme se tournerait, si cette… je veux dire… cette histoire de femme n'était pas réglée par un médecin et qu'elle soit obligée d'aller chez quelqu'un… qui ne serait pas vraiment du métier ?

— Il y a effectivement quelques adresses à Munich où elle aurait pu se rendre.

— Et ici, à Haidhausen ?

— Eh bien, ici, à Haidhausen, je ne vois qu'une personne qui pour un peu d'argent supprime à l'occasion toutes ces misères embarrassantes ; du moins, c'est ce qui se murmure.

— Et ce serait qui ? » Arno était tout ouïe.

« Wally Krössner. Une vieille sorcière qui s'y connaît en herbes médicinales et qui exerce sa coupable et antihygiénique industrie dans la bicoque d'une arrière-cour de la Milchstrasse ou de la Steinstrasse. » Le médecin lui ouvrit la porte. « Mais je ne vous ai rien dit. »

11

Pachl était mort, et depuis longtemps, bien longtemps avant les manchettes qui annonçaient l'exhumation du corps de Huber. Il n'avait donc rien à voir avec cette découverte, ni avec la disparition de la tête.

Dans l'expectative, Falk se rendit au centre-ville.

Ce que le voisin venait de lui raconter ne lui plaisait guère. Pachl, qui aimait toujours se vanter d'une action héroïque, le grand héros de la guerre et des corps francs, se révélait n'avoir été qu'une grande gueule, un matamore et un salaud. Et c'est à ce type qu'il avait demandé de louer une voiture ! Alors qu'il était capable de se confier n'importe quand à n'importe qui. Il suffisait qu'il ait bu quelques bières de trop, fasse une allusion ici ou là, sous le sceau du secret, évidemment, et la confidence tombait dans l'oreille d'un faux frère ou d'un indicateur.

En y songeant, des mouches comme Huber, il y en avait certainement eu des masses à l'époque. Ainsi, quand le ministre des finances Rathenau avait été exécuté en juin 1922 pour avoir signé le traité d'armistice quelques années auparavant, les deux assassins de l'Organisation Consul étaient tombés bien facilement aux mains de la police.

Il n'en restait pas moins qu'il eût aimé, lui aussi, faire ses preuves avec un exploit de cette nature. Mais il était toujours sur les routes avec sa moto. Coureur du colonel, il aidait à tisser des liens entre les différents groupes de patriotes du pays. Lorsque les corps francs nettoyaient l'Allemagne des conseils ouvriers, il était sur sa motocyclette ; en mars 1920, au moment de la tentative de putsch de Kapp, il sillonnait les routes. Le colonel l'exhortait à la patience, ne cessait de lui répéter que le service du courrier était indispensable, mais cela ne lui suffisait pas, il voulait monter en première ligne, au front, directement ; il avait supplié le colonel, l'avait même harcelé jusqu'à ce qu'il lui donne enfin une chance de prouver sa détermination.

Résultat : il se retrouvait avec un cadavre sur les bras, auquel, en plus, il manquait la tête ! Heureusement, pour ainsi dire ! Car si les autorités avaient pu identifier Huber, ce caillou dans la chaussure aurait vite déclenché un torrent de boue.

Jusque-là, ni la disparition de Huber ni même la découverte du corps ne posaient problème ; seule l'identification du cadavre aurait des conséquences, et il ne s'écoulerait alors que peu de temps avant le coup de sonnette de la police à la porte du colonel, ou même à la sienne. En outre, le décret du Reichstag contre les exécutions sommaires venait d'entrer en vigueur et on ne traiterait certainement plus ce genre d'affaires avec autant d'indulgence que la police de Munich jadis. L'indicateur anonyme avait l'air de savoir tout cela et il ne faisait aucun doute que la tête tranchée faisait partie de son projet.

Bien, Pachl étant hors jeu, restait qu'il avait peut-être trop parlé. Quand et à qui ?

Que faire ? Courir les vieux cafés, aller dans les rades connus, tomber sur des connaissances avec l'espoir de leur tirer les vers du nez ? L'idée lui sembla totalement absurde.

La seule chose à faire était de lire soigneusement tous les journaux pour mesurer l'ampleur de la vague que ce cadavre avait réellement soulevée dans l'opinion. Le colonel ne pouvait en exiger plus. Il décida donc d'aller au *Münchner Neueste Nachrichten,* pour consulter les quotidiens des semaines passées.

La salle qui prenait jour par de hautes fenêtres était tapissée de lambris en pin passés à l'encaustique sombre. Il prit place à l'une des tables en attendant que l'archiviste lui apporte la pile de journaux commandés.

Le numéro du lundi précédent était sur le dessus de la liasse. Il trouva sans coup férir la page sportive. « *Un blessé à la course du Wildpark de Karlsruhe ! Incident au cours de la deuxième course pour le championnat motocycliste d'Allemagne. Dans un virage, un spectateur voulant s'approcher de trop près de ses idoles n'est pas parvenu à se reculer assez vite au passage des machines et s'est fait écraser les pieds. Il a dû être transporté à l'hôpital…* » Falk survola rapidement les petits caractères. Il n'y avait absolument rien dans ce compte rendu sur la course elle-même. Pas un mot sur la performance des pilotes. Que ce stupide accident ! En fin d'article, on donnait la liste des vainqueurs, ainsi que le nombre des points gagnés. Le nom de Lamprecht lui creva les yeux. Falk n'avait qu'un point de plus que lui. C'était bien peu. Impensable qu'à la fin du championnat, Lamprecht soit meilleur que lui ! Ce type mû par l'envie et la jalousie…

« *Mais où cela s'arrêtera-il ?* » Falk se rendit compte qu'il était passé au commentaire suivant. « *Naguère, on entraînait son corps pour devenir le meilleur par la force ou l'endurance physique. Aujourd'hui on s'assied dans – ou sur – des machines, on tourne en rond à toute berzingue et on appelle ça du sport. Les snobs et les casse-cou veulent absolument donner l'impression que le seul intérêt des machines à moteur modernes est d'atteindre des vitesses folles et très dangereuses. Avec ce genre de numéros de cirque, on aboutit exactement au contraire de ce que nécessite le développement intelligent de véhicules utilitaires, cette entreprise qui est une question vitale pour l'économie allemande. Et on ne punit même pas un pilote du genre de ce risque-tout d'Arno Lamprecht, en lui retirant ses points par exemple, alors qu'il porte sa part de responsabilité dans cet accident, à cause de sa coupable manière de piloter une motocyclette. C'est la porte ouverte à tous les abus pour ce voyou de la route. Ajoutons que ce genre de manifestation ne fait appel qu'aux plus bas instincts du public. Des masses de plus en plus importantes de spectateurs se précipitent aux courses uniquement pour vivre des sensations fortes. On remarquera qu'ils s'agglutinent de préférence aux endroits les plus dangereux du parcours, en espérant qu'il s'y passera quelque chose d'excitant. Décidément, la porte est ouverte à tous les abus, à l'avilissement des mœurs d'un public composé en majorité d'amateurs.* »

Certes, enlever ses points à Lamprecht ne serait pas une si mauvaise idée ! Cependant, il ne voulait pas gagner comme ça, mais vaincre parce qu'il était le plus fort. Si ce type devait encore se mettre en travers de sa route, il saurait bien trouver la parade. Il faudrait simplement qu'à l'avenir ce soit lui qui dicte les règles du jeu, se serve du caractère colérique de Lamprecht, le provoque pour le pousser à la faute. Toujours est-il que ses tentatives de le désarçonner en tournicotant autour de Théa ne l'impressionnaient pas. Quoique…

Il se morigéna, ne voulant pas se laisser entraîner sur ce terrain de lutte secondaire où l'on voulait apparemment le contraindre à se battre. Il se remit à compulser le paquet de journaux dans l'ordre chronologique de leur parution. Calmement, un titre après l'autre.

En survolant rapidement les unes quotidiennes, il eut l'impression que le monde n'était que calamités et crimes. Pas un jour sans troubles politiques et catastrophes naturelles, sans vols et meurtres, incendies volontaires, accidents de chemin de fer, etc. Même pour les événements sportifs comme la course de Karlsruhe, les journaux ne semblaient s'intéresser qu'à ce qui clochait.

Et si par hasard il ne se passait rien, ils avaient assez de place pour noircir une page entière avec les dernières marottes venues d'outre-Atlantique. *Mâcher ou ne pas mâcher – expertise des dentistes – La gomme à mâcher comme plaisir à la mode – Mâcher peut-il rendre malade ?*

Une page entière d'opinions contradictoires. Il secoua la tête. De la gomme à mâcher d'Amérique ! Fallait-il vraiment prendre au sérieux ce phénomène si marginal ? Il lut tout de même avec intérêt l'article de la colonne de droite, *Le visage de la femme qui mâche*. Car Théa mastiquait aussi cette gomme. Elle était de toutes les nouveautés, pour tout ce qui était moderne, ou se prétendait tel, et venait d'Amérique. Cette gomme à mâcher lui donnait effectivement une haleine fraîche qui sentait la menthe, mais quand elle parlait en mâchouillant, non… ; et puis c'était écrit là, noir sur blanc : « *L'accoutumance des muscles de la mastication a pour conséquence une altération du visage de la femme : il semble avant tout perdre de son harmonie et de sa douceur.* » Il faudrait qu'il lui signale ce danger. Mon Dieu, le voilà qui tombait lui aussi dans le piège de ces conseils de bien-vivre, ces pages qui vous agressaient constamment de leurs recommandations afin que le lecteur accepte sans résistance les exigences morales et hygiéniques du temps. Ils en avaient des soucis !

L'article intitulé *Qui doit pousser le landau ?* était vraiment ridicule. Quel intérêt y avait-il à perdre ne fût-ce qu'une seule ligne à ce genre de futilités ?

Il continua à feuilleter.

Son regard s'attarda, jusqu'à ce qu'il tombe enfin sur cette brève : *« Mystérieuse découverte d'un corps dans la forêt d'Ebersberg. Au cours de l'après-midi d'hier, suite à un renseignement anonyme, la police a découvert dans une fosse un cadavre décapité en putréfaction. La dépouille a été transférée à l'institut médico-légal. »*

Six numéros plus loin, il trouva dans l'édition du soir l'article que le colonel lui avait montré. Mais il ne remarqua rien de plus qu'à la première lecture.

Une brève de six lignes intitulée *L'identité de la victime demeure inconnue* le soulagea. Il n'y avait donc ni indices ni informations nouvelles. *« La police patauge dans le noir le plus complet. Ainsi que le soupçonne notre reporter, l'affaire n'est pas loin d'être classée. Toutes les forces de police sont actuellement concentrées sur le vol de bijoux à main armée d'hier dans la Augustinerstrasse. »*

Bien, on avait l'impression que la police avait mieux à faire que farfouiller dans un cadavre en décomposition. Même le colonel devrait être content. Rien ne présageait que tout cela puisse devenir dangereux pour eux.

La pile de journaux diminuait. Il ne trouva plus d'articles sur l'affaire. Soulagé, il feuilletait par acquit de conscience les dernières éditions quand son regard tomba sur un long « Point de vue ».

« Heide, Iéna, Hanovre, Munich ! Une série de meurtres ? Un commentaire de Max Amman, notre reporter spécialisé en affaires criminelles :

S'agit-il réellement d'une série de meurtres ? Jusqu'à présent, la police reste sceptique. Est-ce que les informations filtrent si chichement pour des raisons techniques liées aux investigations, ou bien les moyens techniques et légaux manquent-ils toujours à la police pour juguler avec des moyens modernes cette criminalité professionnelle si entreprenante ? Il serait temps que nous affûtions nos armes pour la combattre. À quoi servent les meilleures méthodes de lutte si l'on est dans l'incapacité de les prolonger et de les exploiter sur l'ensemble du territoire du Reich ? Il faut rendre obligatoire l'enregistrement dactyloscopique de la population. Il nous faut un répertoire général du modus operandi *des criminels. Une liste des spécialistes du crime. Un relevé des cadavres d'inconnus et un répertoire des portés disparus. Nous avons besoin d'une meilleure coordination des autorités policières du Reich dans tous les domaines. Service général de recherches, répertoire de fiches signalétiques, service d'identification, d'information et de recherche, inventaire anthropométrique des criminels, liste des pseudonymes, etc. En un mot, nous avons besoin d'une administration de police criminelle effective sur tout le territoire du Reich. Cher lecteur, pour une meilleure lutte contre le grand banditisme, il ne faut pas tenir compte de la crainte manifestée par plusieurs Länder de voir Berlin tirer la couverture à soi. Que se passerait-il si le cadavre récemment découvert dans la forêt d'Ebersberg avait un lien avec ceux de Heide, Iéna et Hanovre (pour mémoire, la tête manque à ces trois dépouilles) ? Et si les polices de chaque Land perdaient beaucoup trop de temps pour déceler d'éventuelles similitudes entre ces différentes affaires et coordonner leur action ? Et pendant ce temps, notre criminel se frotte les mains. Il y a beaucoup de choses à changer dans le fonctionnement de la police du Reich. Il nous faut une liste fiable de tous les meurtres non élucidés, qu'elle soit disponible dans tout le pays, que tous les services y aient accès – sinon tout continuera à dépendre de la seule mémoire des agents. On pourra alors faire immédiatement le lien entre certains faits matériels, en exclure d'autres. Il manque la tête au cadavre de Hanovre, mais présente-t-il des impacts de balles, comme celui de la forêt d'Ebersberg ? Chers lecteurs, la police ne nous fournira aucun renseignement sur ses investigations, et nous ne saurons donc pas si les agents de Hanovre ont eu connaissance de notre mystérieux cadavre de la forêt d'Ebersberg. Espérons qu'il ne s'agit dans notre affaire « que » d'un cas de braconnage ou d'un accident de chasse, et qu'un chien errant ou un sanglier a déplacé la tête. Chers lecteurs, je vous entends ricaner, mais dans les affaires criminelles, le plus invraisemblable est monnaie courante. Toujours est-il que ces derniers jours, je me suis donné la peine, avec l'autorisation de l'administration, bien entendu, de rechercher dans les archives de la police d'autres cas mystérieux, semblables au nôtre. Des cadavres avec des impacts de balles, il est évident qu'il y en a eu beaucoup dans les jours troublés de l'après-guerre, mais des cadavres auxquels il manque la tête (et je suis autorisé à vous le dire sous contrôle de l'administration), outre celui d'Ebersberg, à cette époque il n'y en a eu qu'un seul : en novembre 1923, à Haidhausen, une femme a été retrouvée morte, la tête tranchée... »*

Falk but littéralement ces dernières lignes. Il avait déjà lu cette information. À propos de la femme de Lamprecht. Excepté ce détail, ce fait essentiel, monstrueux, dont les journaux n'avaient pas parlé à l'époque. Il ne put réprimer un léger tremblement de la main.

« Nous ne savons pas s'il y a des liens entre ces affaires, concluait le reporter. *Certains détails sont identiques, quelques différences sont énormes. Laissons à nos forces de police expérimentées le soin d'apprécier. Cela dit, chers lecteurs, nous pouvons tous faire quelque chose pour combattre efficacement*

la criminalité : le public doit devenir l'auxiliaire éduqué de la police. Fais attention à ce qui se passe autour de toi. Apprends à connaître ton voisinage. Partage tes observations avec la police, y compris les indices les plus insignifiants. Fais confiance au spécialiste du crime, tu as besoin de son aide ! Si tu caches des symptômes de ta maladie à ton médecin, le diagnostic et le traitement seront erronés. Il en est de même avec le médecin criminaliste, qui éradiquera la maladie du crime dans notre peuple.

Mais avant tout, soutiens politiquement les forces qui s'engagent sans réserves pour une coordination du travail de la police dans tout le Reich, pour une lutte énergique contre la criminalité professionnelle. »

12

Chapeau bas !

Bammel avait tout organisé comme un chef d'état-major. Il ne s'était pas contenté de lui décrire l'itinéraire dans les moindres détails, de lui consigner les horaires et, ce qui était encore plus important, de lui indiquer le point d'observation où il se trouvait à présent, mais il l'avait exactement pointé sur une carte au 1/80 000. Une croix au crayon en plein milieu de l'Eichsfeld.

Le soleil était déjà haut dans le ciel. Arno était assis sur sa moto à la béquille, dissimulé à l'ombre d'arbustes sur une petite éminence d'où il contemplait la route départementale bordée de pommiers. Elle longeait des collines boisées, faisait une grande boucle à une cinquantaine de mètres directement en contrebas pour disparaître vers l'est, en direction de la plaine qui ondulait légèrement au loin.

Comment diable Bammel avait-il pensé à ce coin délaissé des dieux ? Cela dit, pour ce qu'il avait à faire, le paysage était parfaitement adapté : on pouvait surveiller la route sur des kilomètres, et il eût autrement été impossible sans être repéré de suivre cette automobile noire qui avançait vers lui à une allure d'escargot, seule sur la route.

Elle aurait bientôt atteint l'endroit où deux heures plus tôt il avait érigé sur le bord de la route un petit monticule de pierres bien visible pour signaler au conducteur qu'il devait accélérer la vitesse du véhicule à 60 kilomètres/heure.

Quand il vit l'auto augmenter l'allure à hauteur de sa petite pyramide, il comprit qu'il s'agissait de la berline attendue.

Il lança sa moto, s'assura une fois encore qu'il n'y avait aucun autre véhicule sur la route, descendit debout sur les repose-pieds le petit monticule et attendit au bord du chemin.

Quand l'automobile passa à sa hauteur, il mit les gaz. La moto fit des embardées sur le pavé inégal de la départementale.

Quelques secondes plus tard, il avait rattrapé la Simson Supra. Il se porta à la hauteur de la portière gauche, maintint sa vitesse et fit comprendre au conducteur qu'il devait descendre la vitre.

Le chauffeur, coiffé d'un bonnet de cuir, la moitié du visage mangée par des lunettes, le col de sa veste relevé, semblait avoir du mal à actionner la manivelle qui commandait la vitre et haussa les épaules à plusieurs reprises en signe d'impuissance. Arno eut l'impression que la poignée était coincée.

Il n'avait pas beaucoup de temps, même avec l'avantage de la surprise qui ne laissait au conducteur aucune possibilité de réfléchir et de réagir.

Devant lui s'étendait environ un kilomètre et demi de ligne droite, distance au bout de laquelle la livraison devait être achevée s'il ne voulait pas être obligé de changer ses plans.

Le chauffeur continuait à s'escrimer sur la manivelle et la vitre ne s'abaissait toujours pas.

« Ouvre cette putain de vitre, merde ! » Le vent lui arrachait les mots de la bouche, et il n'était pas certain que le conducteur le comprenne. Mais il avait pourtant ses instructions, nom de Dieu, il savait ce qu'il avait à faire. Bammel lui avait assuré qu'il avait transmis ses consignes à la lettre. Si le conducteur ne les respectait pas, peut-être essayait-il de gagner du temps.

Devant la Simson, un éclat de lumière à peine visible sauta tout à coup sur les taches d'ombre de la route. Arno comprit que c'était un signal, que le conducteur avait allumé ses phares au moment où il avait rattrapé la voiture. En regardant brièvement son compteur, il remarqua aussi qu'il avait réduit sa vitesse à moins de 50 kilomètres/heure.

Il se laissa glisser vers l'arrière de la Simson, jeta un coup d'œil par-dessus l'épaule, mais ne discerna aucun poursuivant sur la départementale ombragée.

Il remonta tout près de la portière du conducteur et, tenant le guidon de la main gauche, retira d'un geste sûr une lourde clef à molette de sa sacoche et d'un coup sec brisa la vitre qui vola en éclats aux oreilles du chauffeur. La voiture fit une embardée sur la gauche. Arno l'évita habilement en freinant légèrement, puis se rapprocha de nouveau de la portière. Il reconnut en même temps, à quelque deux cents mètres à gauche, la digue qui séparait deux fossés d'irrigation. Il fallait absolument qu'il s'y engage. C'était la dernière occasion de quitter la route avant quinze kilomètres.

« Allez, envoie le paquet, et magne-toi ! »

Il vit l'homme prendre sur la banquette la boîte en carton nouée par une simple ficelle, la poser sur ses cuisses, la reprendre de la main gauche pour la lui tendre.

Arno lui arracha le carton à chaussures, se pencha en avant, le coinça entre son ventre et le réservoir d'essence. Il eut tout juste le temps de freiner pour s'engager sur le pont de pierres moussues qui enjambait le fossé et menait vers le passage étroit du sommet de la digue, devant laquelle il s'arrêta.

Il s'en était fallu d'un cheveu.

Il chercha son équilibre à vitesse réduite sur la piste étroite de la digue, large d'un pied au maximum, risquant constamment de glisser à droite ou à gauche dans un des fossés d'irrigation, mais tel un funambule, il balança sa machine sur la crête exiguë.

C'est pas demain la veille que quelqu'un en fera autant !

Après quelques dizaines de mètres, la voie sur digue tournait dans un chemin de terre perpendiculaire qui longeait le fond d'une cuvette qu'il savait invisible depuis la route.

Il descendit à droite, roula tranquillement, suivit des haies touffues et des saules pleureurs noueux, une clôture en bois, traversa un bosquet et se retrouva tout à coup sur la départementale bordée d'arbres, un peu en amont de l'éminence depuis laquelle il avait guetté l'arrivée de l'automobile.

Il traversa rapidement la chaussée et grimpa sur la petite hauteur.

Il retrouva le panorama baigné de soleil de l'Eichsfeld. Il eut tôt fait de repérer la Simson noire garée au bord de la route, à quelques mètres de l'endroit où il avait tourné dans le chemin de la digue. Vers le milieu de la levée, deux minuscules silhouettes s'épuisaient à repêcher une motocyclette dans un des fossés d'irrigation.

On avait donc bien eu l'intention de l'entortiller, puis de le filer.

Il fixa proprement le paquet en carton sur le porte-bagages, regagna la départementale et sans demander son reste prit tranquillement la direction du retour.

*

« Alors, tout s'est bien passé ? »

Les bruits de la course qui grondait à quelques mètres étouffèrent presque les paroles de Bammel. « Ils s'en sont tenus à mes instructions ? »

Arno lui tendit le carton à chaussures. « Pas exactement. » Il lui hurla son histoire aux oreilles, décrivit la tentative de le berner et de le poursuivre. « Heureusement, il y en a un qui ne savait pas très bien faire de la moto. Mais, dis-moi, c'était quoi, cette virée ? D'une certaine manière, ça me rappelle le bon vieux temps. »

— En ce cas, tu penses comme au bon vieux temps, Arno : "Tiens bon la route, t'occupe et ferme ta gueule." Je vais vérifier ce que tu me ramènes. » Il souleva la bâche et disparut sous la tente.

Arno regarda autour de lui. L'ovale du circuit de l'Olympia était rempli de spectateurs. Les fanions jaune et bleu de la Continental flottaient partout, et les machines de course semblaient sans cesse tourner sur la piste, emplissant le stade des hurlements croissant et décroissant de leurs moteurs.

« Rien à faire, aujourd'hui. » Wotava arrivait en poussant la 500 de série. Il la béquilla et, résigné, se laissa tomber sur une caisse de pièces de rechange. « La pompe est complètement naze.

— Bon, on prend la 300.

— Ira pas non plus, Bammel a déclaré forfait. » Le mécano ramassa un petit caillou qu'il lança contre une bouteille de bière vide oubliée dans l'herbe à quelques mètres de l'entrée de la tente, non loin de la glacière.

« Et on peut savoir pourquoi ? » En réalité, il n'était pas fâché de ne pas courir ce jour-là. Il ne se sentait pas assez concentré et voulait rentrer le plus vite possible à Munich pour rendre visite à cette tricoteuse. Mais ce qui avait poussé Bammel à renoncer à la compétition l'intéressait vivement.

Wotava se leva et se dirigea vers la glacière : « Il y a des problèmes avec Sarolea. Me demande pas lesquels, pose plutôt la question à Bammel, il va t'expliquer ça calmement. » D'une chiquenaude, il fit sauter le bouchon mécanique de la bouteille. « T'en veux une aussi ?

— Pourquoi pas. » Arno avala la bière fraîche. « De toutes façons, ces derniers temps, je n'arrive pas à m'ôter de l'esprit qu'on est en train de revenir en arrière, au bon vieux temps de Munich : tu vois, cette histoire d'Eichsfeld, je ne sais pas...

— Oui, oui, t'as raison, intervint le mécanicien et il but une longue gorgée au goulot, moi aussi, il vient de me réembaucher pour une de ses combines, mais quand tu lui demandes ce qu'il fabrique, c'est "Tiens bon la route, t'occupe et ferme ta gueule." »

Wotava éclata de rire. Il imita ironiquement la voix de Bammel : « Exactement, et "Ne vous faites donc pas de souci, les enfants, je m'en occupe"...

— ... mais seulement si vous me filez aussi une bière. » Bammel s'était approché sans bruit et s'installa à côté d'Arno. « Bon, ouvrez grandes vos oreilles, voilà de quoi il s'agit. Une bagarre sans pitié s'est engagée pour le contrôle du marché allemand de la motocyclette. Environ cinquante marques étrangères sont en concurrence avec soixante-quinze entreprises nationales, étant précisé que les machines d'importation doivent acquitter d'énormes surtaxes de douane, de transport et d'assurances. Ce qui fait que nous avons affaire à une cruelle concurrence sauvage ; vous me suivez ? »

Bammel s'autorisa une courte pause. « Le problème est donc le suivant : Sarolea veut augmenter ses activités dans les compétitions, très efficaces pour la réclame – avec tout le bazar qui va avec – et projette donc de créer une section uniquement tournée vers les courses, avec siège social et direction en Belgique. Cette année, ils participent déjà au Giro Moto... – bon sang, ça se prononce comment, ce truc ? – Mototuttiquanti d'Italie, peu importe le nom de cette manifestation de macaronis. Bon, Sarolea est engagé avec une importante écurie et ils veulent faire la même chose l'an prochain en Allemagne. En clair : notre contrat avec Sarolea va sans doute être résilié, vraisemblablement après le championnat d'Allemagne. À ce moment-là, on nous coupera les vivres. » Bammel soupira profondément. « Voilà où nous en sommes, les enfants ! Si nous voulons continuer à être de la partie en tant que non-constructeurs, il nous faudra beaucoup de sous pour nous présenter sur le marché des écuries. »

Merde ! Tout ça n'était pas bon signe ! Arno vida sa bouteille de bière. Naturellement, il pouvait essayer de se recaser ailleurs, mais les bons pilotes étaient légion et s'il voulait vraiment assurer son avenir, il fallait qu'il gagne le championnat. Parce qu'on s'arracherait le vainqueur ; mais s'il était deuxième, troisième ou quatrième, la seule possibilité serait de réfléchir à l'offre de Paule de devenir quelqu'un dans son association.

« En ce moment, j'annule les courses de moindre importance dans l'espoir de faire un peu pression sur les gens de Sarolea. » Et Arno entendit une fois encore la conclusion familière : « Ne vous faites donc pas de soucis, les enfants, je m'en occupe… »

Wotava se leva et pointa l'index en direction de la tribune. Il s'adressa à Arno : « Les voilà qui partent sans nous. Mais ton pote en est dans ta catégorie préférée – et en première ligne. »

Les moteurs hurlèrent ; des nuages de gaz d'échappement noyèrent la tribune, et les machines bondirent en avant, prirent la file pour aller se doubler dans les virages serrés en se dégageant de l'abri du vent.

Un peu plus tard, Bammel, qui vivait passionnément la course, poussa Arno du coude et lui désigna le virage qui menait aux tribunes. « Il semblerait que ton noble ami soit dans les choux dès le troisième tour. »

Arno cracha. « Noble ami, tu me fais rigoler, pour moi, ce type n'est qu'un grand con.

— Mais putain, il a la peau dure », commenta Wotava. Quelquefois, Arno ressentait une immense envie de lui filer un grand coup de pied au cul.

13

« Vachement bien ! Ouais, ah, c'est bien toi le meilleur ! » L'agent de piste ricanait avec insolence.

« Tire-toi de là ! »

L'homme s'éloigna. Falk jeta ses gants dans l'herbe, s'accroupit et contempla la durite éclatée. C'était arrivé dans la descente au moment où Hensch le passait sur sa droite. Mais qu'est-ce qu'il leur arrivait, à ces machines ? Ils avaient vérifié les motos de course, et c'était au tour des motos de série de flancher ! Et devant autant de spectateurs en plus ! Ce n'était pas une bonne réclame pour les Victoria.

L'orphéon faisait alterner les mélodies enjouées et les refrains populaires. Ce genre d'allégresse lui rendait la défaite encore plus amère.

S'il ne faisait pas sous peu un grand bond en avant, la saison était finie pour lui. Deux éliminations pour cause de défaillance du matériel. Quel intérêt d'aligner un long trajet d'endurance parfait, si le matériel lâchait en conduite sportive ? À Karlsruhe, deux semaines auparavant, sa machine avait à peine tenu la moitié de la distance avant d'être à bout de souffle, malgré le nouveau diamètre des tubes d'aspiration et l'ajustement de la puissance du tuyau d'échappement. Il fallait que le directeur trouve une parade. Jusqu'à présent, toutes les tentatives d'amélioration avaient échoué parce que le matériel était trop délicat. Et ce genre de pépin avait vite fait le tour du milieu professionnel, des acheteurs potentiels, des revues de motocyclettes, entraînant la dégringolade des ventes. La prochaine fois, il faudrait peut-être faire un essai avec des soupapes à boulet.

Le haut-parleur proclama la victoire de Hensch. Falk retira la machine de sa béquille et la poussa lentement sur le gazon en direction de la ligne d'arrivée. Les spectateurs faisaient un ban pour Hensch et l'harmonie s'efforçait à une fanfare.

Ses mécaniciens se précipitèrent à sa rencontre, s'occupèrent de la machine qu'ils poussèrent jusqu'au campement des pilotes. Falk se laissa tomber sur le dos dans l'herbe, écarta les bras. Son visage chercha le soleil de midi, sa tête quelques instants de tranquillité.

Dans la lumière rouge vif de ses yeux fermés, les machines fonçaient sans bruit dans les descentes comme de petites taches rapides, quand soudain une ombre s'étendit sur lui. Falk cligna des yeux, prit quelques instants pour s'orienter.

« Ça ne marche pas exactement comme tu voudrais ? » Le colonel le regardait en ricanant. Il portait un costume bleu, une casquette à la dernière mode sur le front en un piqué hardi, main droite dans la poche du veston croisé, la gauche prolongée par un fume-cigarette.

Falk se leva précipitamment et rectifia inconsciemment la position.

« Je t'ai à peine reconnu, l'apostropha-t-il. *Le dernier cri*[1], hein ? » On apprenait beaucoup des débauches d'achats de Théa.

Ils se serrèrent la main. « Je me suis dit que pour venir à ce genre de trucs, il fallait s'habiller comme ça.

— Comment m'as-tu trouvé ?

— Tu ne vas pas le croire, mais ces derniers temps, Otto s'est entiché de culture et il lit énormément. Les colonnes d'affiches, les pages sportives et tout ce genre de choses. »

Falk regarda autour de lui. Brahmke, comme d'habitude engoncé dans son cuir élimé, rôdait autour des machines garées en attente sur la ligne du prochain départ. Il tripotait un guidon, se brûlait les doigts à un pot d'échappement. Les pilotes ne protestaient pas.

« C'est un vrai campement de romanichels, ici. Des étrangers partout. Des machines étrangères. Laquelle est la meilleure ? » Le colonel rangea son fume-cigarette dans sa poche intérieure et balança son mégot dans l'herbe.

« Ça dépend. Une fois l'une, une fois l'autre. Hensch vient juste de l'emporter sur une Blackburn.

— Allons bon, un Allemand sur une machine étrangère, c'est de la trahison. » Son visage restait impavide. Falk haussa les épaules. « Comme tu l'as toujours dit : le meilleur finit toujours par gagner.

— Ce qui signifie qu'il va falloir se mettre au travail. Il faut qu'on devienne les meilleurs partout. Des

1. En français dans le texte.

champions. Des hommes de tête. Faut qu'on maîtrise tout ! Pas se laisser prendre de vitesse ! » Le colonel laissa brièvement errer son regard sur les tribunes du stade. « Une guerre des moteurs. Tout ça a l'air bien intéressant. »

Les moteurs des 850 se mirent à rugir sur la ligne de départ. Hensch participait aussi à cette course. Comment faisait-il ? « 32 kilomètres en deux manches », commenta Falk alors que retentissait le signal du départ.

« Il y a de quoi attraper le tournis rien qu'en regardant ! » Le colonel attira Falk un peu plus loin sur l'herbe. « Bien, mais c'est pas pour ça que je suis là… Où en est-on, tu as découvert quelque chose ?

— Non, Volk… »

Il fut vivement interrompu : « Pas de nom ! Veux pas le savoir, ne dois même pas le savoir, compris ? Alors contrôle-toi plus que ta pétrolette ! »

Falk rougit. « Un des camarades est en Amérique du Sud, il n'a donc rien pu dire à la police. De toute façon, je ne l'en crois pas capable. Et l'autre est mort, il y a un an et demi. Il n'a donc aucun rapport non plus avec la découverte du cadavre.

— Ah bon ? Et alors ?

— À Munich, j'ai étudié les journaux et j'ai appris qu'il n'y avait rien de neuf. L'affaire est même certainement déjà classée. Pas de panique, de notre côté il n'y a pas eu de fuite. Fausse alerte. Il ne se passera plus rien côté police.

— Mon jeune ami, si les choses étaient aussi simples, répliqua le colonel dont la voix se durcit, je ne serais pas là. Je veux savoir ce qui s'est réellement passé, je veux savoir qui a indiqué à la police l'endroit où le corps a été découvert, et je veux surtout savoir où est la tête. C'est si difficile que ça à comprendre ? » Le colonel l'attrapa par le bras. « Quelqu'un tire les ficelles dans cette histoire, c'est évident. Et il commence à se jouer de nous et se frotte les mains dans son coin. »

Falk haussa les épaules. « Je ne vois pas comment aller plus loin, je ne sais même pas par où je pourrais continuer. »

La pression de la main s'accentua. « Écoute-moi bien, maintenant, camarade, ne me prends pas pour un imbécile…

— Hello ! »

Falk se retourna et vit Théa qui courait lestement vers lui en faisant signe de la main. Elle portait un large pantalon blanc et une chemise, blanche elle aussi, avec des rayures bleues sur le col ; ainsi vêtue, sans cette coiffure à la garçonne, elle aurait presque ressemblé à un matelot. Elle le surprenait tous les jours avec de nouvelles modes. *A new outfit is like a new life*. Quel que soit le sens de cette formule qu'elle employait, elle portait tout avec élégance. Elle avait une allure très sportive, plus svelte encore ces dernières semaines parce qu'elle avait mis le holà à sa vie nocturne endiablée. Diète sévère et beaucoup de sport, tennis par-ci, escrime par-là, monter à cheval aussi, naturellement. Avec elle, impossible de trouver le calme. Toujours plus vite, toujours plus de nouveautés, tout toujours plus épatant : robes courtes, danses folles, musique de nègres torride. Une, deux, quatre temps, toujours en mouvement. Surtout pas d'habitudes. Elle n'assistait plus non plus à toutes les compétitions. *C'est toujours la même chose, sweetheart*. Mais elle restait naturellement au centre des fêtes qui suivaient. Faire la fête et calmer le jeu, éternelle contradiction.

Elle arrivait au bon moment. Le colonel lâcha le bras de Falk. L'endroit de la prise restait douloureux.

Hors d'haleine encore, Théa lui mit les bras autour du cou, claqua un baiser sonore sur ses lèvres : « Eh bien, mon pauvre ami, encore quelque chose de cassé ? Tu m'as l'air tout drôle. » C'est alors qu'elle s'intéressa au colonel, voulut dire quelque chose mais fronça le nez et se retourna brusquement : Brahmke ricanait dans son dos.

L'odeur rance de sa veste en cuir domina celle du parfum de Théa qui se rapprocha de Falk en frissonnant, comme pour chercher sa protection. « Tu ne me présenterais pas ces messieurs ? »

Il hésita un instant : « Herr von Gross, Herr Brahmke. De vieux camarades. »

Le colonel salua crânement et ses yeux s'attardèrent sans gêne sur le corps de Théa. « Nous allions prendre congé, camarade. » La pointe d'ironie était évidente. « Nous ne voudrions absolument pas déranger ces mamours. » Son regard resta accroché à Théa.

Falk vit ses yeux s'étrécir.

Le colonel prit un ton suffisant : « Peut-être expliquerez-vous à votre compagnon, à votre merveilleux galant, peut-être lui expliquerez-vous qu'il devrait soutenir un peu plus ses vieux camarades, car sans ses amis du bon vieux temps, l'air pourrait se raréfier autour de lui jusqu'à devenir glacial. » Le colonel porta brièvement deux doigts à sa casquette. « Au revoir, camarade, et à bientôt. » Il pinça son fume-cigarettes entre les dents et s'en alla, Brahmke, le pas pesant, sur ses talons.

« C'était quoi, ça ? Qu'est-ce qu'ils voulaient, ces gens-là ?

— Bah, rien ! » dit-il en repoussant sa casquette en cuir sur la nuque.

Elle le regarda avec colère : « Ne me prends pas pour une idiote, Falk. Ces racailles impolies, tu les connais de Munich, n'est-ce pas ? La tête que tu fais… il y a anguille sous roche, là, je vois bien.

— Viens, on s'en va. » Ils prirent la direction de la sortie. Il vit le directeur au stand Victoria, en train d'examiner les machines, en grande discussion avec les mécaniciens. Il ne manquerait plus que ça. Un entretien sur ce qui s'était passé ! Non, merci ! Ils firent un détour.

« Alors, Falk, qu'est-ce qui se passe, exactement ?

— Rien, rien du tout. Mais c'est vrai, des camarades désagréables d'autrefois. Tu l'as bien vu, un gommeux de cercles de jeu et un homme de main mal dégrossi, rien de bien intéressant. »

Elle ne répliqua pas, mais il savait qu'elle n'en croyait pas un mot.

Ses pensées se bousculaient dans sa tête. Le colonel l'avait-il menacé ? La crainte qu'il l'ait dans le collimateur l'envahit. Et cette grossièreté soudaine, quand il avait détaillé Théa des pieds à la tête…

Ils passèrent sous le tunnel des tribunes du circuit de l'Olympia. Il s'agissait de départager les 850. Derrière eux, le grondement des motos se fit plus sourd. Ils croisèrent quelques curieux en retard. Des marchands ambulants traînaient déjà ici ou là, tendaient l'oreille aux annonces des haut-parleurs en attendant la ruée en masse des spectateurs à la fin des compétitions. Les premiers mendiants étaient à pied d'œuvre. On accordait un orgue de Barbarie juché sur sa carriole à quatre roues.

Ils descendirent sans un mot l'allée centrale de l'aire de stationnement, longèrent les rangées de voitures jusqu'à ce que Théa retrouve sa Mercedes.

Un moteur se mit soudain à hurler. Deux rangées plus loin, une moto déboula à toute allure dans l'allée et disparut en vrombissant.

Théa hocha la tête en signe d'exaspération, puis désigna, écœurée, quatre individus debout à quelques pas sur une levée de terre, en train d'uriner contre une haie. « On a encore de la chance qu'ils ne nous pissent pas sur la voiture ! » Elle fouilla la poche de son pantalon à la recherche de sa clef.

Les hommes penchèrent le buste le plus loin possible en arrière tout en fléchissant les genoux et en éclatant de rire. L'un d'entre eux tapa si violemment dans le dos de son voisin qui tripotait les boutons de sa braguette que celui-ci glissa sur le dévers du talus et disparut.

Puis un grand cri : « Mais il y a un mec assis, là… oh merde ! »

Ses copains se hâtèrent de reboutonner leur braguette et se penchèrent prudemment en avant, l'un ou l'autre s'efforçant de franchir la haie.

Celui qui avait été poussé réapparut entre les arbustes, pâle comme un mort. Titubant, il vint vers Théa. Bras tendu, il désignait un vague emplacement derrière lui. « Là, là, il y a un type, assis là, l'air tout à fait normal, adossé à un arbre, non… je crois que je vais gerber. » L'homme trébucha en passant près de

Falk, s'appuya des deux mains sur le garde-boue d'une voiture et se mit à vomir.

Théa saisit le bras de Falk. Agitée d'un léger tremblement, elle le traîna vers le talus.

« Reste là, Théa. »

Les autres pisseurs réapparurent aussi. Ils discutaient entre eux, l'air bouleversé. « Putain, j'ai jamais vu ça !

— Moi, j'ai vu ça tous les jours ; sur la Somme… en 1916 !

— Arrêtez de discuter, appelez plutôt les flics », supplia le troisième.

Théa enfonça ses ongles dans le bras de Falk, tout en continuant à l'attirer vers les buissons.

« Soyez prudente, madame, c'est pas pour les âmes sensibles. » Un des hommes écarta tout de même les branches.

« Mon Dieu ! » Théa mit sa main devant la bouche.

Falk se pencha en avant. Sous le dais de feuilles, il vit effectivement un homme assis par terre, adossé à un bouleau, jambes écartées. Il remarqua un trou dans une des semelles de ses chaussures. Ses vêtements avaient l'air crasseux. La veste était en lambeaux, il lui manquait quelques boutons et des pans de sa chemise rayée dépassaient du pantalon. Le col ne portait presque pas de traces de sang, ce qui étonna Falk car cet homme était décapité. Falk le fixait, fasciné. La coupure était si nette, exécutée avec tant de soin, qu'il put reconnaître tous les détails anatomiques sur la surface ensanglantée : le pharynx, le larynx, l'os hyoïde, les vertèbres de la nuque le tout pris dans la viande rouge des muscles et proprement tranché, quel que soit l'instrument utilisé.

Théa détourna le regard. « Mais c'est horrible ! »

« Viens, allons-nous-en d'ici, et vite ! » Il l'entraîna vers la Mercedes. « Qu'on ne soit pas mêlés à ça ! » Il lui prit la clef des mains, la poussa sur la banquette, mit en route et s'éloigna à toute allure.

14

« Vous connaissez une Wally Krössner qui habiterait par ici ? »

On avait grossièrement dessiné à la craie, sur le sol, des cases semblables à un cube déployé. La plus âgée des deux fillettes arrêta de jouer à la marelle. Jambes écartées, un pied dans chaque carré, elle leva le regard vers lui. « Oui, monsieur. » Elle s'élança à pieds joints dans la case suivante. Sa petite camarade de jeu, qui s'entraînait à sauter à la corde et s'y empêtrait souvent, se mit à rire sous cape.

« Bien, les fines mouches, et vous savez où ? »

La petite pouffa de rire tout en regardant sa copine.

Agacé, il devint plus concret et précipita la réponse : « Vous pouvez me montrer le chemin ? Je veux dire… bon, si vous m'y emmenez, chez la Wally, je vous donnerai deux pfennigs. »

La plus jeune lui tendit une main sale. Il y déposa deux piécettes et la suivit. Elle tourna sur la gauche derrière une clôture de vieilles planches noircies, passa entre deux petites maisons à colombages, traversa un chemin fangeux qui menait à une arrière-cour pleine de flaques d'eau verdâtre croupie. Une bicyclette sans roues gisait dans la boue à côté de jouets et d'épluchures de pommes de terre. Des poules cherchaient de rares graines dans la bourbe, et une odeur familière de latrines émanait d'une porte restée ouverte. Les fillettes sautaient par-dessus les flaques, le pied alerte, et le menèrent à un second passage qui aboutissait à une chaumière crépie, avec de petites fenêtres, en partie cachée derrière d'épaisses broussailles et à laquelle s'accotaient des cabanes à lapins branlantes au grillage raccommodé, aux planches disjointes, rongées d'auréoles noircies par la pisse. L'aînée s'arrêta et montra la baraque du doigt. « C'est là ! Mais nous, on va pas plus loin, parce que la Wally, elle donne les petits enfants à manger à ses cochons. » Les fillettes firent demi-tour en cabriolant avec agilité sur le sol glissant.

Arrivé devant la misérable bicoque, l'odeur aigrelette de restes de nourriture qui s'échappait d'un appentis lui sauta aux narines. Il entendit grogner des porcs. Il s'avança jusqu'à la petite porte d'entrée et frappa vigoureusement. Comme personne ne se manifestait, il heurta rageusement le panneau du poing, jusqu'à ce que la porte s'ouvre à la volée. « Qu'est-ce qui presse tant que ça ? »

Devant lui se tenait une drôlesse à moitié nue sous son peignoir ouvert, simplement vêtue de sous-vêtements à fleurs. Ses jambes maigres étaient enfilées dans des bas noirs qui montaient à mi-cuisses, attachées à de larges jarretelles. Elle avait le visage exagérément maquillé et ses lèvres disparaissaient sous une épaisse couche de rouge. Elle ne devait pas avoir plus de dix-sept ans.

Elle l'examina des pieds à la tête, rajusta les pans de son peignoir et, l'air frivole, glissa une jambe à travers l'ouverture en se passant la langue sur les lèvres : « T'es foutrement pressé, dis donc, toi ! Tu peux plus attendre, tu l'as pointée comme un radis noir, hein ? » Elle sourit, découvrant des dents gâtées barbouillées de rouge à lèvres. « Mais le petit cadeau d'abord. » La jeune fille fit marche arrière dans le couloir et tendit la main. « Rentre ! Je te le ferai comme tu voudras, avec des trucs vraiment vicelards : à poil, un mark, une pipe, un et demi, par-derrière, deux, sans capote, quatre. »

Il rétorqua qu'il voulait simplement rencontrer Wally Krössner. « Elle habite ici, non ? »

La gamine le regarda d'un air bourru : « Ah ! tu veux juste voir la Wally. V'là maintenant que c'est les hommes aussi qui viennent lui rendre visite ? Qu'est-ce que tu veux te faire sauter, hein ? Le chou-fleur que t'as sur la queue, peut-être ! »

Arno se mit à rougir. « Elle est là, ou pas ?

— Elle est occupée. »

La jeune fille voulut refermer la porte, mais il en avait assez et s'avança. Il lui arracha la clenche des mains et le panneau alla cogner contre le mur du couloir. Elle recula, trébucha, perdit l'équilibre et tomba. Un pas suffit, et il la redressa violemment. « Méfie-toi, petite pisseuse, on ne parle pas comme ça aux grandes personnes. » Il lorgna au fond du couloir : « Où je peux trouver la Wally ? Derrière la porte, là-bas, peut-être ? »

« Leooo ! Leo ! » Elle hurla de toutes ses forces et son petit visage se déforma tant que l'épaisse couche de fard sur ses joues commença à se craqueler. « Leooo ! »

Écœuré, il la relâcha et s'avança vers une porte derrière un escalier branlant qui grimpait raide à droite au bout du couloir obscur. Au-dessus de sa tête, des pas lourds firent grincer des solives et un homme dégringola les marches. Malgré l'obscurité, il devina le maquereau à ses cheveux graisseux coiffés en arrière ; il était vêtu d'une sorte de veste d'intérieur aux revers en satin et d'un pantalon rayé trop large, cassé sur des chaussures vernies noir et blanc. Un poignard à lame longue et très pointue étincelait dans sa main.

Il se planta devant Arno. « Des problèmes, Lilo ? » La jeune fille ne daigna pas regarder son souteneur qui fixait Arno en jouant du pouce sur le tranchant de la lame.

La gamine se plaignit : « Il a filé un coup de pied dans la porte et me l'a arrachée de la main, ce con, il m'a fait mal ! »

Arno avait déjà le sang aux tempes. « Tu vas remballer ta lame, petit, et vite fait, sinon je te file une rouste, que même ta mère te reconnaîtra plus. »

Le jeune marlou ricana d'un air hypocrite : « J'aimerais bien voir ça. » Il fit un bond en arrière et, passant rapidement d'une jambe sur l'autre, envoya son bras armé en avant.

Arno ressentit furtivement l'envie de lui enfoncer le couteau dans le ventre. « Mets-la en veilleuse, petit. Je ne te veux pas de mal. Tu prends ta nana avec toi et tu remontes, avant qu'il t'arrive malheur, et vite fait ! » Les derniers mots avaient déjà un dangereux son métallique.

Le maquereau fut pris de court et sembla évaluer ses chances.

La voix d'Arno devint autoritaire : « Alors, tu te casses ? Je le dirai à personne, ça restera entre nous. Je veux juste allez chez Wally, c'est tout. Alors, déconne pas, mon gars. »

Une porte s'ouvrit brusquement. Une grosse virago se glissa entre Arno et le marlou. Sa voix rauque retentit dans le couloir : « Y en a marre de votre boucan. Fous-moi la paix, Lilo, ou je te vire avec ton fiancé. Tirez-vous là-haut !... » La grosse se tourna vers Arno « ... et tu renvoies ton client chez bobonne ! » Elle le poussa de côté sans ménagement et se campa devant sa porte, jambes écartées.

Le gamin escamota son arme, se retourna et de toutes ses forces et gifla la fille qui gémit de douleur. Il la saisit par le bras et l'entraîna en haut des marches. « Combien de fois que je t'ai dit que tu m'appelles que s'il y avait du bazar ? » Ils disparurent au premier étage, la jeune fille cria encore une fois, puis une porte se ferma bruyamment.

« Et vous aussi, vous caltez, maintenant. » Quelques mèches s'étaient échappées du chignon et pendouillaient à la face de la mégère.

Arno remarqua qu'elle portait un tablier en caoutchouc et des gants en latex.

« Je ne suis pas venu pour Lilo, mais pour vous voir, vous. Vous êtes bien la complaisante madame Krössner, n'est-ce pas ? Je suis venu au nom de ma femme et je voulais seulement vous remercier pour – enfin, vous savez quoi – ce que vous avez fait pour nous. »

L'air un peu sceptique, la vieille saisit la main qu'il lui tendait. Humide et froid, le gant de caoutchouc lui serra les doigts.

Elle s'enquit en bredouillant : « Vous êtes monsieur… ? » Il fit un signe de tête et posa l'index sur les lèvres retroussées.

« Monsieur… euh, Oberkofler, hein ? » risqua-t-elle après réflexion.

Il sourit, l'air faussement embarrassé, baissa la tête et reprit : « Oui, oui, exactement. Ma femme pensait que je pourrais vous apporter une gratification, parce qu'elle – nous deux, en fait – nous vous sommes reconnaissants du plus profond du cœur, et que comme ma femme me disait encore, le bon Dieu avait dû guider personnellement votre main.

— Ah ben, entrez donc un instant, monsieur. » Elle libéra le passage, pénétra dans une chambre minuscule où donnaient deux portes. Elle entrebâilla celle de droite et lança à voix haute dans la pièce qui se trouvait derrière : « Un instant, j'arrive tout de suite. Quand l'eau bouillira, retirez les marmites de la cuisinière, s'il vous plaît. » Elle se retourna vers Arno : « Fermez la porte derrière vous, le petit mac est pas obligé de tout entendre. De toute façon, j'ai peur qu'un jour il me coupe la gorge. Eh ben, voilà ce qui arrive quand on loue une chambre à de la racaille. Mais vous me parliez d'une gratification… » Et elle prit un air gourmand.

Il sortit son portefeuille de sa poche de poitrine, en tira une photographie format carte postale et la tendit à la matrone. « Connaissez-vous cette femme ? »

Elle éventa tout de suite la mèche et s'avança résolument vers lui : « Vous n'êtes pas Oberkofler, n'est-ce pas ? Disparaissez ! Sortez de ma maison ! »

Mais de la main gauche il avait déjà empoigné le chignon gris, lui courbait la tête vers le sol et, tout en lui coinçant son gros derrière contre le mur, il mata sa résistance en appuyant de tout son poids sur son dos massif. Il entendit sa respiration oppressée, il savait qu'ainsi courbée en deux dans cette position inconfortable, elle manquait d'air. Il la poussa fesses en avant par la porte restée entrouverte. Il allait lui relever la tête pour lui présenter de nouveau le cliché, quand il vit au milieu de quelle scène il était tombé.

Il se trouvait dans une cuisine sombre pleine de vapeur. Sur la plaque de la cuisinière presque chauffée au rouge, on avait posé deux grosses marmites remplies d'eau à bouillir, sur le sol en terre battue, un tub cabossé en tôle étamée avec de l'eau chaude fumante avoisinait un carton de Persil plein de briquettes de charbon et de petit bois. À la croisée de la minuscule fenêtre, on avait accroché un attrape-mouches et sur l'appuie-fenêtre étaient alignés de petits pots en terre où poussaient différentes herbes et épices. Contre le mur de gauche, un buffet de cuisine, de la cornière duquel était tendue une corde à linge qui rejoignait le mur opposé. Des serviettes humides en pendaient, d'où montait de la buée ; elles dégouttaient sur le sol où s'étaient déjà formées de petites flaques. Au centre de la pièce, sur la table de cuisine, on avait empilé des couvertures en laine ornées de différents motifs. Assise à côté, une jeune femme en combinaison rose retroussée aux hanches qui laissait son bas-ventre nu. Ses pieds reposaient sur l'assise d'une chaise, et Arno nota les bas en tire-bouchon sur les chevilles. Elle le regardait, yeux écarquillés et bouche bée.

Et soudain, il vit Véra devant lui. Véra sur cette table, genoux levés, jambes écartées, face à la vieille assise sur la chaise.

C'en était trop.

D'un coup de poing dans le dos, il catapulta la tricoteuse en avant. Il vit son ombre s'affaisser, entendit deux cris, le premier venu de la table, l'autre qui montait du sol. Il perçut le tintement du tub qui se renversait, le clapotement de l'eau qui se répandait, puis des gémissements. De la vapeur s'éleva, épaisse comme dans une buanderie. Il se retrouva devant la table face à la jeune femme, à lui hurler des phrases sans suite : *Ne la laisse pas te toucher, cette salope ! Sinon tu vas perdre tout ton sang. Décanille !*

Il se rendit vaguement compte que la matrone battait des mains, se mettait péniblement à genoux, agrippait le bord de la table pour se relever à la force des bras, réussissait à attraper la corde à linge qu'elle arracha en l'empoignant. Les serviettes mouillées s'écrasèrent lourdement sur le sol.

Sur ces entrefaites, la jeune femme bondit de la table, s'empara de sa robe, enfila précipitamment ses chaussures et sortit de la pièce en titubant.

Tu vas perdre tout ton sang. Décanille. Cette salope va te tuer.

La buée opaque se dissipa, sa vue s'éclaircit, son front retrouva sa fraîcheur, ses pensées se remirent en ordre. Arno repéra les aiguilles à tricoter, une pince à cornichons en bois, avec une vis à ailettes fixée sous la fourche.

Il se baissa pour ramasser les aiguilles, la pince et la photographie de Véra qui avait atterri dans une flaque. Il ne s'était pas rendu compte qu'elle lui avait échappé.

La vieille, complètement trempée, se cramponnait au plateau de la table. « Mais t'es fin fou, ma parole, il te manque une case, t'es sinoque, espèce de sale con, de fils de pute. »

Il prit appui des deux mains sur la table, bien en face de la vieille : « Wally, si tu ne réponds pas à mes questions, je vais en faire du petit bois, de ta baraque. »

Elle fit un léger signe de tête.

Il lui glissa la photo sous le nez : « Est-ce que cette femme est venue chez toi ? »

Elle regarda la photo de près, puis hocha la tête : « Peut-être, mais ça doit faire un bon bout de temps. »

Martelant chaque mot d'un violent coup de poing sur la table, il cria : « Elle est morte ! Tu comprends, vieille truie, morte, morte, morte ! Et c'est toi qui l'as tuée ; ici dans ce taudis, cette porcherie, avec ces instruments… » Il lui balança au visage les grosses aiguilles à tricoter. « Pas étonnant, avec des trucs pareils, espèce de vieille pouffiasse, c'est des instruments de mort ! » Il prit la pince à cornichons, l'examina sous toutes les coutures, tourna la vis et les deux branches s'ouvrirent. Il ajouta : « … dont on ne sait même pas à quoi ils peuvent bien servir. »

Et soudain il comprit.

Il tira sur les extrémités des branches jusqu'à ce qu'elles s'arrachent de la vis à ailettes, et de rage jeta les morceaux dans un coin.

« Farfouiller dans des femmes sans défense avec des instruments à la noix ! »

Exaspérée, la vieille lui siffla aux oreilles : « Écoute-moi bien, maintenant, espèce de branleur, c'est pas moi qui ai fait le monde, et ta femme non plus ni toi, espèce de taré. » Elle se redressa et poursuivit sa diatribe. « C'est pas moi qui vais demander quelque chose aux femmes, c'est elles qui ont besoin de moi, tu comprends. Elles viennent ici, elles implorent, elles supplient, elles gémissent, elles veulent que je leur fasse sauter ce que vous, bande de malhonnêtes salopards, bande d'irresponsables fumiers, vous leur avez craché dedans, avec votre fringale, votre goût du plaisir incontrôlé, et ça sans penser à toutes les conséquences, et qu'après c'est les femmes qui trinquent. Et vous voulez qu'on les en débarrasse, ou vous prétendez que c'était pas vous, vous ne voulez rien savoir question paternité ou argent et vous vous esbignez lâchement. Non, non, mon ami… » La Krössner se mit à taper du plat de la main sur la table. « Les femmes qui viennent ici savent que ces instruments sont dangereux, mais tu peux me croire, espèce de donneur de leçons, elles pensent qu'ils ne sont pas aussi dangereux que la misère dans laquelle elles tomberaient sans eux. »

Il tenta de reprendre l'initiative : « Nous étions mariés, ma femme n'avait aucune raison de … » Mais après son long discours, la faiseuse d'anges était en rage et en veine de morale. Elle l'interrompit sèchement, le rouge aux joues, ironique : « Aucune raison… ben, voyons ! Les femmes qui viennent ici ont toujours une raison de venir, mariées ou pas. » Elle prit la photo et l'examina avec soin. « Si je me souviens bien, reprit-elle, soudain calmée, ta femme avait des problèmes de santé. Je crois qu'elle avait un médecin qui a refusé d'intervenir, et c'est pour ça qu'elle est venue ici ; moi aussi je lui ai dit que je ne ferais rien, puisque le médecin n'avait pas voulu, mais, tu peux me croire ou non, espèce de connard, elle a insisté et dit qu'elle ne sortirait pas de cette cuisine avant que je l'aie aidée, et quand elle a dit ça, elle était exactement là où t'es maintenant. »

Il avait la bouche sèche.

« … et je l'ai aidée, reprit-elle tout en lui rendant la photo, et tout s'est bien passé, aucune complication, rien, que dalle, du moins tant qu'elle a été ici. »

Il éclata : « Et tu voudrais que je te croie ? Elle a eu une hémorragie à la maison, et elle en est morte, ça veut dire que quelque chose a mal tourné, que t'as salopé quelque chose. »

La Krössner eut soudain l'air las. Il vit qu'elle baissait les yeux. « Ça me fait vraiment de la peine, vraiment, mais ce genre de choses peut arriver, il faut toujours s'y attendre. Ça aurait aussi pu se passer avec le médecin. »

La voix d'Arno chavira : « Tout ça, c'est des inventions, des mensonges, les menteries merdiques d'une vieille salope ! »

Il s'interrompit et, se laissant tomber sur la chaise, il posa ses coudes sur la table et se couvrit le visage avec les mains.

Il entendit frapper plusieurs fois. La vieille tapait au plafond avec le manche de son balai. Une voix répondit.

« Descends ! » cria la grosse et, quelques instants plus tard, la jeune fille entra dans la cuisine. Son peignoir était toujours ouvert, elle avait l'œil gauche enflé et bleu. « Mon Dieu, qu'est-ce que c'est que ce foutoir ! C'est lui qui a fait ça ? » s'exclama-t-elle en le regardant d'un air craintif.

« Oui, ce con a complètement perdu les pédales ; mais regarde donc, là sur la table, la photo, tu reconnais cette femme ? »

Lilo s'approcha, contempla le cliché avec application, et son visage s'illumina : « C'est pas cette belle femme qui est venue une fois ici ? »

Arno vit que la vieille opinait.

Lilo examina de nouveau la photo : « Mais ça fait longtemps, non ? »

Il précisa : « C'était en novembre 1923, un jour avant cette fusillade à l'Odeonsplatz, cette histoire avec Ludendorff et Hitler.

— Oui, oui, je me rappelle maintenant. Je suis descendue, j'ai frappé chez Wally, parce que je voulais aller au marché. Je lui rapporte toujours quelque chose. Wally m'a ouvert et cette femme s'est avancée derrière elle, mais elle est restée debout à la porte de la maison parce qu'il pleuvait à seaux. Wally m'a tendu sa liste de commissions, je suis sortie et je lui ai demandé si elle voulait que je l'accompagne un bout de chemin avec mon parapluie. Elle m'a prise par le bras, mais m'a demandé de marcher lentement, à cause de la gêne, là, en bas. Mouais ! Ça va passer, que je lui ai dit, je connais ça. Et nous avons fait route ensemble.

— Et après ? interrogea-t-il impatiemment.

— Ben, après on a marché lentement, jusqu'à la Johannisplatz. Et là elle a rencontré quelqu'un qu'elle connaissait. Il lui a proposé de la raccompagner à la maison avec son parapluie. Moi, j'ai continué mon chemin. »

Il demanda avec brusquerie, criant presque : « Et alors ? Qui était cet homme ? À quoi ressemblait-il ? »

La petite recula, effrayée. Elle murmura : « Désolée, je ne le connaissais pas, ce type, je ne sais plus quelle tête il avait, euh, je ne le reconnaîtrais peut-être même pas s'il croisait ma route ; la seule chose que je me rappelle, c'est qu'il portait une veste, elle était en cuir, avec une espèce de ceinture à la taille. »

Il prit la photographie des mains de la jeune fille et la rangea avec précaution dans son portefeuille. D'une certaine façon, il croyait à ce que lui avaient raconté la faiseuse d'anges et la petite garce.

Restait cet inconnu, que Véra semblait connaître. L'avait-il accompagnée jusqu'à la maison, était-il peut-être même monté à l'appartement ? Il était perdu dans ses pensées, arrivait à peine à mettre de l'ordre dans les nombreuses questions sans réponses qui l'assaillaient.

Quand la voix de la vieille lui parvint, il était déjà dans le couloir. « Tu mettras pas les bouts d'ici, mon cochon, avant d'avoir payé les dommages. Et en plus, je te signale que ta femme me devait encore des sous. »

15

Falk ne voyait que la poussière. Il la sentait qui s'insinuait dans sa bouche malgré ses lèvres serrées. Des grains très fins grinçaient entre ses dents. Du basalte concassé et passé au rouleau. Était-il déjà à même de reconnaître les parcours à leur odeur ? Possible.

Il sortit du virage, redressa la moto et, poussant la manette dans le coin, il chercha le milieu de la piste. Il était en bonne position quand il se mit soudain à pleuvoir.

Quelques secondes plus tard, les gouttes s'étaient transformées en un crépitement nourri. Les pneumatiques les pulvérisaient pour les éjecter en tourbillons sur la chaussée. La pluie tombait de tous les côtés. Jaillissant de partout, d'en haut, d'en bas, de gauche et de droite, l'eau lui dégoulina dans la nuque, lui trempa le cou et lui coula en filets dans le dos.

Les gouttes s'épaissirent en un mur compact. Il roulait pleins gaz dans une sorte de tunnel humide et blanchâtre où il ne voyait guère plus loin que sa roue avant. Involontairement, il relâcha un peu la pression du pouce et réduisit sa vitesse.

Il perdit légèrement l'orientation, ne sut plus exactement où il se trouvait dans cet écran de pluie qui lui masquait la vue. Il ne pouvait que deviner sa position. Non, le virage en S n'était plus très loin. Il remit les gaz, poursuivit sa course dans les brumes de pluie tout en espérant que son calcul était exact, que son intuition ne le trompait pas.

L'averse torrentielle cessa aussi vite qu'elle avait commencé. Les bruissements de l'eau qui avait giclé de toutes parts s'évanouirent aussi vite qu'ils étaient apparus. La vue était de nouveau dégagée.

Cinq cents mètres encore, et il atteindrait le virage en S qui serpentait dans l'ombre. Angler d'abord sur la droite, puis entrer rapidement dans la contre-courbe. Il recherchait la trajectoire idéale quand de nouvelles trombes d'eau s'abattirent sur lui. Il réduisit de nouveau sa vitesse.

Il le sentit plus qu'il ne l'entendit ; puis il le vit : un de ses poursuivants cherchait à le doubler sur sa gauche. Une roue avant lui envoya de l'eau écumeuse à la figure. La roue avant d'une Sarolea. Sans aucun doute cette fois !

Lamprecht.

Lamprecht essayait de le déporter vers l'extérieur. Falk maintint sa trajectoire, tenta même de gagner sur la droite. Lamprecht ne céda pas, se rapprocha. Leurs guidons allaient se toucher, mais Falk ne déviait pas de sa ligne.

Non, pas pour Lamprecht ! Il ne céderait pas un millimètre. Ce type qui salivait pour Théa, qui avait peut-être bestialement assassiné sa femme avant de lui couper la tête. Tous ces articles de journaux qu'il avait lus, toutes ces rumeurs lui chamboulaient la cervelle. Des cadavres sans tête à Heide, Iéna, Hanovre et, à présent, ce corps sanglant au circuit de l'Olympia. N'était-ce pas une Sarolea qu'il avait entendue quitter l'aire de stationnement sur les chapeaux de roues ? Lamprecht n'avait-il pas été présent partout où l'on avait retrouvé ces morts ? À chaque fois, il était dans les parages, surgissait toujours, venu on ne savait d'où. Et n'avait-il pas été à Munich en ce temps-là ? Aurait-il pu être mêlé à cette disparition de la tête de Huber ? Lamprecht était-il l'homme qu'il recherchait ?

Falk résistait à la pression de Lamprecht. Pas pour ce Lamprecht !

L'ombre embruinée le serrait de près. Ils arrivèrent trop vite au point le plus ardu de la courbe. Ils posèrent en même temps le pied sur la pédale de frein arrière. Falk se déporta encore plus vers l'intérieur. Leurs bras se frôlèrent. Lamprecht ne bougea pas d'un pouce. Ça devenait trop juste.

Non ! Lamprecht sur le podium avec le baiser au vainqueur de Théa, jamais ! Jamais !

Arrivée au sommet de la courbe, la machine de Falk plongea vers l'avant, il freina trop fort et sa roue arrière dérapa. On entendit des grincements de métal.

Ils furent déportés tous les deux. Guidons et manettes des deux machines se heurtèrent, s'enchevêtrèrent. Ils ne purent maintenir leur équilibre, descendirent la pente en glissant avec leurs machines. Falk lâcha le guidon qui prit aussitôt sa liberté. Il réussit à retirer sa jambe avant que la machine se cabre et s'écrase sur la piste en basalte où elle fit plusieurs ricochets pour finir contre un arbre et disparaître à sa vue.

Il ripait sur la descente et vit Lamprecht, en vol plané par-dessus sa machine, quitter la piste et atterrir durement sur le dévers du talus où il s'affala, bras désarticulés.

Lui-même fit plusieurs tonneaux et se retrouva dans un fossé. L'eau froide s'infiltra dans sa bouche et ses narines. Il se mit à quatre pattes. Il releva la tête et prit une profonde inspiration, puis toussa longuement. Les poumons lui brûlaient et de l'eau lui coulait du nez. Il s'agrippa à une touffe d'herbe, se hissa au bord du fossé et fit un tour d'horizon.

Sa Victoria gisait à quelques mètres de lui, à moitié enfoncée dans l'eau. Il se releva péniblement. Il flageolait un peu sur ses jambes. Il se tâta. Tout avait l'air à peu près en ordre. Il avait mal au bras gauche et tout son corps semblait sortir d'un magasin d'accessoires. Il pressa la main droite dans son dos puis s'étira largement.

La machine de Lamprecht s'était écrasée contre un arbre au bord de la piste. La roue arrière tournait encore. Il vit le pilote à quelques mètres de lui, dans l'eau du fossé jusqu'aux genoux, une main sur le talus, qui le regardait, les yeux pleins de haine.

« Tu sauras vraiment jamais te tenir sur une bécane, espèce de grand con, de casse-couilles, de… »

16

Wotava s'accroupit et évalua l'étendue des dégâts : « Elle est presque bonne pour la casse ! C'est Bammel qui va être content ! Rien que pour les pièces de rechange, ça va lui coûter bonbon, sans compter les droits de douane. »

Arno avait la tête qui bourdonnait et sa jambe droite lui faisait mal : il ne marchait qu'en clopinant. Il avait eu une chance inouïe : il avait volé la tête la première par-dessus le guidon et avait directement atterri sur le bord du talus, pattes en avant façon faucon crécerelle. Mieux valait ne pas penser à ce qui aurait pu arriver s'il avait rencontré un arbre sur sa trajectoire ! Adieu, les amis !

Lapompe leva les yeux vers lui : « Et alors ? Comment va von Dronte ? »

Il lui répondit en respirant bruyamment : « Aucune idée, et pour tout te dire, j'en ai rien à battre. La dernière fois que je l'ai vu, il était en train de sortir d'un fossé à quatre pattes comme un chien mouillé. Mais je te remercie pour ta question, Hinnerk, moi, à part quelques égratignures, ça va très bien… »

Le grognement de Lapompe ressembla à une excuse.

« Dans deux semaines, à Marienberg, faut absolument que je monte sur le podium. La bécane sera prête ? »

Wotava se releva : « Tout dépend si on a les pièces de Belgique à temps. Et si Bammel est d'accord pour payer les réparations. Tu connais comme moi l'état de nos finances. »

Il rétorqua, agacé : « Mais on ne peut pas tout lâcher maintenant, on se tirera de la merde que si on est bien placés, et le mieux serait avec le championnat d'Allemagne, non ?

— Si c'est vraiment ton but, faudrait peut-être que tu t'y prennes autrement. »

Arno donna un coup de pied dans un des pneumatiques qui traînaient par là : « Pardon ? Qu'est-ce que j'y peux si les autres…, je veux dire si ce grand con roule comme un dératé.

— C'est à Bammel qu'il faut raconter ça, pas à moi. » Sur ce, son mécanicien lui tourna le dos et rentra sous la tente. La bâche retomba derrière lui.

Ah bravo ! À présent, voilà qu'il était responsable de cet accident ! Il en avait assez, merde ! Il cria derrière Wotava : « Je suis en face, dans la tente de la brasserie, et je voudrais qu'on me foute la paix pour le restant de cette putain de journée. »

Il boitilla en direction de la piste et parvint à la barrière de sécurité. De l'autre côté de la chaussée, il y avait les tribunes pleines à craquer, encadrées par deux à trois douzaines de drapeaux qui flottaient au vent, à gauche la tour ronde avec la réclame pour Bosch, derrière le grand château à la façade illuminée par le soleil.

La dernière course n'était pas encore terminée. Des side-cars. Qui pouvait bien encore s'enthousiasmer pour ça ? C'était un truc de père de famille. Maman sur le tansad, les enfants qui braillaient dans l'habitacle. Et si possible encore, le tout recouvert d'un toit. Course de caisses à savon.

Entre deux pelotons de concurrents, il traversa la piste en courant et en traînant la patte. Des spectateurs crièrent, il entendit les remontrances des agents de piste. Des membres du service d'ordre voulurent l'arrêter, radotèrent à propos d'inconscience et de danger de mort, mais le reconnurent, lui tapotèrent l'épaule, le félicitèrent pour l'heureuse issue de l'accident. « Lamprecht-à-fond-les-manettes, toujours en piste Arno, même sans moto ! »

Les héros peuvent presque tout se permettre. On les invite, ils n'ont pas besoin de payer. Les héros n'ont pas à respecter les règles de la circulation, même les policiers les admirent quand ils y contreviennent. Les lois ne s'appliquent pas aux héros, et encore moins quand ils viennent d'échapper de justesse à la faux.

Il se remit en route vers l'énorme tente de la brasserie, dressée sur la place du château.

Oui, dans ce monde, il était un héros, mais dans les coulisses, derrière la piste, tout cela ne lui servait pas à grand-chose. Ici, il pouvait accélérer, dépasser, couper la route, bousculer, il pouvait même planter sa bécane, il finissait toujours par arriver au but. Dehors, il était fait comme un rat au fond d'un trou. Il n'avait reçu aucune réponse à ses questions dans l'antre de Wally Krössner.

Véra a rencontré quelqu'un qu'elle connaissait. Les derniers mots de la petite pisseuse lui trottèrent dans la cervelle. Une connaissance ? Et par où commencer pour retrouver ce type ?

C'est en cherchant du travail qu'il avait atterri à Munich en 1914. C'est là qu'ils s'étaient connus. Vint la guerre et le mariage fut vite conclu. Ils n'avaient pas eu beaucoup de temps pour s'installer, se meubler. Et depuis qu'il était rentré du front, il ne s'était occupé que de lui. Il ne savait rien de ce qu'elle faisait durant ces longues journées où il traînait en ville. Une connaissance ? Ce pouvait être le marchand de légumes du marché, le laitier, le pasteur. Par qui commencer ? Lui qui reconnaissait à peine les locataires de la maison quand il lui arrivait de les croiser dans la rue ! Et ses connaissances à lui ? Elle ne voulait pas en entendre parler. Selon elle, tous des drôles de zigotos !

Il portait une veste en cuir ! La belle affaire ! La petite aurait tout aussi bien pu dire qu'il portait un pantalon. Et en plus, ça remontait à trois ans. Qu'est-ce que les flics pourraient bien faire avec des informations comme ça ? Il passa à côté d'agents en uniforme. Merde alors, rien n'allait plus !

Et il se murmurait aussi que la semaine passée, on avait trouvé un nouveau cadavre derrière l'Olympiabahn. Il ne s'était rendu compte de rien, parce qu'il était parti le plus rapidement possible pour Munich, mais ici, à Stuttgart, les bruits les plus étranges circulaient depuis son arrivée au campement des pilotes. Le mort serait un juif itinérant sans le sou de Galicie ou de Ruthénie, ou un Arménien du Levant, qui aurait vécu clandestinement à Berlin et se serait maintenu la tête hors de l'eau grâce à toutes sortes de petits coups tordus. Et – il aurait pu en jurer – on lui avait aussi tranché la tête. Comme si ces crimes voulaient le narguer. Ils étaient commis dans son entourage immédiat, mais hélas, sans qu'il découvre le moindre indice susceptible de l'aider.

C'était à devenir fou ! Il ne progressait pas dans ses recherches. Elles l'empêchaient de dormir, l'accaparaient entièrement quand il ne courait pas. Il ne se rappelait même plus sa dernière partie de cartes. Depuis des jours, cette vieille angoisse l'avait de nouveau gagné.

Il entra sous la tente. Il n'y avait que des clients isolés aux longues tables de bois repliables. Quelques-uns traînaient au comptoir. Les courses n'étaient pas terminées, la soif de sensation était encore plus forte que la pépie. Mais après la remise des prix, il y aurait foule.

Il commanda une bière et un schnaps qu'il but au comptoir, reprit la même chose. À la troisième commande, il prit place à une table avec sa bière.

Oui, il pouvait de nouveau s'en jeter un. Il allongea les jambes, s'adossa au gros pilier de tente et au moment où il allait boire à sa chope, il remarqua les deux hommes.

Cette fois, le flic de Berlin avait du renfort : un collègue, un grand échalas, dans les quarante ans.

Ils jetaient des regards fureteurs dans la salle, le repérèrent et se dirigèrent immédiatement vers lui.

Ça sentait les emmerdes !

Le plus âgé vint à ses côtés. « Herr Lamprecht, je suis le commissaire Leon Kraft, et voici mon collaborateur Walter Langenstras, qui vous a déjà posé quelques questions. » Le plus jeune flic s'invita à la table, fouilla sans un mot dans sa serviette d'où il retira un calepin.

« Je m'en souviens vaguement. » Il n'avait pas lâché sa chope et se mit à boire ostensiblement à longues gorgées. Il s'essuya les lèvres du revers de la main. « Et vous avez avancé, dans votre enquête ? »

Le grand s'assit aussi. Tout près de lui.

« Nous aimerions tout d'abord vous dire, Herr Lamprecht, que nous sommes très heureux qu'il ne vous soit rien arrivé au cours de cet accident », dit le commissaire avec bienveillance.

« Eh oui, c'est souvent moins dangereux de participer à une course de motos que d'être la victime d'un de vos interrogatoires…

— Mais uniquement si l'on a quelque chose à se reprocher, plaisanta le commissaire en haussant le sourcil. Mais peut-être avez-vous vécu une expérience désagréable avec la police, Herr Lamprecht ? »

Il se revit à Munich, Ettstrasse, dans la salle d'interrogatoire au sol dallé du commissariat principal, tabassé et humilié, avec cet horrible goût de sang dans la bouche. Allait-il se plaindre auprès du commissaire de Berlin des mauvais traitements de Munich ? Ça ne lui vaudrait que des ennuis. Il connaissait les flics et fit un geste de dénégation. « Non, non. »

Le commissaire le serra d'un peu plus près : « Ou bien mes collègues de Munich ne se seraient-ils pas tenus au respect des lois ? Je veux dire, il y a trois ans, quand vous avez été soupçonné d'avoir assassiné votre femme, et de lui avoir coupé la tête. »

Et merde ! C'était reparti ! Il en était sûr. Les flics avaient eu le temps de se renseigner, ils voulaient remettre ça et le tourmenter. Ah, bravo !

Pourtant il était un bien mauvais suspect, complètement innocent en vérité, et ils ne pouvaient pas sérieusement lui coller sur le dos ces histoires de morts et de têtes coupées ! Il lui suffisait de rester calme et d'attendre la suite. « Cette vieille histoire vous intéresse vraiment, monsieur le commissaire ? »

Le flic opina : « Oui, évidemment.

— Eh bien, vos chers collègues m'ont effectivement menacé de l'échafaud, mais ils m'ont tabassé aussi, pour m'obliger à avouer, à deux, quelquefois trois cogneurs. Des jours plus tard, quand il a été évident que je ne pouvais être coupable de ce meurtre, et donc que j'étais innocent – je répète : innocent –, ils m'ont relâché sur-le-champ, mais personne, personne au grand jamais, ne s'est excusé auprès de moi.

— Voilà qui est naturellement très fâcheux, Herr Lamprecht, répondit le commissaire, et la seule excuse que je puisse trouver à mes collègues, et au-delà à toute ma profession, est que nous étions alors dans une période très troublée, pour ne pas dire anarchique. » Le commissaire eut un léger sourire en coin. « Bon, c'est vrai, c'est de l'histoire ancienne, comme vous dites. Venons-en donc au problème actuel. »

Arno ne put s'empêcher de se rebiffer : « C'est vous qui m'avez posé la question. »

Le commissaire fit comme s'il n'avait pas entendu et poursuivit : « Quand mon collègue Langenstras vous a questionné il y a quelques semaines à Hanovre au sujet de ces cadavres retrouvés sans tête, vous n'avez pas cru utile de lui signaler que, dans votre entourage immédiat, vous aviez déjà eu affaire à un corps décapité. Peut-on connaître la raison de ce silence ? Ç'aurait pourtant été un réflexe tout à fait normal.

— Pour vous, peut-être, monsieur le commissaire, pas pour moi.

— Que voulez-vous dire par là ? »

Ces flics commençaient tout doucement à lui courir sur le haricot. Il respira profondément. « D'après mon expérience de la chose, voyez-vous ! Excusez-moi, mais j'ai cru dans mon intérêt de me taire. De plus, c'est une histoire pénible sur laquelle je n'ai pas envie de revenir, vous comprenez, elle m'a vidé, complètement détraqué. Le comportement de vos chers collègues, les soupçons injustifiés de la part d'amis, de connaissances et de parents. Vous comprenez ça ? J'étais innocent et on m'a quand même mis sur la sellette. Et quand votre collègue est apparu à Hanovre et m'a posé toutes ces questions, tout m'est revenu, et j'ai clairement compris que si celui qui avait fait ça à ma femme était effectivement encore en liberté, j'étais personnellement toujours soupçonné et sali par cette putain de culpabilité qui pèse sur moi. Vous comprenez ? J'ai fermé ma gueule, parce que je suis innocent et que je n'ai rien à voir, ni avec la mort de ma femme, ni avec les autres crimes. C'est clair, et j'espère que vous m'avez bien reçu cinq sur cinq, monsieur le commissaire ? »

Le policier ne répondit pas, se contentant de le regarder de ses yeux perçants.

« Qu'est-ce que vous pilotez, comme moto ? Quelle marque ? » Voilà que l'autre s'y mettait aussi à présent, ce Langenstras.

« Une 500 Sarolea.

— Depuis toujours ?

— Non, j'ai commencé avec une Megola, jusqu'en 1924, jusqu'à ce que je passe sur Sarolea.

— Et ces machines vous appartenaient, ou vous appartiennent personnellement ?

— Non, non, toutes ces motos appartiennent à mon patron, Eckhard Bammel, les machines de tourisme comme les motos de compétition. Mais, avec mon mécanicien, nous avons le droit de les utiliser en privé quand nous le désirons, excepté les motos de course, naturellement. Ce qui fait que je me promène encore assez souvent avec la Megola, parfois aussi la Sarolea de série. Mon chef est très généreux pour ça.

— Le week-end dernier, vous étiez à l'Olympiabahn de Berlin ?

— Oui.

— Mais vous n'avez participé à aucune course, n'est-ce pas ?

— Exact ; les machines étaient en panne. »

Langenstras se tut un moment, s'activant à prendre des notes. L'autre reprit la parole : « La course à laquelle vous auriez dû normalement participer a duré exactement de 13 h 32 à 15 h 04. Pouvez-vous me dire où vous étiez durant ce long laps de temps, et nous indiquer aussi qui pourrait éventuellement en témoigner ? »

Le policier croisa les doigts et fit craquer ses jointures. Arno remarqua la lourde chevalière à sa main droite et ses ongles parfaitement manucurés. L'homme donnait l'impression d'une personne soignée et instruite – mais un flic reste un flic. Depuis le début de cet interrogatoire, il s'était attendu à cette question et le flicard aurait vraiment pu se passer de cette inutile escarmouche apéritive.

Il commença à sentir des picotements dans le bras. « Il est encore question d'un cadavre, n'est-ce pas ? Il s'agit de cet étranger de l'Olympiabahn. Je me trompe ?

— Non ! Eh bien ?

— Durant tout ce temps, j'étais au campement des pilotes, en bas, au stade. Mon mécanicien, Hinnerk Wotava, et mon patron, Herr Bammel, en témoigneront quand vous le voudrez, car nous ne nous sommes pas quittés d'une semelle pendant tout ce temps, jusqu'au démontage du campement, donc jusque vers les trois heures ; puis j'ai quitté Berlin pour Munich sur une machine de série.

— Une Sarolea ?

— Oui. »

Le commissaire poursuivit : « Des témoins affirment avoir vu sur le lieu du crime un suspect qui vous ressemble. »

Ne me faites pas ce numéro, les gars, pas à moi. Il avala une gorgée de bière tiédie et prit un air pitoyable, mais narquois. « Laissez-moi deviner, monsieur le commissaire, il ne s'agirait pas des fois d'un homme avec des vêtements en cuir et un casque, des lunettes, penché sur une moto. Je me trompe ? Serait-ce Dieu possible ? Messieurs, je vous en prie... »

Langenstras reprit, en roulant ses yeux de flic : « Dites-moi, ce Bammel qui est censé confirmer votre alibi, c'est bien ce même Bammel qui a déjà témoigné en votre faveur en 1923 ? Je me trompe ?

— Non, c'est bien le même. » Arno sentit la peau de son crâne se tendre un peu. Les deux policiers le regardaient fixement. Quelques secondes passèrent sans qu'ils prononcent le moindre mot.

Soudain, le commissaire se leva. « Bien, nous allons vérifier tout cela ! Nous nous reverrons, Herr Lamprecht.

En attendant, nous vous souhaitons une agréable fin de journée. »

Les deux policiers se dirigèrent vers la sortie. Mais juste avant de la franchir, Langenstras revint vers Arno qui se rendit compte que le flic avait laissé son calepin sur la table. Un oubli volontaire, il le comprit aussitôt quand il vit l'expression du flic qui le ramassa et lui jeta entre ses lèvres serrées, à mi-voix mais de manière très intelligible : « Pour moi, t'es le principal coupable, Lamprecht, un cogneur comme toi… Je te jure que j'aurai ta peau. » Le calepin disparut dans la serviette.

Arno se tourna vers l'autre policier, mais il avait déjà quitté la place. Langenstras l'avait remarqué aussi, car il se pencha par-dessus la table et ajouta d'une voix normale : « Crois-moi, Lamprecht, les collègues de Munich, ceux qui t'ont chatouillé les côtes, ont toute ma sympathie. Je ne suis pas un de ces types affamés d'humanisme et de sensiblerie comme mon chef, moi, je suis un policier allemand, un de ceux qui savent comment s'y prendre avec un professionnel du crime. Ne te fais donc aucune illusion ! »

Arno suivit du regard le flic qui s'éloignait d'un pas exagérément alerte. Il termina sa bière, en commanda une fraîche et regarda vers la sortie. Ce Langenstras était un vrai salopard. Il fallait qu'il se tienne à carreau, ce bouledogue ne lui lâcherait pas les basques.

La Course

12 mai 1926

Ai pour la première fois essayé de formuler des résultats par écrit, afin que tout être humain normalement constitué puisse comprendre. C'est plus compliqué qu'on ne croit. Mais bien des choses sont plus claires ainsi. Pas besoin d'aller loin pour trouver des explications intelligibles incontestables. Un organisme racial est, en réalité, un organisme biologique. Une maladie parasitaire reste une maladie parasitaire. Si l'on croise un basset avec un doberman, il n'en sortira rien de bon. C'est évident comme deux et deux font quatre. Le métissage mène à la dégénérescence. Cela dit, pour l'être humain, il est plus difficile de séparer le bon grain de l'ivraie. Ce qui fait la différence, c'est la tête, la taille et la qualité de notre cerveau. Un critère objectif. Et il faut mettre au jour ce qui est objectivement mesurable, pour ainsi dire le décharner du subjectif pour arriver au noyau, au crâne, au point de repère racial lui-même.

Ce qui nécessite des recherches dans plusieurs directions. Les caractères nobles de notre race doivent être isolés, et il faut faire de la recherche comparative pour privilégier les caractéristiques positives irrécusables de notre race.

Peut-on faire comprendre plus clairement l'importance qu'il faut accorder à cette recherche qui n'en est qu'à ses débuts ?

Mots clefs : amélioration de la race, guérison du peuple, réduction des coûts…

Je vois qu'il reste beaucoup à faire. À bon entendeur, salut ! Même le Professeur ne rencontre pas partout l'amour réciproque. Comme j'aimerais soutenir grâce à des résultats effectifs son combat quotidien et dégradant pour obtenir des moyens, hélas trop insuffisants.

Je sais, j'entends le Professeur pontifier : la valeur des recherches scientifiques est déterminée par le nombre des études de cas. Dois refréner mon impatience.

PS : Ma femme se plaint que je n'entreprenne presque plus rien en sa compagnie. Devrai bientôt lui octroyer un petit plaisir.

17

« Toute l'eau coule par terre. Il faut que je change les pots. » Théa arrosait des fleurs, des graminées et des espèces de palmiers d'outre-mer, des restes de verdure du passé colonial. Elle était dans le jardin d'hiver et se penchait au-dessus de la chaise longue pour atteindre les pots éloignés avec le long col de son petit arrosoir en cuivre.

Falk était installé dans le coin le plus reculé du salon, au fond d'un fauteuil aux tubes d'acier. Il venait de reposer son journal et observait Théa. Elle masquait presque entièrement le perchoir doré sur lequel trônait un perroquet vert et jaune. Une scène sortie tout droit des tableaux lumineux de Delacroix, dont une toile était accrochée au mur. Jeune femme au perroquet contemplant la forêt.

Il laissa errer son regard dans la grande pièce très lumineuse. Une villa, sise dans les plus beaux quartiers, comme l'on disait. Et ce n'était plus seulement l'argent de Théa qui finançait ce style de vie, car on découvrait peu à peu ses talents. Malgré ses derniers échecs, l'argent coulait à flots, le rouble roulait, pour reprendre une expression à la mode. La semaine passée, il avait même été approché par une entreprise qui voulait son image sur des affiches et dans des magazines, avec des slogans du genre : *À 100 à l'heure sous la pluie, il peut même rire en pensant à son avenir. Votre sécurité, c'est notre affaire*. La réclame, un nouveau filon pour des rentrées supplémentaires. C'est l'avenir, pensait aussi le directeur, une symbiose entre sport et industrie, idée grandiose à développer.

Et pour ce qui est de l'argent, le compte était bon. En réalité, il pouvait être fier de lui, se caler confortablement dans son fauteuil et mettre les doigts de pied en éventail. Il n'était certes pas devenu un héros de la guerre, mais un héros moderne, un héros du sport. Oui, un héros du sport, voilà ce qu'il était. Et on ne plaisantait pas avec ce genre de notoriété.

Théa passa près de lui en souriant, l'arrosoir vide à la main. Sa robe indienne exhalait des parfums exotiques. Le cuir du fauteuil gémit quand il changea de position. Il espérait que son engouement pour le film de Joe May, *Das indische Grabmal*, en resterait au sari, au perroquet et au jardin d'hiver qui ressemblait à une jungle, et qu'il ne déborderait pas sur un réaménagement complet de la maison. Il se vit déjà assis à même le sol sur des coussins. Comment s'asseyait-on en Inde ? Mieux valait encore les meubles tubulaires.

Théa, danseuse du temple ? Des vêtements transparents, des mouvements lascifs et les parfums enivrants de l'Asie. Ce genre de choses pourrait aisément se mettre en scène… Il faudrait qu'il rende de nouveau visite à un des vendeurs de cocaïne du bar de la Wittenbergplatz pour s'en procurer de la bonne, sans salicylate ou borate de soude. Car il avait aussi appris à s'y connaître en poudre.

L'ourlet de la robe disparut derrière la porte et il entendit aussitôt couler l'eau du robinet de la cuisine. Il imagina un film pour son cinématographe privé, des cascades, des tropiques, des plages avec des palmiers, des geishas au visage maquillé en blanc, des négresses audacieuses et de jeunes Hawaïennes dansant le houla-houla, un panorama des suppléments de magazines.

On sonna à la porte.

Il entendit murmurer dans l'entrée, se leva et ajusta correctement les pans de sa robe de chambre. La servante apparut. Avant même qu'elle puisse annoncer le visiteur, Volkmar von Solz forçait le passage.

« Eh bien dis donc, vieille branche, tourner en rond sur un circuit, ça permet de mener une vie bien snob ! » Quelques pas suffirent à Volkmar pour traverser toute la pièce. Curieux, il posait un rapide regard fureteur partout sans s'attarder. Il admira la vue, mais donna un avis sceptique sur l'aménagement. Il hochait la tête en désignant certains meubles et les rides de son front tanné par les intempéries se creusaient. « Encore dans cette tenue, à midi ! »

Falk sentit l'haleine chargée d'alcool. Il toisa son ancien camarade. Son costume noir avait l'air un peu étroit aux épaules et s'accordait mal avec les bottes grossières qui tapaient le sol du talon à chacun de ses pas.

Théa risqua un œil en s'encadrant dans la porte. Volkmar leva les yeux sur elle : « Alors, très chère, prête pour le carnaval ? »

Falk intervint rudement : « Volkmar, tu devrais changer de ton ! »

Théa ne cilla pas, répliqua sur un ton qu'il ne lui connaissait pas, plein de sous-entendus : « Ces messieurs sauront certainement se passer de moi. » Et sans un geste, sans attendre d'être présentée, elle disparut, entraînant la servante dans son sillage.

Falk parla d'une voix exagérément haute afin qu'elle l'entende encore : « Ça ne va pas comme ça, Volkmar, pas comme ça, où sont tes bonnes manières ? »

Volkmar se laissa tomber dans un fauteuil. « Bonnes manières, quelles bonnes manières ? Tu exiges qu'on soit à cheval sur l'étiquette, toi ! Alors que tu te rengorges comme une fiotte dans ta robe de soie, avec du 4711 plein les joues. Tu devrais aussi essayer avec un peu de poudre, camarade. » Il avait presque craché les derniers mots.

Falk sortit les mains des poches de sa robe de chambre blanche, respira profondément. En fait, il aurait dû attraper Volkmar par sa cravate démodée, lui balancer un aller-retour et le jeter dehors. La coupe était pleine, à ras bord ! Mais son regard tomba sur ses pantoufles en cuir : elles l'auraient paralysé dans ses mouvements… Fiotte en pantoufles contre vétéran en bottes cloutées. Quel tableau !

Il eut soudain honte de Volkmar. En fait, il hésita entre honte et indignation. Héros ou poltron.

Volkmar le libéra de ce dilemme. « Excuse-moi, Falk, mais je ne suis plus habitué aux finesses des relations mondaines. Et, en plus, c'est à cause de toi que je suis ici, c'est toi qui voulais me voir, et là, j'ai un peu de temps. »

Falk chercha à reprendre l'initiative. Venait-il d'entendre de plates excuses ? Victoire sur toute la ligne ?

Volkmar prit un ton conciliant : « Bah, il n'y a pas de mal à se faire du bien, on fait ce qu'on peut ! » Il inspecta de nouveau la pièce. « Encore une fois, toutes mes excuses, et je te prie de les présenter aussi à ton épouse. »

Falk ne savait plus que dire.

Volkmar poursuivit : « Ma mère m'a foutu à la porte, elle non plus n'a plus supporté mes mauvaises manières. Elle a râlé après moi toute une semaine. Elle voulait que je laboure, que je colle à la glèbe, que j'aide ma sœur, etc. Mais pour ça, il me manque la paix intérieure. »

Il haussa les épaules et se redressa. « En plus, ma sœur n'a pas arrêté de rabâcher les discours fleuves du petit Autrichien moustachu et de radoter à propos d'un Reich soi-disant de mille ans. In-sup-por-table, tout cela était insupportable, je te le dis. Je me suis donc dépêché de signer un nouveau contrat. J'ai laissé mes valises dans un hôtel près de la gare de Friedrichstrasse. Je pars dans les semaines qui viennent. Par Hambourg, direction Shanghai. Ça pourrait t'intéresser aussi, un petit voyage en paquebot. La Chine, voilà un pays où l'on a encore besoin de bons soldats. Ils commencent à se battre pour de bon, là-bas, tous contre tous. Et en plus, ils portent aussi des robes de brocart. »

Volkmar se leva et se dirigea vers l'une des hautes fenêtres. « Sur le front, j'ai mené à l'assaut des bataillons entiers, dont les officiers qui avaient survécu aux premiers combats étaient crevés entre-temps. Et l'on voudrait maintenant que je surveille quelques ouvriers agricoles pendant la moisson ? Comme si rien ne s'était passé… » Il jeta un œil sur les pantoufles de

Falk. « Soit, j'ai la bougeotte, mais je ne suis pas fait pour le côté agréable de la vie, pour vivre comme un coq en pâte, et je ne suis pas non plus un salonnard. »

Le rouge monta aux joues de Falk. Il espérait que son visage n'était pas aussi cramoisi qu'il le ressentait.

Volkmar poursuivait : « Qui se repose, rouille. Paix est mère d'oisiveté et sœur de décadence. Je suis un soldat, j'ai besoin de combattre et j'avoue que depuis un certain temps, je me moque de savoir de quel côté. L'essentiel est que le compte soit bon. Les Rouges aussi avaient de bons éléments. On aurait pu en embaucher beaucoup, au lieu de les liquider tous sans autre forme de procès. Mais qu'importe ! La vie est courte, et chacun la vit comme il peut. Tout le reste est mensonge. Excepté le combat, qui est la fin de toute existence. » Il s'interrompit pour humer le contenu de la carafe posée sur la desserte. « Bon. Qu'est-ce que tu veux de moi ? » Et il se versa un cognac.

« Ne te gêne pas, sers-toi. Fais comme chez toi. » Falk retrouvait lentement sa voix.

Volkmar haussa les épaules. « De toute façon, j'aurais du mal à faire pire. À propos, dit-il en se retournant, la nuit passée a été un peu longue. Une rencontre chaleureuse avec d'anciens camarades. » Il but une longue gorgée. « Est-ce que tu pourrais m'aider à me tirer d'une petite gêne, Falk ? Je ne peux vraiment plus rien demander à ma vieille.

— Combien ? »

Volkmar fronça les sourcils, porta la main gauche à son menton, inclina un peu la tête de côté et fit semblant de réfléchir profondément. « Il y a eu là deux ou trois petites affaires qui se sont mal terminées pour moi. Mon avance n'est pas encore arrivée. Et il faut que je paye l'argent du voyage. » Volkmar enfourna la main droite dans la poche de son pantalon, fit encore un petit tour dans la pièce en faisant résonner les talons de ses lourdes bottes. Puis il tourna le cognac, plongea le nez dans le verre, huma l'alcool en connaisseur, en avala une lampée et regarda Falk dans les yeux : « Qu'est-ce que tu dirais de mille marks ?

— Mille marks ! geignit Falk. Il faudrait que mon mécanicien travaille un an pour gagner cette somme ! »

Volkmar haussa de nouveau les épaules, vida le verre et tendit aussitôt la main vers la carafe : « Bah, à chacun son dû. »

Falk alla à son secrétaire, ouvrit le tiroir du bas et tira plusieurs billets d'une petite cassette. Qu'est-ce qu'il s'imaginait, ce type ? Il se retourna. Sûr de lui, Volkmar s'était appuyé au chambranle de la porte qui donnait sur le jardin d'hiver. Mille marks ! Il était cinglé ! Pourquoi pas cinq mille ? Mais il se contint. Que signifiait l'argent entre camarades ? Rien. Les dettes de jeu sont des dettes d'honneur. Il fallait s'entraider, lui tendre la perche. Il n'était pas question de le laisser se ridiculiser aux tables de jeu, même au cas où il aurait misé tout son domaine, et plus encore s'il risquait d'être saisi.

Il posa l'argent sur la table. « Deux cents ! Je ne peux pas plus, et je n'ai pas de pur-sang à hypothéquer.

— Je te les rends la semaine prochaine. »

Volkmar prit place, lissa les billets, les réunit en une liasse qu'il tapota sur la table, les enfourna dans la poche de sa veste et de nouveau regarda Falk.

« Bon. Et qu'est-ce qui t'a pris, d'aller me chercher jusqu'en Prusse ?

— Cette vieille histoire… » Falk hésita, alla à la porte et tendit l'oreille dans le vestibule. Rien ne bougeait chez Théa, et on n'entendait monter de la cave que le grincement de l'essoreuse qu'une domestique manœuvrait dans la buanderie. C'était jour de lessive. Il laissa la porte ouverte, demanda d'un battement de cils à Volkmar de se lever de son fauteuil et l'entraîna jusqu'à la fenêtre la plus éloignée. Il murmura : « Quand nous avons liquidé le traître, dans la forêt.

— C'est du réchauffé ! » Volkmar tourna son cognac.

« La police a retrouvé le cadavre. »

Volkmar resta impassible. Des rides blanches se formèrent néanmoins sur son visage basané. « Et alors ? Faudra qu'on nous trouve, après tant d'années ! Je ne crois pas qu'on pourra nous emmerder avec ça. Tout ça ne s'est passé qu'entre conspirateurs. C'est toi qui es venu nous chercher. Tu nous l'as désigné, ce type qui avait été condamné, as-tu dit, pour trahison, et nous nous en sommes occupés, nous l'avons liquidé. Fini, n-i-ni. Un salopard en moins. Je n'en sais pas plus, et je ne veux d'ailleurs pas en savoir plus. Nulle piste ne mène vers moi et nulle ne part de moi. Et même si c'était le cas ? Raison de plus pour quitter cette république de vendus.

— L'ancien commanditaire voit les choses autrement. Et moi aussi, en fait.

— Vous deux, vous risquez quelque chose. » Volkmar ricana. Les rides blanches disparurent.

« Disons que le commanditaire est prudent. Il veut aussi vérifier… l'invraisemblable. Il veut que j'interroge tous les participants, pour voir si l'un d'entre eux n'aurait pas filé des tuyaux à la police.

— Et qu'est-ce que tu veux que j'aille lui raconter, à la police ? Je scierais la branche sur laquelle je suis assis ! Tu m'as demandé si j'étais prêt à dessouder un traître à la cause nationale, un type qui avait révélé des caches d'armes, as-tu dit. J'ai dit oui, parce que je sais que seuls les exemples les plus impitoyables sont à même de barrer la route à la trahison. Je te connaissais comme quelqu'un de sérieux, je n'ai pas posé de questions et après j'ai fermé ma gueule. La trahison rôdait partout, partout des espions. » Il ricana. « Mais nous aussi, nous avions des amis et des indicateurs partout, à la police, dans les administrations… Tout le monde contaminait tout en ce temps-là, tout était infecté. Le bon temps, quelque part… » Il alla se reverser un verre. « Et *seule* notre affaire n'a jamais été découverte, parce qu'aucun d'entre nous n'en savait assez pour trahir. Et finalement, ça, c'est ton mérite, mon cher Falk. » Il revint avec son cognac. « Bilan : je n'en sais pas assez et je ne peux donc pas avoir balancé quoi que ce soit. Alors, où est le problème ?

— Eh bien, le commanditaire veut tout savoir avec tous les détails. »

Volkmar tira sa montre de gousset en argent d'une poche de son costume trop étroit et jeta un œil au cadran : « Je ne peux rien y changer. Alors, qu'importe ! »

Falk reprit la parole : « Ce n'est malheureusement pas si simple que ça. Pachl est mort, et depuis longtemps. Il ne reste donc que nous deux dans le coup, et puis…

— Et puis, quoi ?

— Il manque la tête du cadavre.

— Quoi ? » Volkmar parut irrité. Il s'écria : « Qu'est-ce que c'est que cette histoire ?

— Le commanditaire pense que nous l'avons coupée pour qu'on ne puisse pas identifier le cadavre, au cas où. »

Volkmar se mit à faire les cent pas. « Ce qui fait de cette histoire une drôle d'histoire… »

Il se rapprocha de Falk : « Je suppose que ce n'est pas toi qui l'as coupée, et ce n'est pas moi non plus. Et Pachl, comme tu me l'apprends, a passé l'arme à gauche. Donc… »

Il passa en revue toutes les possibilités auxquelles Falk avait déjà songé.

« Ce doit être quelqu'un qui, d'une manière ou d'une autre, est mêlé à cette histoire, sinon il n'aurait pas attendu aussi longtemps pour dénoncer la chose à la police. »

Il fit encore une fois le tour de la pièce, et reprit : « Reste une possibilité. Peut-être y avait-il une taupe au-dessus de nous, je veux dire dans la chaîne de commandement ; c'est peut-être là qu'il faut chercher.

— Non, le commanditaire me l'aurait dit.

— Mais qui c'est, ce type qui a les foies tout d'un coup, si longtemps après ? »

En vérité, le secret absolu eût été la règle suprême, le devoir de loyauté, mais la menace limpide du colonel bourdonnait encore dans le crâne de Falk. *Sans aucun de ses amis du bon vieux temps, l'air pourrait se raréfier autour de lui jusqu'à devenir glacial…* Cela le visait directement, aucun doute possible. Toutefois, Volkmar faisait lui aussi partie de ces amis du bon vieux temps et en théorie le colonel devait l'avoir certainement tout autant que lui dans le collimateur.

Falk n'était donc pas si seul, et peut-être aurait-il une fois encore besoin de lui, car le moment venu l'on ne se ferait plus de cadeaux ; il faudrait que la confiance règne, c'en serait fini de l'obéissance aveugle, seule compterait la camaraderie. Et il lâcha le nom.

« Von Gross, le colonel von Gross. »

Volkmar le regarda quelques instants, hébété, et retourna à la desserte : « Toi et le colonel ? Félicitations ! Y me faut encore un cognac ! » Il s'en reversa un et hocha la tête, amusé. « Toi et le colonel, je ne t'aurais jamais cru capable d'une chose pareille.

— Qu'est-ce que tu veux dire par là ? »

Volkmar avala son cognac, fit la moue et ricana : « Hum, hum, caches d'armes, tiens, tiens, je comprends maintenant !

— Qu'est-ce que tu veux dire par là ? »

Volkmar le regardait en secouant la tête, l'air incrédule : « Dis-moi, tu me prends pour un demeuré ?

— Je ne comprends toujours pas.

— Bah, oublie ! » Volkmar tira son oignon. « Il faut malheureusement que je te quitte. » Il se dirigea vers la porte.

Falk le retint par le bras : « À quoi riment ces allusions ? Qu'est-ce que tu veux dire par là, Volkmar ? »

Volkmar le regarda de nouveau dans les yeux : « Tu fais comme si tu ne savais rien et tu voudrais que je marche dans ta mise en scène ? » Un coin de sa bouche se retroussa en une grimace et il toisa Falk : « Toi, toi et ton cher colonel ! Je finis par croire que tu n'as effectivement aucune idée de ce qui se passait à l'époque, parce que tout ce qu'il disait était parole d'Évangile pour toi. »

Falk ne comprenait absolument rien.

« Nous, les soldats du front, sommes rentrés en 1918. L'empereur était parti, et nous avions une paix imposée par les civils. On a appelé ça la république. Une république avec à sa tête les Rouges, un État d'athées et de catholiques qui jetait nos valeurs aux ordures, qui prétendait nous dépouiller de tout ce que Dieu et le travail de nos mains avaient édifié. Chaos et anarchie pour raison d'État. Tout ce putain de système devait donc disparaître. Par tous les moyens, sinon la guerre et tout le reste n'auraient servi à rien. C'est ce que moi aussi je pensais à l'époque. Mais maintenant, la seule chose qui m'intéresse encore, c'est le futur et les sensations fortes.

— Et alors ?

— Alors ? Tu ne t'es jamais demandé d'où venait tout cet argent ? Pour les dépôts d'armes, pour payer les gens. Comment ils finançaient cette myriade de petits groupuscules patriotiques ?

— Avec l'argent d'honnêtes Allemands.

— Oui, oui, bien sûr. Mais vraisemblablement aussi avec de l'argent qui venait des caisses noires de l'armée. D'autres sources louches, elles aussi. Tout le monde se servait. Certains touchaient même de l'argent des services secrets français. De l'ancien ennemi, rends-toi compte ! »

Volkmar prit conscience de sa propre indignation. Il avait les yeux brillants. Il regarda une fois encore sa montre : « Comme quoi la fin justifie les moyens. Mais il faut vraiment que j'y aille, maintenant.

— Sers-toi encore un cognac, et dis-moi tout. »

Volkmar sembla hésiter un instant. Ses yeux se tournèrent vers la carafe. Mais il fut soudain très pressé et se dirigea vers le vestibule. « Non, merci, j'avais oublié qu'il me reste des choses urgentes à régler.

— Mais attends donc encore un instant. Qu'est-ce que tu voulais dire ?

— Nous avons fait la guerre aux Rouges, aux traîtres à la patrie. Et dans toutes les guerres, il y a, comme on dit, des profiteurs. C'est dans la nature des choses. » Volkmar avait déjà la main sur la poignée de la porte d'entrée.

« Et Huber, c'était aussi un de ces profiteurs, c'est ça ? » questionna-t-il.

Volkmar ouvrit la porte, regarda une fois encore Falk, se rendit certainement compte de son désarroi et éclata de rire. « Que veux-tu que j'en sache ? C'est bien toi qui as dit qu'il fallait le supprimer, qu'il avait révélé des caches d'armes ! » Il descendit les marches.

« Volkmar, ne me laisse pas comme ça ! »

Volkmar haussa les épaules. « Plus le temps. La prochaine fois, peut-être. »

Il sortit par la porte du jardin, agita encore une fois la main en signe d'adieu et s'éloigna en toute hâte.

Théa se tenait dans le corridor qui menait au salon. Elle s'était changée. Un ensemble d'été léger. Une robe qui soulignait ses formes, coupée près du corps, corsage décontracté. Elle était ravissante, mais sa moue ne présageait rien de bon.

Elle quitta le montant de la porte où elle s'était appuyée et entra dans le salon.

« Qu'est-ce qu'il te voulait, ce type ? »

Falk l'avait suivie.

« Qu'est-ce que ça pue ici ! La naphtaline, le crottin de cheval et l'alcool. D'abord ces deux guignols de l'Olympiabahn – le vieux beau vaniteux et le géant stupide – et maintenant celui-là, cette petite tête de militaire à la nuque rasée coincé dans un costume de communiant. » Elle manipulait maladroitement toutes les crémones qui coinçaient un peu. Il essaya de l'aider, et réussit tout juste à éviter que les fenêtres ne cognent contre les jambages quand elle les ouvrit brutalement pour aérer. Il les mit aux crochets.

« Alors, qu'est-ce qu'ils te veulent, tous ces types ? Tu les connais depuis Munich ! Ne me raconte pas de sornettes ! »

Il fit de grands moulinets avec les bras tandis qu'elle croisait les siens sur la poitrine : « Théa, non – enfin, oui. Cet homme s'appelle Volkmar von Solz, vieille noblesse terrienne prussienne. C'est exact, je le connais depuis Munich, il est de passage, d'Amérique du Sud pour la Chine. Il n'arrive pas à quitter la soldatesque. Tu as bien remarqué qu'il était un peu ivre, et il a parlé un peu à tort et à travers du bon vieux temps. »

Elle le regardait fixement, ne semblait pas croire à l'expression de ses yeux bleus. Falk se dit qu'il pourrait peut-être un jour lui raconter toute cette histoire, mais pas maintenant, surtout pas maintenant. Il ne voulait pas courir le risque de la perdre. Au fond, il ne voulait plus rien perdre du tout. Mais il fallait tirer toute cette affaire au clair.

Il soutint son regard, et lut ses doutes.

« Tu m'as l'air d'être mêlé à une saloperie, là, non ? Ne te laisse pas entraîner une fois de plus par ces types-là. Ce stupide putsch ne t'aura donc pas servi de leçon ? Nous avons vraiment mieux à faire qu'à nous occuper d'ambitions politiques à la petite semaine. »

Il fit un signe de tête affirmatif.

Elle alla dans le vestibule et jeta un manteau sur ses épaules.

« Il faut que je prenne l'air.

— Je viens avec toi. »

Elle se concentra sur le miroir et, prudente, se coiffa d'un bonnet sombre. Un coup d'œil à gauche, un coup d'œil à droite ; les mèches étaient en place. Elle regarda le reflet de Falk dans la glace et secoua la tête : « Je veux être seule.

— Seule ? Allez, Théa, je t'en prie. » La jalousie le submergea. Seule ? Avec les musiciens de l'orchestre Happy-end peut-être ? Comment s'appelait donc cette boîte semi-mondaine dont elle raffolait tant ? Il avait envie de hurler, mais se contint.

Elle enfonça résolument son bonnet sur la tête, fit un pas en arrière, se regarda une dernière fois dans la glace et sembla satisfaite. « Ne compte pas trop sur moi ce soir.

— Théa ! »

Il voulut la suivre, changea d'avis. Il fallait qu'il soit seul pour réfléchir. Il lui fallait du temps pour mettre de l'ordre dans ses pensées, pour comprendre tout ce merdier.

Tout allait s'éclaircir, certainement !

18

Arno roulait comme s'il avait le diable à ses trousses. De Marienberg à Heinzebank, de Heinzebank à Wolkenstein, de Wolkenstein à Marienberg. Douze tours. Soit une distance de presque 208 kilomètres avec des montées très courtes, de longues descentes rapides et de très dangereux virages sur la gauche dans les trois agglomérations. Et partout des masses de spectateurs qui se pressaient en grappes enthousiastes et vociférantes, surtout là où la course proposait des passages sensationnels ou suscitant l'effroi.

Il ne ménageait plus personne. Il fallait absolument qu'il roule pour des points, pas uniquement parce qu'il voulait à tout prix être champion d'Allemagne, non, il avait besoin d'argent, parce qu'une fois encore il était fauché, il avait trop bu ces derniers temps, trop joué et trop eu la guigne ; il avait passé une semaine entière à tituber çà et là, à errer sans but. Une fois encore, il avait perdu le fil, il n'arrivait plus à avancer, tournait en rond avec ses questions sans réponses et était ravi quand il pouvait de temps à autre se retrouver à califourchon sur sa bécane, car il y trouvait l'équilibre qu'il n'avait plus quand il chancelait sur ses deux jambes.

C'est la vitesse qui lui donnait assurance et audace, pas le point mort.

Il se frayait un passage sur le parcours en remontant un à un ses concurrents tel un piranha goulu, avide et brutal. La chaussée était le fleuve, les descentes abruptes les plus rapides des cascades, et l'Erzgebirge, qui volait à sa rencontre à chaque tour, une forêt tropicale impénétrable d'Amérique du Sud. Au premier tour déjà, sur la hauteur de la Lauter, il avait avalé sans même véritablement le mordre Max Kaloschke, puis ce fut au tour d'Islinger de se faire dévorer sur la section de Hilmersdorf. Quelques minutes plus tard, deux motos se percutèrent et une spectatrice hurla. Il était passé trop vite pour voir ce qui était arrivé.

Et il les engloutissait tous, le grand con dans la descente vers Heizenbank, puis Paule Roberts en un duel difficile et implacable dans la cuvette entre Gehringswalde et Wolkenstein. Il se frayait un passage à la machette tout au long du circuit, relégua encore Bauhofer à la deuxième place, et passa la ligne d'arrivée en tête.

Il avait engrangé quatre points de plus et avait un peu de blé dans les poches. Magnifique ! Il avait enfin retrouvé le chemin de la victoire !

Le soir, pendant la remise des prix au club de tir, il subit tout le train-train de la marche ordinaire de la manifestation, du boniment des officiels à la mauvaise musique des cuivres de l'orphéon local. Il était sur la tribune entre Bauhofer et Henne, qui avait réussi au dernier moment à accrocher la troisième marche, et laissa glisser sur lui les discours pontifiants habituels. En bas, à l'une des longues tables, il reconnut Wotava qui lui faisait signe, assis avec quelques Belges de la Sarolea qui avaient fait le voyage depuis Herstal.

L'insipide baratin des orateurs l'asphyxiait comme l'odeur entêtante du caoutchouc fumant quand les roues brûlaient le bitume sur la ligne de départ.

« … et nous remercions aussi le service d'ordre et les volontaires de la Croix-Rouge : leur intervention rapide et pertinente nous a évité le pire. Les pilotes accidentés sont en parfaite santé, excepté quelques égratignures, la spectatrice qui a été traînée par les machines est hors de danger et vient d'être transférée en ambulance à Chemnitz… »

Et encore un discours :

« … la manifestation est un énorme succès pour le sport motocycliste, notre région, et tout particulièrement pour les entreprises engagées ; les pilotes sont nos gladiateurs modernes, ils mettent en jeu, au sens propre du terme, leur vie pour la gloire du sport et des fabricants… »

Et encore un :

« … Arno Lamprecht, notre vainqueur d'aujourd'hui, est un diable d'homme, un vrai : il a non seulement remporté la course dans le temps inouï d'1 heure, 56 minutes et 20 secondes, mais il a établi au passage le record du tour en 9 minutes et 27 secondes, ce qui correspond à une vitesse moyenne de 112 kilomètres à l'heure, et c'est absolument sen-sa-tio-nnel… »

Applaudissements !

Enfin, les boniments étaient terminés. L'orateur envoya un triple hourrah dans la foule et les *Heil* du public revinrent en écho, anéantissant la monotonie de ces discours qui n'en finissaient pas et agissaient sur Arno comme une hypnose. Les acclamations lui étaient destinées, à lui tout seul, les cris lui donnèrent la chair de poule. C'était donc ça, l'ivresse de la victoire.

Heil – Heil – Heil !

On pouvait s'y habituer.

Puis on lui remit les prix.

Du club des motocyclistes de Marienberg, il reçut un assortiment pour fumeur en serpentine brune. Rien à foutre !

L'ADAC lui offrit une coupe à fruits en albâtre. Rien à foutre !

Le prix de la DMV fut une maquette de motocyclette en porcelaine. Rien à foutre !

Le représentant de Sarolea lui tendit une coupe en laiton tout en lui fourrant discrètement l'enveloppe attendue dans la poche. Le pied ! Ainsi la vie continuait-elle tout de même !

Mais le meilleur restait à venir. Théa von Bock monta sur la tribune en un frou-frou, l'enlaça, lui souffla un baiser sur chaque joue et, au nom de la communauté des motocyclistes d'Allemagne, lui arrangea autour du cou la couronne du vainqueur.

« Je vous l'avais bien dit, Arno. Je savais que vous y arriveriez. » Ses dents blanches étincelèrent. « Pour vous récompenser, vous pouvez m'inviter à déjeuner demain midi à l'*Auberge Arnold* à Wolkenstein. D'accord ? »

Avant même qu'il puisse répondre, photographes et reporters avaient envahi la tribune. On installa des trépieds, on y fixa des appareils photographiques, il fut assailli de questions.

Il l'attira à lui et déposa un baiser sur ses lèvres rouges : « Mais bien entendu, avec plaisir ! »

Les éclairs de magnésium lui donnèrent un léger vertige, et il prit la taille de Théa pour recouvrer son équilibre. Il sentit la chaleur de la peau sous la soie légère et toucha incidemment l'élastique qui fronçait légèrement le tissu du faux ourlet de sa petite culotte.

Applaudissements assourdissants ! *Heil – Heil !* Bravo ! Ar-no ! Ar-no !

Éclairs de magnésium !

Question sur question.

Quelle foule !

Le bras d'Arno toujours autour de la fine taille de Théa, dont la robe de soie collait à la peau. Il en avait la paume de la main moite.

« Voyons, voyons, messieurs, faites de la place ! »

C'était la voix de Théa von Bock.

Elle le précédait à présent et suite à une bousculade, il se retrouva serré contre elle. Il se raccrocha à elle, une main sur chaque hanche, voulut l'entraîner avec lui pour échapper au tumulte ; mais la foule poussait et il sentit soudain son bas-ventre plaqué contre les fesses dures de Théa. L'espace d'une seconde, le temps lui sembla suspendu et il fut tenté de fermer les yeux, comme il lui arrivait de le faire au plus fort d'une course.

« C'est déjà mieux comme ça, messieurs ! »

Le cercle des exaltés s'était élargi autour d'eux. Elle se libéra de son étreinte, se tourna et d'un geste aimable invita les reporters :

« Vous pouvez poser vos questions au vainqueur ! »

Il ne réussit même pas à la suivre un instant du regard : le cercle s'était rapidement refermé derrière elle.

19

Mais qu'est-ce qu'il se permettait, ce type ?

Dieu merci, Lamprecht faisait la fête, passant d'une buvette à l'autre, et dans la salle du club de tir, son mécanicien répétait pour la énième fois qu'il avait parfaitement réglé la machine de Lamprecht. Passablement éméché, il ajoutait des détails à chaque nouvelle version du récit de ses exploits. Une telle opportunité ne se représenterait pas de sitôt.

Falk jeta un coup d'œil à sa montre. Il se donna trente minutes. Il avait perdu Théa dans la mêlée. Et pourtant le lieu de la manifestation n'était pas si étendu. Elle sirotait sans doute du champagne en compagnie du directeur. Aucun problème, tant qu'elle ne traînait pas avec ce Lamprecht. Ce type avait fait la course de sa vie, alors que ses propres cylindres avaient lâché. Ce toupet, ce sourire suffisant pendant la remise des prix ! Et avec quel culot il avait attiré Théa à lui ! Et puis ce regard. Le regard de Théa. Ce petit éclat dans les yeux, le même qu'elle avait eu ce jour de novembre quand elle lui avait dit d'un air maternel : *Mais vous avez la fièvre, jeune homme !*

Une lueur qui s'était intensifiée quand il lui avait raconté la fusillade de la Feldherrnhalle et qui avait fini par rayonner à l'infini quand cet éclair blanc avait éclaté dans leurs têtes. Le même feu avait peu à peu envahi son visage, debout là-haut à côté de Lamprecht. Il avait pu le constater, même loin de la tribune. Ça commençait à bien faire !

Pas comme ça, pas avec moi, Arno Lamprecht.

Il allait lui faire passer le goût du pain. Peut-être trouverait-il quelque chose de suspect. Falk pénétra dans la tente de la Sarolea et balaya les lieux du regard. Tout était en ordre. Pas un boulon sur le sol de terre battue, pas de chiffon plein de graisse qui traînait. Pas de bidons d'huile ou de récipients pour gêner le passage. Les jantes avec les jantes, les rayons de roues avec les tendeurs, les garde-boue rangés contre deux billots, au centre de la tente un moteur de 500cc accroché à une chèvre. L'établi était parfaitement rangé, le manche du serre-joint à la verticale, les petites pièces soigneusement casées dans des boîtes en fer-blanc. Aucune souillure d'huile ou de graisse sur les outils. Falk passa les doigts sur les clés mixtes suspendues par taille à leur présentoir en bois. Il n'aurait jamais cru Arno Lamprecht si méticuleux.

Mais au fond, que savait-il de ce type ? En fait, rien, absolument rien ! Il était certes soupçonné d'avoir tué sa femme et de lui avoir tranché la tête, mais pouvait-on pour autant faire un rapprochement avec la disparition de celle de Huber ? Et pour la police, les liens entre Lamprecht et ces morts décapités qui jonchaient le sol aux alentours des circuits étaient-ils si évidents ? Peu importait, au fond. Quelle que soit sa responsabilité dans toutes ces affaires, une chose était sûre : cet homme suait le mal par tous les pores !

Pour protéger Théa, il fallait la prévenir contre lui, lui dire ce qu'il avait lu dans les journaux. Il est vrai que ce genre d'avertissement pouvait aussi se retourner contre lui. Théa pouvait se moquer, le remercier ironiquement de sa sollicitude, ou même lui prêter une jalousie exagérée. Peut-être aurait-elle la fantaisie de prétendre résoudre cette affaire en jouant elle-même les détectives amateurs. L'attrait du danger. Elle aimait ça. La fulgurante course de virages. Les sensations fortes à cent à l'heure. Il revoyait exactement l'air radieux avec lequel elle contemplait Lamprecht. Pas franchement, non, sournoisement plutôt, comme une experte en polissonnerie. D'une manière irritante en tout cas, et attirante… C'était insupportable. Cet éclat dans ses yeux le tourmentait et il donna quelques coups de pied contre une caisse de pièces de rechange.

Il respira profondément. Il fallait qu'il reste posé, il ne devait pas se laisser aller à la colère, continuer à réfléchir tranquillement pour trouver le moyen de le calmer, ce Lamprecht.

Il laissa son regard vagabonder encore une fois. Il avait le temps. Lamprecht et son mécanicien ne repasseraient sans doute plus à leur atelier. Il n'avait repéré personne d'autre dans l'équipe Sarolea. Lamprecht et son mécano étaient les seuls à traîner dans le campement et il semblait aussi qu'ils travaillaient seuls. Ce qui l'étonnait un peu tout de même, Sarolea n'étant pas une petite boîte, mais une entreprise renommée. Il devait donc y avoir des commanditaires et des bailleurs de fonds pour que ces deux types puissent courir.

Mais peu importait pour l'instant, il avait ce soir une bonne occasion de satisfaire sa curiosité.

Son regard tomba sur une autre caisse en bois. De l'humidité suintait entre les planches disjointes du bas. Le cadenas était ouvert. Falk souleva le couvercle et vit trois bouteilles de bière sur quatre pains de glace en partie fondus. Méticuleux et snob en plus ! Cette saison avait dû lui monter à la tête. Pendant toutes les compétitions, on pouvait trouver partout de la bière fraîche en bouteille, même dans les patelins les plus paumés, et ces deux types n'avaient rien de mieux à faire que de trimballer des pains de glace, au lieu d'avoir des moteurs de rechange ! Manquerait plus qu'il y garde au frais une bouteille de champagne pour arroser la victoire !

Ou bien…

L'idée l'excita au plus haut.

Des têtes !

Mais oui, Lamprecht se servait de la glace pour entreposer les têtes coupées. Ou était-ce son mécanicien ? Ou les deux ?

Mais pourquoi quelqu'un ferait-il quelque chose d'aussi révoltant ? Il repoussa l'idée : elle ressemblait plutôt à une scène du *Cabinet du docteur Caligari*. Mieux : Lamprecht en comte Orlock dans *Nosferatu, une symphonie de l'horreur*. Théa trouvait ce genre de film *érotisant*.

Il rabattit le couvercle et fit un nouveau tour d'horizon. Il avait tout passé en revue. Excepté cette malheureuse caisse et ses pains de glace, il n'avait rien trouvé de suspect. Il entrebâilla les bâches et jeta un regard prudent par l'ouverture. La tente d'en face était illuminée et un bruit confus de voix lui parvenait. Non loin de là, la lune découpait des ombres, des silhouettes qui vacillaient légèrement et trinquaient en riant bruyamment. Elles lui tournaient le dos.

Il ne courait aucun danger. Il se glissa entre les deux bâches de l'entrée et s'éloigna dans la direction opposée. Personne ne semblait l'avoir remarqué. Il retourna lentement à son hôtel.

Il entra dans le grand hall de réception démodé, tapissé de velours, réveilla le portier de nuit qui se confondit en excuses, prit la clef qu'on lui tendait et gravit l'escalier. Un épais tapis pelucheux aux motifs persans étouffait ses pas. Aucun bruit intempestif ne devait déranger les hôtes. La tranquillité du bon vieux temps de paix émanait encore de tous les coins et recoins de l'hôtel, de ce monde où régnaient des curistes estivaliers qui venaient passer les mois d'été au frais à la montagne. Il avait à présent assez d'argent pour les imiter, seul manquait le temps. Deux, trois mois de vacances, et il ne serait plus dans le coup. Oublié. Un nom inconnu dans un programme de courses aux pages jaunies.

Partir avec Théa pour de longs voyages, quelle belle idée ! D'accord, mais d'abord gagner le championnat d'Allemagne, puis laisser faire le directeur, signer les contrats, engranger l'argent pour finalement enlever Théa et s'en aller, tout simplement. Lui devant, elle derrière ; bon, quelquefois elle devant, lui derrière. Direction les Indes ou la Chine. La journée, les cuirs sur le dos, en soirée, la soie. Faire des reportages, de longs articles avec de vraies photographies pour les suppléments illustrés des quotidiens : *Falk von Dronte sur les traces de Marco Polo* ou *Le célèbre pilote de course traverse le désert du Takla-Makan*.

Des slogans de réclame lui vinrent à l'esprit. *Les pneumatiques allemands font leurs preuves à l'Hindou Kouch. Excelsior, j'adore !* Avec Théa devant un décor de sommets couverts de neiges éternelles.

Crème à raser Lecina. Théa lui caressant la joue, habillée en motocycliste de la tête aux pieds. À l'arrière-plan, des ruines émergeant des dunes, des tentes bouffant sous les vents. *Malgré le vent et la chaleur, rasé de près à toute heure.*

Il vit le directeur ouvrir de grands yeux. *C'est exactement ce que nous allons faire, Falk. C'est de la réclame moderne, ça me va.*

Une vie aussi aventureuse plairait à Théa. Faire le tour du monde avec elle, et quand ils rentreraient, il aurait tout Berlin à ses pieds. Théa serait le centre de la vie mondaine et son sourire rayonnant ne la quitterait plus.

Mais il fallait qu'il gagne le championnat, il aurait alors tous les atouts en main. Cette histoire avec Huber éclaterait comme une innocente petite bulle de savon, et le colonel lui foutrait la paix.

Satisfait de ses plans mirifiques, il en aurait même sifflé en ouvrant la porte de la suite. Il retira discrètement ses bottes et ses chaussettes dans le salon et, avant même de se glisser dans la chambre à coucher, il s'était débarrassé de sa veste, de sa chemise et de son maillot de corps.

Un rayon de lune à son plein baignait le lit. Elle s'était en partie découverte en s'agitant dans son sommeil, la jambe gauche nue, la droite, fléchie, sur la couverture. Elle ne bougeait pas. La chemise de nuit était remontée jusqu'aux seins. Il n'entendait pas sa respiration.

Elle avait le bras droit bizarrement tordu sous la taille, le gauche pressait le coussin sur son visage.

« Théa ! » murmura-t-il, oppressé, tandis que des images se bousculaient dans sa tête. Les articles de journaux. Lamprecht à Munich. Les corps sans vie. La caisse avec les pains de glace. Il lui prit le bras et le retira délicatement de dessous la taille. Elle ne bougea pas.

« Théa ! » Il essaya d'enlever le coussin. Il voyait la femme de Lamprecht. Cette brute de Lamprecht. Ce salopard de Lamprecht. Sa main se crispa.

« Théa ! » Il lui retira prudemment le coussin du visage.

« Mais qu'est-ce qui se passe ? » Théa clignait des yeux dans son demi-sommeil.

Il la souleva et l'attira à elle : « Dieu merci.

— Tu es fou ? »

Oubliant toutes ses bonnes résolutions, il lui dit tout ce qu'il avait voulu garder pour lui. « Lamprecht a tué sa femme, lui a tranché la tête. J'ai lu ça dans les journaux de l'époque, à Munich. »

Théa haussa les épaules.

20

Théa von Bock avait une demi-heure de retard.

Elle s'assit à sa table en souriant. « Excusez-moi, Arno. Je suis restée trop longtemps devant la glace. Je n'ai plus rien de bien à me mettre. J'espère que vous ne m'en voudrez pas trop. »

Il trouva que le costume de marin lui allait très bien, mais il n'était pas certain que les hôtes des tables voisines soient du même avis, à en croire les regards curieux et interrogateurs rivés sur elle. À dire vrai, cela ne faisait aucun doute : on ne voyait pas tous les jours un habit de matelot dans l'Erzgebirge, et encore moins porté par une femme.

Il chercha la réponse adéquate : « Cela vous va à ravir, Théa. Pour voir ça, j'aurais attendu une heure. » En fait, il lui débitait là un mensonge, car les regards insistants des hôtes lui pesaient, d'autant qu'on se livra à d'incontestables messes basses quand Théa pinça une cigarette dans son fume-cigarette à bout d'ambre et fit signe à la serveuse de lui donner du feu. Il eut l'impression d'être exposé tout nu dans une vitrine.

Un sourire passa sur les lèvres de Théa : « Arno, mais quel charmeur ! Vous avez certainement déjà étudié la carte. Avez-vous découvert quelques spécialités locales ?

— Oui. Soupe de champignons, tartines de saindoux au lard et aux oignons, ou quenelles de pommes de terre râpées. »

Elle fronça les sourcils. « Hum ! Ça m'a l'air bien rustique, mais en harmonie avec les lieux. Bien, par quoi allons-nous donc nous laisser tenter ?

— Il y a aussi des côtes de porc fumées dans leur manteau de pommes de terre en purée.

— D'accord, au vu de la carte, j'aurais moi aussi choisi un plat aussi international. »

Il éclata de rire. Elle avait de l'humour, il fallait lui laisser ça. Et d'ailleurs, son costume de marin en était peut-être un trait.

Quand les assiettes furent servies, les habitués louchèrent de nouveau sur leurs manières de table et semblèrent choqués qu'ils ne les vident qu'à moitié.

« Apportez-nous donc une bouteille de champ'. » Quand ils virent la mine inquiète et sombre de la serveuse, ils se reprirent : « Ou si vous préférez, une bouteille de mousseux, vous savez ce truc qui fait des bulles et de la mousse quand on le verse. »

La jeune femme débarrassa la table, quelque peu offusquée, mais quelques minutes plus tard la bouteille de mousseux était servie dans un seau à glace. Ils trinquèrent.

« Au fait, Théa, qu'est-ce qui vous intéresse tant dans le sport motocycliste ? Cet engouement n'est-il pas un peu inhabituel chez une femme ?

— Je vous en prie, Arno, la technique et l'engouement pour le sport ne sont pas qu'affaire d'homme, proclama-t-elle en pointant l'index, on sait ça depuis belle lurette, et j'espère que vous ne faites pas partie de ces hommes qui le dénient aux femmes !

— Non, non, naturellement non. » Grosse gaffe, aussi ! Merde, une de plus.

« Il suffit que je cite Emmy Opel, Mariechen Reuschel et Gertrude Eisenmann, célèbres pilotes de courses, déjà avant la guerre.

— J'en ai entendu parler.

— Elles ont participé à des courses d'endurance et de vitesse et ont relégué bien des hommes aux dernières places. J'ai moi-même encore vu piloter Gertrude, si je ne me trompe, à un Prinz-Heinrich Rallye.

— Vous faites aussi de la moto, Théa ?

— Avec fureur ! » répondit-elle avec un léger sourire. « Je ne suis pas tellement fascinée par la conduite, par le seul fait d'aller d'un point à un autre, mais…

— Mais ? »

Il voulait vite revenir dans des eaux plus calmes.

« … le fait de s'abandonner, Arno, de se laisser aller », s'enflamma-t-elle en inclinant un peu la tête tandis que ses yeux semblaient s'illuminer. « Vous comprenez, ce laisser-aller au gré de la vitesse, cette faculté de se perdre, et d'un autre côté l'esprit qui doit rester constamment en éveil, la tension perpétuelle qui permet de maîtriser une technique raffinée. »

Il n'avait jamais vu son travail sous cet angle, mais ce qu'elle disait lui plaisait bien.

« C'est comme si l'irrationnel se mariait au rationnel, qu'ils se confondent en une symbiose ; comme si le possible – le moteur à explosion donc, la performance d'un ingénieur – ne pouvait se concrétiser que parce que l'envie ou le plaisir – l'ivresse de la vitesse en voiture, en moto ou en avion – agit comme une courroie de transmission qui mettrait en branle les rêves les plus fous de l'humanité. Et le pilote de course est le pionnier de ce développement ; un *frontierman*, comme on dit en Amérique, un homme des frontières. » Elle lui sourit et leva son verre. « Est-ce que vous seriez d'accord avec ça, Arno, est-ce que vous faites vous aussi partie de ces êtres humains qui repoussent sans cesse leurs limites ? »

Il réfléchit. Il eût préféré se rendre sans conditions, genre : mais tout à fait, chère amie, depuis des années je ne dis que ça, mais il se doutait que, s'il voulait marquer des points, il fallait qu'il trouve quelque chose d'original. Donc, pas de réponse idiote !

Par bonheur, il avait en tête le texte quasi intégral de la réclame pour les automobiles Adler : Rythme de la métropole ! Il espérait que Théa ne le connaissait pas, sinon il était grillé.

Il commença avec lenteur : « Mais ce sont aussi les temps modernes, Théa, le XXe siècle, plus particulièrement la grande ville d'aujourd'hui, qui aident les êtres humains à accomplir leurs rêves. Pensez à l'électricité, qui transforme la nuit en jour. Ça aussi, c'est un vieux rêve de l'humanité.

— Oui, oui », murmura-t-elle, intéressée.

Il était sur la bonne voie. Cela lui donna du courage. « Nous autres pilotes de course ne faisons que révéler ce qui fermente sous la surface, nous ne faisons que transformer le quotidien…

— … comme des artistes », confirma Théa à mi-voix.

Il se laissa aller contre le dossier de son fauteuil, se tut un instant, puis la regarda droit dans les yeux. « Vous savez, Théa – je ne sais pas si je vais me rappeler encore tout –, un malin a dit une fois que la grande ville d'aujourd'hui serait la métropole d'un combat imprévisible, d'une lutte sans pitié pour l'existence ! Une chasse terrible en quelque sorte, et que le mot magique de vitesse l'emporterait sur tout le reste. Urgence et précipitation, et toujours et encore vitesse seraient les phénomènes de notre temps. Le slogan du jour serait donc : Être partout et toujours le premier ! Et j'ajoute, pour ma part : Et cela jour et nuit ! »

Elle se passa la langue sur les lèvres et fit un signe de tête affirmatif.

Encouragé, il se lança : « Et au centre de cette lutte impitoyable pour la concurrence, ce qui compte aujourd'hui, c'est cette idée du général Lützow, l'audace, appliquée à la maîtrise de la vitesse du trafic motorisé. Tout le monde veut avancer et chacun veut aller plus vite que son voisin, vous comprenez, dans le travail et la vie active comme dans tout le reste. Doubler dans une course, c'est exactement la même chose que se déplacer rapidement dans les rues de la grande ville. Tout le monde veut gagner de vitesse tous les autres véhicules qui, eux aussi, se battent et aspirent à aller de l'avant – être toujours le premier. Il faut aller de plus en plus vite, de plus en plus vite, et de plus en plus vite ! C'est ça, l'essence de la vitesse ! Une incandescence folle, éprouvante pour les nerfs, excitante, et qui vous ronge, brûlante, dans cette lutte pour la victoire, le succès, petit pour les moyens, grand pour ceux qui sont déterminés, extraordinaire pour les bienheureux. » Il leva son verre de mousseux. « Mais je me demande parfois ce qui arrive à notre époque aux retardataires, à ceux qui ne connaissent ni succès ni victoire ; aux perdants, à ceux qui sont contraints de tirer le diable par la queue. »

Cette dernière idée lui était venue au débotté. Il n'avait jamais rien dit de tel, et fut ébloui lui-même par les effets de sa démonstration.

« Arno ! Vous m'étonnez. » La voix de Théa était un peu râpeuse. Elle trinqua avec lui.

« Ah bon ? » Il sirota une petite gorgée, roula le mousseux dans la bouche, attentif à ce qu'elle allait répondre.

« Pour vous dire la vérité, depuis le début je vous ai pris – comment dire – pour un pilote incroyablement doué, mais un sauvage qui recherche sans cesse et sans compromissions ses limites – vous comprenez ? – et qui fait la même chose sur le plan privé.

— Je ne comprends pas très bien.

— Arno, dit-elle en allumant une cigarette, vous êtes un type intéressant, un sacré bel homme je trouve, mais jusqu'ici vous me sembliez un diamant non taillé, brut, un peu grossier peut-être ; en fait comme quelqu'un – excusez-moi, je vous prie – qui s'emporte facilement et qui a tendance à régler ses problèmes avec ses poings. Mais tout à coup, je suis face à un homme (elle souffla la fumée de côté) qui réfléchit à la vie, à l'existence, qui formule ses idées avec sensibilité, qui est attentif et qui a bon cœur. Vous voyez qu'on peut se tromper. (Elle posa sa main sur la sienne.) Arno, me pardonnez-vous ? »

Il sentait la volupté qui émanait de cette femme et le troublait. Mais il perçut aussi quelque chose d'étrange, quelque chose qui le déroutait et faisait de lui un petit garçon. Cette femme excentrique avait des airs de Pola Negri, attirait les hommes en foule, fumait et portait des pantalons. Véra n'en aurait jamais porté, n'aurait jamais fumé en public et ne se serait jamais assise jambes écartées sur une motocyclette. Islinger avait peut-être raison, finalement : Théa était une créature de luxe appartenant à une autre classe sociale, d'une pointure trop grande pour lui. Et pourtant ! Le contact de sa main lui donnait des frissons, l'intérêt évident qu'elle lui portait, et en public encore, était si flatteur, si agréable.

Il lui serra un peu la main, et se dit qu'un peu de sincérité ne nuirait pas : « Mais, naturellement, Théa. Vous n'avez pas tout à fait tort. J'ai fait des bêtises. Des bagarres, des cris, j'en ai connu beaucoup, et je ne les ai pas évités non plus, j'avoue ; mais tout cela n'a rien à voir avec ce que je suis réellement, vous comprenez ? J'ai attrapé ça à la guerre, comme un rhume, j'étais un type tout à fait normal avant, mais quand j'en suis revenu, tout avait changé. Et en plus : pas de travail, pas d'argent, rien à bouffer. Non, non, j'ai eu tout simplement beaucoup de mal à oublier la guerre et, comme je l'ai dit, à trouver la paix intérieure. »

Il sentit qu'elle répondait à la pression de sa main. « Vous n'aviez donc personne pour vous attendre quand vous êtes rentré, personne pour s'occuper de vous ? »

Il eut un léger tremblement dans la voix : « Si, Véra ! Ma femme. Elle est décédée. Je me sens vraiment coupable envers elle, notamment à cause de mes accès de violence. C'est sûr, je ne lui ai pas facilité les choses.

— Parlez-moi de votre épouse, Arno, quel genre de femme était-ce ?

— Oh, elle n'était pas comme vous ; je veux dire, Véra était très belle, mais elle n'était pas aussi – comment dire – aussi sûre d'elle, aussi fière. Je l'ai aimée, mais je n'ai sans doute pas su le lui montrer vraiment, surtout pendant ces quelques années qui ont suivi la guerre, alors que nous avions en permanence des difficultés financières. On s'est souvent disputés à cause de ça. Ses reproches constants : "Trouve-toi un travail correct, les autres y arrivent bien !" Mais j'en étais incapable. Elle ne pouvait pas comprendre et n'arrêtait pas de râler et de me sermonner tous les jours. "Fais pas ci, fais pas ça, va te présenter ici, va te présenter là, arrête de te balader partout avec cette stupide motocyclette", etc. Qui a envie d'entendre ça tous les jours ? »

Il évita son regard et porta ses yeux au sol. « Et un jour, j'ai perdu les pédales et j'ai… »

Elle termina sa phrase de quelques mots chuchotés : « … tué ma femme ! » C'était une constatation tout à fait prosaïque.

Elle retira sa main et la porta à ses lèvres.

« Vous l'avez tuée et vous lui avez coupé la tête, n'est-ce pas ? » Il avait du mal à comprendre ce qu'elle disait. Posait-elle une question ? Il la regardait fixement.

Pardon ? La langue lui collait au palais. Qu'est-ce qu'elle venait de dire ? D'un geste maladroit, il renversa son verre de mousseux.

« Mais non ! »

Il remarqua les regards des autres clients, sentit sa poitrine se gonfler, voulut hurler, mais s'entendit dire à voix étouffée, entre ses lèvres serrées : « Mais comment pouvez-vous dire une chose pareille ? » Il chercha à attraper la main qui tenait le fume-cigarette, mais elle fit un geste pour le repousser. « Je vous en prie ! Qui a pu vous raconter des horreurs pareilles ? »

Elle questionna d'une voix calme, mais ferme : « Votre femme a été assassinée, oui ou non ?

— Oui, il y a trois ans ; mon Dieu, mais…

— Est-ce que sa tête a été tranchée ?

— Oui, mais Théa, laissez-moi donc…

— Est-ce que vous avez quelque chose à voir avec ça ?

— Dieu du ciel, mais non !

— Est-ce que vous avez quelque chose à voir avec les autres horribles meurtres qui ont été commis aux alentours des circuits ?

— Mais non, bordel de merde ! » Il se leva brusquement, renversant sa chaise. « Mais vous êtes tous cinglés ? Mais vous avez plein de merde dans le cerveau ! »

Un grand silence s'était établi dans la salle de restaurant. Les clients le regardaient, outrés, ou baissaient le nez dans leur assiette, gênés. Théa pâlit. La serveuse s'approcha : « Mais reprenez-vous, cher monsieur ! »

Il l'ignora, agrippa le bord de la table : « Qui vous a raconté ces salades ? Ce Langenstras, ce répugnant flic de Berlin qui vient mettre son nez partout, présent à toutes les courses pour répandre ses diffamations ?

— Non ! » La voix était tranchante. « Je ne connais même pas ce monsieur. Mais si vous tenez à le savoir : j'ai lu ça à l'époque dans les journaux de Munich.

— Alors vous devriez vous acheter des lunettes, chère madame, car vous n'avez certainement pas vu l'article qui me disculpait », rétorqua-t-il en ricanant. Il écumait de rage.

« Il vaut mieux que vous partiez, maintenant », lui souffla Théa.

Arno jeta un gros billet sur la table et se précipita hors du restaurant. Il se sentait comme jadis, après sa dispute avec Véra. Excepté qu'il faisait chaud dehors, qu'il avait de l'argent plein les poches et qu'il savait qu'on ne le jetterait plus d'aucun tramway.

Il donna tout de même quelques coups de pied contre des bidons de lait rangés au bord de la rue vide du village.

21

« Langenstras, à l'appareil !

— Bonjour ! Je suis bien à la bonne adresse ? J'ai demandé à la demoiselle de me passer le service qui enquête sur les meurtres avec les têtes coupées.

— C'est bien ici. Que puis-je pour vous ?

— Je voudrais vous confier un renseignement important concernant ces meurtres.

— Très bien. Mais à qui ai-je l'honneur ?

— Aucun intérêt. Examinez donc de près la situation d'un pilote de courses motocyclistes du nom de Lamprecht, Arno Lamprecht ; il a coupé la tête de sa femme il y a trois ans à Munich, et il était aussi à Hanovre, et il n'y a pas si longtemps à Berlin.

— Il était quand, exactement, à Munich ?

— Le 8 novembre 1923.

— Et ?

— Et quoi ?

— Et pourquoi nous appelez-vous ? D'où tenez-vous ces informations ? Vous les avez lues dans les journaux ?

— Les journaux, qu'est-ce que vous me racontez, avec vos journaux ? Je l'ai vu le soir du meurtre. On pouvait encore lire la violence dans ses yeux. Il était très agressif, querelleur et soûl.

— Et vous l'avez-vu où ?

— Chez Oskar, un cercle de jeux clandestin de Bogenhausen.

— Il faut que vous me décliniez votre identité, maintenant. »

Clic.

Falk reposa le combiné sur sa fourche et sortit de la poste.

Il venait d'accomplir son devoir, tout en ayant quand même l'impression d'être un délateur. Mais que faire d'autre ? Théa s'était laissé inviter par ce type – par un assassin en puissance. Comment la protéger autrement ? Donner son nom à la police pour une déposition dans les règles l'aurait mis dans le pétrin. Il en savait trop peu, en fait. À la police de tirer ses conclusions.

Il gravit les marches de l'Hotel Central, balaya du regard la salle de réception.

Le réceptionniste feuilleta les fiches de renseignements : « Non, ce monsieur n'est pas descendu chez nous. Désolé, mais je ne vais pas être en mesure de vous rendre service. »

Falk inspectait tous les hôtels à la recherche de Volkmar. J'habite dans un hôtel près de la gare de Friedrichstrasse, lui avait-il dit. Il espérait que l'information restait actuelle et qu'il ne s'était pas déjà embarqué. Les vagues allusions qu'il avait lâchées exigeaient encore d'autres questions.

Le portier de l'hôtel Elite lui aussi secoua la tête.

Depuis que Volkmar était passé, Falk avait rendu

visite à tous les grands hôtels. Restaient les petits des rues adjacentes. Il s'était décidé à les démarcher tous systématiquement, en espérant que le vieux soldat ne se serait pas trop éloigné. On pouvait le penser. Volkmar avait fait partie du génie militaire sur le front ouest. Il ne calculait pas les distances en sections de frontière ou zones de combat, il prenait ses mesures d'un boyau de tranchée au suivant.

Une heure plus tard, le calcul de Falk se vérifia dans un petit garni du nord de la Spree.

« Oui, oui, il habite ici, confirma le portier en se retournant vers le tableau des clefs, mais il n'est pas là. » Falk sentit une forte odeur de chou.

L'homme n'était pas rasé et portait une chemise sans col dont il avait retroussé haut les manches. Une bouilloire se mit à siffler dans le petit réduit attenant à la réception.

« S'cusez. » L'homme disparut. Le sifflement cessa.

Falk entendit qu'on versait de l'eau dans un pot. Il voyait le dos du portier. Cela sentait la chicorée à présent.

Falk jeta un coup d'œil rapide dans l'étroit corridor qui menait aux chambres. Face à la réception, non loin de la porte d'entrée, il y avait un vieux fauteuil rouge Jugendstil râpé, un guéridon avec un cendrier en terre fendillé plein à ras bord.

« Eh bien, vous êtes encore là, vous ! » L'homme soufflait sur un bol émaillé qu'il posa prudemment sur le comptoir.

« Les chambres ne doivent pas être trop chères ici ? »

Le portier haussa les épaules : « J'en connais qui seraient contents d'avoir assez d'argent pour s'en payer une.

— Ouais. » Falk lui aussi haussa les épaules. La vie de mercenaire ne semblait pas rapporter gros. Et la mère de Volkmar ne voulait certainement plus avoir affaire à son fils, si toutefois elle n'avait pas que des dettes. « Vous savez où je pourrais trouver Herr von Solz, à cette heure ? »

Le réceptionniste souffla sur son breuvage et, sans cesser de le regarder avec indifférence, fit une nouvelle tentative pour boire en avançant prudemment les lèvres.

Falk prit un ton plus autoritaire : « Il s'agit d'une chose importante, nom de Dieu, du code de l'honneur des anciens camarades de combat. »

L'homme rectifia automatiquement la position.

« Mais certainement, Herr… ?

— Camarade, alors ; où est Herr von Solz ?

— Au Vaterland. » Le portier s'était de nouveau figé dans un garde-à-vous approximatif.

« Ce bon vieux *Café Vaterland* ? Et où, au Vaterland ? Parce que c'est grand, là-dedans ! Il faudrait que j'aie sous mes ordres au minimum toute une escouade d'éclaireurs pour le repérer !

— À mon avis, assis dans un coin, avec un bon angle de tir.

— La force de l'habitude, hein ? » Falk fit sonner quelques marks sur le comptoir. Le portier le gratifia d'une petite révérence. « Mais il ne fallait pas. »

Falk l'arrêta d'un signe de la main. « Pas de quoi, camarade. Entre vieux soldats, il faut s'entraider. » Il porta la main à sa casquette, quitta l'hôtel et revint à sa motocyclette garée à l'entrée de la gare de la Friedrichstrasse. Il descendit la rue, tourna dans la

Leipziger, traversa la place et laissa le grand magasin Wertheim derrière lui.

Il se retrouva brusquement devant un camion qui sortait d'une place de stationnement et se dressa devant lui comme un mur. Il écrasa automatiquement la pédale de frein arrière, rentra la tête et déporta le corps sur la droite pour l'éviter. Il réussit à s'arrêter de justesse.

Il entendit grincer les roues d'un tramway dont le conducteur agita frénétiquement la sonnette au moment où une auto freinait, partait de travers sur la chaussée et heurtait dans un craquement sinistre le pare-chocs du camion. Ses phares volèrent en éclats.

Il avait eu de la chance.

Il respira profondément. Pour un peu, il était coincé entre les deux véhicules. Il avait de bons réflexes. Question d'entraînement. Preuve qu'on pouvait maîtriser ces machines. Il n'y avait que les crétins inexpérimentés pour se planter.

Il observa les deux conducteurs descendus de leurs véhicules pour s'invectiver copieusement, tandis que d'autres manœuvraient le plus rapidement possible afin d'éviter l'obstacle, bloquant ainsi la voie opposée. Camions et automobiles s'imbriquèrent, les conducteurs ne cessaient de corner, baissaient la vitre pour passer le nez et s'envoyer des insultes. L'embouteillage se prolongea dans les deux sens et le trafic fut totalement bloqué sur Potsdamer Platz.

Falk jongla avec sa moto, l'engagea dans les passages étroits entre les véhicules, et la laissa sur béquille à l'entrée du métro de la Potsdamer Platz.

Il tira sur les pans de sa veste, dénoua son cache-col blanc, souleva brièvement sa casquette pour lisser ses cheveux du plat de la main, puis contempla la haute maison à l'angle avec sa coupole sur le toit. Tout en éventant les gaz d'échappement à grands coups de menu, les clients du café confortablement installés en terrasse sous les parasols suivaient avec attention les concerts d'avertisseurs et les disputes de la rue. Königstrasse, plusieurs ouvriers hissaient une nouvelle réclame lumineuse pour la fixer au-dessus des arcades.

En 1919, après la guerre, quand pour la première fois il s'était tenu au même endroit, ces enseignes lumineuses n'existaient pas encore, mais à présent ce genre de réclames scintillaient partout et transformaient la nuit en plein jour. À cette époque-là, en janvier, Berlin était triste et froid et seules les lanternes à gaz diffusaient une chiche lumière bleuâtre. La guerre perdue et la faim marquaient les visages des passants comme la douleur ceux des innombrables invalides qui vivotaient péniblement sur les trottoirs. Tout était gris sur gris : le nombre considérable de manteaux en loques, de bottes décousues que leurs propriétaires sans domicile fixe, hâves, traînaient en errant dans les rues, de foyer pour soldats en foyer pour soldats, d'asile chauffé en asile chauffé, d'une soupe très claire à la suivante. Une masse humaine découragée, à qui l'on avait tout pris, même ses espoirs.

Mais il y avait aussi des démobilisés qui ne se satisfaisaient pas de cet état des choses, qui voulaient continuer le combat pour réparer l'échec de la défaite. Et ceux-là ambitionnaient avant tout de lutter contre l'ennemi intérieur. Ils se retrouvaient au *Café Vaterland* avec tout leur barda et leur cantine pour s'enrôler dans les corps francs à une des tables qui faisaient office de bureau de recrutement. Lorsqu'on tira dans

Berlin et que les Spartakistes se soulevèrent contre la république du président Ebert, on eut de nouveau besoin de camarades décidés pour se battre contre la populace, les Luxembourg et autres Liebknecht, et tirer les marrons du feu pour les criminels de novembre ; comble du paradoxe : pour ceux-là mêmes qu'on avait combattus quelques mois plus tôt…

Puis on s'occupa de faire le ménage. C'est aussi en janvier qu'il avait accompli sa première mission pour le colonel en remettant une enveloppe au capitaine X, précisément à l'une de ces tables de recrutement. Malgré le conseil de ne pas se mêler aux combats de Berlin, il avait eu des fourmis dans les jambes et voulu tout de même aller s'engager au *Café Vaterland* pour prendre les armes. Mais il avait fini par obéir et était rentré à Wilhelmshaven quand tout avait été fini. *Ton heure viendra.* Les paroles de consolation du colonel ne l'avaient pas tout à fait satisfait. L'inquiétude était demeurée.

Un bon angle de tir, avait suggéré le portier. Il voulait sans doute dire que von Solz était installé près d'une fenêtre. Falk regarda à travers une vitre et les reconnut aussitôt : cinq à six hommes autour d'une table ronde en marbre blanc, directement à côté d'une fenêtre. Il croisa brièvement le regard de Volkmar, mais celui-ci se concentra vite sur l'un de ses voisins de table.

Falk entra dans l'immense salle pleine à craquer et joua des coudes en direction de Volkmar. Il s'approcha et contempla les visages cramoisis enluminés par l'alcool et par les histoires de corps de garde que les hommes se racontaient à voix haute et criarde. La moitié d'entre eux portaient la tenue militaire de l'ancienne armée du Reich, d'autres des uniformes de fantaisie proches du kaki de l'armée anglaise. On distinguait de larges bretelles dans l'entrebâillement de vestes déboutonnées. Le mousseux perlait dans les verres.

« Bonjour, messieurs ! »

Il retint aussitôt l'attention des convives, âgés de trente à quarante-cinq ans, qui se tournèrent vers lui comme un seul homme. On repoussa des chaises. Il avait devant lui le corps des officiers subalternes de l'armée de l'ex-empire allemand. Quoique bien entraînés durant la guerre, ils n'avaient pas été engagés dans la Reichswehr de la république alors que, tout comme Volkmar, ils étaient avides de nouveaux combats. Et comment aurait-il pu leur en tenir rigueur ? Tout le monde ne savait pas piloter une motocyclette.

Volkmar fit comme s'il n'était pas concerné. Il fixait le contenu du verre qu'il serrait dans la main droite. Il portait son costume de communiant. Des poignées de chemise en loques dépassaient des manches noires. Mais les boutons de manchette étaient en or, signe de temps meilleurs.

« Messieurs, je ne veux pas troubler votre fête, je voudrais simplement échanger quelques mots avec le camarade von Solz. »

Volkmar leva les yeux et fit les présentations d'une voix grave. « Assieds-toi, prends un verre et fais la fête avec nous. Je viens de signer un contrat d'avenir. » Il leva son verre.

« Volkmar, s'il te plaît, viens avec moi un instant, c'est confidentiel. »

Les voisins de table reprirent leur conversation. Volkmar se leva lentement, en chancelant un peu. « Bon, puisque tu insistes… »

Falk se dirigea vers la sortie. Il remarqua que Volkmar le suivait en vacillant. Arrivés au centre de la salle, près de l'imposant escalier qui menait à la galerie, von Solz le rattrapa par la manche. « Tu comptes aller loin, comme ça ? »

Falk l'attira contre un pilier. « Écoute, je n'arrive pas à y voir clair, dans cette histoire. Il faut que tu m'aides. Tu n'as pas été très bavard, la semaine dernière.

— Faut dire aussi que je n'étais pas tout à fait le bienvenu dans ta modeste cahute. » Volkmar souriait de toutes ses rides ; en quinze jours, il avait un peu perdu de ses couleurs.

« Oublie ça. Qu'est-ce que tu voulais dire par *profiteur de guerre* ? »

Volkmar se tenait d'une main au pilier. Il se tourna vers une femme exagérément maquillée qui attaquait les premières marches de l'escalier. Elle portait un très grand chapeau, un boa négligemment jeté autour du cou, une longue robe étroite et des chaussures à hauts talons.

« Bonne occasion, Falk. Je te parie tes deux cents marks que c'est une pute.

— Volkmar ! »

La femme se retourna, frivole.

« Qu'est-ce que je t'ai dit ? J'ai l'œil pour ça. Dommage pour les sous. T'as eu de la chance, Falk.

— Volkmar, je…

— Il y en a, tu remarques rien, tu pourrais même plus les différencier d'honnêtes épouses, elles se baladent comme des femmes de richards.

— Volkmar, alors, tu réponds ?

— Écoute bien, j'ai un bon contrat et je vais toucher de l'argent. Fiche-moi la paix avec ces vieilles lunes.

— Volkmar, tu as une dette envers moi.

— Deux cents marks, camarade, pas vrai ?

— Volkmar, je t'en prie.

— La fin justifie les moyens. Je te l'ai déjà dit.

— Et qu'est-ce que tu entends par là ? Qu'est-ce que tu veux dire, avec ton histoire de profiteur de guerre ?

— Profiteur de guerre ? J'ai employé un mot comme ça, moi ? » Volkmar fronça les sourcils et leva les yeux au plafond. Il réfléchit à haute voix et son visage redevint lisse : « Hum. Je me souviens maintenant ! J'en tenais une bonne, la dernière fois qu'on s'est vus ! dit-il en ricanant. Comme maintenant, tu me diras, mais là, c'en est une toute petite, une toute menue…

— Volkmar !

— Bon, c'est vrai, j'ai entendu parler d'un truc comme ça, une fois.

— Eh bien, raconte !

— Bon, quand je dis entendu… C'est que je n'aime pas trop en parler. » Volkmar bafouillait, hésitait à continuer, fuyait son regard.

« Volkmar, arrête de louvoyer.

— Soit. Tu connais Ata ou Blitzblank ?

— Les poudres à récurer ? »

Volkmar opina. « Tu connais le Salvarsan ?

— C'est un médicament ?

— Exact. Un nouveau médicament contre la syphilis. L'inflation. Tu te rappelles encore ? Des grands biftons, du mauvais papier, et on n'avait quasiment rien en échange. Tu te rappelles ça, tout de même ?

— Oui, oui, je me rappelle encore tout.

— L'époque où l'on volait tout ce qui n'était pas solidement attaché parce que les valeurs réelles conservaient leur prix, contrairement aux fiduciaires. Un grand moment pour les voleurs, les filous et les escrocs. La contrebande aussi fleurissait. Il y en avait plein les journaux, tous les jours, mais tu n'as certainement rien vu ni rien su, toi, hein ? Tu n'as jamais eu d'yeux que pour les grandes causes et les grandes idées, si je ne m'abuse ! » Volkmar ricanait. « Comme les gens n'étaient payés qu'avec ces chiffons de papier dont la valeur fondait comme neige au soleil, toutes les marchandises étaient naturellement bien moins cher ici qu'à l'étranger. Et c'est ainsi que beaucoup de marchandises ont passé la frontière avec de gros bénéfices ; entre autres, des médicaments et différentes drogues. » Volkmar s'appuya dos au pilier. « Ce qui fait que certains ont fait d'excellentes affaires. Entre autres, avec du Salvarsan. Faut dire aussi qu'on en avait bien besoin, ici. »

Il baissa les yeux et se gratta l'entrejambe avec la main gauche. « Avec tous ces démobilisés et leur machin qui gouttait, là, en bas. » Il mit la main dans sa poche. « C'était vraiment cher, ce truc. Bon, pour tout dire, moi, ça m'a aidé.

— Et ?

— Putain, avec la demande qu'il y avait ! Celui qui en possédait, ou qui prétendait en avoir, pouvait se faire des couilles en or. Dans les cercles de la contrebande, et il y en avait dans tout le Reich, certains se sont comportés comme des salauds en mélangeant le

Salvarsan avec du blanc d'Espagne ou différentes poudres à récurer et en ajoutant une pointe d'ocre pour obtenir la vraie couleur, le tout professionnellement emballé dans des tubes en verre, avec d'authentiques étiquettes volées et donc impossibles à distinguer.

— Et ?

— Et comme je te l'ai dit, pour moi, ç'a été efficace. Mais je ne sais pas si j'ai toujours eu un produit très pur. À Munich, on en trouvait toujours dans une clinique près de Sendlinger Torplatz. » Volkmar se décolla du pilier. « Bon, ça suffit, maintenant », et il se retourna pour partir, mais Falk le retint par la manche.

« C'est tout ? Allez, reprends-toi. Tu sais que c'est important.

— Plus pour moi, je pars bientôt. » Il dégagea son bras. « Laisse-moi tranquille, maintenant. J'ai signé le contrat de ma vie et je veux faire la fête avec mes camarades. Fais la fête avec nous, ou fous-moi la paix. »

Volkmar chancela un peu, mais se reprit. Falk le suivit.

« Écoute, Volkmar, tu es dans le coup, toi aussi. Ton séjour en Chine ne durera pas éternellement, tu rentreras bien un jour, et alors… »

Volkmar ne répondit pas, traversa la salle et se laissa tomber sur sa chaise. « Où en étions-nous, messieurs ? » Il leva les yeux sur Falk. « Le camarade von Dronte ne peut malheureusement pas faire la fête avec nous, il est encore trop occupé à interpréter des mouvements de troupes ennemies. »

Falk comprit qu'il était inutile d'insister, mais les allusions de Volkmar lui trottaient dans la cervelle.

Falsification et trafic de médicaments, inflation, fuite dans les biens réels. Quel rapport avec une tête coupée ? Il fallait qu'il reprenne contact avec Volkmar, quand son camarade aurait les idées plus claires.

« Tu embarques quand ? »

Volkmar fit semblant de réfléchir, main au menton. « Dans une ou deux semaines, ça dépend. »

Ça dépend de quoi, voulut-il demander, mais il dit : « Peut-être que je te referai signe.

— Oui, oui, quand tu veux. »

Volkmar lui dit adieu d'un petit geste de la main, et tâtonna à la recherche de son verre de mousseux.

22

« Et Bammel, il est où ? Ça fait longtemps qu'on ne l'a pas vu. » Arno fit un pas de côté pour éviter une auto qui tournait en cornant dans la rue étroite, suivie de près par une autre. « Je crois que je ne l'ai pas vu depuis l'Olympiabahn. Est-ce qu'il a encore bien la main ? »

Wotava lui aussi se pressa contre le mur d'une maison pour laisser place à d'autres véhicules. « Il est tout le temps sur les quatre chemins, à la recherche de contrats pour l'an prochain. Il doit être en Autriche en ce moment, à démarcher des entreprises. En tout cas, il m'a dit qu'il ne serait pas rentré avant la course du Triangle de Francfort.

— Il n'y a plus qu'à espérer qu'il ait de la chance et qu'on puisse continuer, sinon on gagnera notre vie à reculons. » Arno entraîna Wotava de l'autre côté de la rue et secoua la tête à cause des coups d'avertisseurs. « Ça va être infernal pour la course demain dans ce patelin, si déjà le vendredi soir les spectateurs l'envahissent comme une nuée de sauterelles. »

Les gaz d'échappement stagnaient le long des murs de la rue étroite. Un motocycliste manœuvrait son side-car à la hussarde entre les automobiles qui bouchonnaient parce qu'un attelage de chevaux obstruait la chaussée. Quelques ouvriers déchargeaient des banderoles et des drapeaux pour les fixer à des filins d'acier tendus en travers de la rue à la hauteur du premier étage.

Wotava s'effaça entre les automobiles et le mur d'une maison à colombages. « Je me suis laissé dire que, dans cette région, on était au milieu de nulle part. Notre hôtelier a même prétendu que l'Eifel était le trou du cul du monde.

— Ouais, et ce trou s'appelle Nideggen. Alors, fais bien attention à toi et n'y tombe pas quand tu rentreras bourré ce soir, et si ça t'arrivait quand même, dit-il en nettoyant le badigeon blanc qui poudrait la veste de son mécanicien, essaye au moins d'en ressortir propre, sinon tu ne laisseras pas de souvenir impérissable parmi la gent féminine locale. » Il entendit Wotava grommeler quelque chose d'inintelligible.

Pendant ce temps, les autos cherchaient à se tirer du guêpier en risquant une marche arrière osée.

« Bon, la brasserie de l'hôtel de ville, c'est par là », dit Wotava en désignant de l'index la direction du centre de l'agglomération. « Dans une demi-heure, ils vont y projeter une bande sur le championnat d'Allemagne de l'année dernière. Il paraît qu'elle est excellente, et j'aimerais bien la voir. On est peut-être dessus. Tu viens ? »

Oui, c'était tentant de s'admirer en grand sur un écran – si toutefois il avait été filmé –, mais d'un autre côté il passerait si vite dans le champ que personne ne pourrait vraiment le reconnaître. Lamprecht, l'Obus bavarois quoi ! Bon, si encore il avait gagné l'épreuve… Il pesa le pour et le contre sans cesser d'observer les ouvriers qui accrochaient un énorme calicot à l'un des filins.

« Pas de week-end fin sans Dapolin ! »

Quand il baissa un peu la tête pour regarder par-dessous l'étoffe qui flottait, il vit que plusieurs de ces banderoles étaient déjà suspendues en travers de la rue.

« Pas de week-end fin sans Dapolin ! Pas de week-end fin sans Dapolin ! »

Dapolin, le carburant qui fouettait les moteurs, qui faisait avancer les deux roues tout comme les quatre roues, qui poussait les foules à se déplacer. En avant pour la campagne ! Quittons l'asphalte du Moloch pour la verdure de la nature ! Respirons à fond. Débarrassons-nous des chaînes de la grande ville. Soyons libres.

Wotava s'impatientait : « Alors, c'est oui ou c'est non ? Qu'est-ce que tu fais ? »

Arno fit un geste de la main : « Non, vas-y seul, j'ai mieux à faire. » Le film passerait sans doute aussi à Munich.

Wotava s'éloigna d'un pas lourd.

Pas un week-end sans problèmes. Pas un week-end sans se creuser la cervelle. Pas un week-end sans avoir le sentiment de faire du surplace, même s'il avait passé ces dernières fins de semaine sans descendre de sa bécane, afin de faire ses tours de piste pour le championnat d'Allemagne. Chaque week-end ailleurs, dans des auberges ou des hôtels bon marché.

Et maintenant, Théa von Bock. Elle commence d'abord par vous faire les yeux doux, se fait inviter au restaurant, et tout ça pour balancer perfidement les plus grosses vacheries. Il n'aurait jamais pensé que leur rencontre se terminerait ainsi. Soit, sa sortie dans la salle de restaurant n'avait pas été non plus des plus fines, mais avait-il besoin de se laisser constamment insulter ? Par Clara pour commencer, et à présent par cette femme. D'abord par une robe trop large qui tombait comme un sac à patates, puis par un costume de marin. Et on voulait, en plus, qu'il s'excuse pour son comportement ? Non, non, c'était à elle de s'excuser. Si cette femme désirait vraiment quelque chose, elle reviendrait certainement vers lui en trottinant sur ses hauts talons. C'est bien elle qui l'avait voulue, cette rencontre. Il n'avait absolument pas besoin de se faire tout petit, tout ça parce qu'il avait fait mauvaise impression dans un patelin comme Wolkenstein.

Les ouvriers déroulaient un autre calicot.

« Travail allemand de haute qualité : duraluminium. Des bielles pour la victoire. »

« Les métallos de Düren répondent toujours présent. »

Et moi, pensa-t-il ? Où aller, en cette fin de journée ? Qu'est-ce que Gregor Geyer avait dit, ce matin au campement des pilotes, la seule chose qu'on pouvait faire dans ce trou ? Taper le carton chez Skalli, puisque dans ce patelin il n'y avait pas réellement de frangines pour faire un saut vite fait. Alors pourquoi pas une partie de skat ? Pas un week-end tarte sans jouer aux cartes.

Il demanda à l'un des ouvriers s'il y avait quelque part un caboulot qui s'appellerait Skalli, ou quelque chose comme ça.

« Oui, Skalsky ; la piste de danse de Skalsky. Tu descends la rue, au bout à droite, c'est au coin suivant. »

La salle était plus grande qu'on ne l'aurait imaginé depuis l'extérieur, et presque vide. Quelques autochtones traînaient au comptoir. Assis à l'une des tables, un ivrogne qui ne releva même pas la tête quand Arno entra.

Dans le coin le plus reculé et le plus sombre, il repéra ses collègues, Max Kaloschke, Fiffi Gernersheim et Gregor Geyer devant des chopes de bière en grès. Ils lui firent signe.

« Arno, viens t'asseoir avec nous. »

Il commanda une bière au comptoir, approcha une chaise, mit la main à sa poche de poitrine et claqua un jeu de trente-deux sur la table.

« Une partie, les gars ? À un pfennig le point ? »

Max demanda du papier et un crayon au patron. « Tu déconnes, Arno. C'est des manières de marlou, ça. On joue au maximum la tournée.

— Si vous voulez, mais vous êtes ridicules, les gars », répliqua-t-il en geignant. Il mélangea les cartes et posa le paquet au centre de la table. Ils en tirèrent chacun une et la retournèrent.

« Fiffi tu donnes, Max inscrit les points, je commence. On ne prend en compte que les mauvais points. On va à 500 ? »

Ils approuvèrent d'un signe de tête et Fiffi distribua le jeu.

Arno entendit soudain un brouhaha de voix indistinctes suivi d'acclamations nourries, puis un orateur qui s'efforçait de dominer les hurlements.

« Qu'est-ce qui se passe, là-derrière ? » Il se retourna et découvrit à sa droite un long couloir qui menait à une porte à deux battants fermée. Devant, une table derrière laquelle était installé un costaud en chemise brune.

« Je vais à 18. Il était déjà assis là quand on est arrivés ; je crois que c'est une réunion.

— Je peux. Une réunion politique, oui.

— 20. Qu'est-ce qui te fait croire ça ?

— J'ai. Ben, je veux dire que le type devant la porte avait encore sa veste quand on est arrivés, avec ce drôle de signe sur le brassard.

— 23. Quel drôle de signe ?

— On joue à la parlotte ?

— J'ai. Ben, ce truc noir, avec deux bras cassés, en croix, au milieu d'un cercle blanc.

— Je peux. 24. Quelle croix ?

— Bon Dieu, cette croix, qu'ils ont, là, sur leur brassard, ces cons.

— J'écoute. Quelle croix ?

— 27 ! »

Arno vit Max Kaloschke se frapper le front : « Croix gammée ! Ça s'appelle croix gammée, ce truc des…, euh, comment qu'ils s'appellent, déjà ? »

Gregor éclata de rire : « NSDAP, Parti national socialiste ouvrier allemand, ça s'appelle. Parce qu'ils se prétendent socialistes, il y a de quoi se tordre ! C'est des fascistes, des criminels de droite, une putain de bande d'assassins.

T'as 27 points dans ton jeu, ou pas ? »

Gregor ferma l'éventail de ses cartes : « Passe. Bon, Fiffi, tu joues quel pique ?

— Tout-atouts. J'ai feuilleté une fois le livre que la grosse tête de cette association a écrit : vous pouvez me croire, c'est l'horreur garantie.

— Je contre ! »

Arno se pencha vers Gregor : « Dis-moi, t'es pas avec les communistes, toi ? »

Tout en jouant un pique, Gregor Geyer répliqua : « Taratata ! J'ai été sympathisant, juste après la guerre. J'ai distribué des tracts et des trucs comme ça, mais j'ai fini par retourner chez les socialos. Je ne suis qu'une espèce de brave type de métallo, j'ai appris le métier d'ajusteur-mécanicien, j'ai le syndicalisme dans la peau. »

Arno vit qu'avec sa suite à trèfle, Max pourrissait le jeu de Fiffi. « Ben, je croyais, parce que tout le monde t'appelle la Flèche rouge.

— C'est un surnom qu'ils m'ont donné à Hanovre, en 21 ou 22. J'avais une Bekamo rouge feu, le vieux modèle avec encore un cadre en bois, cette machine à coudre du tonnerre, tu connais ? Et je les ai tous battus avec ça, là-haut. C'était sur un de ces circuits pour courses à vélo, et mes concurrents pétaradaient en rond sur la piste en bois avec des bécanes qui dataient encore d'avant guerre, des Austro-Motorettes, des DKWs, tu sais, la petite Triumph, la Scott 300cc, la Puch LM, tous ces petits nains péteurs. » Gregor claqua sa dernière carte sur la table : « Ton tout-atouts, tu l'as dans l'cou profond, Fiffi ! Sans deux valets égale 3, donc perdus 6, contré 12, fois 20 : tu peux déjà commander la prochaine tournée, par mesure prophylactique, bien sûr !

— Suffit quelquefois de quelques secondes pour gagner ou perdre », conclut Fiffi avec un clin d'œil.

« Sans compter qu'aujourd'hui, t'as affaire à d'autres pointures qu'à Hanovre en 1922… »

Ils éclatèrent de rire et trinquèrent.

C'était au tour d'Arno de donner.

Il allait mélanger les cartes quand on entendit de furieux applaudissements qui venaient de l'arrière-salle, et peu de temps après les deux battants de la porte s'ouvrirent à la volée. Un groupe bruyant d'une vingtaine d'hommes s'engouffra dans le couloir, quelques-uns avec des brassards à croix gammée. Ils avaient presque tous une chope de bière à la main. Certains formèrent de petits groupes pour poursuivre de véhémentes discussions, d'autres se dirigèrent avec lenteur vers le comptoir en braillant, en se coupant la parole et en commandant des bières à grands cris coupés de rires tonitruants.

« Tiens, Paule », dit Max en désignant un petit groupe d'hommes en train de s'asseoir quelques tables plus loin. Il lui fit signe de la main.

Arno vit que Paule disait quelque chose à ses amis, ricanait, puis se levait et venait lentement vers eux.

« Mais qu'est-ce que vous faites là ?

— C'est à toi qu'on pourrait poser la question. T'as assisté à la réunion ? » répliqua Max en lui désignant le comptoir à présent dissimulé par les buveurs.

« Oui, évidemment. Je suis au Mouvement. » Il bomba le torse. « Je voulais simplement voir ce que faisaient les camarades du coin, voir si la révolution nationale était arrivée jusqu'à l'Eifel. »

Arno recula un peu sa chaise pour libérer ses jambes, car il pressentait déjà que Gregor ne manquerait pas d'y aller de son petit commentaire.

« Tu veux dire, si on peut déjà sentir l'odeur de votre merde brune dans les villages du coin ?

— Répète, espèce de saloperie de Rouge, et on se retrouve devant la porte. » Paule jeta un coup d'œil en direction de ses camarades. Max tenta de calmer le jeu : « Allez, les gars, arrêtez votre cirque, on est collègues, les mecs. Paule, viens, assieds-toi avec nous. Je paye une tournée.

— Collègues ? Me fais pas rire ! Manquerait plus que ça, que je m'assoie à une table de bolcheviques et de traîtres à la patrie qui veulent tuer la concurrence allemande avec leurs machines étrangères et réduire les travailleurs allemands au chômage. »

Arno n'augura rien de bon de la suite : cette sortie le visait directement. Le virage de Wolkenstein. Dimanche dernier. Paule était très mauvais perdant.

Gregor ricana : « Je cours sur une Horex, tête de nœud, Max sur une Wanderer, Fiffi une NSU, et Arno une…

— Une Sarolea, c'est bien ce que je dis. Mais le pire, continua Paule en élevant la voix, c'est que le juif Finkel a le droit de piloter une machine allemande. Il devrait faire l'échange avec Arno. »

Entre-temps, Arno avait discrètement repoussé sa chaise, de sorte qu'il pouvait se lever d'un bond au cas où la situation l'exigerait. Ça sentait la poudre. Il regarda Gregor dans les yeux et sut aussitôt qu'il était lui aussi sur le qui-vive.

« Vous autres, je ne vous entends parler que de travail allemand de haute qualité, de motocyclettes allemandes, de patrie allemande, de pilotes allemands de souche ; chez vous les nationalistes, la boîte de vitesse et les transmissions doivent être complètement pourries dans la tête, non ? Et qui diable peut bien être ce juif Finkel ? » relança-t-il, les yeux toujours rivés sur Paule, guettant sa réaction. « Vous les Bruns, plus les journées sont longues, plus vous alignez de conneries. »

À l'aide de grands gestes des mains, Max faisait de son mieux pour calmer les esprits. « Mais bouclez-la, à la fin ! »

Fiffi ne disait mot.

Quand il vit que les camarades assis à la table de Paule s'étaient levés et se frayaient un chemin vers eux, Arno saisit l'anse de sa chope de bière en grès.

« Je veux parler du juif Finkel, celui qui est assis à côté de toi. » Sa voix s'était encore durcie, haineuse à présent. « Le juif Louis Finkel Gernersheim. » Il tourna la tête et brailla à la cantonade. « Rendez-vous compte, camarades, à cette table, il y a un juif assis avec des bolcheviques, et ils osent insulter des Allemands. »

Les compagnons de Paule se ruèrent sur eux.

Arno fut très vite debout, mais Gregor honora son surnom. La Flèche rouge s'était levé d'un bond et il envoya un coup de tête si violent à Paule que celui-ci partit à la renverse et alla s'écraser la nuque sur le plateau de la table voisine.

Pendant qu'Arno faisait des moulinets avec sa chope de bière, il perdit de vue ses collègues. La chope se brisa contre un crâne, ne lui laissant que l'anse dans le poing serré qu'il balança contre la tempe d'un assaillant. Puis il enfonça son genou dans un estomac, écrasa son front contre un nez mauve et veiné d'alcoolique, griffa un œil avec deux doigts et finit par ressentir des douleurs lancinantes à l'estomac. Après un coup violent à l'oreille, le son fut coupé, comme quand on tourne le bouton du poste de radio ; lui faisaient face des bouches grandes ouvertes et hurlantes recrachant du sang et de la salive, des poings qui volaient, des corps secoués dans tous les sens, le tout sans aucun bruit, aucune respiration oppressée, aucun cri de douleur, que des visages muets et suants, déformés par la haine, dans la confusion la plus complète, au milieu de mouvements désordonnés, à donner le vertige. Et soudain la lumière s'éteignit aussi.

Il avait d'abord cru que le patron du troquet avait éteint pour mettre fin à la bagarre, mais quand la lumière lui revint, on était en train de le traîner sur le sol en direction de la sortie avec moult coups de pied sur tout le corps. Il n'avait toujours pas le son. On le releva par le col et il fut jeté dehors sans ménagement. Il commençait à faire nuit et le vent s'était levé.

« … et qu'on ne vous voie plus ici, bande de salopards de juifs !… »

Le son était revenu. Et avec lui les douleurs. Il était étendu de tout son long sur les pavés, en plein milieu de la rue. Au-dessus de lui flottait un calicot. « Une très grande vitesse pour une très haute sécurité. » Les pneumatiques Dunlop !

Il lui fallut un certain temps pour comprendre que la silhouette qui se penchait sur lui ne voulait pas le frapper, mais l'aider à se relever. C'était Fiffi Gernersheim, et il avait le visage de travers.

« Ma tronche ressemble à la tienne ? » Il avait très mal en parlant.

« Pire. » Fiffi le tâta de partout, lui essuya la bouche et le nez avec un mouchoir, puis l'agrippa sous les aisselles.

Il lui indiqua aussi d'un signe de tête la direction d'une des portes de la ville : « Viens, Arno, il y a un banc, là-derrière. On pourra y lécher tranquillement nos plaies. Max et Gregor nous y attendent déjà.

— Et quelle tête ils font, ces deux-là ?

— Encore pire.

— Pire que ces connards ?

— Sais pas. Je n'ai malheureusement plus rien vu.

— Mais… on a tout de même gagné ? »

Fiffi fut pris d'un tel fou rire auquel se mêla un tel accès de toux qu'il le lâcha. Il se courba en deux en se comprimant les côtes des deux mains : « Arrête, Arno, me fais pas rire, j'ai les lèvres gercées… »

Arno se pencha en avant et prit appui sur les genoux. À quelques mètres de lui, la silhouette de Gregor se tenait dans l'arc de la porte.

« Tout va bien pour Arno ? »

Fiffi souffla : « Oui, oui, on fait juste une petite pause pour respirer un peu. On arrive ! »

Ils reprirent leur marche en clopinant.

À quelques pas de la porte, Arno demanda : « Dis-moi, Fiffi, c'est vrai que t'es juif ? »

— Oui, mais je l'avais oublié depuis ma bar-mitsva… »

Max était allongé sur le banc. Ses yeux fermés, gonflés par la violence des coups, étaient cernés de noir. Il avait les lèvres éclatées, en partie couvertes de croûtes de sang caillé. Arno s'assit à ses pieds et lui tapota la cuisse. Son pantalon était mouillé à l'entre-jambe. « Ça va passer. »

Il entendit Max geindre : « J'ai peur de pas pouvoir prendre le départ demain. Les lunettes ne vont pas me tenir aux oreilles. »

Soudain, une exclamation de colère jaillit de l'ombre : « Merde de merde ! »

Arno se retourna, et Max releva la tête en grimaçant de douleur.

Gregor était debout à quelques mètres et fixait ostensiblement une affiche.

« Et merde, ce soir on projetait à la brasserie de l'hôtel de ville le film sur le championnat d'Allemagne de 1925. Eh ben, j'aurais préféré le regarder, au lieu de ça… nom de Dieu…

— Au lieu de ça, on a passé une merveilleuse soirée, pas vrai, les gars ? » Fiffi lui posa la main sur l'épaule. « Et une fois de plus, on a pu apprécier nos compatriotes à leur juste valeur. »

23

Il bruinait. Mauvais signe. Falk essuya les verres embués de ses lunettes de vitesse. Si cette bruine se transformait en pluie, le circuit serait changé en patinoire ou en bain de boue. Il avait un mauvais pressentiment. À l'entraînement, Guizetti, l'Italien, avait foncé à pleine vitesse dans un arbre et était mort sur le coup.

Il leva les yeux sur le château de Nideggen. Le vent fort de l'Eifel venait juste d'ouvrir une brèche entre les nuages et le soleil matinal lui réchauffa le visage. Encore quelques minutes et le drapeau serait baissé pour une course sans merci. La cinquième pour le championnat d'Allemagne. Circuit de l'Eifel, près de Nideggen.

Qu'il pleuve ou qu'il vente, qu'il y ait de la boue ou des flaques d'huile sur le parcours, il fallait qu'il donne tout ce qu'il avait, qu'il gagne des points, sinon il raterait le coche. Mais il voulait avant tout effacer le sourire de vainqueur qu'avaient affiché les lèvres de Lamprecht. Et il semblait que ce ne serait pas une tâche insurmontable, car il avait l'air assez amoché.

Selon la rumeur du campement, avec quelques autres, il aurait cherché noise à des collègues et ils auraient provoqué une bagarre dans un troquet. Dommage qu'il n'ait pas pu voir ça, dommage, dommage ! Il avait fallu qu'il se farcisse ce mauvais film sur le championnat de 1925.

Falk jeta encore un regard à l'horloge. Plus que deux minutes.

On lança les moteurs. Ses mains saisirent les poignées du guidon. La dernière course sous la pluie ne lui avait pas souri. Il regarda le starter qui fit un signe. Une minute encore avant le départ.

Il observa une dernière fois la première ligne. Les cracks étaient presque tous à ses côtés. Soenius, Islinger, Gernersheim, Neumann, Lamprecht, Kohl. Aucun ne lui ferait de cadeau. Il avait une vraie bataille devant lui. Un combat de motocyclettes, et il n'avait pas le droit de le perdre.

Les moteurs hurlèrent.

Il compta les secondes et laissa une dernière fois le circuit défiler devant ses yeux. Cinq tours de 33,2 kilomètres, 86 virages et 265 mètres de dénivellation. La piste avait tout ce qu'il fallait pour séparer le bon grain de l'ivraie. Aucune ligne droite ne dépassait trois cents mètres. Tout le monde savait que la course se déciderait dans les virages.

On donna le signal du départ.

Falk fonça et s'immisça dans le peloton de tête. Il suivait une bonne trajectoire et maîtrisait presque à la perfection les virages en épingle à cheveux. Il devint présomptueux, faillit partir en glissade dans le virage en déclivité de Hasenfeld, reprit le contrôle de sa machine à quelques pas du ravin et poursuivit sa route avec un peu plus de retenue. Il recolla bien vite au peloton et tourna encore la poignée de gaz. Il rejoignit le lieu-dit Schmidt et eut tôt fait de le laisser derrière lui, l'œil toujours sur ses rivaux.

Après quatre tours très disputés, le soleil troua tout à coup complètement les nuages. Falk traversa Brück, fonça vers Nideggen dans les courbes en S en direction du virage de la Tanzley. Des milliers d'yeux étaient fixés sur lui.

Il attaquait le dernier tour. Et il compta. Soenius, Islinger, Gernersheim, et aussi Lamprecht, il les avait tous décrochés. Ne restaient devant lui que Neumann et Kohl. Il poussa à fond la manette des gaz, passa les virages serrés et guetta sa chance. Ils se disputaient la trajectoire idéale, serrés en un trio compact. Ils luttaient pied à pied pour le plus petit avantage. Il ne lui restait plus beaucoup de temps. Soudain, une gerbe d'étincelles. Les machines de Neumann et de Kohl s'étaient accrochées. La roue avant de Neumann se cabra et son guidon partit sur le côté. Il chercha à se dégager, mais celui de son concurrent lui défonça la poitrine. Il s'écrasa au sol. Prisonnier des deux motocyclettes enchevêtrées, il glissa sur la piste. Falk freina, trouva une ouverture et fonça.

Il n'entendit rien, ressentit seulement un léger souffle d'air dans son dos. Il se retourna. Des flammes et de la fumée montaient entre les arbres. Il poursuivit sa route, il ne pouvait rien faire. Gagner ou perdre, battre ou être battu, c'était la vie, c'était même écrit sur les brochures des fabricants de motos. S'arrêter et faire une pause, mais seulement après la bataille, sinon on avait perdu avant même de commencer. Gagner d'abord, pleurer après !

Il continua, retrouva le rythme, traversa Brück, enfila les derniers virages jusqu'à la ligne d'arrivée et vit des milliers de visages, des milliers de mains qui applaudissaient, qui n'étaient là que pour lui. Victoire !

Il mit sa moto sur béquille, réussit à arracher le casque de sa tête, mais n'eut pas la force de répondre aux ovations. Ses genoux tremblaient. Il s'assit sur le sol, entendit l'orphéon jouer et vit la colonne de fumée qui montait dans les hauteurs de Schmidt.

24

La chaleur était mortelle.

Dans la chicane de Kohlbach, le revêtement était visqueux et le goudron collait aux pneumatiques d'Arno. La Sarolea flottait littéralement sur l'asphalte.

La course du Triangle de Schleizer. La sixième du championnat.

Quand il sortit de la courbe, le soleil l'éblouit et il écrasa son menton sur sa poitrine. Une goutte de sueur s'égara dans son oreille qui se mit à siffler. Putain de bataille contre la chaleur !

Il fallait qu'il cravache pour ne pas perdre le contact. Henne avait déjà dix points, Soenius et Roberts cinq chacun, il en avait six, mais von Dronte en avait un de plus grâce à sa victoire à Nideggen. Celui qui ne gagnait pas de points aujourd'hui ne pourrait plus être champion par ses propres moyens.

La combinaison lui collait au corps et la sueur lui coulait jusque dans les bottes. Il dépassa une silhouette noire qui étincela à ses côtés comme un mirage.

Entre-temps, l'incident avec Théa von Bock lui paraissait aussi un mirage, si irréel, aux contours si flous. Il ne l'avait pas revue depuis, jusqu'à ce qu'elle lui tombe presque dans les bras devant un hôtel. Il s'était excusé pour son comportement, mais lui avait dit qu'il en avait assez d'entendre de telles accusations sans fondement. Elle avait opiné et répondu qu'elle déplorait sa manière indiscrète de poser des questions gênantes. Il est vrai qu'ils ne se connaissaient pas bien. Mais seule la franchise pouvait susciter la confiance. Peut-être y aurait-il une autre occasion.

Promis, Arno !

Et elle avait tiré sa révérence.

Promis, Arno ! Il entendait sa voix résonner sous le casque de cuir. Elle n'arrivait pas à se décider ; elle, pas lui. Cette femme incroyable avait pourtant l'air de le trouver attirant. Étrange que ça l'émeuve si peu à présent.

Il l'avait revue au départ. Elle était là, attendant le drapeau, très gracieuse dans une légère robe d'été fleurie. Il n'avait pas réussi à établir le contact visuel. Cette chaleur invraisemblable en était la cause, ses lunettes étaient tout embuées.

Il était continuellement obligé de les aérer pour les débarrasser de l'humidité, mais dans cette chaleur de braise même le vent de la course était brûlant.

Il angla à l'amorce du virage suivant.

Tribune à Seng – chaleur brutale –, tribunes à Buchhübel – air bouillant. Parvenu à la hauteur de von Dronte, il le dépassa, puis se retrouva derrière lui. Il eut ensuite l'impression que von Dronte lui suçait la roue. Un regard par-dessus l'épaule gauche – une erreur impardonnable – et déjà des ombres filaient sur sa gauche et sur sa droite.

Roberts, Geyer, von Dronte.

Lui derrière, Kaloschke à côté, puis Kaloschke devant, et Soenius à côté.

Le combat avait atteint son apogée, tous les favoris roulaient de concert, même l'asphalte semblait brûler, les rangées d'arbres à droite et à gauche, le ciel.

Devant lui, Gregor était à la lutte avec Roberts, comme s'ils entendaient reprendre la castagne de la veille.

Et tout à coup, ce spectateur en plein milieu de la chaussée, brandissant un énorme drapeau allemand.

« Gregor – Gregor – Gregor ! »

Aucune esquive possible !

Tandis que Roberts avait la chance de s'en tirer grâce à un petit coup de guidon, Geyer accrochait la jambe droite de l'homme avec le repose-pied de sa machine, et la lui lacéra jusqu'au genou. Le corps voltigea dans les airs en éclaboussant les alentours de sang avant de s'écraser au bord de la piste, de glisser encore quelques mètres sur l'asphalte pour s'immobiliser enfin dans une mare de sang, membres disloqués dans de curieuses positions contre nature. Sur ces entrefaites, la Horex fit une embardée sur la gauche. Gregor essaya d'arracher le drapeau qui s'était empêtré dans le guidon, lui masquant partiellement la vue et flottant comme un étendard derrière sa machine. Trop tard. La moto fonça dans une des voitures garées derrière les barrières de sécurité. Le corps de Gregor fracassa la vitre de la portière et fut projeté à l'intérieur. Un groupe de spectateurs eut encore le temps de se disperser en hurlant quand les deux véhicules explosèrent.

Lorsque Arno freina au bord de la route et revint en arrière, l'herbe sèche de l'accotement était déjà en feu, ainsi que quelques buissons. Tous les autres pilotes fonçaient sans s'arrêter en direction de Buchhübel. Les spectateurs fixaient les flammes, les yeux écarquillés, silencieux, bras ballants.

C'était de nouveau la guerre. Le combat, le sang et la destruction. Il crut entendre les tirs de mitrailleuses, mais c'étaient les branches qui craquaient dans la fournaise.

L'automobile était la proie de hautes flammes et la Horex entièrement détruite. Elles avaient fondu en une masse informe de tôle, d'essence, de chair et de sang. Deux jambes noires à peine reconnaissables pendaient de la fenêtre.

« Pas de week-end fin sans Dapolin ! »

Arno remonta ses lunettes sur le front et ses larmes se mêlèrent à sa transpiration. Il n'était pas très lié avec la majorité des collègues ; tous étaient de rudes concurrents, mais Gregor avait toujours été un homme dont il aurait aimé devenir l'ami, et voilà qu'il ne pouvait plus rien faire pour lui.

Il roula si lentement vers la ligne d'arrivée que tous les coureurs eurent le temps de le dépasser encore une fois. Quand il arriva enfin au campement, il vit que de l'autre côté de la piste les solennités de la remise des prix avaient commencé.

Il coupa le moteur de la Sarolea et resta assis sur la machine, dos courbé, épuisé. Wotava était invisible.

Soutenus par les cris d'allégresse de milliers de spectateurs, trois vainqueurs montèrent sur le podium. Paule sur la plus haute marche, le grand con sur la deuxième et Max sur la troisième. Et il revit Théa von Bock qui bourdonnait devant le podium, distribuait prix et bisous et, l'air mutin, plaquait des deux mains contre elle sa légère robe d'été à chaque saute de vent de cette fin d'après-midi orageuse, encouragée par les sifflets et les acclamations de la foule.

Promis, Arno !

La seule vue de ce spectacle le fit souffrir.

Il venait certainement de passer à côté de quelque chose : il ne faisait sans aucun doute plus partie de ceux qui pouvaient encore prétendre gagner le championnat.

Il crut que Wotava lui tapotait l'épaule, mais quand il se retourna – et il s'étrangla de colère –, il avait en face de lui la tronche de ce flic de Berlin, ce Langenstras.

« Cela ne vous ennuiera certainement pas, Lamprecht, de répondre encore à quelques questions ? »

Arno sauta de sa bécane et la béquilla. Avec des gestes exagérément lents, il posa ses lunettes et son casque sur le réservoir. « Putain de merde, qu'est-ce qu'il y a encore ? Je suis le seul pilote ici que vous puissiez emmerder avec vos questions à la con ? Et en plus, j'aimerais que vous m'appeliez monsieur Lamprecht, je ne me rappelle pas que nous ayons été assis ensemble dans les mêmes feuillées sous une grêle d'obus.

Où étiez-vous le jeudi 8 novembre 1923, entre sept heures et minuit, monsieur Lamprecht ?

— J'étais, comme vous devriez le savoir, à Herrsching, au Ammersee, chez mon patron Eckhard Bammel, dans sa maison de vacances. Nous y avons parlé affaires toute la journée. Je ne suis rentré à Munich qu'à minuit et demi environ. Mon patron en a témoigné sous serment. »

Langenstras soupira de manière affectée. « Oui, oui, c'est ce que nous appelons, nous autres, un témoignage de complaisance, un alibi entre malfrats. Vous savez, monsieur Lamprecht, je me suis exactement renseigné à Munich, sur ce laps de temps précis, et j'ai appris aussi, à ma grande surprise, que l'entreprise de votre patron avait été soupçonnée d'affaires illégales dans les années de l'immédiate après-guerre.

— Vous le dites vous-même : soupçonnée. Un soupçon n'est pas une preuve.

— Merci pour la leçon, monsieur Lamprecht, mais j'aimerais néanmoins connaître le contenu de ces discussions qui se sont prolongées durant toute une journée. Cela m'intéresserait bougrement.

— Des secrets d'entreprise ! Demandez donc à Bammel, peut-être qu'il aura la bonté de vous le dire.

— Merci pour votre aide, monsieur Lamprecht. » Langenstras porta l'index à la pointe de son nez. « Mais dites-moi, Oskar, ce nom vous dit quelque chose ? »

Il fit celui qui ne comprenait pas.

« Oskar ? Le nom, effectivement, ne m'est pas inconnu. Et ce serait quoi ?

— Je me suis laissé dire par un collègue de la Ettstrasse que c'était un cercle de jeu clandestin, un tripot pour spéculateurs, contrebandiers, joueurs et autres personnages tout aussi peu reluisants, et que cet établissement se trouvait précisément à Bogenhausen, mais qu'il avait été démantelé et fermé par la police il y a deux ans. Alors, ça carillonne tout doucement, là-haut ? »

Arno fit semblant de réfléchir profondément avant de répondre.

« Euh… oui… oui, je me souviens maintenant. J'y suis allé deux ou trois fois, mais c'était trop gros pour moi, j'avais pas assez de picaillons, il n'y avait que des rupins là-dedans, des gros richards, des nantis, des hommes d'affaires mariés, avec leurs bonnes femmes.

— Vous y étiez le 8 novembre. On vous y a vu.

— Qui, on ? Qui raconte des salades pareilles ? » La peau de son crâne s'était tendue.

« Le nom n'a aucune importance. »

Langenstras tira un calepin de sa poche de poitrine, et le garda en main sans l'ouvrir.

« Vous y étiez, il y a des témoins. Ce qui signifie que vous étiez donc présent à Munich et que vous auriez eu le temps matériel de tuer votre femme, de lui couper la tête et, contrairement à ce que prétend votre voisine, de vous en débarrasser ; et ainsi vous êtes...

— Dites, vous venez tout juste de les trouver, ces conneries, ou quoi ? Est-ce qu'on a le droit de dire des trucs comme ça ? »

Il vit le calepin tomber par terre, se baissa machinalement pour le ramasser, quand il sentit brusquement une main lui peser sur la nuque et lui cogner la face contre le genou que le flic avait relevé. Il vit trente-six chandelles qui lui tourbillonnèrent au fond des yeux. On le frappa une seconde fois à la tête. Il se plia en deux tandis que le flic l'agrippait toujours fermement par la nuque en se baissant pour reprendre son calepin.

Et Lamprecht entendit qu'il lui disait, comme si de rien n'était : « ... et c'est pourquoi, monsieur Lamprecht, vous êtes directement soupçonné d'être coupable aussi des autres meurtres qui ont eu lieu aux abords des circuits. » Leurs tempes se touchaient presque et les paroles du flic tombaient dans son oreille syllabe après syllabe. « Je veux que tu saches, Lamprecht, que je t'ai en grippe, que je t'ai dans le collimateur, et je te jure que si je trouve la moindre preuve, que tu fasses la moindre erreur et tu atterriras là où finit la lie des criminels de ton espèce : sur l'échafaud. »

Il sentit que Langenstras s'appuyait de tout son poids sur sa nuque pour se redresser. « Et en outre, si je puis me permettre cette remarque, monsieur Lamprecht, vous avez fait aujourd'hui une bien misérable course, tout à fait misérable. Si vous continuez comme ça, c'en sera fini du championnat d'Allemagne. »

25

Au petit déjeuner, Théa lui mit sous le nez l'édition du soir. « Là, lis ça ! » lui lança-t-elle avant de disparaître dans la salle de bain.

Sous les caractères gras du titre d'une brève de la page locale, deux photos légendées représentant un cadavre et un portrait d'homme lui sautèrent aux yeux.

« *Qui connaît ce mort ?*

Hier matin, aux premières lueurs de l'aube, un garde-voie de la Reichsbahn a découvert non loin de la gare de Stralau-Rummelsburg le corps d'un inconnu âgé de vingt-cinq à trente ans. Le défunt avait une blessure à la tête et était étendu sur les rails de telle sorte qu'il aurait dû avoir la tête broyée au passage d'un train. Par bonheur, la voie avait été fermée toute la nuit pour des travaux d'entretien. Comme une mort violente ne saurait être exclue, la police criminelle prie la population de l'assurer de sa collaboration. Les informations seront traitées de manière confidentielle. »

Malgré la mauvaise qualité du papier, le portrait était net. On pouvait même deviner les traces des pattes-d'oie dans le visage tanné. Théa avait certainement remarqué tout de suite la ressemblance.

À quoi rimait cette histoire ? Tout cela devenait de plus en plus angoissant. Falk se sentit assiégé par cette méchante affaire. Elle le cernait de plus en plus, sans qu'il ait la moindre idée de ce qui lui arrivait.

« C'est bien ton vieux camarade de Munich, n'est-ce pas ? Ce mercenaire ? » Théa venait d'entrer dans la pièce. Vêtue d'une sortie de bain, elle nouait une serviette sur ses cheveux mouillés. « Il s'agit bien d'une scélératesse là, non, Falk ? Ce type qui vient ici, il y a deux ou trois semaines… et qui est mort maintenant. C'est un hasard stupide, ou tu as quelque chose à voir avec ça ? »

Pas maintenant, Théa. Il fallait qu'il réfléchisse. Il fut incapable de soutenir son regard.

« Qu'est-ce qui se passe, Falk ? »

Il bafouilla des « Oui…, si…, mais…, je n'en sais rien moi-même… », mais il fut incapable d'aligner trois mots. Les explications auxquelles il pensait étaient trop courtes, mais il n'était pas question non plus de lui mentir.

Elle le regarda encore un instant, l'air inquisiteur, puis lui tourna abruptement le dos : « Après tout, tu n'as qu'à faire ce que tu veux ! » Elle sortit en trombe et claqua la porte derrière elle.

Bien. Théa était fâchée. Il fallait qu'il s'en arrange et le prix à payer pour son silence n'était pas trop élevé. Devait-il lui raconter tout ce qu'il pensait, mettre tout sur la table, toute l'histoire ? Non, il avait vraiment trop peur de la perdre. D'un autre côté, il courait le même risque en ne lui disant rien.

Il fallait qu'il soit seul. Il quitta la maison sans prendre congé de Théa, enfourcha sa moto et erra sans but jusqu'à ce qu'il finisse par la garer et se laisser dériver dans les rues du centre.

Berlin bruissait autour de lui, lui hurlait aux oreilles, mais il s'en rendait à peine compte. Quand sous un pont il entendit grincer les roues de la S-Bahn qui frottaient contre les rails, il rythma le crissement en tapant contre un mur avec le journal plié en quatre. Le bruit assourdissant des automobiles résonnait d'un pilier à l'autre et le tunnel empestait les gaz d'échappement et l'urine. Les passants se hâtaient par groupes, masquaient brièvement la puanteur par un nuage d'odeur de savonnette, d'après-rasage ou de parfum. Il essaya de classer les silhouettes qui le doublaient ou qu'il croisait selon les effluves qu'elles laissaient dans leur sillage. Parfum entêtant : une demi-mondaine ? Exact. Savon à la glycérine ? La violence avait-elle son odeur ? Brahmke exhalait-il la violence ? Volkmar avait-il empesté la violence ? Pachl ? Aucun souvenir. Lamprecht ? Oui. Le colonel. Non.

Et quelle odeur avait-il, lui ?

Il se retrouva soudain de retour dans la Leipziger Strasse. Il la traversa, flâna dans une rue perpendiculaire calme, direction ouest, vers le Spittelmarkt, et aboutit quelque temps plus tard dans la Lindenstrasse.

Il y observa un ouvrier du tramway qui détournait le trafic autour de quatre collègues en train de gratter deux à deux la boue séchée des rails à l'aide d'un racloir à deux manches.

Il roula ses pensées dans sa tête. *Une mort violente ne saurait être exclue*, prétendait le journal. Que le trafic, normalement intense dans la nuit, soit interrompu pour réparation de la voie aurait donc été la malchance d'éventuels assassins. Nul médecin légiste n'aurait pu remarquer la blessure à la tête, si elle avait été écrasée sous les roues. On aurait pensé à un étourdi ou à un ivrogne accidentellement passé sous un train. Cela arrivait souvent. Rien d'extraordinaire. Affaire classée.

Mais il y avait autre chose, du moins le croyait-il.

Falk longea un magasin. Des bouteilles de vin étaient exposées dans la vitrine. Il se demanda s'il n'allait pas y acheter un magnum de champ' afin, le soir venu, de fêter sa réconciliation avec Théa, mais il repoussa l'idée. Ce n'est pas avec du vinaigre qu'on attrape les fines mouches.

Devant lui, un chien errant leva la patte contre un des arbres qui bordaient la rue. Falk poursuivit son chemin et tourna dans la Kommandantenstrasse en observant les passants du trottoir d'en face. Ils flânaient aux devantures des débits de tabac, des papeteries, en passant devant les innombrables enseignes de réclame qui pendaient aux arcades décorées des façades en grès, encensaient des marchandises ou proposaient des services. Un fardier moderne lourdement chargé de tonneaux de bière s'arrêta le long du trottoir. Le conducteur, vêtu d'un épais tablier de cuir qui lui tombait aux chevilles, descendit, fit le tour de son véhicule, s'arrêta un moment devant le capot, se gratta la tête comme s'il s'étonnait que les chevaux manquent, auxquels il voulait tendre un morceau de sucre ou une pomme dans sa main ouverte.

Falk tira le journal de sa poche et fixa l'article. Volkmar von Solz. Il n'était que de quatre ans son aîné, mais avec une guerre derrière lui. Lui qui n'avait jamais quitté l'uniforme depuis 1914 gisait à présent sur des rails dans ce costume du dimanche aux manches de veste et jambes de pantalon trop courtes qui le faisait paraître encore plus étriqué sur la photographie. Comme si Volkmar avait essayé de se dépiauter de ce ridicule accoutrement pour ne pas se présenter en civil devant le Grand Commandant en chef. Non, un soldat comme Volkmar n'avait pas mérité de crever de manière si profane.

L'étincelle dans l'œil de Volkmar à la fin de leur dernière rencontre – même s'il était légèrement ivre –, cette histoire de contrat très lucratif, son ricanement satisfait, supérieur, étaient sans aucun doute le signe qu'il en savait plus que ce qu'il lui avait avoué, et s'il n'avait pas tout dit, c'était parce qu'il préparait un mauvais coup. Échanger ce qu'il savait contre de l'argent, peut-être. Et c'était sans aucun doute pour cette raison qu'il avait perdu la vie, assassiné.

Soit, mais l'ignorance aussi pouvait être fatale. Et Falk quant à lui n'en savait pas beaucoup ; en fait il ignorait tout, toutes ces bribes d'information demeuraient éparses et décousues. Non seulement il ne savait rien, mais il n'y comprenait rien non plus. Comment aurait-il pu, dans ces conditions, même s'il l'avait voulu, raconter une histoire plausible à Théa ?

Le fardier reprit sa route, découvrant deux plaques en émail apposées à droite et à gauche du portail d'entrée d'une brasserie.

Bötzow ! Une bonne bière de l'ancien fournisseur de la cour impériale ! Son père, le capitaine de cavalerie, se la faisait livrer spécialement de Berlin. Une bière soignée et un *prosit* pour l'empereur, en l'honneur du bon vieux temps aux mœurs si rudes, mais si simples, voilà qui ne pouvait pas faire de mal.

Théa voyait les choses autrement. Se soûler était une occupation de crétins, prétendait-elle souvent, et elle accompagnait sa sentence d'une théorie politique : plus grandes étaient les brasseries, nombreux les hectolitres bus, et plus aventureuses étaient les idées politiques. La seule chose qui était vraiment pensée dans les tavernes, c'était la bière. Mais plus on s'en versait dans le ciboulot, plus il s'en déversait en radotages stupides. *Votre putsch n'a jamais été qu'une sédition de braillards et de baroudeurs d'arrière-salles de brasseries. La seule chose qui en est restée, ce sont des bassesses, des chopes brisées et une addition salée à la* Bürgerbräukeller.

À l'occasion d'une fête, il avait une fois mis les pieds dans l'énorme salle de la *Brasserie Bötzow*, Prenzlauer Allee. On pouvait y servir des bataillons entiers. Des soiffards par milliers. Les Rouges n'y avaient-ils pas tenu eux aussi leurs rassemblements de masse, en 1919 ? Théa avait peut-être raison : toutes les idées radicales naissent dans des mares de pisse et de bière.

En revanche, un verre de champagne avec Théa – et un peu de poudre blanche –, voilà qui ouvrait des horizons bien différents. Le tout privé et douillet. Rien ne filtrait au-dehors. Cela ne dérangeait personne.

Falk réprima l'envie de prendre pour argent comptant ses idées fragmentaires sur la mort de Volkmar. Il lui fallait donc des renseignements concrets, sans quoi il ne pourrait pas progresser, car elle n'était peut-être, au fond, que le fruit du hasard.

Volkmar lui avait bien révélé des indices, de petits lambeaux d'information cryptés qu'il convenait de rassembler, de développer, auxquels il fallait donner un sens. Salvarsan, médicaments, profiteurs de guerre, et finalement cette remarque apparemment anodine : Volkmar trouvait tout ça dans une clinique située non loin de la Sendlinger Torplatz. Et, comme chacun sait, cette place se trouve à Munich.

Il se débarrassa du journal dans le caniveau.

*

Falk avait inutilement arpenté les couloirs de la clinique et passé beaucoup de temps sur une chaise devant le cabinet de consultation, sans que celui qu'il attendait soit apparu. Il aurait évidemment pu se renseigner auprès des infirmières, mais il voulait le rencontrer sans avoir été annoncé, sans qu'il ait eu le temps de se préparer à l'entrevue, il voulait le surprendre en quelque sorte.

Il avait feuilleté les divers fascicules et brochures qui encombraient les tables : des petites histoires en images sur les soins du corps, l'hygiène du couple et les mesures à prendre contre les maladies vénériennes, ou pour leur dépistage précoce. D'autres opuscules faisaient de la réclame pour des cures de désintoxication d'alcooliques ou de morphinomanes proposées depuis 1899 au château Rheinblick, près de Bad Godesberg. S'adresser au Prof. Dr Strockhoff.

Quand Falk s'arrêta devant la clinique le lendemain matin, il eut de la chance : Strockhoff en sortait. Comme il pleuvait à verse, le médecin sembla hésiter à ouvrir son parapluie, finit par se couvrir la tête avec sa serviette en cuir et courut à sa Bugatti garée de l'autre côté de la rue. Le véhicule hoqueta deux ou trois fois, puis le professeur prit la direction de la

Sendlinger Torplatz. Il s'arrêta devant une boulangerie au coin de la Müllerstrasse.

Falk monta sur le trottoir et attendit, moteur en marche, sous les frondaisons du terrain attenant. Il en profita pour essuyer les verres de ses lunettes. La pluie criblait les pavés, s'amassait lentement dans le caniveau parce que la boue et l'eau sale encombraient les égouts. Un tramway passa. Des éclairs jaillirent des câbles d'alimentation électrique mouillés et se détachèrent sur le ciel sombre. L'humidité s'infiltrait peu à peu à travers sa tenue, et il eut froid.

Sur ces entrefaites, Strockhoff fit demi-tour et s'engagea dans la Sendlingerstrasse où il s'arrêta encore, cette fois devant une boucherie. Quelques minutes plus tard, le médecin regagna sa voiture en mastiquant, un paquet à la main. Il se fourra encore quelque chose dans la bouche en longeant prudemment les rues étroites du centre-ville, traversa la Marienplatz, puis l'Isar, direction Bogenhausen.

Strockhoff s'arrêta enfin devant une villa à un étage et descendit de sa Bugatti. Il se protégea avec son parapluie et monta lentement le chemin vers la maison.

Falk gara sa machine à quelque distance et marcha sur les traces du médecin qui s'enfourna encore quelque chose avant de disparaître dans la villa.

Falk le suivit et colla son oreille à la porte d'entrée.

Il perçut une voix de femme pleine de reproches : « … tu pues la saucisse de foie… tu devrais pourtant faire attention, avec ton diabète, suivre ton régime !

— Mais c'est surtout après ces pénibles gardes de nuit ! J'ai tellement faim qu'il me faut quelque chose de solide entre les dents ! » répondit la voix étouffée du professeur.

Puis Falk n'entendit plus rien.

Il actionna le marteau.

Une mignonne petite femme brune dont la colère ne semblait pas encore apaisée ouvrit la porte.

Falk fit une courte révérence en inclinant le buste. « Je vous prie de m'excuser de vous déranger. J'aurais aimé m'entretenir avec le professeur… »

Elle cria à la face de Falk : « Philipp, tu as de la visite ! Vous êtes un collègue ? Alors, rappelez-le à la raison. Il est dans son cabinet de travail. » Elle tourna imperceptiblement la tête vers la droite. « Excusez-moi, je vous prie, je suis occupée. » Elle s'effaça pour le laisser entrer et se précipita dans l'escalier.

Falk entra dans le vestibule, frappa à la porte de droite et pénétra dans la pièce.

Strockhoff était assis sur le bord d'un lourd bureau en acajou, tenant dans la main gauche une seringue dont il injectait lentement le contenu dans un pli de son ventre pincé entre le pouce et l'index droits. Étonné mais curieux, il dévisagea Falk, et d'un mouvement de tête lui fit comprendre qu'il pouvait s'approcher.

« Tiens, vous vous faites votre piqûre vous-même ? » Le ton qu'il avait employé étonna Strockhoff, mais il ne montra aucun signe de réprobation, se mit au contraire à pontifier d'une voix joviale : « C'est de l'insuline, directement du Canada, en injection sous-cutanée. » Le médecin se leva, remit sa veste dont il lissa la flanelle du plat de la main. « Que puis-je pour vous ? »

Falk enleva sa casquette en cuir et ouvrit les premiers boutons de sa combinaison de coton imprégné, le dernier cri de Peek & Cloppenburg, dans la Gertraudenstrasse. Moitié imperméable et néanmoins léger et commode. Théa l'avait choisie pour lui et s'était acheté la même, bien entendu – une combinaison pour hommes, ce qui ne la dérangeait pas plus que ça, pour elle c'était devenu son *overall si pratique*.

Strockhoff prit place derrière son bureau et le toisa. « Il me semble que je vous connais, jeune homme ; un moment, attendez, je vais trouver. » Il tendit l'index vers Falk. « Je vous reconnais, malgré ces vêtements étonnants. Vous êtes l'agent de liaison du colonel von Gross, je me trompe ? » Strockhoff frappa dans ses mains de contentement.

Il avait grossi, il avait même l'air ballonné. La balafre qui lui durcissait jadis le visage et lui donnait cet air brutal disparaissait sous la mollesse d'un double menton.

« Agent de liaison ? Qu'est-ce que vous entendez par là ? J'ai toujours été mon propre patron. » Falk éleva la voix. « Vous voulez dire *camarade*, sans doute. Camarade, soit ! »

Strockhoff sourit aimablement : « Mais calmez-vous, cher ami ! Quel bon vent vous amène ?

— Salvarsan ! »

Le docteur lui fixa l'entrejambe avec un sourire en coin. « Et vous pensez qu'au nom d'une vieille amitié, je pourrais vous fournir ce truc gratuitement ? De *camarade* à *camarade*, en quelque sorte ! »

Falk saisit le ton légèrement ironique, mais se contint. Il ne voulait pas qu'on le prenne pour un imbécile. « Un de mes amis n'arrive pas à se débarrasser de sa syphilis. On a dû lui donner de l'ersatz de Salvarsan, ou un produit trafiqué. »

Strockhoff arborait un large sourire narquois : « Tss, tss. » Il se leva. « Vous savez, avec le Salvarsan, tout n'est pas si simple ; un énorme progrès, certes, mais ce médicament sera-t-il efficace en l'occurrence ? » Il haussa les épaules de manière affectée. « Pour autant, nous n'avons rien de meilleur ! Le Salvarsan pur a déjà fait des victimes, vous savez, à cause de son taux d'arsenic, et le couper un peu ne nuit donc pas à sa qualité. Naturellement, tout dépend des additifs. Mais je ne me sens pas concerné, même si des mixtures viciées ont été mises en circulation ou passées en contrebande, comme il y a quelques années.

— Et vous, vous avez aussi coupé d'autres drogues ? »

D'abord surpris par cette attaque, Strockhoff rétorqua d'une voix tranchante : « Comment ça, moi ? Je crois qu'il vaut mieux que vous preniez la porte ! »

Falk ne se laissa pas désarçonner : « De la morphine coupée avec de la poudre à récurer, de la poudre de lessive, ou toute autre saleté, vous avez bien injecté ça à de pauvres bougres en traitement chez vous, non, et cela sans le moindre remords ni scrupule ?

— Qu'est-ce que vous vous permettez, espèce de…

— Vous êtes le loup qu'on a laissé entrer dans la bergerie avec ses sales pattes. » La moutarde lui montait lentement au nez. « On commence par rendre les gens dépendants à la morphine, et ensuite on leur propose une cure de désintoxication à Bad Godesberg. La bonne affaire que voilà ! Vous ne manquez certainement pas de rentrées, Herr Professor Doktor. »

Strockhoff s'empourpra : « Restez correct, je vous prie. Sortez ! Immédiatement !

— Pas avant que je sache ce qui s'est passé !

— Et pourquoi venez-vous me le demander, à moi ? Vous êtes pourtant bien l'agent de liaison, excusez-moi, le *camarade* du colonel von Gross, non ? » Le professeur le contourna et marcha jusqu'à la porte. « Et maintenant, dehors ! »

Falk ne bougea pas. « Mais moi, je veux que ce soit *vous* qui me le disiez, sinon je me verrai obligé… »

Strockhoff lâcha la poignée de la porte et quand il retourna derrière son bureau, il eut soudain l'air abattu. « Est-ce que vous savez ce que ça veut dire, tout un hôpital militaire plein de blessés de guerre qui crient à fendre l'âme, déchiquetés par la mitraille et les obus, et vous, vous ne pouvez rien pour les aider ? On est prêt à en faire beaucoup, ne serait-ce que pour apaiser leurs douleurs. Beaucoup parmi ceux qui ont survécu, que dis-je, la totalité, n'ont pas réussi à se débarrasser du besoin de morphine, sont devenus des drogués, des morphinomanes. Et je m'inquiète d'eux, même encore maintenant. Alors, qu'est-ce que vous me voulez ? Je ne me laisserai pas rançonner une deuxième fois, jeune homme.

— C'est-à-dire ?

— Vous croyez que ça m'amuse de me procurer par des circuits plus ou moins louches des médicaments dont mes patients ont un besoin urgent ? À la fin de la guerre, on s'est retrouvés en plein chaos. Une main lave l'autre. Alors que les rations de morphine tiraient à leur fin à l'hôpital et que le ravitaillement ne suivait pas dans les quantités dont j'avais besoin, ou que de telles quantités n'étaient pas autorisées, des entreprises commerciales douteuses ont jeté de l'opium sur le marché, le plus souvent volé, satisfaisant ainsi la demande croissante des nombreux survivants devenus toxicodépendants, avec une marchandise trafiquée, naturellement. Ou bien elles en bazardaient la plus grande partie à l'étranger contre des devises fortes. On pouvait faire beaucoup d'argent avec ces trafics. La surveillance de l'État était laxiste, malgré la lutte contre les drogues qui commençait à s'organiser alors au niveau international. Du moment que l'industrie pharmaceutique allemande en tirait profit, on ne se souciait guère de ce qui se passait à l'étranger. Nous sommes, nous étions un pays pauvre.

— Et… quel rapport avec un chantage, tout ça ?

— Ne jouez pas les idiots. Vous saviez bien que j'avais besoin de cette camelote. Avec le genre de patients que j'avais alors, je ne pouvais pas attendre qu'on m'en autorise des quantités plus importantes, vu le misérable budget dont on disposait après la guerre. Il me fallait ça tout de suite. J'ai d'abord financé mes besoins supplémentaires par des voies détournées, de celles que l'État n'aime pas trop, si vous voyez ce que je veux dire. Mais il y a un moment où ça n'a plus suffi. C'est alors que je suis entré moi-même dans les affaires, que j'ai coupé de la morphine, oui, de la cocaïne aussi, et du Salvarsan, avec des poudres inoffensives, que j'ai fait de la contrebande vers l'étranger et que j'ai bazardé tout ça avec de gros profits. Comme tous ces contrebandiers criminels. Et c'est ainsi que j'ai pu financer tous les stupéfiants dont mes patients avaient tant besoin. » Strockhoff écarta les bras en signe d'impuissance. « Et voilà que surgit votre colonel qui me dit *Bonjour, je m'appelle Gross, von Gross, anobli par l'empereur pour courage face à l'ennemi*. Et sans se gêner, il se met à m'expliquer très clairement que pour un de mes associés, celui qui s'occupait de la vente à l'étranger de mes médicaments trafiqués, Munich était devenu trop dangereux, qu'il s'était donc retiré à l'étranger et qu'à l'avenir il fallait que je m'arrange avec lui, le colonel – et selon des conditions nouvelles, toutes à mon désavantage, naturellement. Sinon le brave homme se verrait contraint d'informer l'ordre des médecins. »

Falk écoutait, oreilles grandes ouvertes, et comprenait que le colonel était démasqué.

Restait une question.

« Vous pouvez me rappeler le nom de cet associé ?

— Huber !

— Aloïs Huber ?

— Oui, Aloïs Huber, un Munichois pur sucre ; mais depuis ce jour-là, il n'a plus jamais osé remettre les pieds dans sa Bavière natale… »

Mon Dieu, que cela faisait du bien d'entendre qu'il n'était pas le seul à être si naïf – loin de là !

26

Arno réclama encore une carte. Le banquier lui en glissa une qu'il ne retourna pas.

Ce qu'il avait redouté se réalisait : ce Langenstras ne lui lâchait pas les basques. C'était à vomir, d'abord les flics de Munich, puis Clara, ensuite Théa von Bock, et à présent ces bouledogues de Berlin : tous le tenaient pour le meurtrier de Véra, et son coupeur de tête. Et par-dessus tout, la police avait aussi l'intention de lui coller les autres meurtres sur le dos.

Alors qu'il avait abouti à une impasse en s'efforçant d'y voir clair dans les circonstances de la mort de Véra, aux yeux de la police de graves soupçons semblaient converger vers lui et se confirmer. C'était à désespérer ! Il ne voulait pourtant faire que ce qu'il avait promis sur la tombe de Véra, qu'elle soit enterrée là, tout entière, et qu'il entendait simplement réparer tout ce qu'il lui avait fait subir. Il fallait à présent qu'il retire sa propre tête du nœud coulant, car il était dans la même galère que trois années auparavant. Mais que faire ? Rien, absolument rien ! Il devinait l'issue : une salle d'interrogatoire, avec des coups de poing et de pied en guise d'invitations polies à avouer enfin tout ce qu'il savait. Comme à Munich. *Lamprecht, espèce d'ordure, de sale pervers, avoue enfin ce que tu as fait à ta femme. On te foutra la paix et t'auras droit à ton petit déjeuner.*

Oui, sur les circuits il était peut-être un héros, mais en dehors, dans la rue, dans la vraie vie, il demeurerait à jamais pour les policiers le cogneur de Haidhausen, capable du pire. Il pouvait faire tout ce qu'il voulait, se tourner et se retourner, il était toujours dans la merde. Qu'est-ce qu'il lui restait ? La motocyclette ? Plus pour longtemps, peut-être. Le goût de la bagarre ? Il pourrait le satisfaire partout, même en prison. La passion du jeu ? Pareil. Eh bien, bande de minables bornés, je vous emmerde.

Il retourna enfin le carton : « 21 ! » Triomphant, il jeta ses trois cartes sur la table. « Envoyez la soudure ! » À contrecœur, les joueurs firent glisser leur mise vers lui.

« Quitte ou double ? » Un coup d'œil à la ronde. Il se sentait comme Harry Piel dans *L'Homme sans nerfs*. Personne ne le regardait dans les yeux, tout le monde se taisait.

Bande de lâches !

« Alors, vous vous passerez de moi. Je n'ai pas envie de perdre mon temps pour quelques picaillons. » Il empocha ses gains et s'en alla sans un salut.

Il enfourcha sa moto et fit demi-tour sur la roue arrière en brûlant le bitume. Les passants se retournèrent sur lui avec des gestes horrifiés de désapprobation.

Qu'est-ce que vous me voulez, bande d'éclopés, c'est le bruit de notre époque !

Il descendit la rue pleins gaz, doubla à gauche et à droite, déclenchant de grands coups d'avertisseur, refoulant les cyclistes dans le caniveau.

Circulez. J'arrive !

Il fonça sur le Ludwigsbrücke. Un virage serré à droite, et quand il pila, il était déjà arrivé. De l'autre côté de la rue, la façade des bains publics Müller resplendissait dans la lumière du soir.

Il pénétra dans le tripot où il savait que le demi-monde jouait de grosses sommes dans l'arrière-salle, au *Groschenskat*, au *Doppelkopf* avec ses quatre joueurs et deux jeux de vingt-quatre cartes, ainsi qu'à d'autres jeux de hasard. On le connaissait ; un billet de cinq, deux, trois mots au patron et quelques instants plus tard il était assis à une table avec des souteneurs, des danseurs mondains, des gigolos et autres racailles qui fuyaient la lumière du jour comme des cloportes, prêts à se titiller un peu les nerfs.

Meine Tante, deine Tante – sans limites de mise.

Billets et pièces changeaient rapidement de mains. Il jouait sans réfléchir, comme un coureur motorisé avec la mort aux trousses. Il ne réduisait pas la vitesse, ne cherchait pas à se couvrir, mais fonçait à travers les lignes, traversait des champs de mines sans revenir dans les mêmes traces, sans refaire de l'essence, sans s'arrêter. Et il gagnait. Il pouvait miser ce qu'il voulait, il gagnait. Il tira de la poche de quelques maquereaux leurs derniers pfennigs, il retourna l'index de la main droite de l'un de ses voisins qui refusait de lui donner la somme qu'il venait de perdre, il paya trois tournées de bière, et après quatre heures de jeu, il n'avait plus en face de lui qu'un seul adversaire encore capable d'enchérir sur ses grosses mises, et dès qu'il tint la banque, il finit par lui faire mettre genou à terre.

Victoire ! Il entendit les vivats des spectateurs et vit des fleurs voler. Il les avait tous cloués sur place, les avait envoyés promener : des bluffeurs, des gommeux, des gros crâneurs, des porteurs de guêtres, des à-pied balourds.

On murmurait dans son dos quand il fourra tout cet argent dans ses poches, on lui tapota hypocritement l'épaule, on voulut encore en écluser un avec lui, pas ici, ailleurs, là où attendaient des sacrées nanas, des jeunesses faciles qui vous faisaient tout, même le plus extravagant.

Il dit non.

On lui chuchota de venir dans un salon privé exclusif pour continuer à jouer, de grosses sommes cette fois, vraiment, de très grosses sommes, et s'il flambait là-bas avec autant de panache qu'ici, il quitterait la table fortune faite, il serait libéré de tout souci, du moins pour les prochains temps.

Il dit oui.

Une demi-heure plus tard, il était dans un immense appartement quelque part dans Isar-Vorstadt. Des filles jeunes et attrayantes passaient d'une pièce à l'autre en murmurant et en pouffant de rire derrière leur main, des élèves d'écoles d'art dramatique et des danseuses de music-hall, comme on le lui soufflait à grand renfort d'œillades. Il vit des dames vêtues avec excentricité dans des robes Charleston courtes et coiffées à la garçonne avec des crans, des hommes élégants en habit rayé ou en complet-veston noir, mais aussi des curieux simplement habillés de velours ou de tweed, des membres de la bohème qui promenaient leur originalité avec ostentation. La plupart traînassaient sans chichis, un verre de champagne à la main, d'autres paressaient sur les innombrables canapés et chaises longues et s'entretenaient d'un air émoustillé.

On le présenta à l'hôtesse, une femme dans la cinquantaine, élancée et très maquillée, qui s'entretenait avec un être au sexe indéterminé. Quand elle apprit qu'elle avait en face d'elle un célèbre pilote de moto, elle lui accorda immédiatement toute son attention.

Elle l'appela « mon Moriturus », et lui fit des avances polissonnes. Elle l'entraîna, se fraya un chemin jusqu'à ce qu'elle trouve un jeune homme habillé de manière sportive et lui tape sur l'épaule pour lui présenter Arno : « Rudi, regarde, c'est Arno Lamprecht, le motocycliste risque-tout. »

On le toisa d'un air blasé, du genre : la caravane allemande Mercedes n'a même pas vu la petite chienne belge Sarolea lever la patte sur son passage. « Mon cher Arno, permettez-moi de vous présenter Rudolf Caracciola, qui vient juste de gagner le Grand Prix automobile d'Allemagne sur l'Avus. »

Arno bafouilla quelques mots, mais bien qu'il ait entendu parler de cette fabuleuse course sur le circuit berlinois, il n'avait pas la moindre envie de jouer les admirateurs face à ce jouvenceau. Rouler sur quatre roues était plutôt affaire de tantouses ou d'enfants de richards ramollis, aux yeux desquels s'asseoir sur une motocyclette était plaisir primitif de prolétaire.

Il était sur le point de faire partager ce point de vue à ce crâneur, mais déjà son hôtesse l'enlevait.

Elle le serrait de très près, et il sentit une jarretelle sur sa cuisse, à travers la mince étoffe de sa robe. « Tu veux jouer, n'est-ce pas, démon ? » Son haleine chaude s'insinua dans son oreille. « Tu veux risquer gros, hein ? Oh, je vous connais, vous autres les casse-cou, les intrépides, il faut toujours que vous savouriez la proximité de la mort, vous cherchez toujours l'abîme. Ah ! le souffle de l'éphémère, dans les courses, au jeu, en amour… » Sa langue se glissa prestement dans le conduit de son oreille, son majeur lui chatouilla la paume de la main, elle avait le souffle court. « Viens, mon Moriturus, je vais te montrer la chambre de la mort. On t'y attend déjà, on y joue de grosses sommes, on y mise tout ce qu'on possède, et même sa vie, lui dit-elle en clappant de la langue, on accepte même les faveurs des épouses. » Elle prit un air coquet. « Mon Moriturus, celui qui gagne là-bas devient un héros immortel, il a toutes les femmes à ses pieds, il peut en jouir quand il veut et où il veut. »

Les mots coulaient de sa bouche comme du miel, et le désir monta en lui. Mais pas avec cette vieille ! Il s'efforça de penser à autre chose.

Ils suivaient un long corridor.

« Avant que je t'envoie chez les hyènes, je veux que tu saches que ton adversaire le plus coriace est mon époux, le chef de meute en quelque sorte, le fauve le plus élevé dans la hiérarchie. Et c'est pourquoi – si tu aimes ta vie et si dame fortune doit te demeurer favorable – je vais t'aider, te soutenir, te préparer, te fortifier. Viens. » Elle le poussa par une porte d'une bourrade dans le dos, alluma la lumière et ferma le local à clef. Ils étaient dans un petit placard à balais sans fenêtre, où l'on stockait les produits et les ustensiles de nettoyage les plus divers.

Elle avait remonté sa robe sous les fesses et retira un petit sachet de papier de l'élastique de son porte-jarretelles, le déplia et lui montra triomphalement la poudre blanche. Elle mouilla son index d'un coup de langue lascif, le roula dans la poudre dont elle se frotta les gencives. Puis elle lécha ce qui restait de poudre dans le sachet et s'appuya dos à la porte en respirant avec difficulté. Il vit sa main droite disparaître sous sa robe, tandis qu'avec le bout d'un doigt de la gauche elle se caressait le sein droit jusqu'à ce que le téton se dresse sous l'étoffe légère.

Le désir qu'il avait jusque-là refoulé explosa. Il sentit qu'elle s'abandonnait, soutint son emportement, agrippa la peau flétrie, écarta la soie, donna des coups rythmiques entre des cuisses maigres, réussit à saisir le derrière osseux, poussa, tira, la souleva, sentit ses jambes se croiser dans son dos et l'éperonner, tandis qu'il trouvait ce qu'il cherchait, pénétrait dans la volupté, déchargeait. Il eut l'impression que des lèvres humides contre son oreille lui suçaient la raison. « Moriturus, mon Moriturus ! »

Il se retira, loin d'être épuisé, remonta son pantalon et eut du mal à le reboutonner sur son érection.

Il vit des cartes à jouer devant lui, roi, dame, valet – tous nus. Et il les baisa, les dames d'abord, trèfle, pique, cœur et carreau, puis il enfila la reine par-derrière et satisfit tout le monde, avec cruauté et sans ressentir aucune émotion ; ce fut ensuite au tour des valets. Il savait qu'il pénétrerait tout joueur qui l'affronterait ce soir. C'était lui le vainqueur, il prendrait d'abord leur corps, puis leur argent et enfin leurs femmes.

Mais qu'est-ce qu'elle avait bien pu lui frotter sur les dents ? Est-ce que c'était de la cocaïne, cette poudre dont certains de ses collègues raffolaient ? Mon Dieu, peu importe, c'était foutrement bon.

Elle s'était laissée glisser dos au mur, accroupie jambes ouvertes, sa petite culotte de soie sur les chevilles, la robe déboutonnée jusqu'au ventre et le sein droit à l'air. Elle devinait, non elle savait ce qu'il pensait. « Va, mon héros, baise les hyènes comme tu m'as baisée, prends-lui tout, à mon mari, son putain d'argent, ce putain d'appartement, moi… oui, joue-moi, libère-moi des serres de ce dragon de ploutocrate. » Ses yeux étincelaient entre ses paupières mi-closes, elle se caressait toujours, apparemment insatiable, infiniment goulue, et son bredouillis était quasiment inintelligible : « … comme tu me l'as fait, Moriturus. »

Il sortit du débarras, la tête dans les nuages, rechercha le joueur qui l'avait amené dans cet appartement et exigea de s'embarquer pour la grande partie. Il se sentait si fort et si sûr de lui… même quand il se retrouva dans une pièce sombre au milieu de laquelle trônait une énorme table ronde recouverte d'un tapis de feutre vert, éclairée par une lampe basse, verte elle aussi, autour de laquelle étaient assis une douzaine d'hommes et de femmes.

On le présenta, on avança une chaise et déjà il était assis dans la brume des fumées de cigares et de cigarettes. Il eut l'impression de surplomber la table, de la voir depuis le plafond.

« Qu'est-ce qu'on joue ? » Il empila des liasses de billets et des tours de pièces, jeta un coup d'œil assoiffé à la ronde jusqu'à ce que son regard reste accroché à des yeux jaunes et bridés qui le défiaient sans pitié. Pas de doute : le fauve en chef. Un homme au cou de taureau, en manches de chemise, bouton de col ouvert. La cravate pendait à son cou comme une courte écharpe, nœud défait.

« Stud poker ! » La voix du chef de meute était métallique, avec des accents militaires. « *No limits !* Les reconnaissances de dettes ne sont acceptées qu'avec la caution d'un tiers. »

Le regard de l'homme le fixa de nouveau, se vrilla dans ses yeux, comme s'il reniflait qu'il avait besogné sa femme quelques minutes auparavant, il sembla respirer l'odeur de la femelle qui lui collait à la peau comme un film de transpiration étranger. Plus Arno s'accrochait aux yeux jaunes, plus il rapetissait, comme si quelqu'un manœuvrait sa chaise pour en baisser l'assise jusqu'à ce qu'il se sente comme un petit enfant qui cherchait désespérément à passer le menton par-dessus le bord de la table.

La voix métallique retentit : « La banque donne. » Il prit conscience qu'on glissait des cartes vers lui. Et la grande ivresse commença, cette pétillante vibration, cette tension électrique.

La passion l'attira dans un tourbillon vert qui le cerna vertigineusement avec ses billets et ses pièces de monnaie, toujours et encore, de plus en plus vite, jusqu'à ce qu'il se lève en vacillant et se réveille, les deux mains en appui sur le bord de la table. Trempé de sueur, la gorge cartonnée, il s'entendit crier d'une voix rauque : « Mon argent ! » Un horrible appel au secours qui se fraya avec peine la voie entre gargouillements et grognements.

Des gouttes de transpiration tombaient de la pointe de son nez sur le feutre vert de la table. Il avait le sentiment d'avoir échappé aux furies d'un torrent déchaîné. Il vit des gens sur l'autre rive, en remarqua aussi à sa gauche et à sa droite, mais personne ne bougeait, ne faisait le moindre geste pour l'aider. « Mon argent, rendez-moi mon argent ! » Un cri de pur désespoir.

On l'éloigna de la table, il perdit l'équilibre et menaça de sombrer de nouveau. Des bras le saisirent sous les aisselles : « Reprenez-vous, Herr Lamprecht. Vous ne pouvez pas vous conduire ainsi. Reprenez-vous ! »

Peu de temps après, il se retrouva dans le long corridor. Dans les pièces en enfilade, il ne vit plus que des groupes clairsemés. Tout était devenu plus calme. Un gramophone crachotait un *Shimmy*, mais plus personne ne semblait vouloir danser à son rythme.

Une atmosphère de lendemain d'ivresse, de gueule de bois.

Une odeur familière parvint à ses narines, un baiser effleura sa joue. « Vous avez coupé ses ailes à mon héros ? Tu n'as pas réussi à me délivrer des serres de la bête ? »

Il perçut un ricanement. Quelques jeunes filles sautillèrent autour de lui, des élèves d'écoles d'art dramatique, comme on le lui avait assuré. « Un autographe, Herr Lamprecht, un autographe, s'il vous plaît. »

Il les chassa avec des grognements hostiles et clopina vers l'entrée, bras tendus en avant comme s'il marchait dans le noir.

Il gémit : « Je reviendrai, je n'ai pas dit mon dernier mot, je n'ai pas joué ma dernière carte.

— Il vaudrait mieux que tu t'en ailles, maintenant. » On le poussa dehors. Il se retourna lentement et se retrouva face à un vieux visage ridé, trop fardé. « La chance n'était pas avec toi.

— Je vais vite me trouver de l'argent, et je vais revenir. » Il savait qu'il le ferait.

« Oui, oui, et tu vas te refaire », dit une voix lasse alors que la porte de l'appartement se refermait derrière lui.

« Tu peux en être certaine. » Il faillit tomber dans l'escalier, tellement il fut ébloui par les rayons du soleil matinal qui perçaient la fenêtre de la cage d'escalier.

27

Falk se retrouva désorienté dans un petit patelin derrière Halle. Deux routes partaient de la place du village, mais aucun poteau indicateur n'indiquait la direction de Berlin. Il roula lentement autour du monument aux morts dressé au centre d'un petit espace herbeux. Des poules caquetèrent en filant sur les pavés pour se réfugier derrière la haie d'une ferme délabrée. Du purin suintait dans un fossé.

Falk gara sa motocyclette sur béquille, enleva sa casquette de cuir, essuya de son front la poussière que la transpiration délayait et contempla le monument aux morts flanqué de jeunes chênes fraîchement plantés. Un soldat grandeur nature était assis sur un socle de grès clair. Mains jointes pour une prière, les yeux au ciel, casque en tête et grenade à manche au ceinturon.

À NOS HÉROS MORTS, pouvait-on lire sur une plaque de bronze ceinte d'une couronne de lauriers, sous laquelle étaient gravés pour l'éternité les noms des morts pour la patrie, avec leur date de naissance et celle de leur décès. Il y en avait peu pour 1914, de plus en plus jusqu'en mars-avril 1918, où l'on en lisait le plus grand nombre. La plupart étaient aussi jeunes que lui à l'époque de Wilhelmshaven. Dix-huit, dix-neuf ans. Enfance, école, service militaire. La carrière de plusieurs classes d'âge.

Il y a peu encore, il aurait aimé être à leur place. Une mort douce et honorable. *Pro patria mortem*. Le sentiment d'être né trop tard l'avait toujours taraudé et avait déterminé ses inhibitions. Ne pas avoir combattu dans ces grandes batailles était aussi une sorte de blessure de guerre, une plaie à l'âme en quelque sorte.

Et c'est exactement ce qu'ils avaient exploité en lui, ce stigmate de honte. Il s'était conduit comme un idiot, suspendu à leurs lèvres avec de grands yeux ébahis, avait écouté leurs récits de camaraderie et leurs exploits de guerre, cette grande liberté des tranchées, le combat comme accomplissement de la virilité, cette paix pourrie et ce traité honteux qui mineraient à la longue les forces et l'énergie du peuple allemand. Ils l'avaient littéralement enjôlé. Dans l'ivresse de leur soif de vengeance, ils avaient pathétiquement discouru sur l'honneur, la patrie à laquelle il fallait tout sacrifier, la vie, la famille, la propriété.

Il avait encore dans les oreilles les discours du colonel : *Je ne veux plus être membre de cet État, ils nous ont trahis, ces salopards de novembre, ce gros Ebert avec tous ses alliés judéo-bolcheviques. N'oublie jamais, Falk, que l'armée allemande n'a pas été vaincue sur le champ de bataille, mais poignardée dans le dos. Mais tout n'est pas encore perdu. Il faut que nous redonnions à l'esprit des combattants du front la place qui lui est due dans cet État. Car nous sommes le vrai, le seul État, et nous agirons en tant que tel, même si nous devons nous retrouver jusqu'aux genoux dans le sang de ces juifs traîtres à la patrie. La loi de la nature est avec nous, il n'y a pas le moindre doute là-dessus. Je te le dis, mon cher Falk, nous sommes responsables de la sauvegarde de l'armée et de la préservation des armes du peuple allemand. Nous devons sauver les armes de guerre allemandes de la destruction avant qu'elles ne soient abandonnées aux forces ennemies alliées, suite aux accords signés ; et j'ajoute que nous allons agir impitoyablement contre tous les valets de la couvée de novembre, contre ces misérables espions, ces mouchards des Alliés qui trahissent leur patrie pour trois deniers. Il faut exterminer ces salauds, et de manière radicale !*

Des gens comme Aloïs Huber, justement.

Ce porc a révélé des caches d'armes et il est donc complice du désarmement de l'Allemagne. Pas de pitié pour des racailles comme lui, aucun scrupule. Il sentait encore le bras du colonel paternellement posé sur son épaule tandis qu'il lui soumettait le contrat qui allait enfin faire de lui un vrai soldat. *Maintenant, tu peux faire tes preuves, Falk, maintenant ton heure est venue.*

Le colonel l'avait bien eu. Alors qu'il n'était question que de fric. De dénaturation et de traficotage de médicaments, de contrebande de drogue sur le dos de blessés, d'invalides de guerre et Dieu sait quoi encore – oui, au détriment de ceux dont le nom était inscrit sur cette plaque de bronze.

Le colonel avait honteusement foulé la cause nationale et se révélait n'être qu'un minable petit profiteur de guerre, qui tuerait père et mère pour une bonne affaire d'argent.

Un boutiquier sous l'habit national. Pas étonnant qu'il tremble pour sa future carrière politique. Mais le pire, c'est que lui, cet *idiot* de Falk, n'avait pas exécuté ce travail infâme pour l'honneur de la patrie, mais au profit d'un aventurier tout à fait ordinaire.

Il fouilla sa sacoche à la recherche d'une carte routière.

Criminels d'opinion, crapules sans scrupules, voilà qui allait comme un gant au colonel et à ses semblables : des crapules sans scrupules. Et c'est pour ce type qu'il devrait tirer les marrons du feu ?

Il n'avait qu'à aller se faire foutre ! En un mot, il en avait fini avec lui. Fini, fi-ni ! Et il allait parler à Théa, quoi qu'il arrive.

C'était le seul moyen de reprendre les choses en main. Il appuya à fond sur la pédale de kick et se décida pour la route de droite.

28

« Eh ben, mon vieux, t'en fais, une tête ! » Gumperdinger le regardait, interloqué. Il le laissa entrer et referma la porte. « On dirait un dégueulis mal nettoyé.

— Ah, ça fait donc si longtemps qu'on s'est pas vus ? »

Il se sentit un peu stupide et sourit de sa blague. Il avait toujours ce truc dans tout le corps, dans sa queue de nouveau en érection et dans les jarrets, dont il s'imaginait qu'ils menaçaient constamment de se dérober s'il n'équilibrait pas maniaquement sa démarche. Ce truc faisait de lui quelqu'un de libidineux, un stupide obsédé sexuel aux jambes flageolantes, mais la sensation n'était pas désagréable.

« Et en plus, tu marches comme une tarlouse, avec un manche à balai dans le cul. » Gumperdinger s'installa à sa place habituelle derrière le grand comptoir vitré où un large tiroir exposait les objets engagés qui n'avaient pas été retirés et étaient autorisés à la vente : des diadèmes, des bagues, des montres, des colliers de perles, des boucles d'oreilles, d'autres bijoux encore.

Quand Arno s'appuya sur le panneau de verre du

comptoir, les souvenirs affluèrent si douloureusement à son cerveau, avec tant d'éclat, qu'il retira brusquement ses mains de la surface vitrée, comme s'il s'était brûlé sur une plaque de cuisinière.

Gumperdinger hocha la tête : « Et en plus, t'es devenu nerveux. Lamprecht, Lamprecht, on en entend de drôles sur toi, je crois que cette frénésie de vitesse te met les nerfs en boule. Ça s'appelle aussi la neurasthénie, on lit beaucoup de choses à ce sujet : grande ville, bruits de la rue, bousculades, néons – tous ces trucs modernes en fait – et on ne côtoie pas ça sans qu'il en reste quelque chose.

— J'ai effectivement l'air d'un tas de dégueulis, Gumperdinger, mais pas depuis longtemps. Toi, par contre, t'as l'air d'avoir engraissé, ce qui te va bien d'ailleurs, pour être sincère, mais tu racontes toujours autant de conneries. » Il retira sa montre-bracelet, un chronographe suisse de la maison Dubois qu'il s'était payé avec sa première prime de vainqueur de Heide, et la posa sur le comptoir. « Combien, Gumperdinger ? Mais attention, j'ai pas envie d'entendre des conneries. »

Le prêteur sur gages se coinça une loupe d'horloger dans l'orbite droite et estima le chrono qu'il reposa sur le comptoir. « Ça n'en finira donc jamais ? Je croyais que t'étais passé du côté des gros salaires ! Une très belle pièce, de la série 24 ; bon, Lamprecht, je pars du fait que tu voudras la récupérer le plus vite possible. Je t'en donne 250 marks », proposa-t-il en retirant la loupe.

« 270 !

— 260 !

— D'accord. »

Gumperdinger prit la montre, la rangea dans une boîte et commença à remplir une fiche. « Et t'habites où, maintenant ?

— Au Strohhöfer. » Il lui donna l'adresse de l'hôtel avec le numéro de sa chambre et prit soudain conscience, sans vraiment y croire encore, de ce qu'il voyait depuis un certain temps à travers la vitre du comptoir. La peau de son crâne se tendit, sa tête se vida de son sang, ses genoux frémirent malgré lui. La vue de cet objet augmentait aussi sa frayeur, et c'était rien moins qu'agréable.

« Gumperdinger ! » Il avait parlé haut et fort et désignait d'un index nerveux la paire de girandoles qu'il avait découvertes dans le grand tiroir, piquées dans leur écrin de satin rouge au couvercle levé. « Gumperdinger, d'où tu tiens ça ? »

Gumperdinger le regarda, ébahi, lui tendit le formulaire complété et fit glisser le tiroir juste assez pour atteindre la petite boîte qu'il déposa sur le comptoir.

Arno arracha les boucles d'oreilles de leur écrin, les observa de très près, les retourna dans tous les sens et ne douta plus.

« Gumperdinger, répéta-t-il avec lenteur, ces boucles appartenaient à ma femme, c'est certain, je les ai rapportées de France lors d'une permission, et je les lui ai offertes pour notre premier anniversaire de mariage ! Ces boucles d'oreilles-là, ces girandoles ! » Il pointa le doigt sur les bijoux. « Et depuis ce temps-là, Gumperdinger, elle les a portées jour et nuit, tu m'entends, jour et nuit, tu comprends ce que ça veut dire ! »

Il se pencha en avant, regarda le prêteur sur gages droit dans les yeux, replaça aveuglément les pendants d'oreilles dans leur écrin et fourra le tout dans sa poche de veste. « C'est pas moi qui t'ai apporté ces boucles ; alors, Gumperdinger, en toute confiance : qui t'a donné ces bijoux ? »

Gumperdinger protesta : « Tu peux pas tout simplement, comme ça… » Mais Arno lui serrait déjà le cou. « Je te les paierai quand je dégagerai ma montre. Mais tu vas d'abord me donner mes 260 balles, et puis l'adresse de celui qui t'a laissé ces girandoles en gage, sinon toi aussi, tu vas avoir l'air d'un dégueulis mal nettoyé. » Il relâcha Gumperdinger. « Tu sais, ces boucles étaient pendues aux oreilles de ma femme.

— Normal, pour des pendants d'oreilles », marmonna le prêteur sur gages tout en compulsant nerveusement un fichier.

« Oui, des pendants d'oreilles, répéta Arno en le singeant, mais tu ne comprends donc rien, mon pauvre Gumperdinger, rien du tout ! Que dalle ! Zib de nib ! Ça veut dire qu'elles pendaient aussi aux oreilles de ma femme quand un salopard l'a décapitée. La tête a disparu, tu comprends, tout simplement disparu, et on ne l'a jamais retrouvée. Et tout à coup, voilà que ces boucles refont surface. » Il éructa. « Et maintenant, je veux savoir, comment elles… »

Gumperdinger écarquillait les yeux, hébété. Il lui tendit en tremblant un bout de papier griffonné pardessus le comptoir. « Les nom et adresse sont dessus. » Il marmotta encore une justification, mais Arno ne l'écoutait plus. Il n'avait d'yeux que pour ce qu'il lisait : Gerda Zander, Hohenzollernstrasse 9, Schwabing.

Le nom ne lui disait rien, mais c'était une nouvelle piste. Tout le reste lui était égal.

Ce n'est que quand il eut remonté la Leopoldstrasse à toute allure, que le vent de la course eut séché la sueur de son front et qu'il eut viré hardiment dans la Hohenzollernstrasse, qu'il se rendit compte qu'il avait planté là Gumperdinger sans même le saluer.

Il gara sa motocyclette devant l'immeuble recherché, lut le nom sur la plaque de l'entrée. Il dut grimper jusqu'aux mansardes, car Gerda Zander logeait dans une ancienne chambre de bonne. Le souffle court, il se retrouva dans un étroit couloir sur lequel donnaient quatre portes. Sur une étiquette punaisée au panneau de l'une d'entre elles, il déchiffra le nom qu'il cherchait. Il frappa à la porte, attendit quelques secondes et recommença. Puis il frappa plusieurs coups à la suite, de plus en plus fort et finit par cogner sur la porte avec les poings. Il voulait des réponses, et tout de suite, nom de Dieu !

Une des portes voisines s'ouvrit à la volée et un homme aux cheveux ébouriffés, en chemise de nuit et pieds nus, s'avança dans le couloir. « Mais nom de Dieu, fais donc pas tant de pétard, merde, tu vois bien que la Zander est pas encore rentrée… et nous, on veut dormir !

— Et… elle va rentrer quand ?

— Est-ce que je sais, moi ; elle travaille jusqu'à l'aube, elle passe au marché pour s'acheter de quoi manger et puis elle rentre tout doucement pour dormir toute la journée sur ses deux oreilles. Parce qu'elle travaille la nuit, comme la plupart d'entre nous ici, et c'est pour ça que tu vas arrêter de nous emmerder, *capito* ? » L'homme lui fixa l'entrejambe : « Ça attendra bien encore un peu, non ? »

Un farceur ! Pour ce genre de remarque, on se faisait d'ordinaire abondamment frotter les oreilles, mais le rigolo était dans son jour de chance. Arno se sentit soudain si las qu'il n'eut plus la force de serrer les poings. Il se rendit compte tout à coup qu'il était mort de fatigue. Il répondit d'un air amical : « C'est bon, je me tire, mais elle travaille où, la nuit, Gerda ?

— Au Tabarin », répliqua l'homme en regagnant sa mansarde. « Mais je te comprends, moi aussi j'ai la trique, quand je vois comment elle est sapée. »

29

Falk ouvrit la porte d'entrée. Une forte odeur de parfum de lavande vint à sa rencontre. Il en était toujours ainsi quand la servante était restée longtemps dans l'une des pièces, qu'elle avait par exemple lavé le sol en marbre ou dépoussiéré les feuilles des plantes vertes. Depuis son dernier anniversaire, cet effluve se répandait comme un nuage dans les couloirs et les pièces de la villa. Théa avait elle-même choisi la « Crème de lavande du docteur Germanos : la beauté est une promesse de bonheur ». Et pourtant, la servante n'avait vraiment pas besoin de s'en barbouiller l'arrière des oreilles. On lui avait fait les compliments d'usage, et elle avait sagement répondu par autant de révérences.

Au domaine de ses parents, Falk n'avait jamais vraiment accordé d'importance aux domestiques, c'étaient des aides muets, comme toute autre chose utile. Le palefrenier et la selle. On avait besoin des deux, tout simplement. Depuis qu'elle avait demandé et obtenu cet autographe, qu'elle s'était tellement réjouie, la servante comptait parmi ses admiratrices les plus ferventes. Sans aucun doute. Il était son idole.

Pour les fêtes de Noël précédentes, Théa et Falk l'avaient emmenée en voiture dans son village natal. Ç'avait été un événement, bien entendu, car les gens de la campagne n'avaient pas encore eu l'occasion de voir beaucoup d'automobiles. Elle avait été bien fière. Il avait encordé les luges de son jeune frère et des enfants du voisinage au pare-chocs arrière de l'auto et les avait tirés à travers champs sur la neige. Un dragon hurlant et glapissant de vingt mètres de long qui serpentait dans le paysage plat et blanc. Ils s'étaient accrochés ensuite à lui comme du glouteron. Ils voulaient tous s'asseoir derrière le volant et il était incapable de refuser, jusqu'à ce que Théa trouve cela un peu trop lassant. Ils avaient fini par promettre de revenir l'année suivante.

Il héla Théa depuis le vestibule, rangea ses sacoches sous la penderie et se débarrassa péniblement de sa combinaison. Il arrangea son pantalon devant le grand miroir, mit de l'ordre dans son pull-over et le col de sa chemise, appela une fois encore Théa, et fit coulisser la porte du salon.

« Tu rentres bien tard. Je finissais par croire que tu t'étais esbigné. » Le colonel, tout de noir vêtu, le regardait d'un air narquois, la bouche tordue en un mauvais rictus, tranquillement installé dans un des fauteuils en tubes d'acier, veste légèrement entrouverte, jambes tendues et croisées devant lui. Le bas de son pantalon s'était retroussé et donnait à voir ses porte-chaussettes qui se détachaient sur sa peau blanche. De la main droite, il faisait pirouetter son chapeau melon sur le pommeau de sa canne. La fumée d'un gros cigare posé sur le bord de la table s'élevait en volutes et des petits tas de cendres étaient disséminés sur le parquet.

Il arrivait à point, celui-là. Durant tout le temps du retour, Falk avait en effet réfléchi à ce qu'il allait lui dire, lui jeter à la face.

« Qu'est-ce que tu fais ici ? Qu'est-ce que tu me veux ? Je ne me rappelle pas t'avoir invité ! Et où est ma femme ?

— Dans ses appartements, je suppose. Elle m'a autorisé à t'attendre ici. » Le colonel mit fin au moulinet de son melon qu'il balança sur la table. La volute de fumée se brouilla. « Mais quel ton, mon cher Falk, c'est pourtant bien moi qui aurais des raisons d'être grossier. »

Falk soutint le regard du colonel. « Mais pas dans ma maison. Bon, maintenant, fais bien attention, écoute-moi bien, je rentre de Munich. J'y ai rencontré Strockhoff. Et je sais tout, tu comprends, tout.

— Ah, tu sais tout ? Mais c'est parfait, il est donc inutile que nous perdions notre temps en longs discours préliminaires.

— Exact ! J'en ai fini avec toi, alors tu disparais ! » lui intima-t-il en lui désignant la porte d'un doigt vindicatif. « Tu n'es qu'un méchant salaud, tu t'es servi de mon amour de la patrie pour m'entraîner dans tes agissements criminels.

— Admettons. J'ai longtemps abusé de ton côté enfantin, il est vrai. Mais moi aussi, tu vois, je peux me tromper.

— Je te fais le sale boulot, et en plus je crois que c'est pour la cause de notre renaissance nationale, et toi, pendant ce temps-là, tu gagnes de l'argent avec le malheur des autres, et plus précisément celui d'anciens soldats du front qui végètent dans les hôpitaux. Tu es un foutu salopard ! Et ce sermon compatissant sur ton ordonnance, couché là sans visage et buvant tes paroles de réconfort – ça me fait bien rire, maintenant ! Rien qu'un mensonge, un odieux mensonge… Toutes ces foutaises ! »

Le colonel se leva d'un seul élan, pour autant que le fauteuil bas le lui permettait. « Arrête tes conneries. » Le pommeau d'argent de sa canne s'agita comme une menace sous le nez de Falk. « Je refuse d'écouter ce genre de sermon, nom de Dieu. Et surtout pas venant de toi. Qu'est-ce que tu sais des besoins d'argent et des difficultés à en trouver dans des moments de crise nationale ? Qu'est-ce que tu viens me parler de morale ? » Le colonel se rapprocha de lui à le toucher et lui tapota la poitrine avec le lion d'argent. « Qu'est-ce que tu y connais, toi, en honneur, espèce de minable petit maître chanteur ? »

Falk repoussa la canne d'une main ferme. « Sors de ma maison. Si tu as des problèmes, tu les résous toi-même et tu me fous la paix. Je refuse de continuer. » Il se calma un peu, puis reprit : « Laissons cette histoire en paix. Si, contrairement à toute attente, il devait y avoir du nouveau, nous prendrions ça pour une sorte de jugement divin et nous confierions l'affaire à des avocats. Et tu peux t'estimer heureux que je ne dise rien de tes manigances de Munich, et aussi que je ne raconte rien à la police sur les circonstances de la mort de Volkmar, ce qui est encore une autre histoire. »

Le colonel faisait de nouveau tournoyer la canne entre ses doigts. « Félicitations ! Tu cherches vraiment à jouer les imbéciles jusqu'au bout ! Je ne croyais pas que tu avais tellement à y gagner, mais maintenant ma patience est à bout, mon petit, mon stupide petit pilote de motocyclette. » Ses lèvres se tordirent de nouveau en un rictus de mépris exagéré, comme au cinéma. « Regarde bien, comme le magicien du music-hall ! » Il frappa le sol trois fois du bout de sa canne. « … et hop, la vierge réapparaît ! »

Falk entendit des bruits confus. La porte de la salle à manger s'ouvrit brusquement.

Brahmke traîna Théa dans le salon. Elle avait le visage barbouillé de rouge à lèvres et de fard à paupières, la joue droite enflée. Brahmke tenait dans la main un Luger et s'en servit aussitôt pour arrêter Falk dans son élan. De la main gauche, il serrait le cou de Théa.

« Elle voulait faire des caprices, la petite. Mais elle est encore entière ! » Le colonel tourna autour de Falk et lui pressa le lion d'argent contre le menton. « Alors, fais bien attention maintenant, ça vaudra mieux pour les tourtereaux. »

Brahmke propulsa Théa dans un fauteuil. Pendant que le colonel se plaçait derrière elle, il prit le cigare et fit tomber la cendre sur le parquet.

« On peut effectivement la laisser en bonne santé. » Le colonel s'assit sur l'accoudoir en cuir et saisit le menton de Théa entre ses doigts. Elle se débattit sans succès, lança des coups de pied à l'aveuglette, mais ses talons ripaient sur le parquet ciré et son pied finit par rencontrer un pied de la table. Le colonel lui serra la tête contre son flanc. « Détendez-vous donc, très chère. »

Avec son P.08, Brahmke coupa l'élan de Falk en le repoussant dans le fauteuil opposé et resta debout derrière lui.

« Ces fauteuils modernes ont tout de même un avantage : on a du mal à en sortir, pas vrai, Falk ? »

Le colonel grimaça comme un imposteur que la sottise des hommes amuserait follement.

Falk ne put s'empêcher de lui lancer : « Avec la tête que tu fais, tu aurais dû être paillasse dans un cirque ! »

Brahmke le frappa sur l'oreille avec le canon de son pistolet. Il sentit le pavillon se déchirer et le sang lui dégouliner dans le cou. Il réussit difficilement à ne pas crier. Il compta pour oublier la douleur. Premier tour, deuxième tour, troisième tour…

Le colonel hocha la tête. « Ça commence tout doucement à bien faire, tes insolences. Regarde bien le visage de ta chérie. » Tout en lui comprimant toujours les joues entre ses doigts, il tourna brutalement la tête de Théa vers lui. « Regarde la position des yeux l'un par rapport à l'autre. Ajoute à cela leur couleur et ce teint hâlé. Les pommettes bien trop hautes, tout ça manque de symétrie nordique. C'est le côté slave, sémitique, qui s'exprime là, les Balkans ou autre chose encore dans ce goût-là. Un mélange d'affadissement racial. Il n'y a dans ce visage – ou devrais-je dire cette face ? – dégénéré rien d'allemand, rien de pur, rien de noble. Pouah ! Cette bonne femme et d'autres de son espèce te prennent ton énergie et pompent sa moelle à l'Allemagne. C'est ce que j'appelle un accouplement malsain. » Il repoussa violemment la tête de Théa.

Elle ne disait rien, semblait paralysée, seul son torse se cambrait farouchement. Des larmes roulaient sur ses joues. Falk continuait à compter. Il fallait qu'il persévère, s'il ne voulait pas devenir fou.

Le colonel se leva et vint à lui. « Et tu voudrais juger de ce qui est bon ou mauvais pour l'Allemagne, espèce de grande gueule efféminée ! J'ai combattu pour l'Allemagne », dit-il en se frappant la poitrine du pouce. Il tapota l'épaule de Brahmke. « Et lui aussi, et je reviens de la guerre et qu'est-ce que je vois ? Que les meilleurs et les plus courageux d'entre nous sont morts et que seuls les fainéants et les inutiles sont secourus par les bureaux de bienfaisance. »

Toujours la même litanie. Falk ne pouvait plus la supporter.

Le colonel le regardait avec mépris. « Sais-tu, Falk, qu'on encourage et promeut aujourd'hui avec un sens de l'humain mal compris ce que la sélection naturelle ou les épidémies régénéraient jadis ? C'est ainsi que croissent et se multiplient le mal, la dépravation et la morbidité alors que les plus nobles parmi notre peuple, ceux qui se sont sacrifiés pour la patrie ne peuvent plus propager leur semence. Le peuple est en danger de crétinisation. Tu les entends toi-même hurler comme des abrutis, uniquement parce que quelqu'un tourne en rond sur un circuit. Le cercle de la criminalité, de l'alcoolisme et de la prostitution s'agrandit. Il nous faut porter un coup d'arrêt à cet accroissement, si nous ne voulons pas que l'énergie de notre peuple disparaisse à jamais. Il faut régénérer ce peuple. Si la sélection naturelle ne fait plus son office, il faut que l'homme prenne lui-même les choses en main et élimine toute forme d'abâtardissement et de dégénérescence. »

Le colonel se rapprocha de Théa. « Je n'ai donné que ce qu'ils désiraient à ces rebuts de l'humanité qui ne pensent qu'à jouir, à cette racaille droguée : du pain empoisonné pour s'amuser – tu comprends ? Mais ces déchets n'ont rien à voir avec la vraie Allemagne, l'Allemagne authentique. Cette lie est seule responsable des conséquences. C'est ainsi que le problème se règle tout seul, et humainement je précise, pour la bonne raison que cette racaille finit par mourir. D'autre part et en même temps, tout en supprimant ces problèmes sociaux, le Mouvement a touché du bon argent. Tu vois que je sers doublement la patrie…

— J'en ai assez entendu, de ces conneries. Tu n'es qu'un porc puant.

— Te voilà bien sensible, pour un assassin », ricana le colonel. « Mais laissons cela, je ne suis pas venu ici pour philosopher avec toi à propos de problèmes d'hygiène raciale, mais, continua-t-il en frappant sèchement le bout de sa canne sur le parquet, je veux cette tête, nom de Dieu ! C'est clair ? Dis-moi enfin ce que tu sais ! Et je te laisse… » Il plaqua de nouveau la tête de Théa contre son flanc. « … je *vous* laisse tranquilles, et j'oublie tout. Tu vois que je suis très patient, mais ma patience a des limites ; or là, elle est à bout. Raconte-nous tout ça une fois pour toutes, et on disparaît. Et tu ne nous reverras jamais plus, sale traître. »

Falk voulut bondir, mais Brahmke le saisit à la gorge et le força à rester assis. « Je ne sais pas de quoi tu parles.

— Ça suffit, arrête de jouer les imbéciles. » Le colonel agrippa Théa par le bras et l'arracha à son siège. Elle essaya de lui donner des coups de pied, mais il l'évita habilement en la repoussant de côté, bras tendu. Elle trébucha et ripa sur le parquet. « Soit, continue à jouer au con. À toi de voir. Tu ne veux passer aux yeux de cette nana – vous n'êtes pas mariés, que je sache ? – ni pour un meurtrier ni pour un maître chanteur. Soit ! » Il releva brutalement Théa et la traîna jusqu'au fauteuil de Falk. « Regarde-le. Regarde-le bien. Il a assassiné un homme à Munich, on ne le croirait pas à voir cette petite tête blonde ; et on ne croirait pas non plus que c'est aussi un minable petit maître chanteur. Oui, oui, regarde-le bien, cet enfant de chœur, ce naïf minet du Brandebourg. » Le colonel pressait la tête de Théa contre celle de Falk. « Me faire chanter, moi, moi qui ai été comme un père pour lui, qui l'ai aidé en tout, dans toutes les situations. Regarde-le bien. Tu vois comme il évite ton regard. Vois ses taches de son qui pâlissent un peu, ses yeux qui papillotent. Il ne va pas tarder à se chier dessus de trouille. Je suis sûr qu'il ne t'a rien raconté, le noble chevalier, rien de ce qu'il a fait à Munich ni de ce qu'il a manigancé ici, à Berlin, ces derniers temps, pour voler dans la poche d'anciens camarades de l'argent honnêtement gagné. Ça décapite des cadavres, et en plus, ça voudrait faire chanter d'honnêtes citoyens ! Salopard ! »

Falk entendit que Théa cherchait à respirer par le nez, il vit ses yeux écarquillés de stupeur. Elle le fixait, horrifiée, semblait perdue.

« Je ne sais pas de quoi tu parles.

— Je ne sais pas de quoi tu parles », répéta le colonel en l'imitant. « Mon Dieu, mais je te parle de l'Eichsfeld, de la livraison d'argent, auto, moto, fossé… Tu comprends à présent ? Ou tu me prends pour un idiot ? C'est toi qui as tranché la tête de Huber pour me faire chanter. Cela ne fait aucun doute. » Il tira de nouveau la tête de Théa en arrière en l'agrippant par les cheveux.

« Je jure que je n'ai rien à voir avec ça. » Falk observa Théa, mais elle regardait au loin, absente. « Je le jure, sur ma vie. »

Le colonel abandonna Théa à Brahmke et tourna autour du fauteuil de Falk. Il leva les yeux au plafond et fit semblant de réfléchir. « Tu sais quoi, Falk ? Je te donne quinze jours. À la louche, ne soyons pas mesquin, dans quinze jours, je veux la tête et l'argent, sinon, ça ira mal pour ton matricule. Compris ? » Il s'empara de nouveau de Théa, la traîna vers la table, prit son chapeau et s'en coiffa. « Quinze jours, Falk, sinon il t'arrivera des bricoles, et pas qu'à toi ! Il vous arrivera ce qui est arrivé à ton Volkmar. Encore un qui n'a pas été foutu de se contenter de ce qu'on lui proposait. Salaud de profiteur et d'opportuniste ! » Le colonel passa la main dans le cou de Théa. Il demeura indécis, et finit par incliner brièvement la tête en signe d'adieu.

Falk entrevit une ombre, puis tout devint noir.

Un coup bruyant parvint jusqu'à sa conscience, il en sentit un deuxième dans la nuque, le troisième le réveilla.

Il donna des secousses à droite et à gauche et remarqua qu'il se cognait la tête contre les tubes en acier du fauteuil. Il glissa sur le parquet, sentit de la fumée de cigare.

Le cigare de Brahmke. Il vit le sang dont son nez avait souillé le plancher de chêne, releva la tête et essaya de se libérer de l'étreinte du treillis d'acier. Son crâne bourdonnait. Cette putain de tête. Il se redressa lentement et regarda autour de lui.

Il était seul. Il appela Théa, écouta, n'entendit rien, excepté des coups sourds qui cognaient dans son crâne.

Tête – argent – quin – ze – jours.

Des coups. Il zigzagua vers le vestibule, ouvrit la porte, ne vit rien.

Quinze jours.

Il n'y comprenait rien.

L'odeur de tabac froid s'était mélangée à celle de la lavande. Il fut saisi de vertige. Il avait besoin de clarifier ses idées. Il se traîna vers la cuisine en se tenant à la penderie, puis en s'agrippant à la rampe de l'escalier. Il ouvrit le robinet de l'évier.

Les coups devinrent plus forts. Tête – argent…

Il se mit la tête sous l'eau, puisa de l'eau dans ses mains, but, se redressa, s'essuya les lèvres d'un revers de main, entendit de nouveau les coups résonner dans son crâne. Des coups très forts, tout près. Ce n'était pas dans sa tête, on cognait contre la porte du débarras.

Il ouvrit la porte étroite. Théa et la servante étaient debout dans le petit espace, bâillonnées et saucissonnées.

30

Le boxeur avait des yeux jaunes bridés, il tournait autour de lui, exerçant son jeu de jambes et faisant voler ses poings, effaçant le torse comme pour éviter les coups de l'adversaire.

Une pichenette effleura Arno. Il était attaché tête en bas à une corde fixée au plafond et son corps oscillait d'avant en arrière. À chaque fois que le balancement était sur le point de cesser, il était poussé par une vieille femme vêtue d'une petite robe courte qui lui faisait face jambes écartées. Le mouvement de bascule s'amplifiait et à chaque nouvelle bourrade, il frôlait de plus en plus près les poings du boxeur dont les coups se rapprochaient ainsi de plus en plus de sa tête. À chaque fois qu'il touchait la femme, elle lui coinçait la tête dans son entrejambe, le serrait entre ses cuisses maigres et gloussait, puis le renvoyait d'une chiquenaude. Il pouvait à peine respirer.

Le premier coup le toucha au front. Il repartit en arrière avec une force telle que sa tête alla heurter les cuisses de la femme, qui fut soulevée et précipitée contre le mur. Elle glissa sur le sol comme un sac, jambes ouvertes, étourdie. Il avait de nouveau assez d'élan pour se retrouver face aux poings du boxeur qui le cogna coup sur coup. Des crochets, des uppercuts, des directs, si bien qu'il se mit à tournoyer au bout de sa corde, spirale qui s'accélérait à chaque nouveau coup appuyé et redoutable. Il eut le vertige, sa tête le faisait souffrir, il avait l'impression qu'un cercle de fer lui pressait le crâne. Il râla.

Arno se réveilla. Il était couché sur le dos, sa tête bourdonnait et pendait à la renverse au bord du lit. Il pouvait à peine déglutir. Une aube grise s'annonçait dans sa chambre d'hôtel. Il entendit sur les pavés inégaux le roulement d'un charroi attelé. Il avait une horrible odeur dans la bouche et une langue sèche, râpeuse et épaisse frottait contre son palais. Sa gorge était desséchée. Il se redressa et tâtonna en direction de son réveil. Encore huit heures à attendre. Comment tenir ? Huit longues heures.

Il mit la tête sous le robinet du lavabo. Il réprima l'envie d'aller défoncer séance tenante la porte de la danseuse. Après une nuit à se trémousser, elle était certainement aussi épuisée que lui, avec sans doute la même gueule de bois. Une entrée en scène comme celle de la soirée précédente, et peut-être qu'elle se buterait, pousserait des hauts cris, appellerait la police, provoquerait l'intervention de son voisin. Il n'avait vraiment pas besoin d'une main courante au commissariat. Et il n'apprendrait rien en agissant de la sorte. Alors, gardons notre calme. Attendre. Mais comment passer le temps ?

Il fit les cent pas. Encore huit heures avant que la boîte ouvre enfin. Quatre heures de sommeil seulement, la tête cassée et ces soupçons qui le rongeaient.

Il ne supportait plus sa chambre. Il fallait qu'il prenne l'air et un bain ne lui ferait pas de mal. Il se rendit à la Schlossstrasse.

L'établissement de bains-douches était rempli de monde et de buée, le carrelage des cabines humide et glissant. Des flocons de saleté gris, qui se décrochaient du bord de la baignoire mal nettoyée, flottaient sur l'eau pourtant fraîchement renouvelée, comme des ronds de graisse sur une soupe de pot-au-feu. Une semaine de crasse frottée des corps des dizaines de personnes qui l'avaient précédé et s'étaient immergées dans cette baignoire de location. Non, vraiment, rien ne l'obligeait à se tremper dans ce bouillon.

Il s'aspergea rapidement dans une salle de douches collectives. L'eau froide lui changea les idées, mais pas pour longtemps.

Restaient six heures de tourment.

Il enfila son cuir, quitta les lieux et enfourcha sa machine. Rouler trois heures vers le nord, redescendre, bras lâches au rythme des cahots, se vider la tête.

Il fonça en direction de Landshut, puis vers l'ouest. Ne plus jamais se soûler, ne plus jamais jouer, et ne plus jamais prendre de cette poudre. Il est vrai qu'au commencement, c'était amusant, mais ensuite ce truc vous excitait tellement, à la limite du supportable. On finissait par être exalté, puis complètement fou, et pour finir craintif, lâche et faible. Et le lendemain, le terrible lendemain ! Votre tête ressemblait à un punching-ball.

Mais à présent, alors que le vent de la vitesse chassait les restes de gueule de bois, ses pensées se remettaient en ordre. Seule subsistait cette brûlante impatience, cette attente intolérable du soir. Il y avait enfin du nouveau, et que Dieu prenne en pitié ceux qui étaient impliqués dans le meurtre !

Derrière Pfaffenhofen, il fit un crochet vers le sud et se retrouva à Munich. Il fila directement Salvatorplatz et y gara sa bécane.

Il était trop tôt, bien entendu, et le Tabarin était encore fermé. D'un geste machinal, il retroussa la manche gauche de son cuir pour vérifier l'heure à son poignet, mais se rappela que sa Dubois était en dépôt chez Gumperdinger. Un passant lui indiqua qu'il était huit heures moins dix.

Huit heures moins dix !

Bon, il tiendrait bien encore le coup dix minutes. Il étudia le programme affiché dans la vitrine voisine de la porte d'entrée.

Tabarin. Restaurant de première classe. On y sert du vin. American bar. La salle de danse la plus distinguée de Munich. Spectacle de music-hall quotidien à partir de 20 heures.

Suivait une liste de tous les artistes qui se produisaient dans le cabaret.

Il arpenta le trottoir jusqu'à ce que le store de fer grillagé se lève enfin. Un portier en livrée blanche, casquette chamarrée et épaulettes dorées, se posta devant l'entrée.

Arno gravit les trois marches. Un gant blanc lui barra le chemin en se posant brusquement sur sa poitrine. Le soldat d'opérette hocha la tête. « Pas dans cette tenue, monsieur. »

Il serra les poings : « J'ai juste une question, j'en ai pour une seconde. Fais pas d'histoires, mon gars ! »

Le directeur de cirque agitait son index directement sous le nez d'Arno. « Cravate obligatoire, monsieur. »

Il eût été simple de lui attraper le doigt et de le lui mordre, facile de le lui prendre et de le lui retourner, et de telle façon que ce guignol ne puisse même plus se curer le nez. C'est avec cette prise qu'il avait fait connaissance la veille – ou était-ce l'avant-veille ? – avec le maquereau. Mais il balançait entre agression et retenue.

L'amiral continuait à parader et à pérorer, apparemment incapable de déchiffrer la mimique menaçante d'Arno.

« Le Tabarin est *l'adresse* de Munich, monsieur, vin obligatoire, interdiction de fumer et prix corrects. Et quelqu'un comme vous… », ajoutait-il en le dévisageant avec mépris, quand il s'interrompit soudain pour se fendre d'une courte révérence et laisser entrer un couple en habits de soirée ; puis il s'intéressa de nouveau à Lamprecht : « Et quelqu'un comme vous n'entrera pas ici, même si vous passiez chez le fripier. Bien, et maintenant libérez-moi l'entrée et n'importunez pas les hôtes payants, sinon…

— Sinon, quoi ?

— Sinon, ça va chauffer », et cette fois le tambour-major lui planta le doigt dans le sternum.

Il allait trop loin, mettant en grand danger sa carrière de mascotte du régiment. Arno avait déjà serré le poing, quand son sens des réalités reprit le dessus. Il n'entrerait certainement pas dans cette boîte en pliant en deux le portier en chef. Bon, garder sa vitesse de croisière et retirer le pouce de la manette des gaz.

« C'est bon, je m'en vais. De toute façon, vous n'avez que des gens qui se trémoussent comme des fiottes, là-dedans. Je préfère aller au Kolosseum. »

Il trouverait bien un autre moyen pour entrer. Il descendit la Jungfernturmstrasse, tourna rapidement à droite dans un passage étroit qui menait au Café Luitpold et à d'autres salles de danse, au Palais des fées, au Jardin des palmiers ou encore à la salle de billards.

Il croisa quelques jeunes filles qui discutaient entre elles à voix basse et faillirent le bousculer en lui lançant des regards gênés. Il se retourna sur elles et remarqua qu'elles frappaient à une porte métallique située à quelques pas. Elle s'ouvrit et elles disparurent aussitôt.

Il revint en arrière et frappa à la porte. Une seconde plus tard, une femme âgée aux cheveux blancs, vêtue d'un tablier noir, l'observait par l'entrebâillement.

« Entrée des artistes. Que pour les artistes. Et aujourd'hui, il n'y aura exceptionnellement pas de numéro de motocycliste funambule. Faudra te lever plus tôt pour me doubler, mon gars. »

Il rit. « J'ai rendez-vous avec Gerda Zander.

— Gerda arrive juste avant son numéro, vers les vingt et une heures. T'as droit à encore un essai. »

Arno haussa les épaules. « Rien à faire alors ? Bon, ben, je vais aller vite fait boire un café au Luitpold. »

Il se rendit Briennerstrasse, prit place en terrasse et commanda une fine pour accompagner son café. Quoiqu'on fût samedi soir et qu'il fût tard, beaucoup de passants étaient pressés. Les talons des femmes claquaient en rythme sur le pavé et donnaient son tempo à l'agitation de la rue. La botte d'Arno suivit en tapotant contre le pied de la table.

Tac, tac, tac. De minuscules rides concentriques agitèrent la surface de son café et de son eau-de-vie.

Encore presque soixante putain de minutes.

Au carrefour, les cônes des phares des voitures qui tournaient dans la rue éclairaient le monument dédié à Schiller et allaient projeter de longues ombres fantomatiques sur les façades. Des femmes et des hommes élégants semblaient flotter sur le trottoir. Il avait l'impression d'assister à une scène de théâtre. De la musique choisie filtrait du café. Il ne manquait plus aux murmures des clients que les voix dissonantes des instruments qu'on accorde dans une fosse d'orchestre. À quand remontait sa dernière sortie au théâtre ? Avant la guerre !

Un moteur hurlant et de violents coups d'avertisseur changèrent tout à coup la scène. Des projecteurs de DCA scrutaient la nuit et s'entrecroisaient à la vitesse de l'éclair. Des fusées au magnésium éclataient.

Tac–tac, tac–tac, tac–tac… Les rides débordèrent de la tasse.

Il vida le verre de fine et en commanda un autre. Le second lui calma les nerfs. Les bruits de la rue diminuèrent et les projecteurs disparurent. Il se sentait plus détendu, régla ses consommations, entra dans la salle de la coupole du Café Luitpold et y fit l'acquisition d'un bouquet de roses auprès d'une des vendeuses de fleurs. Il reprit le chemin de l'entrée des artistes.

La femme aux cheveux blancs lui sourit furtivement quand elle vit les roses et le laissa entrer. Elle le guida le long d'un étroit corridor. Après quelques mètres, ils tournèrent dans une pièce assez grande, plongée dans l'obscurité, d'où Arno put jeter un regard sur le devant de la scène. Il entendit une voix d'homme, les rires croissants et décroissants du public et fit face à la lumière crue des projecteurs de la rampe. Le silence le plus absolu régnait dans les coulisses où quelques machinistes s'affairaient cependant, tripotaient des fiches et des prises électriques, ou charriaient des accessoires. Devant lui, six jeunes filles sanglées dans des tricots couleur chair et des corsets rouges attendaient le signal de leur entrée en scène, piaffant comme des chevaux de course.

La femme lui posa la main sur l'épaule et lui susurra : « Vous ne bougez pas de là. » Elle lui désigna encore, découpée à contre-jour, la silhouette d'une jeune femme frêle dans une robe Charleston qui lui laissait les genoux libres. Elle portait sur la tête une houppe piquetée de paillettes. Debout derrière un rideau, tout près de la scène, elle semblait suivre avec une attention craintive le numéro qui s'y jouait. Réchauffé par les projecteurs, l'air qui venait de la scène et pénétrait dans les coulisses sombres faisait flotter le long boa de plumes noires jeté sur ses épaules. « Vous reconnaissez Mlle Zander ? Ici, elle s'appelle Charlene Pilander, et elle ne va pas tarder à entrer en scène pour son premier numéro. Quand elle reviendra, vous pourrez l'aborder et lui offrir vos fleurs. Bon, vous ne bougez pas de là, hein, sinon vous allez déranger. »

D'une main exercée, elle remit en place le laçage du corset d'une des filles, coupa entre ses dents un fil qui dépassait, arrangea encore une coiffure, tapota une épaule, puis disparut dans le couloir.

Arno se pencha un peu en avant pour mieux voir ce qui se passait sur le plateau. Avec la lumière de face, il ne pouvait distinguer ni la fosse d'orchestre ni le public attablé.

Il aperçut en revanche dans un cône de lumière un homme en chemise brune et culottes de cheval, qui frappait en mesure la tige de ses bottes avec une cravache. Il portait une casquette de motocycliste en cuir dont les courroies de la jugulaire lui pendaient des deux côtés du cou. Sous son nez brillait une petite moustache collée et sa voix grotesque et contrefaite déclamait théâtralement en roulant les « r ».

« D'horrribles horrreurs rrredoutables cirrrculent dans les rrrégions de la Gerrrmanie, détrrruisent notrrre culturrre, dénaturrrent nos grrrands liederrr avec leur culturrre bolchevique. Et cette terrreurrr a un nom, mesdames et messieurs, détalez vite ou cachez-vous sous les tables, messieurs arrrangez-vous pour que vos compagnes ferrrment les yeux, car c'est le moment, c'est l'instant, voici ce qu'il y a de plus anti-allemand, de plus anti-gerrrmanique, j'ai nommé Lilian Rrrentschel et ses Shimmy-Girls ! Par Thorrr, je vais fairrre enferrrmer cette sale engeance immédiatement aprrrès la rrreprrrésentation ! »

L'aboyeur parada au pas de l'oie sous des applaudissements nourris, passa près d'Arno en bondissant et demanda une cigarette, qu'on lui tendit sans délai déjà allumée.

Pendant ce temps, les jeunes filles s'étaient élancées sur la scène en poussant des petits cris aigus, les notes d'un cancan retentirent, et déjà elles se laissaient tomber sur les planches en faisant le grand écart. Entre leurs saynètes, les musiciens jouaient différents morceaux qu'Arno connaissait. *Salomé*. La scène fut plongée dans une lumière rouge. Les filles se déhanchèrent lascivement pour une danse du ventre approximative en s'approchant peu à peu du public. Les spectateurs se levèrent, enthousiastes. Puis ce furent des rythmes de jazz et quatre danseuses se contorsionnèrent deux par deux avec des pas de danse frénétiques, comme si leurs tricots étaient envahis par une colonie de fourmis. Le pied d'Arno scanda le rythme. D'un geste vif et coquet, la cinquième danseuse retira son corset pour se retrouver en petite jupe de raphia. Les spectateurs tapèrent du pied, se levèrent, sifflèrent bruyamment, hurlèrent. Arno se dérida. On pensait sans doute dans le public qu'excepté ce court tablier, elle ne portait rien, impression sans doute renforcée par ces tétons rouges peints sur le tricot couleur chair. Elle dansait au bord de la scène en ondulant des hanches et en roulant le bassin comme les négresses des images de réclame pour les produits exotiques de la marque Libby's, qui s'efforçaient avec mille cavalcades de faire pleuvoir enfin sur la savane.

Le public était déchaîné.

Quelques minutes plus tard, les filles passaient à côté d'Arno en courant et le batteur d'estrade plastronnait de nouveau.

« Affrrreux ! vrrraiment horrrible, mesdames et messieurs ! Cherrr public, je vous prrromets que ce numérrro aurrra les suites judiciairrres qu'il mérrrite. »

Il poursuivit son discours sur ce ton sans reprendre haleine et tout en jetant un coup d'œil vers Gerda Zander qui lissait son habit et se concentrait sur son entrée en scène.

« Mesdames et messieurs, nous allons poursuivrrre sans attendrrre cette panoplie de scènes anti-allemandes de mauvais goût, cette rrronde d'actes de défaitisme sémitiques, notre carrrrousel d'infantilités amérrricaines et de contaminations bolcheviques. Mesdames et messieurs, cherrr public – voici celle que vous attendez tous, la diseuse Charlene Pilander. Parrr

Odin, je le jurrre, ce bas-bleu communiste serrra immédiatement aprrrès la reprrrésentation expulsé en Rrrussie ! »

L'aboyeur quitta la scène, fit en passant un signe de connivence à la Pilander et se rua sur sa cigarette.

Sous de vifs applaudissements, la diseuse entra dans la lumière des projecteurs, attendit l'attaque de l'orchestre et se mit à chanter d'une voix d'ivrogne abîmée par le tabac : *« Il fait tous les jours de plus en plus beau dans cette vallée de larmes. Celui qui n'est pas encore fou aujourd'hui, n'est plus tout à fait normal... »*

On applaudit avec retenue. Et elle enchaîna les chansons. Elle en dit d'ordinaires habituellement chantées par des hommes ; elle les parodiait, changeait de sexe en un rien de temps, marlou ici, fille légère là, elle mimait de naïves gamines, des femmes de peu tout comme des voyous et des faux derches, et déclenchait des tempêtes d'enthousiasme. Bien qu'il ne la vît que de côté, il semblait à Arno que chaque mouvement, chaque geste convenait parfaitement aux rôles qu'elle jouait. Gracieuse ou grossière, elle passait d'un refrain populaire à l'autre.

Elle pointa le doigt sur un spectateur du premier rang et chanta *« Mais qu'est-ce que t'as donc fait de tes cheveux et de tes belles années, René ? »* et elle eut les rieurs de son côté. Elle passa côté jardin, se prit la taille et fredonna *« Benjamin, je n'ai plus rien à me mettre. »*

Arno se laissa entraîner et battit la mesure avec la pointe de sa botte. Elle devenait de plus en plus polissonne et salace. Des échos sans équivoque lui répondirent quand elle chanta à la perfection *« Les policiers, c'est eux qui règlent la circulation*[1] », qu'elle accompagna en balançant ses longues jambes et en faisant voler l'ourlet de sa robe de façon qu'on pût deviner sa petite culotte cousue de paillettes. Le public se leva d'un bond, s'approcha dangereusement de la scène. Elle s'agenouilla, se pencha vers le plus fâcheux des fanatiques et lui tira gentiment l'oreille en continuant à chanter à pleine voix « *… et note bien que les calinous ont pas leur place partout, par exemple si au bureau, tu n' sens qu' ma peau, à la fabrique, c'est toi qui m' niques ! Et à l'hôtel Continental, tu m' deviens sentimental. Mais si on va au Tabarin, soudain tu n'es plus fin : Mais qu'est-ce donc, mon vieux Jannou, qu' tu fous avec ton g'nou, quand on danse comme des fous... ?* » L'homme rougit et retourna à sa place d'un pas incertain. Les hurlements n'eurent plus de fin.

Tout à coup le meneur bondit sur la scène, suivi de deux comparses déguisés en policiers qui le retinrent juste avant qu'il n'aborde la Pilander, le tirèrent en arrière, tandis qu'il laissait libre cours à son indignation feinte : « C'est monstrrrueux ! Un opprrrobrrre sans nom et rrridicule dirrrigé contrrre l'homme allemand, que dis-je, une trrrahison ! trrrahison ! trrrahison ! »

On l'embarqua sans ménagement. Il passa devant Arno en sautillant pour se précipiter sur son mégot de cigarette et en tirer une dernière et longue bouffée. Sur ces entrefaites, le public applaudissait au rythme d'une nouvelle chanson :

---

1. Jeu de mots intraduisible avec *Verkehr*, la circulation automobile, et *Geschlechtsverkehr*, les rapports sexuels.

« Dans pas longtemps on dira fréquemment :

Le monde va faire naufrage – disparaître radicalement !

Je suis une optimiste, et vous l'annonce joyeusement :

Le monde ne disparaîtra jamais – où donc voulez-vous qu'il aille ? »

Le public cria bis et se pressa encore plus contre le devant de la scène.

L'artiste fit voler de nouveau sa robe, joua des jambes, et le numéro était terminé. Elle fit une révérence, des fleurs atterrirent à ses pieds, elle les ramassa en bouquet et se dirigea vers la coulisse. Arno l'arrêta, vit son visage en sueur, ses traits épuisés et la reconnut malgré l'épaisse couche de maquillage.

C'était la chanteuse de l'hôtel Deutscher Kaiser, une des compagnes de Bammel. Il l'avait revue plusieurs fois au bras de son patron, à l'enterrement de Véra même, mais il ne s'était jamais entretenu très longtemps avec elle.

Il fut un instant désorienté et en oublia les mots qu'il avait préparés avec tant de soin. Quel sens donner à tout cela ?

Il restait sans voix, ses roses à la main. La Pilander le contemplait avec un large sourire : « Elles sont pour moi ? Elles sont magnifiques. » Elle les respira. « Vous n'avez absolument pas changé. Arno Lamprecht, n'est-ce pas ? »

Elle désigna ses bras pleins de fleurs. « Je n'ai pas une main de libre. Mais venez donc avec moi. » Ils se dirigèrent vers la loge. « Attendez, quand nous sommes-nous vus la dernière… À l'enterrement de votre femme, mon Dieu, quelle histoire ! » Son sourire avait disparu et elle se tut un instant.

« Que puis-je faire pour vous, Herr Lamprecht ? Je ne pense pas que vous soyez venu uniquement pour applaudir mes talents. D'ailleurs, il se murmurait que vous n'aviez jamais d'yeux que pour vos cartes. »

Il voulut la contredire, mais déclara d'une voix exaltée : « Vous avez été sublime, fantastique, ravissante. Je veux dire, votre façon de chanter, de jouer, tout simplement épatant !

— Vous n'êtes qu'un vil flagorneur, Herr Lamprecht, vous exagérez de manière éhontée. » Elle semblait tout de même apprécier ses compliments, les savoura quelques instants. « Bien – et sans flatteries maintenant ! –, que puis-je pour vous ? » finit-elle par redemander quand ils furent parvenus devant la loge.

« J'aurais aimé m'entretenir avec vous, naturellement, si vous avez le temps. » Sa voix était redevenue normale.

Elle répondit en souriant : « Oui, bien sûr, aucun problème. Mon prochain numéro est dans une heure. Allez donc au bar. Vous passez derrière le rideau, le long de la piste de danse, direction "Entrée". Je vous suis, le temps de me poudrer un peu le bout du nez. » Il se débarrassa de son bouquet dans les bras d'une jeune fille qui entra avec la chanteuse dans la loge commune.

Quand il passa entre les tables, les serveurs qui balançaient leurs plateaux sur la paume de la main à la hauteur de l'épaule et les clients assis devant leur seau à glace lui montrèrent clairement ce qu'ils pensaient de sa tenue. Mais comme il les fixait du regard, ils n'osaient rien dire et portaient bien vite les yeux sur la scène où se déroulait le numéro suivant.

Il arriva dans la salle de l'American Bar. Les boniments de l'aboyeur ne lui parvenaient plus que confusément. « Depuis que j'ai lu le livre de Hans Grimm, *Un peuple sans espace*, je me demande où il est passé, notre espace. Qui nous l'a volé ? Un locataire ? Un propriétaire ? Ne serait-ce pas plutôt l'architecte ? Ou peut-être même un de ces voleurs de chambre[1] si tristement célèbres ? »

Arno s'assit au bar où il n'y avait que deux hommes seuls élégamment vêtus. Il contempla les bouteilles d'alcools exotiques rangées derrière le comptoir sur des étagères en verre, et finit par se décider pour une bouteille de champagne et deux verres, pensant ainsi aller à la rencontre des goûts de la Pilander et l'aider à être loquace.

Au lieu de se passer un peu de poudre sur le bout du nez, ainsi qu'elle l'avait annoncé, la Pilander s'était changée de la tête aux pieds, sans doute en vue de son prochain numéro. Elle portait un tricot en soie vert sur un petit bustier lacé noir que prolongeait une écharpe aux hanches, attachée sur les fesses par un énorme nœud dont les extrémités flottaient librement à la hauteur des cuisses. Quand elle arriva, presque tous les clients tournèrent la tête et essayèrent de se rincer l'œil, et certainement pas à cause de sa coiffure à la garçonne.

Le temps d'un clignement d'œil et il nota encore ses bas à jour. Ses yeux croisèrent furtivement son regard.

---

1. La Chambre, ici le Reichstag, où l'extrême droite avait obtenu, en mai 1924, 1 900 000 voix et 32 députés élus sur 472.

Elle se hissa avec grâce sur le tabouret qu'il lui avait réservé, sûre de l'effet qu'elle produisait, croisa haut ses longues jambes et l'enveloppa d'un de ces nuages de parfum qui auraient pu lui ravir les sens.

Arno lui versa une coupe de champagne, trinqua avec elle et se laissa aller à la situation présente. Son voisin avait raison, la Pilander était de ces femmes qui par leur seule présence excitaient les hommes à trente mètres à la ronde. Il n'avait jamais remarqué qu'elle faisait cet effet. Sans oublier qu'il était alors un homme marié et n'avait jamais regardé d'autres femmes.

« Eh bien ? » demanda-t-elle.

Sans préambule, il lui colla les boucles sous le nez. « Connaissez-vous ces pendants d'oreilles, Frau Pilander ?

— Mon Dieu, mes girandoles ! Vous les avez dénichées ! » Son front se rida un instant. « Vous les avez rachetées pour moi ? J'ai été très malade l'an dernier, et pendant quelque temps je n'ai pas pu travailler. Il a donc fallu que j'engage quelques bijoux pour boucler mon budget. » Elle prit les boucles en main. « Mais comment saviez-vous qu'elles me… » Ses yeux étincelèrent soudain. « Vous, vous ne regardiez pas que vos cartes, en ce temps-là ! »

Lamprecht se demanda si elle lui faisait un numéro de charme ou si elle voulait l'embobiner pour endormir sa vigilance. Il ne savait pas jusqu'à quel point elle était impliquée dans cette affaire.

« Ces girandoles ne vous ont jamais appartenu, Frau Pilander, parce qu'elles appartenaient à ma femme. À ma femme, vous comprenez. Ces boucles d'oreilles, là, dit-il en les lui agitant sous le nez comme des petites clochettes, je les ai offertes à ma femme pour notre premier anniversaire de mariage, en 1916.

— Mon Dieu, s'exclama-t-elle bouche bée, mais c'est impossible, je les ai…

— À ma femme, vous saisissez, répéta-t-il, et vous allez me dire quel rôle vous jouez là-dedans. D'où les teniez-vous ? » Ses doigts se crispèrent sur son poignet.

« Aïe ! Vous me faites mal. »

Il sentit de l'irritation dans sa voix. Il relâcha sa pression. « Excusez-moi, mais ça m'a vraiment secoué quand j'ai vu ces boucles dans la vitrine d'un prêteur sur gages.

— Je comprends », dit-elle en se frottant le poignet. « Je les avais…

— Paillasses de juifs ! »

Quelqu'un venait d'interrompre le chansonnier en hurlant des insultes. On entendit des cris venus de la salle de spectacle, des bruits de chaises renversées, des protestations, et peu de temps après apparurent trois serveurs qui tenaient fermement un homme et tentaient désespérément de l'entraîner vers la sortie. Le rouge au front, une femme les suivait tant bien que mal. Ils passèrent en titubant à côté d'Arno, s'arrêtèrent parce que l'homme se cabrait et se débattait pour dégager ses bras de la prise qui les lui tordait dans le dos.

« N'écoutez pas ça, cette boîte est complètement enjuivée, cria-t-il, dirigée par des juifs, financée par des juifs ! » Les serveurs réussirent à l'entraîner. L'homme tourna encore la tête : « C'est un trafic sordide, sur toute la ligne, et vous, vous riez quand cette vermine juive se moque de vous et de notre patrie.

N'écoutez pas ça, refusez ces bouges-concerts ! » Le groupe disparut dans le vestiaire. On entendit encore quelques cris, puis le calme revint et les trois serveurs regagnèrent la salle en rajustant leur tenue.

La Pilander avait pâli sous son maquillage. « Ça arrive de plus en plus souvent. La semaine dernière, on a même jeté des boules puantes. Tout cela me fait peur. » Perdue dans ses pensées, elle sirota son champagne.

Arno commençait à perdre patience. « Bon, d'où tenez-vous ces bijoux ? »

Elle fixait toujours le vide, puis le regarda.

« C'est Eckhard qui me les a offertes, ces girandoles. Ça m'a fait très plaisir, elles sont merveilleuses et extrêmement bien travaillées, quelque chose de très original à dire vrai. » Elle le dévisageait, encore étonnée.

Le bout des doigts d'Arno blanchit, quand il agrippa le bord du comptoir. « Eckhard ? Eckhard Bammel ?

— Oui, naturellement ! »

Il ne pouvait pas le croire. « C'est Bammel qui vous a offert ces bijoux ? Quand ?

— Pour mon anniversaire, le 9 mai.

— L'année ? Je veux l'année. »

Elle réfléchit un instant. « Attendez, on s'est séparés avec Eckhard à notre retour d'Heiligendamm, c'était en 1925... »

Elle n'allait tout de même pas lui raconter sa vie... Il pressa encore plus fort la main sur le comptoir pour ne pas crier.

La Pilander but une gorgée de champagne et reposa son verre. « Il a donc dû me les offrir pour mon anniversaire de 1924. »

Enfin ! À peine un an après la mort de Véra, Bammel avait fait cadeau de ses girandoles. Des boucles qu'elle n'enlevait jamais. Il se revit dans l'ancien appartement, dans la chambre à coucher, plongeant la main de l'autre côté du lit, tâtonnant dans le vide, puis contemplant sa main pleine de sang. Véra ! Véra ?

Il sentit ses mâchoires se desserrer et se retrouva dans l'American Bar.

Bammel offrant des girandoles, des boucles qui pendaient aux oreilles de Véra. Bammel ?

Il retira sa main douloureuse du comptoir et l'examina. Le bout des doigts était blanc, complètement exsangue.

Bammel avait-il la tête de Véra ? Non, il ne pouvait pas le croire. Mais que lui avait donc dit cette petite rouleuse chez la Krössner ? Un homme à la veste de cuir, que Véra avait l'air de connaître, qu'elle avait rencontré en revenant de chez cette vieille sorcière. Eckhard Bammel, son patron, va chez Véra et lui tranche… non, impossible.

« Mais vous êtes tout pâle !

— Possible, parce que je n'arrête pas de me demander comment Bammel aurait pu mettre la main sur les boucles d'oreilles de ma femme. »

Elle haussa les épaules. « Bon, désolée, mais il faut que je remonte sur scène. » Elle se laissa glisser du tabouret. « Mais je pense que vous allez trouver une explication toute simple.

— J'espère pour lui.

— Peut-être que votre femme a eu besoin d'argent, et elle aura vendu ses bijoux à Bammel. »

Il regarda la Pilander. Évidemment ! Il fallait qu'elle paye la tricoteuse. Est-ce qu'elle portait les boucles le jour de son assassinat ? Quand avait-il vu Véra vivante pour la dernière fois ? Au matin de ce jour maudit. Est-ce que les bijoux étaient encore à ses oreilles ?

Il détourna le regard, se sentit un peu honteux d'avoir soupçonné Bammel alors qu'il avait peut-être tout simplement tiré Véra de ses embarras financiers.

« Oui, vous avez peut-être raison.

— Si vous en doutez, posez donc la question à Bammel.

— C'est exactement ce que je vais faire !

— En tout cas, je vous souhaite de réussir. » Elle lui toucha brièvement l'épaule. « Mais surtout, ne le saluez pas de ma part. J'en ai fini, avec ce type, et je ne tiens absolument pas à le revoir. »

Elle s'en fut dans un frou-frou. De nombreuses paires d'yeux collaient à son popotin.

Il paya le champagne et se dirigea vers la sortie.

Quoi qu'il en soit, il fallait que Bammel lui rende des comptes et lui donne très précisément sa version de l'histoire. Le week-end prochain, à Neu-Isenburg, à la course du Triangle de Francfort. Il ne le reverrait que là et c'est là qu'il pourrait le cuisiner et – il le jura – s'il n'était pas capable de lui fournir une explication plausible, ça risquait de se terminer très mal pour lui… Au moindre bredouillement…

Le portier aux épaulettes dorées lui tapa sur l'épaule. « Par où êtes-vous entré ? Je vous avais pourtant interdit… » Arno donna un violent coup de coude dans les côtes du général d'opérette, plus violent même qu'il ne l'avait voulu. L'homme partit sur le côté, tomba à la renverse sur une chaise, pivota, alla se cogner le front contre le comptoir du vestiaire et s'écroula pour le compte. Les filles se ruèrent vers lui en criant.

Arno franchit la porte grande ouverte et enfourcha sa motocyclette.

… Et il n'aurait pas voulu être dans la peau de Bammel.

31

Falk roulait, complèment déconcentré, l'esprit ailleurs. Il enchaînait les tours. La Victoria lui restituait toutes les inégalités de la route pavée. Tout son corps vibrait, même ses pensées étaient cahotées. Et pourtant, il réagissait comme un vieux routier. Mouvements, réflexes. Tout fonctionnait automatiquement. Balancer l'équilibre. Débrayer, enclencher la vitesse, avaler de la poussière sans tousser, foncer sans peur dans le nuage qui tourbillonnait devant lui. Tout va bien se passer.

S'il gagnait des points ici, au Triangle de Francfort, il serait tout en haut des marches et on ne pourrait quasiment plus le rattraper. Manette des gaz à fond. Éviter un nid-de-poule, dépasser Bauhofer. Aucun problème. La longue ligne droite en légère déclivité n'exigea pas d'effort particulier. Rien de spécial. Une double rangée d'arbres puis de barrières défilèrent en mugissant sans même qu'il s'en rende compte. Les odeurs d'huile et d'essence se mélangeaient à l'air frais matinal. Devant lui, la NSU pétarada et hoqueta, à bout de souffle. S'approcher très près. Un coup d'œil sur le côté. La voie est libre. Sortir du côté abrité du vent. Le sauter sans effort. Un jeu d'enfants.

Il roulait dans le nuage de poussière du peloton de tête.

Mais il le sentait, il manquait de mordant, de ce minimum de prise de risque qui faisait la différence entre gagnant et placé.

Il était trop souvent distrait. Islinger l'attaquait, et lui, il pensait aux menaces du colonel. Islinger trouva la trajectoire idéale, et lui se creusait la cervelle à propos de la visite des policiers quelques jours auparavant, venus le questionner à propos de ses relations avec Volkmar von Solz. Islinger le doubla, et il se demandait si ses réponses avaient été pertinentes, alors que l'autre s'éloignait déjà, mètre après mètre, tandis que la peur montait en lui : la police pouvait-elle le soupçonner d'être mêlé au décès de Volkmar ? Il n'avait vraiment pas besoin de ce second front, surtout en ce moment. Et voilà que Théa s'invitait elle aussi dans ses ruminations, et maintenant c'était Bauhofer qui le dépassait.

Merde ! Le colonel, la police criminelle, Théa…

Saurait-il être assez rapide ?

Ils s'étaient disputés toute la nuit. Il lui avait enfin raconté cette histoire avec Huber, toute l'histoire. Même ce que le colonel n'avait pas dit. Elle avait été horrifiée, décontenancée, plus encore à cause de l'abus de confiance. *Nous sommes ensemble depuis près de quatre ans et tu ne m'as rien dit de tout cela, pas un traître mot. Et moi qui croyais que tu m'aimais ! Fiche-moi la paix, laisse-moi seule, participe à tes courses et règle-moi ce problème.*

Règle-moi ce problème. Facile à dire. Quel que fût le sens qu'elle accordait à ces quatre mots, elle n'en dit pas plus. Elle ne l'accompagna pas à Francfort, pour rien au monde, ne se doutant pas qu'elle aussi courait un grand danger. Il avait toutefois réussi à les convaincre, elle et sa servante, d'aller à l'hôtel pendant son absence. Elle acceptait donc encore de lui parler. Et elle n'avait pas couru à la police.

Il lui restait une quinzaine de jours pour entreprendre quelque chose. Mais quoi ?

À dire le vrai, il ne comprenait rien à cette histoire et il tournait en rond. Il serait donc, en plus, un maître chanteur ? L'Eichsfeld, le motocycliste, qu'est-ce que cela voulait dire ? Quelle remise d'argent ? Comme il n'était pas mêlé à cela, il n'avançait pas.

Il fallait qu'il apporte une tête au colonel ? Pardon ? Les autres étaient morts, Pachl, Volkmar. Donc pas question de leur demander quelque chose.

Mais Volkmar : un profiteur, un opportuniste ? C'est ce que le colonel avait prétendu. Mais, c'est bien sûr ! Falk faillit se frapper le front en signe d'eurêka. Il négocia un virage et constata qu'il se faisait doubler une fois de plus par un concurrent.

Volkmar avait un besoin pressant d'argent. Après qu'il lui eut révélé le nom du commanditaire, il s'était certainement précipité chez le colonel pour le faire chanter. Selon ce qu'il lui avait laissé deviner, son vieux camarade connaissait parfaitement l'enjeu de l'exécution de Munich, il savait exactement pourquoi Aloïs Huber avait dû y croire. Il avait donc certainement voulu extorquer quelques marks au colonel, en échange de son silence, il avait voulu lui faire signer ce petit contrat pour que rien ne puisse entacher la réputation du futur député. Mais von Solz n'avait pas pensé que cette petite audace pouvait lui coûter la vie. Oui, Volkmar était un opportuniste, mais il n'y avait aucun rapport entre lui, la décapitation de Huber et le chantage qui y était lié.

Un dos-d'âne lui fit presque sauter le guidon des mains. Il reprit le contrôle de sa machine et remarqua qu'il avait perdu le contact avec le peloton de tête.

Putain de nom de Dieu !

Il ne trouvait rien, absolument rien qui pût l'aider, protéger Théa. Jusque-là, il ne s'était engagé que dans des impasses et tous ses raisonnements ne lui faisaient pas gagner un pouce de terrain.

Il ne voyait plus qu'une possibilité pour régler le problème. Il avait découvert l'adresse du colonel, ce qui n'avait d'ailleurs pas été un exploit, un coup d'œil à l'annuaire du téléphone avait suffi : Zehlendorf. Il avait observé la villa avant son départ pour Francfort, noté les allées et venues du maître de maison. En revanche, il n'avait pas vu Brahmke, et il fallait aussi compter avec lui.

La 18 apparut devant lui. Mais la distance ne diminua pas. S'il maintenait cette vitesse, les pistons allaient bientôt lui siffler aux oreilles.

Il n'avançait pas. Toutes les pistes le menaient droit dans le mur, toutes ses idées étaient des pétards mouillés. Il se donnait huit jours pour trouver une solution intelligente, sinon il lui faudrait recourir à la force, même si cela devait le mener à la case prison. C'était la seule solution pour que Théa reste en dehors de cette histoire.

Pas simple, parce qu'il fallait les éliminer tous les deux, le colonel et Brahmke. Bien ; mais ensuite il aurait enfin la paix.

La 18 avait disparu. Il n'avait pas réussi à s'en approcher.

Le mieux pour tout le monde serait qu'il ait quelque chose à proposer au colonel. Une tête ? Oui, c'est ça, il lui fallait une tête pour le colonel. Mais un crâne avec ces deux dents en or ? Car il n'y avait qu'un seul Huber. Et où pouvait-on se procurer une tête ? Au cimetière ? La déterrer, puis l'apporter chez le dentiste. *Deux dents en or, s'il vous plaît. Je sais, monsieur le docteur, c'est un crâne et les dents sont bonnes. Mais je paye comptant. Alors faites-moi ce plaisir*. Idée stupide. Impossible d'imiter l'odieux rictus de Huber.

Retenir le pouce. Virage serré à gauche.

En fait, il aurait préféré se terrer quelque part, faire le dos rond et attendre. Mais ils ne lui laissaient pas le choix. Il fallait qu'il les supprime. Agir sans trop réfléchir, à visage découvert. Il ne voyait pas d'autre issue. Le fait est qu'il aurait eu besoin de renfort. Mais qui appeler au secours ? Les anciens camarades ? Il ne pouvait plus compter sur eux, il ne savait même pas où il pourrait en trouver. Non, il fallait qu'il agisse seul. Sans aucun scrupule. Le colonel n'avait pas mérité autre chose. Les traîtres devaient être liquidés !

En sortant du virage, il remit le pouce et accéléra au maximum. Il entendit des grincements de freins et jeta un coup d'œil rapide par-dessus son épaule. Lamprecht et Soenius s'étaient serrés de trop près ; ils faillirent décoller du sol, réussirent à se stabiliser et, presque à l'arrêt, s'injurièrent en battant l'air des bras.

Falk avait gagné cinquante mètres. Il fallait qu'il conserve cet écart, qu'il l'agrandisse.

Il avait à présent tous les atouts en mains. Il n'avait plus qu'à rouler, calmement, de manière concentrée, recoller au groupe de tête, se battre pour la victoire. Il serait alors champion d'Allemagne.

Quelle idée…

Les spectateurs agitaient des petits drapeaux. Toujours plus nombreux, en rangs de plus en plus serrés derrière les barrières.

Islinger et la 18 étaient toujours devant lui.

Peu de temps après, il attaqua le dernier tour en passant devant le campement des pilotes installé à la hauteur de la ligne d'arrivée. Il saisit brièvement des cris d'enthousiasme, devina le rythme ternaire d'une valse auquel se mêlait le staccato des motos, en un éclair il vit des fragments d'orchestre dont les musiciens se mouvaient comme des marionnettes. Et il vit Théa qui agitait les bras, qui gigotait là-haut, près de l'homme au drapeau, sans un bruit, muette elle aussi, mais endolorie, le sourire distordu par le bâillon, barbouillée de sang, blessée, craintive. Quelques fractions de seconde seulement, et ces éclats de conscience avaient disparu. Tout avait disparu.

Excepté Théa.

Sa machine fit une embardée, se cabra un peu, voulut l'embarquer sur la droite. Il la rattrapa, dut décélérer, roula au bord de la piste. Lamprecht le passa à fond les manettes. Puis tout un groupe. Ils l'abandonnèrent dans un nuage de poussière.

Tout cela n'avait plus aucun sens. Il ne pouvait pas courir dans ces conditions, ses pensées lui paraissaient comme enclenchées dans un volant d'inertie qui tournerait à contresens, dont le mouvement transformerait l'énergie en torpeur.

Il freina à mort, s'arrêta, descendit de sa machine qu'il coucha sur l'accotement. Ses concurrents défilèrent sous ses yeux en vrombissant. Il balança son casque sur la motocyclette et repartit à pied en remontant la piste. Quelque temps plus tard, les coureurs lui repassaient sous le nez.

Il atteignit la ligne d'arrivée alors que la cérémonie de remise des prix avait commencé. De loin, il avait déjà repéré Lamprecht sur le podium. La foule applaudissait et criait. Il vit ce type lever la coupe du vainqueur d'une seule main et aider ce gros homme au cigare à monter à côté de lui sur l'étroite marche. Chapeaux et casquettes tournoyèrent dans le ciel, des bras se levèrent, la foule, des poings. Une réminiscence éclata comme une bulle dans son désespoir.

Permettez, je m'appelle Bammel, avec deux "m". Je peux vous procurer tout ce que vous désirez.

32

« Arno – Arno – Arno – Arno ! »

Victoire sur toute la ligne ! Premier !

Il avait engrangé dix points. Il était à nouveau dans le coup. Il avait encore son mot à dire dans le championnat. Avec de bonnes chances : Islinger, sept points, Bauhofer huit, Henne et le grand con, dix points chacun, Roberts onze. La décision finale se jouerait donc à Werneuchen, pendant la dernière course de la saison, celle du Brandebourg, à l'automne.

« Arno – Arno – Arno – Arno ! »

Mais il ne ressentait pas une grande joie. Il était un peu déçu de l'absence de Théa von Bock. En réalité, il aurait été trop troublé pour lui proposer un rendez-vous, les girandoles brûlaient dans sa poche comme des charbons ardents. Il les serra dans son poing, parce qu'elles pourraient le tirer de son désarroi, l'aider à oublier les cartes, l'alcool, la poudre blanche et les harpies – toutes choses qui le détournaient de son but. Les boucles d'oreilles lui indiquaient enfin la voie à suivre, et il n'était plus question de s'en laisser distraire.

C'est pourquoi il n'ouvrit pas la main quand on lui tendit la coupe du vainqueur qu'il ne présenta que d'une seule à la foule des spectateurs.

« Hourrah-Hourrah ! – *Heil !* Hourrah-Hourrah ! – *Heil !* – Hourrah-Hourrah ! – *Heil !* »

Et il ne l'ouvrit pas non plus quand il tendit le bras à un Bammel réjoui pour l'aider à le rejoindre sur la première marche.

Il ne lâchait plus ces bijoux.

Bammel lui agrippa le bras, se hissa et salua la foule.

« T'es le meilleur, Arno, le plus grand ! Ta victoire tombe à pic, ça ne pouvait pas être mieux. »

Le visage lui cuisait, il avait le souffle court, sa respiration sifflait comme un soufflet de forge crevé et le bout du gros cigare coincé entre ses dents rougeoyait à chaque syllabe.

Fais gaffe, tu vas voir ton cœur tout à l'heure, quand je te montrerai ce que j'ai dans la poche. Arno voyait déjà son poing plonger dans son ventre.

Il les serrait tellement fort, ces boucles, qu'elles lui meurtrissaient la paume.

Bammel lui passa le bras autour du cou tout en souriant aux appareils photo. « J'ai des putain de bonnes nouvelles, Arno. L'an prochain, on va travailler avec les usines de la Steiermarkt, à Puntigam, près de Graz ; tu les connais, ils fabriquent l'Austro-Motorette ! »

Il chercha à se défaire de Bammel. « Écoute-moi, Eckhard, faut que je te parle, c'est important. »

Bammel le serra encore plus fort. « Pas maintenant. Tu vois, là, à droite du policier, les deux hommes avec des melons, fais-leur signe, salue-les. » Bammel lâcha sa prise et fit des grands moulinets avec les bras. « Allez, vas-y, c'est tes futurs patrons. »

Il fit ce qu'on lui demandait, mais sans conviction. Il fut tenté d'attraper Bammel par le col de la veste. « Tu vas m'écouter, Eckhard, j'ai là… »

Bammel descendit du podium en soufflant avec peine. « Pas maintenant, je t'ai dit, Arno ! J'ai pas le temps. Je vais dîner avec ces messieurs, et on signera le contrat. Viens ce soir à l'hôtel Zur Post, on se fera une fête carabinée, et tu pourras me raconter tout ce que tu as sur le cœur. À tout à l'heure, et jouis de ta victoire. »

Il voulut se précipiter derrière Bammel, mais déjà les officiels s'avançaient pour le féliciter, et un béjaune en costume régional lui passa la couronne du vainqueur autour du cou.

« Arno – Arno – Arno – Arno ! »

On le tira par la manche. « Venez, Arno, je suis radio-reporter, et nous allons faire une retransmission radiophonique. »

Manquait plus que ce genre de connerie ! Il voulait rattraper Bammel, se débarrasser enfin des questions qui lui brûlaient la langue, mais la foule faisait écran à sa progression. Le reporter l'agrippait toujours comme une sangsue et l'attirait dans la direction opposée. Les notables se mirent eux aussi à essayer de le convaincre, parlèrent d'avenir, de réclame pour le sport motocycliste. La radio pouvait amener des gens à participer à une course sans y être présents en chair et en os.

Il ne résista plus. On le poussa sous une tente plantée à quelques mètres seulement du podium. Plusieurs techniciens s'activaient autour d'une table où trônaient un écouteur téléphonique et un énorme pavillon.

L'un des hommes établit la liaison. « Émetteur de la Radio de Francfort, s'il vous plaît. » Il attendit quelques secondes, leva la main pour la baisser très vite. Il tendit l'index vers le pavillon.

« Arno – Arno – Arno – Arno – Arno ! » Sur un signe du reporter, les spectateurs qui faisaient cercle scandèrent le nom de leur champion, decrescendo jusqu'à ce que le reporter soit près du pavillon.

« Chers auditeurs, quel que soit le lieu où vous nous recevez, 70 000 spectateurs en liesse ont été témoins aujourd'hui de la septième course du Triangle de Francfort pour le championnat motocycliste d'Allemagne sur route 1926. Chaque tour faisait exactement cinq kilomètres, à travers la trouée d'Isenburg, en passant par Neu-Isenburg et la route départementale de Darmstadt en direction de la montée d'Oberschwein. Pendant plusieurs compétitions de différentes catégories, jusqu'à quarante tours par course et au mépris de la mort, nos valeureux pilotes ont foncé dans une chasse-poursuite à couper le souffle, par monts et par vaux, asphalte et cailloux, gravillons et pavés. Nous avons assisté à des luttes infernales pour la gloire des marques de motocyclettes allemandes, dont les pilotes cette fois encore ont livré sur leurs bondissantes machines des combats homériques contre leurs rivaux étrangers. Ce furent des épreuves d'endurance très éprouvantes pour les hommes comme pour le matériel. Des pilotes ont perdu la vie au champ d'honneur : Wilhelm Torben, de Francfort, sur une U.T., et Trutz Hennecke, sur New Gerrard, qui se sont accrochés si malencontreusement en 250cc que toute assistance médicale a hélas été inutile. Nous nous inclinons respectueusement devant leurs dépouilles et les assurons, du fond de ce deuil immense qui nous touche tous, de notre respect éternel pour leurs prouesses. Mais malgré ces chutes mortelles, nos audacieux et courageux héros sur deux-roues ont foncé vers la ligne d'arrivée.

« Et le voici à nos côtés, chers auditeurs, tout près de moi, noir de poussière et éclaboussé de boue, revêtu du cuir de l'artiste de la motocyclette, le vainqueur de la deuxième course du jour, Arno Lamprecht, de Munich, sur Sarolea, un de nos plus célèbres dompteurs du moteur à explosion et grand favori pour le titre de champion.

« Dites-nous, Arno, vous êtes allemand et pour le championnat d'Allemagne, vous pilotez une machine étrangère, une moto belge. Alors, est-ce qu'aujourd'hui vous avez remporté une victoire à la gloire de la Belgique ou de l'Allemagne ? Approchez-vous du microphone, Arno.

— Qu'est-ce qu'il faut que je dise…, bégaya-t-il, euh, je suis pilote professionnel, je signe des contrats avec des constructeurs qui me veulent comme pilote. »

Le reporter se pencha de nouveau vers le pavillon. « Que voulez-vous dire par là ? Pouvez-vous vous expliquer un peu plus clairement pour nos auditeurs ?

— Eh bien, c'est-à-dire que je gagne ma vie en faisant des courses, et il n'y a que si je gagne que je peux y arriver. Si j'ai une bonne machine entre les jambes, je touche beaucoup d'argent des organisateurs, du constructeur et des séances de réclame pour les pneumatiques, les carburants et les marchands d'accessoires.

— Les voilà bien, les temps modernes ! Nous comprenons bien, mais qu'en est-il, dans tout cela, des vieilles idées d'honneur ? Allons, Arno, la main sur le cœur, à la gloire de qui, cette victoire ?

— Comment dire ? Bon, pour être honnête, je suis d'abord pilote pour ma pomme, et ensuite seulement pour tout ce que vous voudrez, la gloire, l'honneur si vous y tenez. Et je me moque complètement de savoir d'où vient la bécane sur laquelle je suis assis, d'Angleterre ou d'Amérique, ou de Belgique, du Congo belge même, pourquoi pas. Mais je crois, finalement que c'est le pilote qui compte, pas la machine.

— Bravo, voilà, je trouve, un excellent mot de la fin du vainqueur du Triangle de Francfort de cette année, Arno Lamprecht, dit "Lamprecht-à-fond-les-manettes", un de ces héros sur deux-roues, tout de cuir vêtus, qui ont inscrit sur leur drapeau le spectacle sensationnel de la vitesse, qui nous proposent un divertissement à couper le souffle et qui se rient des frontières entre courage et témérité, adresse et insouciance. Et c'est ainsi que nous prenons congé du lieu de l'action. À vous les studios de Francfort ! »

Le reporter fit signe à ses techniciens et les spectateurs reprirent decrescendo : « Arno – Arno – Arno – Arno. » Plus bas : « Arno – Arno – Arno. » Tout bas : « Arno – Arno ! »

Le reporter mit son doigt sur les lèvres. Quelques secondes de silence.

Le technicien respira profondément. « La liaison est terminée, collègues. »

On applaudit.

Arno quitta précipitamment la tente sans s'occuper de sa coupe ni de sa couronne.

*

« Entrez ! »

Quand il eut franchi le seuil de la chambre d'hôtel, il vit Bammel d'excellente humeur assis au fond d'un fauteuil, en train de siroter du champagne. Sur un guéridon, à côté de quelques flûtes, il y avait un seau à glace d'où émergeait le col d'une bouteille. Son patron était pieds nus et sans pantalon. Une chemise blanche avec un nœud papillon lui descendait aux genoux et il avait les fixe-chaussettes aux mollets.

Bammel se leva, tira la bouteille du seau à glace et lui remplit un verre. « Arno, je suis content que tu sois venu. Tiens, vieux, buvons à ta grandiose victoire. »

On lui mit le verre en main et il s'efforça de rester calme, de ne pas entrer tout de suite dans le vif du sujet. Il voulait attendre le moment adéquat pour lui coller sa surprise sous le nez, être certain de prendre Bammel au dépourvu.

« Tu as complètement enthousiasmé les Autrichiens avec ton style de conduite. Et ils ont des projets. L'an prochain, ils vont débarquer dans la course sous le nom de Titan et c'est toi qui vas leur gagner le championnat. Lamprecht, Munich, sur Titan. Hein, qu'est-ce que tu en penses ? Lamprecht le titan, sur Titan ! » Bammel trinqua avec lui, et fit une pirouette un peu efféminée. « Tout a marché comme sur des roulettes. Bon, au départ, c'est vrai qu'ils étaient un peu sceptiques, mais là, avec ta victoire... » Bammel lui tendit un journal. « Et voilà ce qui a emporté le morceau. La *Berliner Illustrierte Zeitung* du week-end dernier. La une : MORT ET VITESSE À SCHLEIZ. Grandiose, je te dis, grandiose. Et regarde les photos à l'intérieur. » Bammel vida son verre d'un trait. « Je donnerais beaucoup pour un gramophone avec des refrains populaires. » Son patron se mit à fredonner quelques airs d'une rengaine, puis se laissa lourdement retomber dans son fauteuil.

Arno déplia le journal et regarda d'un air émerveillé les photographies de la course de Schleiz. Les clichés étaient d'excellente qualité et imprimés sur papier glacé : la carcasse de la voiture avec les deux jambes carbonisées vue sous tous les angles, des motos de course amochées, des visages de spectateurs défigurés par l'horreur du spectacle, les portraits des vainqueurs naturellement, Roberts, von Dronte et Kaloschke, puis des images du campement des pilotes et – effectivement – la tente de la Sarolea avec l'écusson de l'entreprise et le fanion, et lui devant, en grande conversation avec Lapompe. Il ne se rappelait pas avoir été pris en photo, mais il était sans doute encore sous le choc de l'accident et n'avait pas enregistré tout ce qui se passait autour de lui.

Bammel lui suggéra d'une voix flûtée : « Tourne la page. »

Sous le titre *Prospère aussi dans les courses,* Bammel, tiré à quatre épingles, souriait devant la vitrine de sa concession Sarolea de Munich, avec cette légende : *Le dynamique Eckhard Bammel, représentant général de Sarolea, l'entreprise motocycliste belge couronnée de succès.*

Il survola le court article et apprit que le recul des ventes de motos anglaises au profit des américaines était dû à la production à la chaîne de ces dernières qui diminuait considérablement les coûts, mais que la production allemande était sur la même ligne victorieuse, passait elle aussi à la production de masse, etc.

La concurrence tchèque allait certes lui poser des problèmes, mais plus encore la petite entreprise belge Sarolea, etc., qui, grâce à son très talentueux pilote, Arno Lamprecht, avait cette année des chances de remporter le championnat d'Allemagne et ainsi de catapulter son chiffre d'affaires… De toute façon, Bammel était l'homme qui avait permis ces succès. N'était-il pas un vieux renard des courses motocyclistes, qui avait déjà su dans les années de l'immédiat après-guerre organiser des manifestations lucratives, parier sur la victoire et investir son capital dans la motorisation, qui n'en était alors qu'à ses débuts ?

Il entendit Bammel qui commentait. « C'est pas du nanan, ça ? C'est moi qui suis à l'initiative de cet article, je connais quelques journaleux de la corporation ; ces zozos n'ont pas la moindre idée de l'état réel de notre avenir chez Sarolea, mais pour les Autrichiens, dès qu'ils ont lu l'article du BIZ, je suis devenu le garant des succès à venir. » Bammel se leva de nouveau, attrapa le goulot de la bouteille et vint vers Lamprecht. « Nom de Dieu, Arno, c'est reparti, putain ; montre-moi que tu es content, mon gars, et fais la bise à tonton Eckhard. »

C'était le moment.

« Eckhard, d'où viennent ces girandoles ? » Il déposa les boucles bien en vue sur le guéridon, juste à côté du seau à glace.

Bammel les prit du bout des doigts, les examina sous toutes les coutures, estima leur valeur. « C'est quoi, ce truc, maintenant ? J'ai bien l'impression de les avoir déjà vues quelque part, mais je ne comprends pas ce que tu veux. Apparemment, c'est à toi qu'elles appartiennent, pas à moi ; ou je me trompe ? » Il reposa les boucles et voulut se lever.

D'une chiquenaude, Arno le repoussa au fond de son fauteuil.

Des rides de colère angoissée se creusèrent sur le front luisant de Bammel.

« Dis donc, ça va pas, la tête ? Qu'est-ce que ça veut dire ?

— Tu te rappelles encore une de tes anciennes poules ? La chanteuse du Deutscher Kaiser ? Elle s'appelait comment, déjà ?

— Écoute je n'ai absolument pas envie de… un jour comme celui-ci… » Il semblait désarmé, voulut de nouveau se lever, mais Arno le repoussa encore une fois.

« Maintenant, écoute-moi bien, Bammel. » Il prit appui des deux mains sur les accoudoirs du fauteuil, se pencha en avant et fixa de près le visage gras de son patron. « Si tu ne réponds pas à ma question, tu peux te le mettre dans le cul, ton contrat avec les Autrichiens. Crois-moi, je ne t'emmerderais pas avec ça si ça n'était pas très important pour moi. On se comprend ? »

Bammel aquiesça faiblement de la tête ; de grosses gouttes de sueur avaient envahi son front.

Arno se redressa. « Alors, elle s'appelait comment ? »

Il entendit Bammel avaler sa salive.

« Tu veux peut-être parler de Gerda Zander ?

— Exactement : Gerda Zander, Charlene Pilander, de son nom d'artiste, actuellement diseuse au Tabarin. » Il but une gorgée de champagne. « Rends-toi compte, Gerda prétend que tu lui as fait cadeau de ces pendants d'oreilles, et pour être précis, à l'occasion de son anniversaire, le 9 mai 1924 exactement. Et maintenant, c'est à toi, je t'écoute », termina-t-il en cherchant son regard.

Bammel reprit les bijoux en main.

« Oui, oui, je lui ai effectivement offert des boucles, c'est exact, mais c'étaient vraiment celles-là, t'es sûr ?

— Tu peux me faire confiance !

— Bon, si tu le dis ; et alors ? » Bammel le regardait, sourcils froncés.

« La question, Bammel, dont il s'agit ici », lui martela Arno en détachant chaque syllabe, aussi exagérément que son ancien professeur d'allemand de Metz, « est celle-ci : d'où tiens-tu ces boucles d'oreilles ? »

Les grognements étouffés de quelques ivrognes filtrèrent à travers les fenêtres fermées. Les spectateurs s'étaient répartis dans toute l'agglomération et faisaient sans doute encore la fête.

Bammel haussa les épaules.

« Je ne sais pas, Arno. Je n'arrive pas à me rappeler d'où j'ai eu ces trucs.

— Putain de nom de Dieu ! » Arno donna un grand coup de pied dans le fauteuil. « Ces trucs, comme tu dis, ont une certaine valeur. Tu ne vas donc pas sérieusement prétendre que tu n'as aucune idée de la provenance de bijoux aussi précieux ! »

La voix de Bammel s'était raffermie : « Écoute, Arno, tu es bien placé pour savoir que pendant l'inflation j'ai fait du trafic avec des tas de choses, tu m'y as même quelquefois aidé. À cette époque, j'ai fricoté tout ce qui me tombait sous la main et j'ai toujours répondu à la demande. Et je me suis fait payer avec tout ce qui avait de la valeur ou avec des objets de première nécessité : devises, or, bijoux, alcool ou denrées alimentaires. Crois-moi, j'avais dans mes combles une vieille malle transatlantique pleine à ras bord de bijoux, de couverts en argent et de porcelaine, ma malle au trésor, pour ainsi dire, et même à cette époque-là, je n'aurais pas pu te dire dans le détail, avec la meilleure volonté du monde, comment j'en étais venu à posséder toutes ces pièces. »

Bammel se leva.

Les pensées se bousculaient sous le crâne d'Arno. *Oui, oui, oui, ça s'était passé comme ça.* Il avait été témoin de ce que Bammel avait magouillé et accumulé après la guerre. Ce qu'il disait était crédible.

Il écouta son patron qui poursuivait : « Au besoin, je prenais des petits objets précieux dans la malle et j'en faisais cadeau à l'une ou l'autre de mes compagnes, afin de les remercier pour quelques belles heures passées ensemble, tu vois. Et ça s'est sans doute passé comme ça avec tes pendants d'oreilles. »

Bammel ouvrit l'armoire et en sortit un pantalon et des chaussettes. Puis il se rassit dans son fauteuil, enfila ses chaussettes et les attacha. « Mais c'est quoi, ces boucles, pour qu'elles aient autant d'importance pour toi ?

— Ces girandoles, celles qui sont là, sur le guéridon, appartenaient à Véra. Elle les portait jour et nuit. » Il parla plus fort. « Jusqu'à la fin, tu comprends ? Elle les avait aux oreilles jusqu'à la fin ! »

Bammel, qui enfilait son pantalon, le regarda, horrifié. « Quoi, ce sont les boucles d'oreilles de Véra ? » Il s'emmêla les pieds dans ses jambes de pantalon et faillit tomber. « Mais c'est terrible. Et tu penses ? Grand Dieu ! » Il réussit enfin à rentrer sa bedaine dans le pantalon et à le boutonner. Il se laissa tomber dans le fauteuil, tira un mouchoir de sa poche et s'en tamponna le front. « Maintenant, je comprends où tu veux en venir. »

Arno reposa sa flûte de champagne. « Alors tu comprendras aussi qu'il n'y a que deux possibilités. Ou tu es mêlé à la mort de Véra, ou c'est celui qui t'a donné les boucles. Donc, je répète ma question : de qui tiens-tu ces girandoles ? »

Bammel était devenu blanc comme un linge. Il fixait le vide, se passa le mouchoir sur le visage à plusieurs reprises. « Arno, je te jure que je n'ai absolument rien à voir avec cette histoire, et nom de Dieu, même si tu me cognes, je me rappellerai pas qui m'a donné ces trucs. » Bammel n'arrêtait pas de secouer la tête sans le regarder, puis il se leva, arpenta la chambre, trouva ses souliers vernis noirs sous le lit et les enfila. Bras ballants et les yeux au plafond, il bégaya : « Je ne sais pas, Arno, je ne sais vraiment pas.

— C'est peut-être Véra elle-même qui te les a vendues ?

— Véra ? Mais non, j'aurais certainement pas oublié. »

Pour Bammel, c'eût été le plus sûr moyen pour s'en sortir, pour expliquer comment il les avait eues en sa possession : prétendre tout simplement qu'il les avait achetées à Véra. Qu'il n'ait pas trouvé cette échappatoire plaidait pour lui.

Mais c'était à devenir fou ! Il semblait de nouveau au fond d'un cul de sac, une fois encore il avait perdu le fil. Que faire ? Tabasser Bammel jusqu'à ce que la mémoire lui revienne ?

Il sentait pourtant que son patron était impliqué dans cette affaire, consciemment ou à son insu. Les boucles d'oreilles et le type à la veste en cuir. Les pistes aboutissaient à ces deux indices. Il se rappela soudain : Bammel en portait bien une depuis des années, de veste en cuir, cette Norfolk élimée qu'il avait toujours sur lui quand il venait assister aux compétitions.

Il marcha vers l'armoire et en ouvrit la porte. Elle était là, pendue à un cintre, avec toutes les vestes en tweed ou en soie. La vieille veste en cuir de Bammel.

Bammel s'approcha : « Hé, qu'est-ce que tu fais là ? Tu ne peux tout même pas fouiller dans mes affaires… »

Il attrapa Bammel par le col de sa chemise en tordant le nœud papillon. Le visage suffoqué de son patron devint rouge comme une tomate. « Écoute-moi bien, Eckhard, pour une fois, vous allez fêter la victoire sans moi : je rentre ce soir à Munich et je vais vérifier ce que tu veux me faire avaler, et je te jure sur la mémoire de Véra que si tu as quoi que ce soit à voir dans cette histoire… que Dieu te garde. »

Il lâcha Bammel juste avant de perdre les pédales, fourra le BIZ sous sa veste et se précipita vers la porte. Il heurta une femme de chambre qui passait dans le couloir et bouscula un homme dans l'escalier.

Tout le monde lui barrait la route, tout le monde essayait de le retarder, mais ils n'avaient pas réussi à lui voler cette deuxième victoire. Il serait tout de même étonnant qu'il ne réussisse pas à élucider le meurtre de Véra.

33

Permettez, je m'appelle Bammel, avec deux « m ». Je peux vous procurer tout ce que vous désirez. Transports en tous genres. Une crapule qui vous tendait sa carte de visite même pendant une bagarre.

Pachl, Bammel, Lamprecht. C'étaient les maillons de la chaîne. Pachl connaissait Bammel. Et Bammel était sans doute le propriétaire de Fahr und Kipp, l'entreprise de transports où Pachl avait loué l'auto. Et l'un d'entre eux, Bammel ou l'un de ses employés, les avait sans doute suivis dans la forêt d'Ebersberg. Bammel était le maillon principal. Lamprecht avait coupé la tête de sa femme et celle de Huber. Et Lamprecht continuait à décapiter les gens. Bammel ou Lamprecht faisait chanter le colonel. Ou les deux à la fois. Et l'un d'entre eux le conduirait à la tête de Huber. Il avait tranché le nœud gordien. Le colonel serait satisfait.

Il ne lui manquait plus que le point d'appui grâce auquel actionner ce levier. Cueillir à froid le seul Lamprecht, le prendre par surprise et le cuisiner ? Non, mieux valait livrer un Lamprecht mort, comme ça tout le monde serait content. Il lui suffisait de choisir le bon moment, de guetter Lamprecht quand il rentrerait soûl de la fête de remise des prix, seul sur le chemin mal éclairé qui menait à son hôtel. Il ne lui restait plus beaucoup de temps. Le vainqueur devait bien faire la fête quelque part.

Falk descendit la rue principale. Il sillonna le campement des pilotes, rencontra quelques collègues, écouta brièvement les discussions sur les mérites des différentes huiles lubrifiantes, les fanfaronnades des uns et des autres, les palabres de ceux qui refaisaient la course ; il dut justifier sa défection. Il se montrait patient, aimable, passait d'une jambe sur l'autre, entendait un mot sur deux et poursuivait son chemin. Mais il ne rencontra pas le vainqueur

Il fit tous les hôtels. Neu-Isenburg était très peuplé ce soir-là, les rues pleines de monde. On lui tapotait l'épaule. « Tête haute, mon gars, tu as encore tes chances. L'an prochain, au championnat d'Allemagne ! Ici ! »

« Oui, oui. » Il approuvait aimablement, levait le pouce. Pas le temps, pas le temps. Il arriva devant l'hôtel-restaurant Zur Post. Il monta les marches du perron quatre à quatre. Un, deux, trois…

Enfin !

Le réceptionniste s'était mis sur son trente et un. « Ces messieurs doivent être là-haut. La clef n'est pas là. Chambre 27, deuxième étage. »

Il gravit l'escalier. Lorsqu'il mit le pied sur la dernière marche, Lamprecht, harnaché de cuir de pied en cap, le bouscula soudain, le heurta à l'épaule et il faillit en perdre l'équilibre.

Falk voulut l'attraper, il cria : « Hé, attends ! »

Lamprecht n'arrêta pas sa course.

« Attends, espèce de salopard ! »

Aucune réaction. Falk tira son arme, et se retrouva face à un serveur qu'il renversa dans son élan. Il tomba lui aussi, des verres se brisèrent, son Browning lui échappa.

« M'excuse », murmura le garçon.

Falk l'aida à se relever. « Vous ne vous êtes pas fait mal ? » Le garçon avait les yeux fixés sur le pistolet qui gisait à terre. Il lui fourra un billet de cent dans le gousset du gilet. « C'est pour vous. Je suis pressé. » Il ramassa son pistolet et dévala les marches. L'homme resta bouche bée.

« Où est passé ce type tout habillé de cuir ? »

Le réceptionniste tendit le pouce par-dessus l'épaule. Falk se précipita dans un étroit couloir sinueux qui menait à l'arrière-cour de l'hôtel. Il entendit un moteur hurler et ne vit plus que le garde-boue arrière de la machine de Lamprecht qui disparaissait à toute allure dans l'obscurité.

Il s'appuya au mur de l'hôtel et cracha par terre. L'oiseau s'était envolé. Aucune chance de le rattraper. Il fallait qu'il se rabatte sur Bammel. Il retourna à l'hôtel. Comme il arrivait à la réception, Bammel descendait calmement les marches, perdu dans ses pensées, en manteau d'été au col de satin. Il sortit, inspecta le ciel, emprunta les marches en grès et prit à gauche dans la rue principale. Son ombre s'allongeait à chaque fois qu'il avait dépassé un bec de gaz.

Falk le suivit jusqu'au campement des pilotes, réglant son pas sur le sien. Bammel se dirigea immédiatement vers la tente de la Sarolea. Il y avait de la lumière et une ombre sifflotait joyeusement un air à la mode. Le mécanicien, vraisemblablement. Une chaîne de palan cliqueta.

Falk vit Bammel lisser l'étoffe de son manteau, prendre une profonde inspiration, relever un pan de la bâche et disparaître sous la tente. Une seconde plus tard, il l'entendit crier : « Mais t'es complètement cinglé !

— Qu'est-ce que tu me veux ? Et ne gueule pas comme ça ! » contra une voix.

Deux ombres chinoises se dessinaient sur la toile de tente. Elles semblaient danser, grandissaient et rapetissaient selon que les deux hommes se rapprochaient ou s'éloignaient de la source de lumière. Le gros homme avait déboutonné son manteau, et son interlocuteur, plus grand, élancé, portait une casquette à visière. Ils gesticulaient, faisaient de grands signes, se confondaient quelquefois en simples taches d'ombre indéfinissables qui se heurtaient étrangement.

« Il faut que je te parle, entendit-il Bammel murmurer, il faut absolument que tu me dises où… » La voix se fit inaudible.

Il fallait que Falk se rapproche. Il se glissa sous un camion garé le long de la tente et rampa jusqu'à la toile.

Il les entendit qui parlaient à voix basse, assez distinctement néanmoins pour qu'il saisisse l'essentiel.

Ils passaient du coq à l'âne, se taisaient, semblaient réfléchir, pesaient le pour et le contre, se faisaient mutuellement des reproches, s'enfonçaient à tour de rôle l'index dans la poitrine, faisaient les cent pas.

Ils finirent par se retrouver nez à nez, jusqu'à ce que le gros homme hausse les épaules et sorte de la tente tandis que l'autre éteignait la lumière. Leurs pas s'éloignèrent dans deux directions opposées.

Falk resta encore un moment couché sous le camion.

Il pensait avoir compris.

Tout pouvait encore redevenir comme avant.

34

Arno avait déjà frappé plusieurs fois, mais rien ne bougeait dans la maison de la faiseuse d'anges. Il n'entendait que les grognements des porcs dans la soue.

Il avait des fourmis dans les poings.

Il avait roulé toute la nuit et il avait dû faire deux fois le plein de son réservoir de dix-sept litres, avec les bidons d'essence qu'il transportait avec lui. Une virée infernale, un peu comme celle du coureur de brigade au front. Pas de visibilité, impossible de s'orienter, pas de poteaux indicateurs, des bas-côtés pas toujours stabilisés – seul dans la nuit avec un pauvre cône de lumière projeté devant soi, bien insuffisant pour garantir de ne pas culbuter dans un nid-de-poule.

Ses poings s'abattirent sur le panneau de la porte.

Dans cet hôtel Zur Post, n'était-ce pas le grand con qu'il avait bousculé dans l'escalier ? Il avait même l'impression que von Dronte l'avait appelé. Mais que pouvait-il bien lui vouloir ? Il cherchait sans doute une occasion pour donner libre cours à sa jalousie infantile.

La porte s'ouvrit brusquement et Wally Krössner se dressa devant lui, le ventre ceint de son tablier en caoutchouc.

Évidemment ! La vieille sorcière était en train d'exercer ses talents.

« Excusez-moi, je ne vous ai pas entendu, je suis en train de faire la lessive derrière, qu'est-ce que je peux pour vous… » Elle se tint coite un instant, étonnée, pour reprendre de plus belle : « Nom de Dieu, je te reconnais, toi, espèce de grand dégueulasse, tu m'as démoli tout mon établissement, et tu t'es barré sans payer les dégâts, espèce de stupide crétin, et tu oses…

— Je suis venu pour vous dédommager et payer mes dettes. » C'est lui qui avait susurré ça ? « J'étais raide comme un passe-lacet ce jour-là, excusez-moi s'il vous plaît. Bon, je vous dois combien, chère madame ? »

Elle le regardait, ébahie. « Laissez-moi le temps de réfléchir. » La femme d'affaires en elle avait pris le dessus. Le menton dans la main, elle avança son prix : « Dix reichsmarks, ça vous irait ?

— Vous savez quoi ? » Il lui déposa l'argent dans la main vite tendue. « Je vous en donne douze, pour tous ces ennuis que je vous ai causés.

— Vous êtes un brave homme, que Dieu vous le rende. Adieu ! » La vieille s'apprêtait déjà à refermer la porte.

« Un moment, Frau Krössner. » Il se rapprocha. « J'aimerais m'entretenir avec Lilo ; ce serait possible ? »

La Krössner lâcha la poignée de la porte. « Bien entendu, mais je crains qu'elle ne soit en mains. » La vieille lui lança une œillade. « Mais d'habitude, elle n'en a pas pour longtemps. Écoutez, je vais tout simplement vous laisser la porte ouverte, et vous pourrez monter dès qu'elle sera libre. » Elle repartit au fond du couloir et cria en passant au pied de l'escalier : « Lilo, t'as du monde ! » Puis elle disparut par la porte de derrière.

Peu de temps après, un homme d'un certain âge descendit prudemment l'escalier raide et étroit. Habillé de bonne étoffe pour ce quartier, tête baissée, il dissimula son visage derrière un panama en croisant Arno et se hâta vers la sortie.

Il n'était jamais allé aux putes, même pendant la guerre. Mais il se rappelait très bien cette petite baraque en planches près du bivouac, à côté de ce village français, où deux femmes à bout de forces officiaient presque vingt-quatre heures sur vingt-quatre pour expédier les nombreux camarades qui formaient tous les jours une longue file d'attente, avec pour conséquence que presque tous les soldats de la section avaient attrapé une vérole carabinée, voire pire encore. Non, il n'avait jamais trompé Véra, et surtout pas avec une putain.

Il gravit les marches et, arrivé en haut, dut se baisser pour ne pas se cogner la tête au plafond. Il resta debout tête inclinée sur le côté devant l'unique porte et frappa.

Lilo, en petite chemisette froissée, ouvrit sans trop le regarder et libéra la voie dans la minuscule mansarde. Elle y alla de sa litanie : « À poil, un mark, à la française, un cinquante, par-derrière deux, sans capote quatre… »

Un lit en tubes d'acier encombrait la pièce, qui prenait jour par une tabatière où vrombissait un essaim de mouches bleues. Une petite commode dans un coin sur laquelle, près d'une savonnette sale et usée, il y avait un broc en émail ébréché à côté d'une cuvette étamée où stagnait un fond d'eau savonneuse. D'un mur à l'autre étaient tendues deux cordes à linge d'où pendaient à sécher des torchons et des mouchoirs ainsi que du linge de corps raccommodé. La mansarde tout entière puait la sueur et d'autres humeurs corporelles.

Lilo prit place sur le drap froissé et roula ses bas noirs sur ses chevilles. « Mon petit cadeau en premier, monsieur ! »

Arno était resté debout devant le lit et remarqua ses cheveux pleins de pellicules. « Je ne suis pas venu pour ça. Je voulais juste te montrer quelque chose. »

Étonnée, elle leva la tête. Elle avait les yeux débordant de fard noir et ses faux cils étaient en partie décollés. « C'est vous ! » Elle se recula contre le mur et replia ses jambes sous elle. « Qu'est-ce que vous voulez, aujourd'hui ? Me frapper encore une fois ? »

Il vit la tristesse dans son regard. C'était une pauvre petite fille perdue, grandie dans un quartier qui ne lui avait pas laissé le loisir de jouer à la poupée. Au lieu que son père la protège, lui apprenne le monde, ce sont des pères qui venaient chez elle pour lui demander de satisfaire leurs fantasmes sexuels.

« Non, je ne veux pas te faire de mal, n'aie aucune crainte, ça n'arrivera plus. » Il s'assit à côté d'elle sur le méchant matelas du lit qui grinça sous son poids, tira le BIZ de sous sa veste et l'ouvrit à la bonne page. « Cet homme, là, celui qui sourit devant la vitrine, c'est celui que tu as vu avec ma femme ? » Elle prit le journal en main, fixa longuement la photographie, puis leva les yeux vers lui en infirmant d'un signe de tête. « Non, désolée, c'est pas le type avec la veste en cuir. Il n'était pas aussi gros que celui-là, il était plus jeune et plus élancé. »

Il sentit son corps s'affaisser, sa tête retomba sur sa poitrine. C'était à devenir fou, nom de Dieu. Bammel n'était pas l'homme à la veste de cuir. Cela dit, c'est tout de même lui qui avait acheté les girandoles de Véra, mais il ne voulait pas – soi-disant – se rappeler qui les lui avait vendues. Le fil venait de se rompre à la lisière de la mémoire de son patron ; mais peut-être qu'avec des coups dans la gueule…

Il entendit Lilo dire avec enthousiasme, en feuilletant le BIZ et en contemplant les photographies : « Oh, Berlin doit être foutrement excitant, tous ces gens et toutes ces automobiles… » Les feuilles du journal bruissaient. « Et tous ces habits élégants que les femmes portent, mon Dieu, c'est beau comme au cinéma ! »

Que faire ? Il se couvrit le visage avec les mains. La détresse s'empara de lui. Il eut un haut-le-cœur, sentit monter en lui découragement et lassitude.

Finalement, ça ne sentait pas si mauvais que ça dans cette chambre. Il aurait aimé s'étendre de tout son long sur le lit. Juste un petit quart d'heure, Lilo, il faut que papa fasse un petit somme. Va, sors jouer un peu…

La voix de la jeune fille lui parvenait, assourdie déjà : « Et la nuit, toutes ces lumières ! Ça ressemble à quoi, il y a vraiment toutes ces couleurs ? »

Oui, Berlin est multicolore, des lampes à arc blanches, rouges, vertes, des lampes à acétylène jaunes, des clartés bleues aussi pour le gaz, l'asphalte brillant aux reflets argentés, des cônes de lumière dorée qui glissent sur des vitrines éclairées, décorées avec les plus belles choses que tu puisses imaginer, avec des vêtements, des jouets, plein, plein de jouets…

« Oh, mais c'est lui, là !

— Où ?

— Là, là. » Le papier bruissa directement à son oreille, et une odeur de transpiration lui prit de nouveau les narines. Il ouvrit les yeux. Lilo s'était rapprochée de lui à le toucher. « Celui-là, là… » Elle était tellement émue que la voix faillit lui manquer. « C'est lui, là, le type à la veste en cuir ! » Elle tapait comme une folle avec son index sur une photographie du BIZ.

Il lui arracha le journal des mains, sa torpeur s'était évanouie comme par enchantement. Il fixa le cliché et le doigt de Lilo qui se reprit à le martyriser.

« C'est çui-là, c'est lui, celui qui est à côté de vous ! »

Le bout du doigt à l'ongle rongé dont le vernis rouge était écaillé par endroits dansait sur le visage de Wotava.

La Décision

8 juin 1926

Travaille tous les jours à un vaste tableau. La signification des études de cas ne sera lisible que grâce à une bonne visibilité du traitement des données.

J'examine l'un après l'autre les échantillons que j'emporterai quand on me sollicitera pour une conférence. Tous mes calculs sont-ils exacts ? Avec la pièce d'exposition numéro 48, je suis heureux de posséder un exemplaire qui se rapproche autant des mesures idéales. Il ne faut donc pas que je me mette la cervelle à l'envers. Mais peut-être aurai-je bientôt l'occasion de trouver la pièce homologue. Et dire que tout dépend d'un écart d'un centième de millimètre, d'un millième de millimètre même ; si je me trompe dans mes calculs, cela aura pour corollaire un différentiel racial qui, à son tour, aura des conséquences directes sur nos performances économiques nationales ! On n'attirera jamais assez l'attention sur ce point. Tout le monde peut comprendre ça. De nos jours, de telles recherches arrivent peut-être même trop tard, parce que nous sommes depuis trop longtemps déjà des victimes de la dégénérescence.

Non, il ne faut pas que je désespère. On sent bien que quelque chose est en train de changer en Allemagne.

35

Falk se rendit à la poste centrale de Francfort pour utiliser le service d'appels interurbains automatiques : il ne fallait pas qu'une demoiselle des postes désœuvrée ou curieuse aille écouter sa conversation.

Il composa le numéro et entendit le net « Oui » du colonel.

Malgré la liaison directe, Falk avait décidé d'être prudent. Il se râcla la gorge : « L'affaire est dans le sac. Un certain Herr Bammel, seul ou avec des complices, s'est occupé de l'opération et il a ensuite stocké les objets recherchés. Il aura sans doute saisi l'occasion de la location de l'auto pour s'immiscer traîtreusement dans notre affaire.

— Intéressant. » Le colonel paraissait entendre ses spéculations.

« Un opportuniste, pour tout dire, quelqu'un qui espérait un jour profiter des renseignements ainsi recueillis…

— Je comprends.

— … et la liquidation de son entrepôt lui aura sans doute semblé le moment opportun pour récupérer la mise.

— Aha, nasilla la voix maniérée du colonel.

— Alors, tu vois bien que je ne suis coupable de rien, que je n'ai rien à voir dans cette histoire ; donc tu nous laisses tranquilles, ma femme et moi. Je te donnerai dès que tu me les demanderas l'adresse de cet homme et les noms de ses associés, tu pourras discuter directement avec eux de leurs prétentions. Je ne suis plus dans le coup, tu m'as compris ?

— Ce n'est pas si simple que ça, mon ami, comme ça, au téléphone. Tant que la chose ne sera pas définitivement réglée à la satisfaction de toutes les parties, nous allons rester partenaires tous les deux, sinon la menace d'une peine serait considérable.

— Je…

— Écoute-moi bien, l'interrompit le colonel d'un ton sans réplique, tu vas régler cette affaire, c'est toi qui nous as fourrés dans le pétrin. Tu nous donnes les adresses de nos associés dans cette affaire et tu attends là où tu es, jusqu'à ce que je t'aie envoyé un collègue.

— Tu peux toujours te l'accrocher !

— Et avec ce collègue, tu mèneras cette affaire à son terme, et pour que tu y mettes tout ton cœur et toute ton énergie, je vais m'occuper un peu de ta garçonne. Naturellement, je te promets de la traiter avec autant d'attention que lors de notre dernière rencontre, mais si son galant n'obéit pas à la lettre, je ne garantis rien. »

Falk perdit contenance.

« Espèce de salaud, fumier, s'il lui arrivait quelque chose

— Ferme-la, et ne te laisse pas aller aux insultes. Tu vas nous faire repérer. Alors, tu es où, exactement ?

— … si tu touches ne serait-ce qu'un cheveu d'elle…

— Où, exactement, cadet ?

— Francfort, poste centrale.

— Bien. Tu vas te rendre à la gare, étudier les horaires des trains et attendre ; de l'un d'entre eux va débarquer un visage connu. Disons, à partir de demain midi, compris ? »

La main de Falk se crispa sur l'écouteur. Il cherchait un moyen d'apaiser le colonel, des mots qui le feraient changer d'avis, comme camaraderie, honneur, fidélité, mais il ne fut pas capable de les ordonner en une phrase cohérente.

Il entendit que le colonel lui parlait encore.

« Bon, dès que tu auras réglé cette affaire, nous nous rencontrerons quelque part et nous trouverons une solution honorable pour les deux parties. Et c'est alors seulement que nos entreprises se sépareront pour suivre chacune leur bonhomme de chemin. Toi, ta bien-aimée, et moi. » Le colonel eut un rire amusé. « Alors, ne fais pas d'erreur.

— Espèce de salaud… fumier ! »

Mais personne ne riait plus à l'autre bout du fil, il n'entendait plus qu'un signal intermittent.

*

Le lendemain en fin de matinée, Brahmke descendit du train.

« Eh bien, camarade, tu m'attends depuis longtemps ? »

Falk ne répondit pas et se dirigea vers sa voiture. Brahmke le suivit sans piper mot.

Falk avait relevé les adresses d'Eckhard Bammel et de ses deux acolytes dans les documents officiels de la direction des courses. Il avait profité du déplacement pour surveiller le chargement de sa moto, des accessoires et des pièces de rechange. Il était ensuite retourné rapidement en ville avec la Mercedes pour attendre l'arrivée du train du matin.

Brahmke balança sa vieille veste en cuir et une petite sacoche sur la banquette arrière. Une odeur tenace de goudron et de port de mer se répandit dans l'habitacle. C'était étrange, car Falk se rappela que depuis sept ans au moins Brahmke n'avait certainement pas posé le pied sur un bateau. Il avait même probablement grandi dans les terres, comme beaucoup de marins.

« C'est moi qui conduis ! » annonça Brahmke.

Falk se contint. Il lui fallait garder les idées claires, ne pas chercher la bagarre. Bien, s'il y tenait. Falk aurait ainsi le temps de réfléchir tranquillement à sa situation, durant le long voyage vers Munich.

Brahmke fit grincer la première et appuya à fond sur la chanterelle. « Elle tourne vachement bien ! » cria-t-il pour dominer le bruit.

« C'est le dernier modèle. Faudrait qu'elle tienne encore un peu le coup, alors fais attention. » Peut-être n'aurait-il pas dû lui confier le volant…

Brahmke passa la seconde et se faufila dans la circulation de la place de la gare. « T'énerve pas, bonhomme, elle est impec, ta bagnole, noire, des formes élégantes, et elle obéit au doigt et à l'œil, comme une négresse. » Son sourire de fauve découvrit ses dents.

Quand ils parvinrent à la nationale de Nuremberg, Brahmke s'enthousiasma : « Je suis vachement content de retourner à Munich ! » Il tambourina sur le volant et sifflota une rengaine. Puis il se tut pour longtemps.

Falk ferma les yeux et essaya de se représenter ce qui l'attendait, ce que cela signifiait pour lui d'être assis à côté du chien de garde du colonel. Rien de bon, sans doute, c'était clair. Il devait rester sur ses gardes.

Il entendit un grognement à sa gauche.

— Eckhard Bammel, donc. Tiens, tiens. En fait, on aurait dû y penser, curieux comme une vieille chouette et sournois comme un vieux rat d'égout, ce type. » Brahmke tourna la tête vers lui. « Au fait, je me rappelle aussi une espèce de manœuvre du Bammel, un type habillé en motocycliste. Je l'ai rencontré une fois à Munich, à une livraison au Viktualienmarkt, tu sais, un de ces mecs qui a l'air de s'y connaître en boxe. T'as son adresse aussi ?

— J'ai toutes les adresses. »

Brahmke secoua la tête.

« Vous a bien eus, hein, le Bammel ! Vous a fait suivre, hein ? Et toi qui croyais avoir ficelé une affaire absolument sûre, hein ! Ha, ha ! Tu t'es bien fait cracher dans la soupe, hein, espèce de blanc-bec. On se dit que le von Dronte c'est un malin, et on finit par se rendre compte qu'il fonce tête baissée dans un tir de barrage, comme les Anglais à Gommécourt. Je me suis toujours demandé pourquoi le colonel t'avait tellement à la bonne.

— Lâche-moi les bretelles, tu veux, avec ton boniment à la noix. Je vais dormir un peu. »

Brahmke continua comme s'il n'avait rien entendu.

« Parce que, s'il y en a bien un qui a été malin, c'est le Bammel. Voulait absolument savoir qui piétinait ses plates-bandes, en 1923, mais ça lui servira plus à rien non plus, maintenant. Je te parie mon cul qu'après notre entretien, il va se reprocher d'avoir fait une grosse, une très grosse connerie à cette époque-là. Et après ? Après, il se mettra à table. »

Falk l'écoutait à peine, bien que ses élucubrations, ses remarques incidentes, ses menaces à peine voilées lui montrent clairement ce qui se passerait s'il lui abandonnait la direction des opérations. Il finit par se laisser bercer par le ronronnement discret du moteur et somnola.

Quand il se réveilla, il ne savait plus très bien où il était. Il jeta un coup d'œil à sa montre et chercha Brahmke.

Sa tête émergeait d'un buisson situé à une trentaine de mètres. Une position claire et une bonne occasion. Falk passa la main par-dessus le dossier du siège conducteur et fouilla la veste de Brahmke. Excepté un paquet de tabac à chiquer, il ne découvrit rien. Et dans la petite sacoche, en dehors du linge de rechange, d'un nécessaire de voyage, d'un bout de corde et d'une boussole de poche, il n'y avait rien d'extraordinaire.

Avant que Brahmke réapparaisse en sifflotant, il avait refermé les yeux.

*

« Ça doit être là ! » Les mains sur le volant, Brahmke leva les yeux vers la façade. Falk se pencha et examina rapidement le bâtiment d'un étage couvert de lierre. Quelques fenêtres en étaient presque obturées.

« On va se garer deux rues plus loin. » Brahmke fit

craquer la première, et la voiture fit un tel bond en avant que Falk fut rejeté contre le dossier de son siège.

Deux minutes plus tard, Brahmke freinait brutalement. « Première classe, cette chignole. » Il chercha le frein à main et le découvrit sous le tableau de bord. « Tu sais quoi ? On va sonner, et on verra bien s'il est là ou pas. »

Falk descendit, ouvrit la portière arrière et attrapa son imperméable à la dernière mode.

Brahmke le considéra d'un air méprisant. « T'as de ces fringues ! Comment peut-on se balader avec des sapes pareilles ? » Il ajouta encore un outrageant « camarade » en secouant la tête. « Comme une tante à un défilé de mode.

— Le colonel aussi est toujours tiré à quatre épingles, alors épargne-moi tes conneries. Cela dit, toi aussi tu pourrais te payer quelque chose de neuf de temps en temps, ta veste pue à faire rougir un putois.

— Peut-être bien, ricana Brahmke, mais la fourrure de l'animal attire les femelles. »

Il claqua sa portière et partit vers la maison de Bammel.

Falk le suivit sans un mot jusqu'à la porte d'entrée, puis lui annonça abruptement : « Je passe devant, et c'est moi qui parle. »

Il frappa.

On ouvrit. « Oui, qu'est-ce que je peux pour vous ? » Le gros ventre de Bammel remplissait toute l'embrasure de la porte. Le dernier bouton de son pantalon était ouvert et ses bretelles ne chômaient pas. Un bout de sa chemise fripée dépassait de sa braguette ouverte.

C'était donc ça, Eckhard Bammel, un type habillé de manière aussi cochonnée et miteuse que l'augurait sa conduite. *Permettez, je m'appelle Bammel, avec deux « m ». Je peux vous procurer tout ce que vous désirez.* C'est ainsi que cet homme était réellement sous son manteau onéreux au col de fourrure. Un être vil sous une enveloppe noble.

« Est-ce que vous auriez un moment à nous accorder, Herr Bammel, nous aurions aimé discuter d'une affaire avec vous.

— Que me voulez-vous ? Je n'ai pas besoin de pilote. J'ai assez de bons collaborateurs. » Il jeta un coup d'œil à sa montre. « Vous me faites perdre mon temps. »

Bammel jouait les impatients, son regard se porta derrière Falk et il referma un peu la porte. S'il avait bien reconnu le motocycliste, il n'avait pas la moindre idée du pourquoi de sa venue. *Permettez, je m'appelle Bammel. Voici ma carte, je connais très bien Untel et Untel*... Mais il allait vite comprendre de quoi il retournait. Bammel reconnut soudain celui qui attendait derrière Falk. Ses yeux s'étrécirent jusqu'à ne plus former que deux fentes.

« Mais..., je vous connais aussi, vous.

— Nous voulons simplement... »

Falk se retrouva soudain catapulté de l'autre côté de la porte. Brahmke s'était propulsé en avant, l'avait brutalement écarté et serrait à deux mains la gorge de Bammel. De la chair blanchâtre boudinait entre ses doigts. Il entraîna le gros homme dans le vestibule et le tira jusqu'au salon. « Où est la tête, où est l'argent ? »

Bammel râlait.

Brahmke le coinça au fond du fauteuil le plus proche. Bammel cherchait à retrouver son souffle.

« Je ne comprends pas, je ne sais pas…

— Ce que nous voulons ? Vous ne savez pas ce que nous voulons ? Tu nous prends pour des cons ! »

Brahmke lui donna un violent coup de pied dans le tibia. Il hurla de douleur. Il blêmit. Brahmke leva la main et le cogna derrière l'oreille. « Pas de salades ! Tu crois qu'on ne sait pas compter jusqu'à trois. On sait tout. » Et il le frappa d'un revers de main. Un filet de sang lui ruissela des narines.

Falk repoussa Brahmke qui se dirigea vers une desserte, examina un soliflore, en retira une rose qu'il huma.

Falk tendit un mouchoir à Bammel. Le gros homme le pressa sous son nez et contempla les taches de sang.

« Vous venez d'entendre ce que mon… collègue vient de dire, et vous avez bien senti qu'il ne comprenait absolument pas la plaisanterie. Bon, les discours les plus courts étant les meilleurs, nous sommes au courant, Bammel, alors inutile de tourner autour du pot, votre chantage est terminé. Vous allez nous rendre immédiatement ce que vous vous êtes approprié en quelque sorte indûment : la tête et l'argent. Ce n'est tout de même pas trop demander, si ? Puis nous signerons la paix et nous nous séparerons en bonne intelligence. C'est une proposition honnête, non ? »

Bammel chercha un endroit sec sur le mouchoir. De petites gouttes de sueur s'étaient formées sur son front.

« Vous étiez dans le coup, vous aussi, à cette époque-là ? » s'inquiéta-t-il.

« Ne vous occupez donc pas de ça. »

Falk regarda en direction de Brahmke, qui tenait à présent une lourde chope de bière à la main.

Bammel semblait réfléchir.

Brahmke leva la chope à la lumière d'une fenêtre et lut : « À notre moteur, pour ses cinquante ans. Tes amis et collaborateurs. »

Bammel lâcha le mouchoir, fouilla sa poche à la recherche du sien, se tamponna le nez, puis déclara tout à coup :

« Pas comme ça, messieurs ! »

Brahmke soupesa la chope qu'il tenait par l'anse. Aux aguets, Bammel ne perdait pas un de ses gestes. « Vous me prenez pour le dernier des demeurés. La tête et l'argent resteront là où ils sont. C'est mon assurance-vie, vous comprenez. C'est ça, le chantage ! Regardez donc comment ils font, en Amérique ! »

Brahmke reposa la chope.

Bammel se leva. « J'accepte de m'entretenir avec le colonel von Gross au sujet de nos intérêts communs, pas avec ses larbins. Et maintenant, vous disparaissez. »

Falk était sans voix. D'où pouvait bien lui venir cette soudaine audace ? N'avait-il toujours pas compris à qui il avait affaire, avec un type comme Brahmke ?

Celui-ci restait impassible. Il s'était mis à tripoter tous les bibelots de la desserte.

Bammel ouvrit sa montre de gousset et annonça : « Je vais avoir une réunion avec mes amis et mes collaborateurs. Ils seront tous là dans quelques minutes, et ça pourrait tourner vinaigre pour vous. Alors vous sortez d'ici et vous dites au colonel qu'avec ce genre de médiations brutales, je ne risque pas de baisser mes prix. »

Brahmke agit très vite. Il franchit d'un bond les quelques pas qui le séparaient de Bammel et de toutes ses forces il lui envoya un grand coup de pied dans l'estomac. Tandis qu'il partait à la renverse, souffle coupé, Brahmke lui avait déjà passé son bout de corde autour du cou et traînait son corps massif qu'il projeta au fond du fauteuil. Bammel faisait de grands gestes impuissants des bras.

« Otto, arrête, il va étouffer. » Falk avait essayé de donner un ton de commandement à sa voix, sans être certain d'y être parvenu. « Otto ! »

Brahmke lâcha prise. Bammel tomba en avant, râla, toussa et Brahmke lui donna une série de coups de poing au moment où il s'étranglait de nouveau. Il vomit par le nez et la bouche et sa tête prit une teinte cramoisie. Les poings de Brahmke s'écrasaient sur la face du gros homme, dont la tête oscillait au rythme des coups. Du sang, de la morve et du vomi giclèrent.

« En haut, l'argent est en haut, dans une commode… dans la chambre à coucher.

— Eh bien, tu vois, avec un peu de bonne volonté, on y arrive », commenta Brahmke.

Falk entendit gémir les marches de l'escalier.

« Et la tête, où est la tête ? »

Il s'approcha de Bammel qui gémissait en se palpant le visage, et eut du mal à articuler.

« Je… je ne sais pas. J'avais… C'est Wotava qui s'en est chargé.

— Et où je vais le trouver, Wotava ?

— Il doit encore être… au garage. »

Bammel tourna la tête et un long filet de bave sanguinolent s'échappa de sa bouche et tomba sur le bord du tapis persan. Il se passa le dos de la main sur les lèvres.

« Il en manque un bon paquet… » Brahmke venait d'entrer avec une grosse liasse de billets, dépliés entre ses doigts comme les branches d'un éventail. « T'en as déjà dépensé, salopard de maître chanteur, mais crois-moi, tu vas rembourser ce qui manque. » L'argent disparut dans la veste en cuir. « Bon, et maintenant passons au point suivant de l'ordre du jour. » Brahmke écarta Falk d'une bourrade, se planta jambes écartées devant le fauteuil et mit tout son poids dans le coup suivant. « Où est la tête ? »

Bammel était sonné. Il hurla comme une bête martyrisée. Du trou rouge en bouillie qui béait au milieu de son visage en charpie sortaient des cris de souffrance ininterrompus.

Comme Huber ! Aloïs Huber avait crié comme ça, lui aussi. Insupportables, ces hurlements !

« Il me l'a déjà dit, où était la tête, cria Falk pour couvrir les hurlements de Bammel, alors, arrête, Otto, ça suffit maintenant. »

Brahmke le regarda, étonné. « Pourquoi tu me l'as pas dit tout de suite ! » Il bondit derrière Bammel, la lame d'un couteau à cran d'arrêt étincela dans sa main et d'un geste vif, il la fit glisser sur le cou du patron de la Sarolea.

Les cris cessèrent immédiatement.

Bammel écarquilla les yeux, essaya de dire quelque chose, mais seuls des râles et des gargouillements s'échappaient de son gosier.

Une estafilade rouge s'était formée sur son cou. Brahmke le fit tomber tête en avant sur le tapis persan. Il lui appuya un genou dans le dos, appliqua de nouveau la lame du couteau sur le cou jusqu'à ce qu'un flot de sang gicle contre le fauteuil. Pour éviter d'être éclaboussé, il fit un saut de côté par-dessus les jambes qui gigotaient.

« Mais t'es devenu complètement marteau ? Mais qu'est-ce que tu fais ? » bredouilla Falk. Il agrippa Brahmke à l'épaule, essaya de le tirer en arrière, mais la brute se débarrassa de lui comme d'un vulgaire moustique.

Falk vit la tache de sang qui s'étalait vers le bord du tapis, débordait sur le parquet, s'insinuait dans les interstices des lames, se rassemblait dans les petites inégalités du sol. Il avait des bourdonnements dans les oreilles et se sentait incapable de bouger. Il ne savait même plus depuis combien de temps il était arrivé.

Quand les jets de sang s'espacèrent, Brahmke s'approcha du corps sans vie et joua de nouveau du couteau. Deux, trois gestes brusques, saccadés.

Falk n'en crut pas ses yeux.

Brahmke se releva, essuya la lame du cran d'arrêt sur la chemise de Bammel. « L'assassin fou des milieux motocyclistes récidive. Cette fois, il n'emporte pas la tête. A-t-il été dérangé ? Belle une, hein ? Tu vois, moi aussi, je lis les journaux. » Brahmke replia le couteau, le glissa dans la tige de sa botte, en profita pour vérifier l'état de propreté de ses semelles, puis s'intéressa au manteau de Falk. « Pas une tache, le monsieur ! Remarque, t'es resté assez loin ! » Il poussa Falk hors de la maison.

Il n'y avait personne dans la rue. Une chance.

Brahmke marcha rapidement en direction de la voiture. Falk trottinait derrière lui, encore consterné par ce qu'il venait de vivre. La brutalité de Brahmke, les hurlements de Bammel, la tête à moitié tranchée, c'en était trop pour lui. Il s'était compromis avec un dément. Comment allait-il s'en sortir ?

Il essaya de réfléchir. Fou, lui, des clous ! Brahmke faisait place nette. Il ne prenait jamais d'initiative. C'était la signature du colonel. Le colonel ne voulait pas de témoins de ses sales affaires. Il ne connaissait pas de frein à ses ambitions. D'abord Huber, puis Volkmar et à présent Bammel. Le prochain sur la liste allait être Wotava, puis peut-être Lamprecht. Et ensuite ? À qui le tour ? Pas de doute, il fallait qu'il entreprenne quelque chose, et le temps était compté.

Juste avant d'arriver à la voiture, Brahmke lui posa un doigt sur la poitrine.

« Dis-moi, tes cuirs, comment tu les entretiens, toi, finalement ?

— Quoi ? »

Ce type était décidément complètement tordu… et le regardait de l'air le plus innocent du monde.

« Parce que le cuir, ça finit par être cassant, hein, avec le temps !

— Heu…, dis-moi, comment tu… »

Brahmke l'interrompit et lui prenant la main :

« Passe donc tes doigts là-dessus ; tu sens comme c'est doux ? C'est même vachement doux, non ? C'est encore de la marchandise d'avant-guerre. Ça se sent, non ? Comme quand je l'ai achetée. »

Hébété, Falk ne sut que répondre.

« J'enduis toujours ma veste d'huile de poisson mélangée à une pointe de bitume. Cette odeur me rend nostalgique, tu comprends !

— Ah ! » Falk fut incapable d'ajouter un mot.

« Et pour le cuir, c'est ce qu'il y a de mieux, hein !… Et vu la tête que tu fais, vaut mieux que je conduise. »

Brahmke ouvrit la portière et s'assit au volant.

« Bon, il s'appelle comment, le suivant de ta liste ? »

36

Arno passa sous l'arche du porche et pénétra dans l'arrière-cour. Il se dirigea vers le garage et béquilla sa machine devant la pompe à essence. Le Hanomag qui servait au transport des motos était garé à côté. Un long tuyau partait du poste à essence et plongeait dans le réservoir. Wotava était donc rentré de Francfort et s'affairait à ses travaux d'entretien habituels.

Mais il ne se montrait pas.

Arno fit le tour du camion et constata que les motocyclettes avaient été descendues à l'aide du palan. Le mécanicien n'était pas non plus au garage sous abri accoté au mur mitoyen, ni entre les vieilles voitures, les deux-roues, les moteurs, les vilebrequins, les piles de pneus et autres pièces de rechange.

Lapompe devait donc être à l'atelier.

La baraque en planches de guingois, avec son avancée semblable à une véranda et ses fenêtres aux vitrages noircis quasiment aveugles de poussière sale et grasse et de toiles d'araignées était installée du côté droit de la cour, tout près de la fosse sur laquelle était garée la Lancia d'entreprise de Bammel.

Lui aussi était donc de retour.

Il entra dans l'atelier méticuleusement rangé et appela Wotava. Sans succès.

Où pouvait-il bien être ? De toute façon, pas bien loin, car il était bien trop consciencieux pour laisser trop longtemps ses chers outils sans surveillance – surtout ceux qui lui appartenaient en propre.

Impatient, Arno pianota sur l'établi et contempla le grand étau. Que faire ? Il prit un tabouret, sortit sous l'avancée et s'installa. Attendre, naturellement ! Attendre, attendre, attendre ! Ce serait bien la première fois que tout se passerait sans anicroche. Il s'adossa à la cloison de planches et posa ses pieds sur le bord d'un seau rempli de terre, d'où sortait une fleur d'une quarantaine de centimètres.

Ces derniers temps, Wotava s'était découvert des talents d'horticulteur et croyait avoir la main verte. Plusieurs baquets, pots et vieux seaux où poussaient diverses plantes délimitaient l'avancée couverte et conféraient à la cour, d'ordinaire plutôt dénudée et sobre, une sorte d'intimité secrète, le charme d'un jardin ouvrier. Machinalement, il tâta la terre du seau. Humide. Son mécano était soigneux, un homme d'ordre, comme on dit.

Il était vraiment curieux de savoir ce qu'il allait répondre à ses questions.

Au début des années vingt, c'est dans cette cour qu'avaient débuté leurs affaires de contrebande. Wotava et lui, quelquefois ensemble avec le camion, mais la plupart du temps lui tout seul sur la bécane, jusque dans les pays limitrophes, Autriche, Suisse, France ou Luxembourg… C'étaient des virées difficiles et dangereuses.

Et de temps à autre, Bammel leur demandait aussi d'organiser un transport dont il avait un besoin pressant – « C'est urgent ! » –, du cuivre par exemple. On s'attaquait alors à une ligne téléphonique. Ils avaient une fois sectionné des câbles, de nuit, le long de la voie ferrée de Landshut, les avaient enroulés sur un énorme tambour et avaient transporté le tout à Munich. S'ils s'étaient fait prendre, ils seraient certainement encore au chaud à Stadelheim. Qu'est-ce qu'on ne fait pas pour survivre !

Wotava entra dans la cour en traînassant. Il portait sa combinaison bleue de mécano et un maillot de corps gris taché d'huile. Il mordait dans un énorme bretzel et vint directement vers Arno dès qu'il le vit.

Il lui tendit la main. « Salut, Arno. Dis-moi, où t'étais tout ce temps ? Tu t'es déjà défilé à Neu-Isenburg, il a même fallu que je me trimballe ta coupe et la couronne que tu avais oubliées chez les types de la radio. Ensuite, tu ne t'es pas pointé au raout de la remise des prix – et je te rappelle que c'est toi qui as gagné la course –, et ici il a fallu que je me tape tout le boulot. Et pourtant tu sais bien que c'est une sacrée corvée, quand il faut décharger tout seul les motos du camion. »

Lamprecht s'était levé et approché tout près de Wotava. Il le saisit fermement par le poignet au moment où il allait mordre à nouveau dans son bretzel. « Tout ça, j'en ai rien à cirer, Hinnerk. Qu'est-ce que tu foutais avec ma femme, quand tu l'as rencontrée peu de temps avant sa mort, sur la Johannisplatz ? Tu te rappelles, c'était en novembre 23, à la veille du putsch. Tu portais une veste en cuir. »

Wotava l'avait écouté, bouche bée. Il libéra son bras. « Alors comme ça, j'avais une veste en cuir ce jour-là ! Mais c'est intéressant, ça, Arno ; et tu te rappelles encore ce que j'avais comme chaussures aux pieds, ou la couleur de mon froc ? »

Arno lui agrippa de nouveau le bras. Le bretzel fit un vol plané. « Arrête tes conneries ! » Wotava se libéra en lui tapant sur le bras d'un coup sec du tranchant de la main. « Calme-toi, Arno, je vais tout t'expliquer. Calme-toi, vieux, calme-toi. » Il lui désigna le tabouret. « Rassieds-toi là et écoute-moi bien calmement, bien calmement, d'accord ? »

Arno respira à fond, serra les dents et obéit. Wotava ramassa son bretzel.

« Je vais te raconter toute l'histoire, Arno, tu vois, mais uniquement parce que c'est toi, et que tu me l'as demandé si gentiment, et aussi parce que ça fait longtemps que je veux te l'envoyer dans les dents. À toi, le roi de l'autojustification. Parce qu'une fois, c'est la faute aux freins, une autre, celle du grand con, et maintenant c'est mon tour. T'es jamais responsable de rien, Arno…

— Lapompe !

— Bon. J'ai effectivement rencontré Véra ce jour-là, c'est exact. Pour être précis, j'avais rendez-vous avec elle et j'avais déjà poireauté une heure sous mon parapluie sur la Johannisplatz. Elle m'avait prévenu que ça pourrait durer un peu plus longtemps que prévu, mais qu'il fallait que je l'attende quand même, quoi qu'il arrive. Elle m'avait même prié de le lui promettre haut et fort, que je le jure même.

— Pourquoi ?

— Elle avait absolument besoin de l'argent, du reste des dollars.

— Quels dollars ?

— Le reste de l'argent des boucles d'oreilles qu'elle m'avait confiées pour que je les lui vende. »

Arno lui mit les girandoles sous le nez.

« Celles-là ? »

Du bout des doigts, Wotava soupesa les pendants d'oreilles.

« Oui, celles-là, exactement celles-là. Et je lui ai donné le reste de l'argent, et puis nous… »

Arno rempocha les boucles.

« Pas si vite, Hinnerk, je veux toute l'histoire, et depuis le début. Donc, tu dis que Véra t'a supplié de vendre ses bijoux. Elle t'a demandé ça quand ?

— Deux ou trois jours avant. J'avais rencontré Véra par hasard, au marché, on a causé de choses et d'autres jusqu'à ce qu'elle me dise tout d'un coup qu'elle avait un besoin pressant d'argent, et si je connaîtrais pas quelqu'un qui pourrait transformer ses boucles en dollars. Il a fallu que je jure de n'en parler à personne, et surtout pas à toi. Quand je lui ai demandé pourquoi elle avait besoin de cet argent, elle m'a dit que ça ne me regardait pas.

— Et après ?

— Eh bien, elle m'a répété que ça pressait et m'a demandé si je pourrais avoir les sous pour le surlendemain. Je lui ai promis de faire tout mon possible. Nous avons pris rendez-vous et je suis allé montrer ces boucles à Eckhard.

— À qui d'autre, effectivement !

— Exact. Eckhard a examiné les boucles et les a achetées, presque au prix que Véra en espérait ; une affaire parfaitement honnête, donc. Le seul problème, c'est qu'il n'avait pas toute la somme disponible et qu'il m'a demandé deux jours pour rassembler tous ces dollars. Quand j'ai revu ta femme et que je lui ai dit que je n'avais pas encore l'argent, elle a été complètement sonnée et elle a chialé comme une Madeleine. Tout en reniflant, elle m'a parlé d'un rendez-vous vital, et que sans argent tout cela n'avait plus aucun sens. »

Ce que Wotava racontait là avait l'air parfaitement plausible et Arno commençait à comprendre.

« Bon, et alors ?

— Alors, tu sais, elle restait là debout, elle n'arrêtait pas de pleurer. Je n'arrivais même pas à la consoler. Elle m'a fait tellement de peine que je lui ai proposé toutes mes économies.

— Comment ça ?

— On est allés chez moi et je lui ai donné tous les dollars que j'avais gagnés aux virées. C'était pas autant que ce que Bammel acceptait de payer, mais elle a pensé que ça suffirait dans un premier temps, du moins si je lui donnais le reste le plus vite possible. Elle m'a encore fait une bise et m'a dit que tu devrais prendre exemple sur moi. T'as compris ça, Arno ? »

Lamprecht était très ému, il rougit de honte, gardant les yeux fixés sur la fleur plantée dans son seau.

« Compris, Arno ? »

Il fit un léger signe de tête.

« Oui, que je devrais prendre exemple sur toi.

— Oui, c'est ça, espèce de connard, parce que Véra a souffert comme une bête… ta passion du jeu, ton ivrognerie, tes poches éternellement vides. »

Arno se leva d'un bond.

« Arrête, Lapompe ! Me fais pas de sermon.

— D'accord ; et puis ça me regarde pas. »

Wotava posa le reste de son bretzel sur l'appui d'une des fenêtres de l'atelier.

« On devait donc se revoir ce jour-là. Entre-temps, Bammel m'avait donné la somme promise et j'ai remis à Véra le reste de l'argent de ses girandoles, comme tu dis, Johannisplatz, et peut-être qu'effectivement ce jour-là j'avais une veste en cuir. »

Arno se laissa retomber sur le tabouret. Avait-il une fois encore abouti à une impasse ? Véra avait vendu les boucles pour payer son avortement, cela ne faisait aucun doute. Toute cette histoire que Hinnerk venait de lui raconter était crédible, et notamment ce détail de la somme restante, car Wally Krössner lui avait rappelé que Véra lui devait encore de l'argent. Un point le chiffonnait encore.

« Dis-moi, Lapompe, dimanche dernier, le soir de la course, je suis allé voir Bammel et je lui ai montré ces boucles d'oreilles. J'avais appris qu'il les avait offertes à une de ses julies qui les avait ensuite engagées chez le prêteur sur gages chez qui j'ai eu mes entrées pendant des années. C'est d'ailleurs comme ça que j'ai pu les racheter. Alors, à ton avis, pourquoi Bammel n'a pas voulu se rappeler que c'est à toi qu'il les avait achetées ? Pourquoi il n'a pas répondu à mes questions et tout simplement avoué qu'elles venaient de toi ? C'est bizarre, non, tout de même ? »

Wotava reprit son bretzel et en arracha une bouchée qu'il mâcha un certain temps avant de répondre, la bouche pleine :

« Pas du tout ! Bammel ne savait pas d'où je les tenais, et je ne suis même pas sûr qu'il me l'ait jamais demandé. Quand tu les lui as montrées, il a tout de suite compris que c'étaient celles qu'il m'avait rachetées – faut dire aussi qu'il serait difficile de les confondre.

— Comment ça ? Comment tu peux être certain de ce que tu avances ?

— Parce que Bammel n'a pas traîné, il est venu me voir tout de suite après que tu as quitté l'hôtel.

— Et pourquoi toi, et pourquoi tout de suite ?

— Parce qu'après ce que tu venais de lui dire, il a dû penser que j'aurais peut-être détaché ces boucles des oreilles de Véra sans son accord, si tu vois ce que je veux dire. Et c'est d'ailleurs exactement ce que tu as pensé toi aussi, avoue ! Ce n'est que quand je lui ai raconté ce que je viens de te dire qu'il a été soulagé, parce qu'il s'est rappelé que Véra vivait encore au moment où il les a achetées. Parce qu'il avait réellement cru que j'avais coupé la tête de Véra aussi et ensuite seulement prélevé les bijoux... »

Arno se leva d'un élan.

« *Aussi* ? Tu viens bien de dire : "la tête de Véra *aussi* " ! T'as encore coupé d'autres têtes, Hinnerk ? »

Wotava le regarda un instant, hébété.

« J'ai dit ça, moi, "la tête de Véra *aussi*" ?

— Oui, Hinnerk, c'est exactement ce que tu as dit.

— Ben, tu sais bien, il s'agit de cette histoire, là... »

Wotava bafouilla, se détourna un peu et donna plusieurs petits coups de pied dans un des seaux.

« Là, cette histoire, là, qu'est-ce que tu veux que je te dise ? Cette vieille affaire, là, pense donc à l'Eichsfeld. »

Arno saisit Wotava aux épaules et le secoua.

« Raconte-moi ça aussi, dans l'ordre, Hinnerk, parce que je veux toute l'histoire. »

Wotava regarda soudain par-dessus l'épaule d'Arno et ouvrit de grands yeux.

« Et nous aussi ! » La voix était dure.

Arno lâcha le mécanicien et se retourna.

Il se retrouva face à un énorme barbu et, un pas derrière lui, il n'en crut pas ses yeux, le grand con, une arme à la main.

« C'est qui, ceux-là ? » demanda le barbu à von Dronte.

Von Dronte les désigna du canon de son pistolet.

« Celui-là, c'est Hinnerk Wotava, le mécanicien du groupe, l'autre s'appelle Arno Lamprecht, le pilote de course. »

Le barbu toisa Arno.

« Hum, on se connaîtrait pas, par hasard ?

— Qu'est-ce que tu veux que j'en sache, petite tête de porc-épic ? »

Il ressentait déjà des tressaillements dans les membres, le désir de cogner.

« Tu ferais mieux de dire à ton pote l'aristo de remballer sa pétoire, il risque de se tirer une balle dans le pied. »

Un violent uppercut à la mâchoire lui coupa net le sifflet. Il sentit la dureté du sol sur lequel il s'écrasa à la renverse, et ses pensées se brouillèrent.

Il aurait encore voulu dire : Je te connais aussi, moi, petite tête de porc-épic, on s'est vus au Viktualienmarkt, mais il entendit vaguement répondre : « Je te connais, moi aussi, je te connais. » Mais était-ce bien lui qui venait de parler ?

« Allons dans l'atelier, on sera plus tranquilles », ajouta une voix.

« Un moment. » Ça, c'était celle du grand con.

On le releva.

« T'es sûr que tu me connais ? » C'était le barbu qui posait la question. « Parce que sinon, tu vas pas tarder à me connaître pour de bon, crois-moi ! »

On passa dans un lieu plus frais et sombre. Ce devait être l'atelier. Il reprenait lentement ses esprits.

Putain, quel coup !

Il se rendit compte que le grand con l'attachait par les bras dos à un pilier et qu'il restait debout derrière lui. Il distingua devant lui une silhouette imposante qui d'une seule main à la gorge repoussait Wotava contre l'établi, lui cassait le dos en arrière.

Qu'est-ce qu'ils pouvaient bien leur vouloir, ces deux-là ? Et ce von Dronte ?

« Où est la tête, espèce de mécano de mes deux ? »

Où est la tête ? Il avait déjà entendu cette question quelque part. Sa propre tête bourdonnait.

« Avant que je te le demande autrement : où est cette tête ? »

Un début de bagarre. Des cris. Wotava avait réussi à se redresser et essayait de passer à l'attaque. Le temps d'une seconde, un éclat lumineux étincela dans le jour falot qui tombait des vitres sales. Le barbu hurla de douleur. Des poings volèrent, les deux corps se confondirent en une seule ombre qui bondit en tous sens jusqu'à ce qu'ils se séparent et que l'un d'entre eux soit projeté en arrière à l'autre bout de l'établi et retombe lourdement sur le sol cimenté. L'autre silhouette se pencha sur lui.

La voix de von Dronte parvint à Arno.

« Qu'est-ce qui se passe ? »

Le barbu envoya un coup de pied dans le flanc du corps bizarrement étendu, membres déjetés.

« Merde, je crois qu'il est cané. Il est tombé le crâne en plein sur l'étau.

— Et maintenant, qu'est-ce qu'on fait ?

— Ben, il nous reste l'autre. »

Une seconde plus tard, Arno avait en face de lui le visage du barbu. Deux gifles lui remirent les idées en place.

« Où est la tête ? »

Oui – exactement ! Il se rappelait à présent. C'était chez les flics, à Munich, Ettstrasse. Ils l'avaient arrêté, le tabassaient, demandaient toujours la même chose : *Où est la tête ? Où est la tête de ta femme ?*

« Quelle tête ? »

Le coup de poing l'atteignit au plexus.

« La tête de Huber. »

Il gémit.

« La tête de Huber ? Mais je ne connais pas de Huber. »

Le poing s'écrasa sur son nez.

« Où est cette tête ? »

Le visage du porc-épic se brouilla, ses contours s'estompèrent. Arno sentait son cœur lui battre jusque dans les oreilles.

« Mais moi aussi, les gars, je cherche une tête. »

Les mots résonnaient dans sa poitrine en un écho sourd. Est-ce qu'il parlait depuis une bouche d'égout ? Son nez lui faisait à nouveau très mal.

« Arrête, ça suffit. »

Le grand con.

Qui a bien pu cacher les têtes ?

« L'Eichsfeld, tu connais ? »

Mais c'était où, ça ? Le poing s'enfonça dans l'estomac.

« T'es un champion sur ta bécane, à ce qu'on dit. »

Sur quelle bécane ?

Il eut l'impression que sa mâchoire cédait.

Ses jambes le lâchèrent et il glissa lentement le long du pilier. Il sentit les minuscules échardes s'enfoncer dans la chair de ses poignets, la paume de ses mains. Il vomit sur les chaussures du porc-épic qui le remit debout, et de nouveau ses poignets et ses mains frottèrent contre le bois brut du pilier, ce qui lui fit encore plus mal que son nez et son estomac réunis.

Sa nuque cogna contre le pilier.

Où est la tête ?

Quelle tête ?

Où est la tête ?

Ça suffit, Otto !

Qui est Otto ?

Un coup sur le nez.

Ferme-la, je vais lui trancher la…

Sensation de métal froid sur la gorge.

Peut-être que la tête est au fond d'une caisse dans l'Eichsfeld.

Une douleur au cou.

Ça suffit, maintenant, Brahmke.

Qui est ce Brahmke ?

Où est la tête ?

Le porc-épic va me couper la tête…

Mais pas maintenant, nom de Dieu !

Il ouvrit les yeux.

Le porc-épic était là, devant lui, tout près. Il ne disait pas un mot. Sa tête était légèrement penchée en avant, de sorte que les poils de son collier de barbe touchaient presque le front de Lamprecht qui sentait encore contre sa gorge la main qui tenait le cran d'arrêt. Elle paraissait y prendre appui, mais le porc-épic ne bougeait plus. Il le regardait encore néanmoins, incrédule, mais son regard se troubla et un jet de sang jaillit de sa bouche grande ouverte.

37

Brahmke fit encore un dernier effort pour se cramponner aux épaules de Lamprecht, mais il glissa tout doucement le long du corps du pilote et tomba à genoux. Falk le repoussa de côté et il s'affaissa comme un sac de sable, à plat ventre sur le sol cimenté. La veste en cuir faisait une petite bosse à l'endroit où le manche en bois la transperçait, et une tache de sang s'étala peu à peu autour du petit trou. Brahmke ne représentait plus aucun danger. Falk mit la main dans la poche droite de la veste en cuir et en retira l'argent du chantage.

Brahmke avait mille fois mérité ce qui lui arrivait. Quelle idée d'aller tuer les gens comme ça…

Le cœur de Falk battait à tout rompre et ses mains se mirent à trembler. Il les pressa l'une contre l'autre et s'efforça de respirer calmement. Il compta. Un, deux, trois…

Il sentit qu'il venait enfin de faire ses preuves. Peut-être serait-il devenu un bon soldat, et pas seulement un bourreau.

Les genoux de Lamprecht fléchirent soudain, il bascula de côté, mais les liens qui le rattachaient au pilier l'empêchèrent de s'affaisser complètement sur le sol. Falk se rendit auprès du mécanicien de Lamprecht et l'examina. Hinnerk Wotava ne bougeait pas. Il avait l'air vraiment mort.

Falk regarda Lamprecht, indécis. Il revit ce qui venait de se passer, sans trouver d'autre issue que celle qu'il venait d'envisager à l'instant. Tout allait dépendre des réactions de ce type aux réflexes déroutants.

Falk ouvrit les mains. Elles tremblaient encore, trop pour être en mesure de dénouer les liens qui entravaient Lamprecht. Il jeta un regard alentour et se baissa pour ramasser le couteau de Brahmke qui gisait sur le ciment non loin des pieds de Lamprecht.

Il referma la main sur le manche, le serra et retrouva peu à peu son calme.

Il coupa les liens, adossa Lamprecht au pilier, se recula à une distance raisonnable et ne le quitta plus des yeux. La chemise ensanglantée d'Arno lui sortait du pantalon et sa veste s'était retroussée. Le visage barbouillé de sang et de bave, les orbites gonflées et noires, les yeux qui fixaient le vide se mirent tout à coup à aller en tous sens, essayèrent de s'orienter. Leur va-et-vient erratique se ralentit et Falk eut l'impression que Lamprecht reconnaissait des objets dans l'atelier.

D'un coup de pouce, il leva le cran de sûreté de son Browning qu'il fourra dans sa poche, doigt sur la détente, prêt à faire feu.

Lamprecht ouvrit les bras, s'étira largement, sa poitrine palpita, il gémit de douleur. Il hocha la tête, se passa instinctivement la main sur le front et contempla, incrédule, la tache de sang qui poissait sa paume. Il avait l'air de reprendre ses esprits. Il se tâta le menton et vérifia l'état de ses dents ; son regard tomba sur

Brahmke et enfin sur Wotava dont le corps était étendu devant l'établi.

Il s'aida du pilier pour se redresser complètement, vacilla sur ses jambes, marcha en titubant jusqu'à son mécano et le secoua par les épaules. Il cracha par terre et ses premiers mots franchirent sa bouche dans un cri. « Oh ! Lapompe, viens, vieux, fais pas le con. Hinnerk ! »

Il comprit, baissa un instant la tête en silence. « Mais qu'est-ce que vous avez fait, bande de salopards ! » murmura-t-il, les yeux braqués sur le cadavre.

Falk désigna le corps de Brahmke. « C'est lui qui a fait ça. »

Sans se retourner, Lamprecht imita sa façon de parler en étirant les syllabes : « C'est lui qui a fait ça ! »

Falk nota que Lamprecht bandait ses muscles. Il n'allait pas tarder à bondir. Les secondes décisives. On voyait qu'il se préparait et il se retourna tout d'une pièce d'un pivotement inattendu.

Falk sortit son pistolet, serra la poignée à deux mains et visa le corps massif en plein milieu de la poitrine.

« On se calme, je peux t'aider à retrouver le meurtrier de ta femme. »

38

Il regarda le grand con. Comment était-il arrivé jusqu'ici, celui-là, dans cet atelier ?

Il vit la poulie du palan qui pendait du plafond, le porc-épic étendu à ses pieds, puis Wotava. Il en eut assez. Il voulut faire demi-tour et fuir, comme d'habitude, mais il vit le trou noir du canon d'un pistolet dirigé droit sur lui. Bah, ce n'était pas la première fois. Avant que le grand con puisse tirer, il…

Il ne fit pas un geste. Qu'est-ce qu'il venait de dire, ce type ? « … t'aider à retrouver le meurtrier de ta femme » ?

Arno ne bougea pas. Du calme. Chaque chose en son temps. « Je ne comprends pas. » Il se passa la main sur le visage, sentit l'odeur du sang poisseux, vit qu'il en avait sur les mains. « Je n'y comprends rien ; vous débarquez sans crier gare, vous posez de drôles de questions, vous me tabassez, vous tuez mon mécanicien, ensuite tu poignardes ce type avec un tournevis, et tu fais comme si de rien n'était, tranquille comme Baptiste, et tu m'annonces que "C'est lui qui a fait ça" ! »

Sa tête bourdonnait. Il se sentait dans un état affreux. Quels liens entre tous ces événements ? Il fit un pas en direction du pistolet de von Dronte. « Et maintenant, tu prétends aussi vouloir m'aider à retrouver le meurtrier de ma femme. Mais t'es dingue, ma parole ! »

Il faillit lui cracher les derniers mots au visage. Rester calme, pour une fois, remettre d'abord de l'ordre dans tout ça, et agir ensuite. Une fois seulement ! Il se détourna avant que le doigt de von Dronte ne devienne trop nerveux, contempla de nouveau ses mains, respira profondément. « Alors explique-moi donc comment tu vas m'aider. Et d'abord, qui c'est, le type allongé là ? »

Il ouvrit la porte d'une armoire-vestiaire métallique et se regarda dans la glace sans perdre de vue von Dronte qui ne bougeait pas. Il ne vit pas que le sang, mais un masque suant, pâle comme un mort, qui l'effraya un peu.

« Ce n'était pas un ami, mais un de tes anciens associés.

— Quoi ? T'es décidément complètement cinglé ! »

Il chercha un chiffon et s'essuya le visage.

« C'est une longue histoire.

— Une longue histoire, répéta Arno, mais quel rapport avec ma femme ?

— Bon, tu veux tout savoir, ou tu n'en veux que des petits bouts ? »

Von Dronte parlait fort, mais sa voix manquait d'assurance. Arno ricana. Von Dronte venait de tuer un homme. Il était encore très choqué et il perdait pied, jetait ses dernières forces dans la bataille. Comme lui. Il remarqua qu'il s'essuyait toujours les mains avec son chiffon.

« Bon, alors raconte. Mais rengaine ton arme ! »

Von Dronte hésita, sa main droite qui étreignait toujours la poignée disparut dans la poche de son manteau.

« Ce type s'appelle Otto Brahmke. C'était le garde du corps du colonel von Gross.

— Connais pas.

— Mais le type par terre, si, tu le connais.

— Possible.

— Un jour, il t'a livré quelque chose, pas vrai ?

— Euh, oui, c'est possible, mais quel rapport avec toute cette saloperie ? »

Von Dronte poursuivit : « Après la guerre, le colonel von Gross a fait la contrebande internationale de drogues et de médicaments trafiqués, et ton patron Bammel, ton mécano et toi-même, vous étiez dans le coup. » Arno voulut protester. « Attends. Le colonel se procurait les drogues et vous, vous vous chargiez du transport. Vous avez certainement fait ça avec vos motocyclettes ou avec les voitures qui traînent dans la cour. Fahr und Kipp, service de transports rapides pour drogues en tous genres, pour ainsi dire. Le tout en échange de dollars, que vous vous êtes partagés tous les trois avec le colonel. Exact, ou pas ? »

Arno ne répondit pas. Fahr und Kipp ? C'était à désespérer, tout le monde en savait toujours plus sur lui que lui-même ! Du moins le croyaient-ils.

« Tu n'es pas obligé de répondre. Il y a quelques jours, j'ai eu l'occasion d'épier ton patron et ton mécano, et je crois avoir compris ce que vous avez trafiqué à Munich, en 1923. Mais dis moi une chose : c'est toujours Brahmke qui vous livrait les paquets ? »

Mais dis-moi une chose. Comment il lui parlait, ce

grand con ? Il balança le chiffon contre l'armoire métallique, mais s'efforça de répondre calmement. Parce que ce qu'il voulait comprendre, c'était ce qui s'était passé ce jour fatal de novembre, et il n'était donc pas question de gâcher quoi que ce soit.

« À cette époque-là, j'étais pas toujours en possession de tous mes moyens, si tu vois ce que je veux dire, mais je crois bien ne l'avoir rencontré qu'une seule fois, ton porc-épic, au Viktualienmarkt. C'était pour une virée – on appelait ça comme ça entre nous, des virées – en Autriche, peu de temps avant le putsch, tu te rappelles, un ou deux jours avant qu'on se frotte tous les deux dans ce tripot de Bogenhausen. Pendant des années, on avait eu affaire à un autre type, pour les livraisons.

— Et il s'appelait comment, cet autre type ?

— Aucune idée. Ce genre de choses passait par Bammel. Je ne connaissais pas son nom, je ne le rencontrais qu'au Jardin anglais. C'est là qu'il me donnait ces trucs.

— Il ressemblait à quoi ?

— C'était un gros avec des dents en or.

— J'en étais sûr.

— Sûr de quoi ? Tu pourrais pas t'exprimer plus clairement, que je comprenne ? »

Von Dronte n'avait toujours pas bougé, mais il avait sorti sa main de sa poche.

« Je continue. Le colonel a donc voulu se mettre, lui aussi, à la contrebande de drogues, mais en supprimant l'intermédiaire. Il est allé voir Bammel, lui a fait une offre intéressante, et lui a annoncé que le gros dont ton patron s'était servi jusque-là voulait se retirer des affaires. En réalité, il l'avait, disons-le comme ça, proprement écarté. Bon, ton ami Bammel a marché, mais comme un homme averti en vaut deux, il a voulu savoir avec qui il s'engageait. Il a donc fait suivre le colonel par ton mécanicien. Par pure curiosité, par méfiance, par précaution ou pour une toute autre raison.

— Oui, ça lui ressemble bien.

— Bon, tu vois ! Après que cet accord a été conclu entre von Gross et Bammel, quand un visage nouveau, et donc forcément suspect, est arrivé ici, au garage, pour louer une voiture, ton patron a demandé à ton mécano de le filer, parce qu'une fois de plus il a voulu savoir précisément qui magouillait quoi et avec qui. Au cours de cette filature, Wotava a repéré l'endroit où le colonel a fait assassiner puis enterrer votre ancien associé, le gros avec les dents en or. Bammel a dû se dire : "On ne sait jamais, c'est une information qui pourra peut-être servir un de ces quatre."

— Oui, c'est bien comme ça qu'il est.

— Singulier hasard que Wotava ait assisté au meurtre et à l'enfouissement du cadavre. Mais peut-être que Bammel s'est douté de ce qui pouvait arriver au gros. Probablement aussi qu'il savait par ailleurs de quoi le type qui venait lui louer la voiture était capable. Parce que ton Bammel mettait aussi ses véhicules au service des corps francs, il connaissait donc son monde, et il avait certainement déjà eu affaire au colonel à propos d'autres affaires. Peut-être aussi qu'il craignait qu'il lui arrive la même chose qu'au gros. »

Arno haussa les épaules.

« Tu sais, je n'ai pas toujours compris tout ce qui se passait à l'époque, et tout compte fait, faut dire aussi que je n'y tenais pas spécialement non plus.

— Les courses de motocyclettes, ça coûte cher, on est bien placés tous les deux pour le savoir, la concurrence est féroce et ces derniers temps les petits fabricants tombent comme des mouches. C'est alors que Bammel s'est rappelé le bon vieux temps et s'est dit qu'il pourrait échanger cette information qu'il gardait au chaud contre des espèces sonnantes et trébuchantes, d'autant que ledit colonel prétend maintenant se lancer dans une carrière politique, comme député du Reichstag. Ces vieilles histoires de Munich – je veux parler de ses activités criminelles des années troubles d'après-guerre, et de cette disparition – ne pourraient que le gêner, si elles venaient au jour.

— Ça, j'ai bien compris.

— Quoi qu'il en soit, Bammel veut faire chanter le colonel. Celui-ci ne réagit pas. C'est alors que ton patron, sans doute pour lui montrer qu'il ne plaisante pas, envoie une lettre anonyme à la police dans laquelle il leur indique l'endroit précis où le corps du gros aux dents en or a été enterré. Un coup de semonce, en quelque sorte. Pour resserrer encore le nœud coulant, il envoie ton mécano sur les lieux pour qu'il tranche la tête de la dépouille afin de la garder comme moyen de pression supplémentaire, et aussi pour désorienter les flics. Tu comprends ? Des années après, ton mécano va creuser, déterrer un cadavre, ou ce qu'il en reste, et lui couper la tête. Pas très appétissant, tout ça, hein ? »

Arno fixa le visage de von Dronte. L'histoire commençait à le fasciner.

« Et tu prétends que c'est Wotava qui l'aurait décapité ?

— Oui, avec un couteau, une hache ou une pelle – on ne le saura jamais. Dis-moi, continua von Dronte en agitant les mains, est-ce que ces derniers temps, sur l'ordre de Bammel, tu ne serais pas allé à l'Eichsfeld ? »

Arno ne répondit pas, ne sachant pas très bien tout ce que Wotava avait pu raconter.

« Tu vois, parce que c'est là que tu as encaissé l'argent de l'échange, l'argent du chantage. C'est de ça qu'il est question. »

Arno réfléchit. Il ne voyait toujours aucun rapport incontestable entre l'histoire que lui racontait von Dronte et l'assassinat de sa femme. Ou Wotava lui aurait-il menti ? Peu importait pour l'instant, il fallait que von Dronte aille au bout de son récit. Il le relança :

« Et cette tête, au sujet de laquelle le porc-épic n'a pas arrêté de me questionner, la tête du gros avec les dents en or, c'est celle que le colonel veut maintenant récupérer et que Bammel et Wotava ont cachée. »

Von Dronte opina : « Exactement !

— Et celui à qui appartient cette tête s'appelle…

— Huber, Aloïs Huber !

— Mais toi, mon cher Herr von Dronte, qu'est-ce que tu viens faire là-dedans ? »

Von Dronte se tut, gêné.

Arno reprit : « Tu faisais partie des bourreaux, n'est-ce pas ? Toi, toi et tes deux complices, ceux avec qui je t'ai rencontré à Bogenhausen, chez Oskar. Tu es une drôle de petite crapule, toi, dis donc !

— Ce n'était pas un meurtre, mais une exécution. Cour martiale. C'était la guerre.

— Cinq ans après l'armistice ? Bande de connards ! »

Arno cogna des poings contre l'armoire-vestiaire, le miroir se fendit et il contempla l'état de ses jointures.

« Alors… pourquoi ? Oui, pourquoi tu viens de me sauver la mise, pourquoi tu veux m'aider à retrouver la tête de ma femme ? On n'est pas si copains que ça, que je sache.

— Eh bien, à l'époque où j'ai fait ça, hum…, disons que je croyais le faire pour l'honneur de l'Allemagne, j'étais persuadé de punir un traître à la patrie. Je ne savais pas qu'il ne s'agissait que d'affaires juteuses et méprisables. Le colonel s'est servi de moi. »

Arno leva les yeux au ciel.

« Avec ou sans vaseline ?

— Je ne comprends pas.

— Pas grave, continue.

— Après ce chantage de Bammel, le colonel veut mettre toutes les chances de son côté, il ne veut pas de témoins vivants, tu comprends, pas un seul, il fait le vide, il ne fait plus grâce à personne. C'est pourquoi il a envoyé son cerbère. Les deux autres camarades, ceux que tu as vus chez Oskar, sont déjà morts, et il est plus que certain maintenant que je suis le dernier sur sa liste. Et c'est parce que j'ai compris ça que j'ai agi, pour éviter d'y passer à mon tour. »

Arno avait du mal à croire à toute cette histoire.

« Et moi, moi aussi j'étais sur sa liste ? Je n'ai pourtant rien à voir avec toute cette merde.

— Tu as empoché l'argent à l'Eichsfeld, ne l'oublie pas, tu étais dans la combine, toi aussi. Et le colonel ne s'intéresse guère aux finesses juridiques d'un procès selon les règles.

— Je comprends, mais pourquoi tu as arrêté la main de cette espèce de monstre, tout à l'heure ? Un concurrent de moins pour le championnat, pourtant !

— Putain, Lamprecht, si j'ai effectivement participé

à l'assassinat de Huber, c'est parce que j'ai cru agir dans l'intérêt de l'Allemagne, que j'exécutais un jugement envers un traître. Mais je ne suis pas une crapule, et je ne peux pas rester sans réaction quand Brahmke tue tout le monde.

— Et c'est donc par bonté pure que tu m'as sauvé la mise en poignardant Brahmke ? Mais tu n'es pas bon, von Dronte, tu n'es qu'un misérable salaud ! Et dis-moi enfin : quel rapport avec le meurtre de ma femme ? »

39

Lamprecht commençait à perdre patience. Falk palpa le canon de son arme dans sa poche, ce qui lui donna le courage de poursuivre.

« J'ai besoin de ton aide. Pour deux choses. Tout d'abord, il faut absolument que je retrouve la tête de Huber. »

Lamprecht devint cramoisi, hurla à se déchirer les poumons : « Mais est-ce que ce pays tout entier s'est transformé en asile de fous ? C'est *moi* qui cherche une tête, tu comprends, grand con, moi, moi, moi – c'est même pour ça que je suis là, que je suis venu questionner Lapompe, et j'attendais encore des réponses quand l'autre fou l'a tué. Je cherche la tête de ma femme et celui qui la lui a coupée. Tu cherches une tête, je cherche une tête, et à proximité de tous les circuits on découvre des corps sans tête. Qu'est-ce que c'est que ce cirque ? C'est à devenir fou ! »

Falk garda le cap.

« J'ai d'abord pensé que c'était toi, l'assassin.

— Quel assassin ?

— Le meurtrier de tous ces hommes aux abords des circuits.

— Et qu'est-ce qui t'a fait penser ça ?

— Heu… ben, j'ai cru que… n'est-ce pas… comme tu avais déjà tranché la tête de ta femme… »

Falk avala le reste de sa phrase quand il vit que Lamprecht était sur le point d'exploser. Il trépignait, ne cessait de dodeliner de la tête. « Je vais craquer, si tu continues… »

Falk ajouta rapidement pour essayer de le calmer : « Mais je ne crois plus que tu sois un assassin, sinon tu ne chercherais pas la tête de ta victime ! »

Lamprecht reprit, plus calme : « À la fin des fins, dis-moi comment tu veux m'aider !

— Écoute, je te fais une proposition : tu me dis d'abord où est la tête de Huber, et je te répète ce que j'ai entendu de la conversation entre Bammel et ton mécano.

— Mais nom de Dieu de merde, je ne sais pas où elle est, moi, cette tête ! »

Ce fut au tour de Falk de ne plus rien y comprendre et de frôler la crise de nerfs.

« C'est pourtant pas le moment de jouer au con, Lamprecht. »

Le poing de Lamprecht s'abattit sur l'établi : « Mais puisque je te dis que je ne sais pas où il est, ce putain de crâne. On n'a qu'à le demander à Bammel, il doit savoir, lui.

— Ça ne va pas être possible. »

Lamprecht le regarda, bouche bée : « Comment ça, pas possible ? Tu ne veux tout de même pas dire que…

— Si, c'est Brahmke qui l'a tué, il a même failli le décapiter. » Au souvenir de cet acte atroce, il relâcha un instant sa vigilance et ne vit pas une ombre se précipiter sur lui. Il réussit encore un pas de côté. Trop tard ! Lamprecht l'avait saisi au collet. « Putain de petit gommeux de merde ! Tu veux me rendre cinglé ? Tu veux me pourrir la vie ? » Falk étouffait. Sa main chercha la détente du Browning.

Soudain, Lamprecht le repoussa. « Est-ce que tu as bien compris que je n'ai plus de travail ? Mon patron est mort, mon mécano est mort ! Je ne peux plus participer au championnat, tu comprends ça ? Pour moi, le championnat d'Allemagne est terminé, fini, fi-ni. Ce qui est déjà grave pour moi. Mais qu'est-ce que tu crois que les flics vont penser quand ils vont retrouver le corps de mon patron ? » Lamprecht arpentait l'atelier. « C'est pas vrai, mais c'est pas vrai ! » Sa voix devenait de plus en plus hystérique. « Mais il y a de quoi devenir complètement cinglé, ma parole. Dans quelle maison de fous je suis tombé ? » Lamprecht s'éloigna, enfouit ses mains dans les poches et souffla dans un murmure : « Je suis à bout.

— Je peux t'aider », dit Falk. Lamprecht ne répondit pas.

Falk se rapprocha et lui mit la main sur l'épaule. « Ça me fait beaucoup de peine, Lamprecht, vraiment, crois-moi, mais je ne suis pas responsable de tout ça. Bon, jusqu'à un certain point, peut-être, je te l'accorde ; mais certainement pas de ces meurtres. Écoute-moi, maintenant : je crois, sincèrement, que je peux t'aider. »

Lamprecht repoussa sa main, se détourna : une brume de larmes lui troublait la vue. « Alors, arrête de radoter, et vas-y.

— Comme je te l'ai dit, j'ai entendu cette conversation à Neu-Isenburg. Je sais aussi que tu recherches le meurtrier de ta femme, et que tu as soupçonné ton patron ou ton mécanicien. Après que tu as quitté précipitamment l'hôtel, Bammel s'est empressé de se rendre au campement et a demandé des comptes à ton mécano. Il voulait savoir comment il était venu en possession de boucles d'oreilles qui appartenaient visiblement à ta femme, et s'il lui avait tranché la tête. Wotava a nié et dit que ta femme les lui avait tout simplement vendues. Ils ont ensuite essayé de rassembler leurs souvenirs, ont parlé de leurs anciennes affaires, des interrogatoires de police, de la date du crime, de ton arrestation et de l'alibi qu'ils t'ont fourni pour que tu ne sois pas obligé d'avouer aux flics où tu te trouvais réellement au moment de ce meurtre – c'est-à-dire en train d'assurer une de ces fameuses virées, comme tu appelles ces transports de contrebande criminelle. »

Lamprecht soupira. « Mais tout ça, je le sais ! »

Falk réfléchit. « Bon. Ensuite Wotava a raconté qu'il avait rencontré ta femme pour lui remettre le reste de la somme de la vente des boucles, si j'ai bien tout compris. Et Bammel a assuré que tout cela s'était indubitablement passé peu de temps avant le crime, et que Wotava devait être le dernier à avoir vu ta femme en vie. »

Lamprecht paraissait s'être repris.

« Continue !

— C'est alors que ton mécano a dit qu'il ne pensait pas que ce soit exact, parce qu'il avait encore raccompagné ta femme un bout de chemin et qu'elle était entrée dans un immeuble de la Corneliusstrasse, que ce n'était pas celui où vous habitiez, ta femme et toi, mais qu'on avait pourtant trouvé son cadavre dans votre appartement. Ta femme a donc dû rendre visite à quelqu'un dans la Corneliusstrasse.

— Il a vraiment dit Corneliusstrasse ?

— Oui ! Et ensuite ton patron a encore demandé s'il, Wotava donc, avait dit ça à la police et ton mécano a répondu qu'il ne dirait jamais rien aux flics, par principe d'abord, et encore moins qu'il avait rencontré ta femme peu avant sa mort, que ce serait trop dangereux pour lui d'aller raconter ça.

— Et il a dit Corneliusstrasse, tu en es absolument certain ?

— Oui, il me semble bien que oui. Ça te dit quelque chose ?

— Il y a un truc qui cloche là-dedans. La Corneliusstrasse est de l'autre côté de l'Isar. Wotava a dit qu'il avait raccompagné ma femme *un bout de chemin*, ou qu'il l'avait raccompagnée jusque chez elle ?

— Je ne me rappelle plus dans le détail ce que Wotava a dit.

— Bon. Corneliusstrasse, alors. » Il se dirigea vers la porte de l'atelier.

« Lamprecht, s'il te plaît. » Falk respira profondément. « J'ai besoin que tu m'aides. Je t'ai bien aidé, moi ! »

Lamprecht s'arrêta et lui lança un regard hostile, mais chargé de pitié.

« Oui, tu m'as peut-être aidé, mais ce n'est qu'une bricole par rapport aux torts que vous avez envers moi, ton colonel, le porc-épic et toi – je ne t'oublie pas. Tu comprends, espèce de grand con arrogant, les flics vont m'arracher les couilles quand ils vont découvrir le massacre de mes compagnons, de mes collègues ! Tu as fait de moi un chômeur, tu m'as enlevé toute chance de gagner le championnat d'Allemagne. » Lamprecht se détourna, pris de colère. « Mais tout ça, au fond, je m'en fous complètement. Je veux tout simplement retrouver celui qui a fait ça à ma femme. Tu comprends ? Le reste n'a plus aucune importance. Je veux seulement mettre la main sur le meurtrier de ma femme. Alors, fous-moi la paix ! »

Lamprecht repartit vers la porte. Il avait effectivement l'air de vouloir le planter là. Et Falk ne pourrait même pas lui en tenir rigueur. Il pointa néanmoins son pistolet sur Lamprecht, qui ne s'arrêta pas.

« Tire, mais tire donc ! Vas-y, dans le dos, c'est bien dans ton style, non ? »

40

Le grand con n'avait rien à lui proposer, rien, absolument rien. Et en plus monsieur avait des exigences. Il tendit la main vers la poignée de la porte. Il avait perdu. Une fois de plus, mais cette fois, il avait tout perdu. Le grand con pouvait bien tirer. Tout lui était égal. Sauf si cet idiot allait à la police…

Il se retourna et vit que von Dronte posait l'arme par terre.

« Ils tiennent Théa.

— Quoi ?

— Je ne t'ai pas encore tout dit. Quand Bammel a commencé sa tentative de chantage, le colonel a pris contact avec moi et m'a donné l'ordre de découvrir qui avait bien pu révéler le lieu où Huber avait été enterré. Je n'ai rien trouvé, mais depuis cette remise d'argent de l'Eichsfeld réalisée de main de maître par un as de la moto, il est persuadé que le maître chanteur et le pilote, c'est moi, et il veut que je lui rende et la tête et l'argent. Pour me maintenir sous pression, il a pris Théa en otage. Et je suis certain, quoi que je fasse, qu'il cherchera à me rouler et qu'il nous passera par les armes, Théa et moi.

— Ah, le salaud !

— Il faut donc que je délivre Théa, et tout seul je n'y arriverai pas. Aide-moi. »

Chaque mot était un appel au secours. Tandis que von Dronte continuait à parler, Arno réfléchissait.

« Tu cherches la tête aux dents en or avec moi, tu m'aides à délivrer Théa, et ensuite, je fais tout ce que tu veux pour toi. Je dirai tout à la police, je te tirerai de là, mais je t'en prie aide-moi d'abord à sauver Théa. »

Von Dronte lui tendit la main. « Je t'en prie, je t'aiderai, quoi qu'il arrive. » Dans la main de von Dronte, Arno sentit les mêmes cals que dans la sienne. Des cals qui se formaient quand on faisait sans gants des tours de piste à l'entraînement.

« Fais-le au moins pour Théa. »

Pour elle, et pour avoir une chance de se tirer de ce merdier, si du moins von Dronte tenait parole. Qu'est-ce qu'il avait encore à perdre ? Théa. Quoi qu'elle pense de lui. Pour une fois, il pouvait être l'homme de la situation.

Il lui tapa dans la main.

« Est-ce que Bammel aurait fait allusion à quelque chose quand…

— Oui, il pensait que Wotava savait où est la tête.

— Et Wotava, lui, il a dit quelque chose ? »

Von Dronte fit non de la tête.

Arno réfléchit, ouvrit la porte et pénétra dans la véranda. Il se pencha sur la rangée de fleurs, avisa un pot dont émanait un parfum entêtant. La tige de la fleur cassa quand il tira dessus, il s'en échappa du pollen et l'arôme du parfum s'intensifia.

Arno jeta la fleur sans ménagement, retourna le pot, lui donna quelques petits coups de la pointe de la chaussure, puis le souleva à hauteur des yeux.

Il mit sa main devant la bouche, tellement l'odeur avait soudain changé. Von Dronte pâlit. De petites mottes de terre tombèrent du pot comme des miettes de cake, dégageant ainsi les formes qu'elles dissimulaient. De fines racines couraient en se ramifiant sur des restes de peau cireuse et de chair auxquels adhéraient encore des cheveux bruns, gris sable. Elles s'enfonçaient dans les orbites, sortaient des cavités nasales, plongeaient dans une bouche sans lèvres, grande ouverte.

Des dents en or le narguaient. Il manquait deux dents au côté droit de la mâchoire.

« L'homme du Jardin anglais, devina Arno.

— Oui, c'est Huber, Aloïs Huber. »

La voix de von Dronte était filtrée par le mouchoir qu'il appliquait sur son nez.

« Le mieux, c'est qu'on la transporte dans un seau, en remettant de la terre dessus. »

Agir. Ne pas penser. Il avait toujours fait ça, et c'est ce qu'il allait encore faire à présent. Il chercha une pelle, un seau, préleva de la terre dans un des bacs, en recouvrit la tête, y piqua quelques géraniums et déposa le tout aux pieds de von Dronte.

« Et voilà le travail ! Il est temps qu'on se tire. Tu es venu comment ?

— Avec ma Mercedes, garée Kirchplatz.

— Parfait. Tu prends le seau et on les met. On va au Strohhöfer, mon hôtel quand je suis à Munich. Ils ont encore des chambres de libre. Et demain, Corneliusstrasse. Tiens, faut même qu'on y passe dès ce soir, juste que j'y jette un œil, sinon je n'arriverai pas à me calmer. »

Corneliusstrasse. Nom de Dieu, cela ne lui disait absolument rien. Mais peut-être que le simple fait d'y aller… Il reconnaîtrait peut-être un immeuble. Corneliusstrasse…

Il s'arrêta brusquement et agrippa le bras de von Dronte.

« Dis-moi, est-ce que mon mécano n'aurait pas dit Comeniusstrasse, pas Cor-ne-lius, mais Co-me-nius ?

— Possible, qu'est-ce que ça change ?

— Ça change que, dans ce cas-là, je saurais chez qui ma femme est allée. »

41

Arno entendit l'eau du robinet.

Les nombreux classeurs individuels suspendus lui filaient entre les doigts. J – K – L – Lehmann – Lampe – Lamprecht, Véra. Un rapide coup d'œil sur les notes, mais l'écriture manuscrite était difficile à déchiffrer. Des colonnes de chiffres, des abréviations, quelquefois des mots étrangers inintelligibles. *5.9.23 Soc. Indi. P. souhait avort.*, réussit-il tout de même à déchiffrer, puis une ligne plus bas : *8.11.23 Fort. doul. post avort.* Suivie d'une autre écriture manuscrite, d'un crayon plus pointu *physiog.* + *physiol.* = *proto. phrén.* = *matrice* ; tout le reste était sibyllin.

Le bruit de l'eau qui coule dans un verre cessa.

Ce type lui avait menti, c'était indéniable.

Arno referma vite le tiroir et reprit sa place de l'autre côté du comptoir de la réception.

À peine une seconde plus tard et la secrétaire lui tendait un verre d'eau. « Vous voulez peut-être vous allonger un moment ? »

Il avala le verre d'un trait. « Non, non, ça va déjà mieux, merci beaucoup. Mais le foehn est parfois difficile à supporter, et ça me donne de tels maux de tête ! »

Il la remercia une fois encore pour le verre d'eau, sortit du cabinet et monta dans la voiture.

« Ce type part ce soir pour une tournée de conférences et ne rentrera que dans une dizaine de jours. » Arno tendit à von Dronte une feuille de papier à lettres à en-tête. « Mais j'ai son adresse privée. Même au cas où il serait déjà parti, j'aimerais aller fouiner un peu dans les parages. En route, c'est dans la banlieue chic de Munich. »

Ils quittèrent la Comeniusstrasse. « On prend quelle direction ?

— Tu descends l'Isar jusqu'à Prinz-Ludwigs-Höhe. Tu vois le beau quartier de villas à l'orée de la forêt ?

— Non, désolé, je ne m'y connais pas tant que ça à Munich. Va falloir que tu m'indiques la route. »

Arno lui montra du doigt la direction de Wolfratshausen.

La veille, après avoir repéré les lieux, ils avaient bu ensemble une bouteille de schnaps au Strohhöfer. Sans échanger un mot, ils s'étaient regardés en chiens de faïence. Arno s'était étonné qu'ils puissent être assis ensemble, après tout ce qui s'était passé entre eux. Il essayait de comprendre von Dronte. Qu'est-ce qui avait bien pu le pousser à participer à tant de conneries ? Certes, après la guerre, chacun avait pris ses risques, sans toujours savoir quelles cartes il avait en main. Il était bien le dernier à avoir à y redire. Avec les idées d'honneur que ces hobereaux trimballaient avec eux, il n'était certainement pas facile à von Dronte de changer de peau, de quitter la dépouille d'un noble. Crétins de gommeux ! Chevaliers de mes deux !

Il en avait plus qu'assez, de ces types. Ils avaient vidé la bouteille, avec l'alcool ils avaient essayé d'alléger le poids de tout ce qu'ils venaient de vivre. L'idée que Hinnerk et Bammel étaient morts l'avait travaillé toute la soirée, mais ce qu'il avait décidé pour le lendemain pour faire son deuil l'emportait sur la tristesse.

Ils avaient aussi commencé à parler motocyclettes, mais pour se taire dès qu'ils s'en étaient rendu compte. Gêné, il était allé se coucher en chancelant et avait essayé de se concentrer sur les détails de son plan. Et il s'était aperçu qu'ils n'avaient pas échangé un seul mot à propos de Théa.

42

Ils traversèrent la ville en silence. Von Dronte aurait donné beaucoup pour savoir ce que Lamprecht mijotait. Est-ce qu'il l'aiderait tout de même, au cas où la piste qu'il suivait aboutirait une fois encore à un cul-de-sac ? Naturellement : Lamprecht le ferait pour Théa. Il lui avait tapé dans la main. Ça voulait dire quelque chose. Ça créait des liens. C'était une question d'honneur.

Il passa une vitesse en faisant grincer la boîte de vitesse. Lamprecht ne broncha pas. Honneur, fidélité ! Falk n'avait pas fait de bonnes expériences avec ça. Confiance, il fallait qu'il ait confiance. D'un autre côté, il avait bien fait crédit au colonel…

Ils atteignirent la route qui menait vers le sud. Lamprecht pointa le doigt. « À partir de là, c'est toujours tout droit, jusqu'au pont de chemin de fer de Grosshesselohe. Tu le verras apparaître sur ta gauche, tu ne peux pas le rater, il est énorme.

— Dis-moi, je peux t'appeler Arno ? »

Lamprecht haussa les épaules, l'air narquois. « Tu peux, Dronte. »

Falk était en train de doubler un attelage de chevaux.

« Arno, tu as fait la guerre ?

— Oui, pourquoi ?

— C'était comment ?

— C'est une expérience qu'on ne souhaiterait pas à son pire ennemi.

— Ni à des parents ? »

Lamprecht se mit à rire.

« Tu ne manques pas d'humour, Falk, ça me plaît. » Il secoua la tête. « Tu sais, pour être sincère avec toi, je t'ai toujours pris pour un grand con.

— Et moi pour un type très primaire, un cogneur. »

Falk jeta un regard à Arno et vit que son visage se fermait. Il commenta, laconique : « Euh, cogner, ça je sais encore.

— Mais sérieusement, Arno, c'est comment la guerre ? Je veux dire, avec les morts, la peur et tout ça ? Quand j'ai voulu m'engager, la révolution s'en est mêlée et j'ai toujours souffert de m'y être pris trop tard.

— Tu peux au contraire t'estimer heureux ! » Arno jeta un coup d'œil par la portière. « Bien que j'aie eu beaucoup de mal à me faire aux premières années de paix, je peux te dire que la guerre est ce qu'il y a de pire. La guerre, c'est la mère de toutes choses, comme on dit. Des uns, elle fait de petits enfants pleurnichards, qui crient après maman et se chient dessus, et des autres, pourtant de falotes têtes de linotte dans le civil, des bouchers sans scrupules, capables d'avoir encore des pensées claires quand les obus leur sifflent aux oreilles, en état de monter à l'assaut et de tuer. Mais ce n'est là qu'une face de la médaille. D'autres sont fracassés, tout simplement, par ce qu'ils ont vu et entendu, je veux dire par tout ce qu'ils ont vécu au front – si toutefois ils ont survécu. Personne ne s'en sort vraiment. D'une certaine façon, on est tous rentrés estropiés dans la tête, invalides, même avec tous nos membres. Moralement affectés, tu comprends ?

— Et pour toi, ç'a été comment ?

— La guerre ne m'a pas broyé, c'est plutôt l'après-guerre. Mes camarades ne comprenaient pas que je ne lève même pas le sourcil quand un obus éclatait près de nous, et moi je n'ai pas compris qu'après tout ça, ils puissent rester assis tranquillement dans leur salon, pantoufles aux pieds, comme si rien ne s'était jamais passé. Et ensuite, toute cette merde économique et financière, le manque d'orientation... À la guerre, tu vois, je comprenais de quoi il retournait, je savais ce que j'avais à faire. Même quand il se passait des choses horribles. J'étais tout le temps débordé, même si ce n'était que par ces putain d'obus ! J'ai été assez fort pour supporter toute cette merde mais, rentré à la maison, pour moi, la vie n'a plus été qu'une suite de catastrophes sans fin.

— Mais ce n'est pas aussi un honneur, pour la patrie... »

Lamprecht lui coupa la parole d'un ton bourru.

« Dans votre monde, peut-être, mais je viens d'un autre milieu. J'ai fait la guerre depuis le commencement, dans les Flandres d'abord, pour finir aux environs de Verdun. Moi aussi, j'ai chanté en 1914, quand nous sommes partis flamberge au vent, mais à la fin j'ai conchié tous ceux qui m'avaient entraîné là-dedans : les instituteurs, les généraux, l'empereur, et tous ces boniments mensongers sur l'honneur, la gloire et la patrie. » Du coin de l'œil, Falk vit qu'Arno le regardait. « Tu n'as pas la moindre idée de ce qui se passe vraiment à la guerre ! »

Falk haussa les épaules.

« C'est un abattoir, tu comprends ! Des milliers de jeunes gens qui s'étripent. De toutes les manières possibles et imaginables. On n'y tire pas que des coups de feu et on n'y meurt pas qu'en héros. On y hache, on y transperce, on y entaille ; on y bombarde, on y déchiquette, on s'y écharpe. Il n'y pleut pas que de l'acier, jour et nuit, mais aussi des morceaux de corps humains, tu comprends, et tu retrouves tout ça broyé au sol, de la boue excrémentielle, et ça crie, ça geint, ça pleure, et ça pue la chair humaine en décomposition ; et c'est alors que se répandent en rampant silencieusement les gaz toxiques. Et quand tu as survécu à tout ça, tu n'es plus le même qu'avant, tu ne chantes plus *Lieb Vaterland, magst ruhig sein,* tu es muet, tu comprends, muet pour toujours, tu n'as plus en toi que les cauchemars nourris par les souvenirs, il te reste l'impuissance et la colère, la peur aussi, et cette violence en toi, enfermée comme une horrible bête dans une goutte d'ambre jaune.

— Ce que tu me dis me paraît tout de même bien ambigu.

— Qu'est-ce tu entends par *ambigu* ?

— Eh bien, d'un côté tu dis que tu as réussi à supporter la guerre parce qu'elle a donné un sens à ta vie, de l'autre tu parles des pires événements que tu y as vécus et qui te poursuivent encore aujourd'hui dans tes rêves.

— Oui, c'est exactement ça ! C'est ça, la guerre, une bataille entre les deux faces d'une même médaille. »

Falk freina au bord de la chaussée.

« Le pont est juste devant. Il faut que je prenne l'air. »

Ils descendirent de voiture, traversèrent la route et contemplèrent à une centaine de mètres devant eux l'immense pont qui franchissait la vallée de l'Isar, perché à trente mètres au-dessus du fleuve sur les hauts piliers de blocs de pierre naturelle soutenant un tablier de caissons en forme de guirlande.

« J'ai souvent entendu des connaissances, des vieux grognards, reprit Falk, dire que nous aurions certainement gagné la guerre s'il n'y avait pas eu certains milieux qui… »

Arno lui coupa brutalement la parole : « Mais arrête donc avec ces salades ! Je n'y connais pas grand-chose en politique, mais je peux te dire que toutes ces amicales, ces associations et ces partis qui hurlent très fort au "coup de poignard dans le dos", au complot des civils de l'arrière et des politiques, qui s'élèvent contre le coût des réparations réclamées par les Alliés, contre l'armée limitée à 100 000 hommes et qui se montent le bourrichon contre toutes les conséquences de la guerre, sont exactement les mêmes que ceux qui nous ont foutus dans cette merde, et que ce sont les premiers qui nous y replongeront sans hésiter dès qu'ils en auront l'occasion. » Un léger vent se leva et Lamprecht remonta le col de sa veste. « Tu sais, Falk, au fond, en dehors de piloter une moto, je ne sais rien faire, c'est mon métier et il faut que je me débrouille pour m'en tirer, quelquefois le dos au mur. L'argent, tu comprends ! Je ne m'intéresse qu'à la ligne d'arrivée, aux jeux de hasard aussi, si tu veux, mais pas à la Memel, à l'Etsch et aux mers lointaines. Et si d'autres veulent continuer la guerre, sûrs de leur fait et certains de savoir pourquoi, pour des gens comme moi il n'y a qu'une seule issue : périr ou survivre. Et vivre en paix n'est pas le plus mauvais des rêves, crois-moi, sans grosses têtes du genre empereur et toute cette clique qui prétend faire le bonheur des gens.

— Tu as peut-être raison. Théa m'a répété plusieurs fois la même chose, en d'autres termes il est vrai. Il faut dire que les temps sont propices. Moteurs à essence, chauffage central, lumières au néon, radio, cinéma, aéronefs…

— … robes courtes, ajouta Lamprecht en ricanant.

— Exact, sauf que les femmes qui les portent sont coiffées comme des garçons. Eh oui, il y a toujours quelque chose qui cloche, personne n'est parfait. »

Ils rirent.

Après un long silence, Lamprecht tapota l'épaule de Falk. « Allez, viens, on continue, que je règle cette histoire une fois pour toutes. »

Falk tourna à la gare de Ludwigshöhe. Il pensa que, pour un homme sans instruction, Lamprecht disait des choses très sensées. Leurs points de vue pouvaient bien être différents, et leurs façons de vivre, ils étaient néanmoins assis ensemble côte à côte dans la même voiture.

« Qu'est-ce qui t'a amené à la moto, Arno ?

— Pendant la guerre, je me suis retrouvé dans une compagnie de transmissions. On avait des chevaux. On se servait aussi de chiens pour communiquer les informations, de pigeons de temps en temps. Mais le plus souvent, quand les fils et les liaisons étaient défectueux ou rompus, il fallait qu'on s'y colle à cheval.

Bref, un jour on a utilisé des motocyclettes prises à l'ennemi, et il a fallu des soldats qui n'avaient pas peur de devenir coureurs de brigade sur ces machines à la dernière mode, comme on disait alors. – Tu prends à droite, là. – Je me suis donc inscrit. Et c'était extraordinaire ! Après quelques jours, je connaissais ma machine sur le bout des doigts, j'étais rapide, habile, casse-cou pour tout dire – Au bout, à gauche ! – J'ai compris que je ne survivrais qu'avec cette machine et que tout ce que je ferais après la guerre aurait un rapport avec la motocyclette, d'une manière ou d'une autre. Un instant. » Lamprecht se pencha en avant et examina les maisons à travers le pare-brise. « Moins vite ! Bien, le chemin, là, derrière, tu le suis jusqu'à l'orée du bois. » Il se radossa au siège. « Et toi, l'amour de la motocyclette t'est venu quand ?

— Aussi longtemps que remonte ma mémoire. Je crois que je savais déjà rouler sur un deux-roues avant même de savoir marcher. Tu connais Jørgen Skafte Rasmussen ?

— Le patron de DKW ?

— Oui, c'était un excellent ami de mon père et il venait souvent au domaine. Comme il était au courant de ma passion pour les motocyclettes, il m'a offert pour la rentrée des classes un vélo pour enfant conçu exprès pour moi, avec un moteur auxiliaire, un petit modèle avant-coureur de ces moteurs deux-temps avec lesquels il a eu tellement de succès après la guerre. Et, crois-moi, j'ai adoré cette motocyclette, je montais dessus dès que j'avais une minute de libre pour pétarader dans tout le domaine. Mais ce qu'il y a de plus marrant dans cette histoire, c'est que Rasmussen était justement en train de déménager son entreprise de Chemnitz à Zschopau, à quinze kilomètres de là, dans l'Erzgebirge, et qu'il lui cherchait un nouveau nom, et mon père lui a proposé de l'appeler tout simplement DKW, *Des Knaben Wunschtraum*[1] ! Tu vois que ma passion se reflète jusque dans le nom d'une marque de motocyclettes !

— Tu as toujours une roue d'avance, félicitations ! On devrait bientôt y être, numéro 4, 5, 6. Exact, c'est la villa qui est juste là. Arrête-toi ici. Je vais voir si ce type est encore là. Sinon, je jetterai un coup d'œil quand même. »

Falk contempla la grande propriété qui s'étendait de l'autre côté de la route. Elle avait l'air inoccupée. « Et s'il n'est pas seul ? Il est certainement marié. Et, vu la villa, il doit avoir une cuisinière ou une domestique, ou les deux.

— Il faudra faire avec. Je n'ai pas le temps d'échafauder trente-six plans. »

Lamprecht referma la portière, souleva le couvercle du coffre de la voiture et fouilla dans la caisse à outils. Quand il se pencha à la vitre de la portière de Falk, le manche en bois d'un long tournevis dépassait de sa poche intérieure.

« Tu fais le pet ici, et tu joues de l'avertisseur si tu vois quoi que ce soit de suspect. »

Lamprecht alla directement au portail du jardin. Falk se retourna. Il se sentait mal à l'aise. Tout était

1. « Le rêve du gamin. » En fait, *Deutscher-Kraft-Wagen*, véhicule à moteur allemand, puis *Das Kleine Wunder*, la petite merveille et enfin *Der Kunde Weint,* le client pleure, le moteur à deux-temps consommant beaucoup d'essence.

tellement tranquille. Il entendit vers le sud le roulement sourd d'un convoi qui se dirigeait à toute vapeur vers le pont de Grosshesselohe. Cette rue avait l'air morte et on ne voyait strictement personne. Mais on devait facilement repérer tout individu étranger au quartier.

43

Arno s'engagea sur le chemin qui montait en pente douce vers la villa et sonna à plusieurs reprises. Personne ne lui ouvrit, il n'entendait pas un bruit dans la maison. Il fit le tour par le jardin jusqu'à une grande terrasse qui courait sur toute la largeur de la façade et qu'il atteignit en gravissant quelques marches. Elle était entourée d'une rangée d'arbustes taillés en créneaux. Il eut une vue merveilleuse sur le terrain arboré, et aperçut au loin une grande cabane de jardin ceinte de beaux ormes.

Il y en a qui ont les moyens !

Un rideau blanc voltigeait par la porte-fenêtre entrebâillée de la terrasse. Une chance.

Il se faufila dans cette maison étrangère comme un vulgaire cambrioleur, fit le tour des nombreuses pièces sur la pointe des pieds. Son cœur battait à tout rompre. Il ne savait pas ce qu'il cherchait vraiment, mais se laissait guider par son instinct, espérant reconnaître le cas échéant tel ou tel détail important. Il explora les lieux, rapidement et en silence, comme grisé, sans même prendre conscience de la richesse des tapis et des tableaux. Il inspecta une chambre à coucher et son dressing, un fumoir, une bibliothèque, une énorme salle à manger, un salon avec de lourds fauteuils en cuir, une cuisine et des celliers, de minuscules mansardes pour le personnel. Dans la cave, il vit des bûches de bois, des briquettes et un tas de charbon, le tout bien rangé sous les voûtes, et aussi une cave à vins et une buanderie. Mais rien qui l'eût alerté.

Quelque peu perplexe, il quitta la villa par où il était entré.

Restait la grande cabane de jardin. Il en fit le tour. Tous les volets étaient fermés. La porte était verrouillée. Arno élargit l'interstice entre dormant et panneau avec le tournevis, fit levier, le bois se fendit et le verrou céda. Il se glissa dans un petit sas sombre doté d'une seule porte. Il appuya sur la clenche, la porte s'ouvrit et… il se retrouva dans l'obscurité ! Le peu de lumière du sas suffisait à peine pour distinguer vaguement une table. Une odeur étrange vint à sa rencontre.

Quand on a une villa pareille, on a de la lumière jusque dans sa cabane de jardin ! Il tâtonna le long de l'huisserie et sentit un interrupteur sous les doigts. Il tourna le bouton à ailettes. Les lampes qui pendaient du plafond comme des dômes s'allumèrent en crachotant et illuminèrent une grande pièce dont les fenêtres étaient obscurcies par des stores noirs.

Son regard se fixa aussitôt sur les étagères, puis se porta sur un lourd bureau où étaient étalés, dans un désordre apparent, des classeurs, des notices, des livres ouverts, des pieds à coulisse de différentes tailles et des instruments aux branches courbes, semblables à ces pinces avec lesquelles on transportait des pains de glace. L'air absent, il lut le mot « crâniomètre » gravé sur une échelle de mesures.

Il s'approcha des étagères fixées au-dessus d'armoires mi-hautes dont les tiroirs portaient des étiquettes. À droite, il n'y avait que des livres, tandis qu'à gauche, c'étaient des crânes.

Oui, des rangées de crânes !

Il eut du mal à croire à ce qu'il voyait. Est-ce que ce type avait sa crypte personnelle ? La plupart des crânes étaient lustrés, et toujours, si tant est qu'il pût les déchiffrer sommairement, ornés de lettres et de chiffres différents mais tracés aux mêmes emplacements. Parfois, une mâchoire inférieure était reliée au maxillaire par du fil de fer, mais le plus souvent elle était rangée à côté du crâne à la denture ricanante. Sur l'étagère inférieure, il compta environ une douzaine de récipients semblables à des bocaux, remplis d'un liquide jaunâtre dans lequel baignaient des têtes entières, avec des lambeaux de peau et des cheveux encore attachés à la boîte cranienne, exposés là comme les préparations exotiques de la collection biologique de son école.

À droite de la porte, il y avait une vitrine aux portes fermées, tendues d'une étoffe sombre, suivie à sa gauche d'un bac en cuivre avec un robinet, rempli d'un liquide noir. Deux formes arrondies sortaient de cette sorte de brouet. Des gants de caoutchouc, des entonnoirs, diverses bouteilles avec des étiquettes en partie écrites en latin étaient à portée de main de celui qui devait s'affairer là. Le bac contenait sans doute des préparations. Comme celles de son professeur de biologie. Sauf que c'étaient des crânes. L'odeur d'ammoniaque l'obligea à se boucher le nez. Il se détourna, et son regard tomba sur le mur latéral.

On avait tracé sur toute sa surface une carte grossière du continent européen et de différents pays, y compris ceux du pourtour de la Méditerranée, du Maroc à l'Égypte, et du Proche-Orient, de la Palestine à la Syrie. L'axe est-ouest s'étendait du rivage occidental de la mer Caspienne au Portugal et l'axe nord-sud du Spitzberg au golfe de Libye. Sur toute la surface de la carte, on avait réparti des crânes sur de petites tablettes, selon des flèches noires qui allaient se ramifiant pour converger en plein cœur du Reich, d'un côté venues depuis les espaces orientaux du Proche-Orient, de l'autre tracées depuis les pays de l'Afrique du Nord en passant par l'Espagne. Il y avait là, sur un axe allant approximativement de l'Autriche-Allemagne à la Scandinavie, plusieurs crânes, distingués par un numéro 1 rouge peint sur le front. D'autres étaient marqués du même signe en Angleterre, dans le nord de la France et en Finlande. Tous les autres, de part et d'autre de cette ligne en allant vers le sud, portaient des numéros allant jusqu'à 12.

Il passa lentement devant le mur aux rayonnages et, dégoûté, contempla de plus près les préparations dans leurs bocaux. Il remarqua que les crânes appartenaient en fait à des grands singes, gorilles, chimpanzés et autres primates, ainsi qu'il crut le deviner à travers le liquide trouble, mais il n'était pas certain de ne pas reconnaître aussi dans l'un ou l'autre une tête de Nègre. Il frissonna. Dans les derniers bocaux de la rangée, il y avait des fœtus de différentes tailles à divers stades de développement. Là aussi, il fut incapable de déterminer s'ils étaient humains ou non.

Collectés dans les armoires à fichiers s'étalaient des dessins médicaux et anatomiques de crânes et d'os crâniens, des portraits photographiques d'êtres humains de face et de profil. Il lut des termes comme *Nordique*, *Westphalien, Balte de l'Est, Occidental*, *Slave oriental*, *Race dinarique*, tomba sur des expressions telles que *Migration maghrébine*, *Migration levantine*, *Mixité sémite*, *Ramollissement slave*, *Résistance caucasienne*, vit des flèches sur des cartes, trouva des livres sur les migrations des peuples, des textes dans des chemises en carton avec des titres manuscrits, par exemple *Études sur l'enseignement des caractères héréditaires et de l'hygiène raciale* ou *La valeur des races et la protection des faibles*. Il découvrit des fiches punaisées au mur avec des notices du genre *Existences superflues et eugénisme négatif* ou *Intellectuellement et moralement morts dans une société intellectualisée*. Il tomba sur quelques phrases soulignées d'un trait de crayon dans un livre : … *mais peut-être un jour accepterons-nous que l'extermination de ceux qui sont morts intellectuellement n'est pas un crime, un acte immoral, la marque d'une sauvagerie indifférente, mais une action autorisée et utile*. Il lut sur la couverture du livre : Alfred E. Hoche/Karl Binding, *Die Freigabe der Vernichtung lebensunwerten Lebens*[1], Leipzig, 1920.

1. *La libération du droit à l'extermination des vies inutiles*. « La libération de la destruction d'une vie qui ne vaut pas la peine d'être vécue », selon le titre de la traduction française parue en 2002, in *Euthanasie : le dossier Binding & Hoche*, par Klaudia Schank et Michel Schooyans, Ed. Sarment. Hoche et Binding étaient deux juristes qui prônaient l'euthanasie éliminatoire, des précurseurs de l'Aktion T4 nazie qui extermina, à dater de janvier 1940, par la famine, le gaz, les injections médicamenteuses létales, environ 71 000 malades physiques et mentaux dans l'intention d'assurer « la pureté de la race aryenne ».

Qu'est-ce que cela signifiait ? Que se passait-il ici ? Il tira d'autres ouvrages des étagères. Ils traitaient presque exclusivement de phrénologie anthropologique. Des livres de Lavater, de Huter et d'autres auteurs dont il n'avait jamais entendu parler.

Ça s'appelait comment ? *Phrénologie* ?

Langage médical inintelligible.

Une collection de crânes dans la cabane de jardin d'une villa cossue. Des crânes qui avaient été estimés, mesurés et classés sur une carte de l'Europe ? Était-ce le travail de savants ? Ou bien…

Et soudain, ce coup douloureux au côté, cette évidence qui le prit aux tripes.

Il tira une chaise de sous la table et s'assit.

Est-ce que parmi toutes ces préparations, il y aurait aussi…

Il dut rassembler ses esprits, se concentrer, essayer de comprendre selon quel principe, quelle méthode tous ces crânes avaient été inventoriés, marqués, rangés. Il y en avait peut-être une vingtaine au mur, le double sur les rayonnages. Il pouvait donc entreprendre une vérification rapide.

Il se leva et étudia l'étiquetage des tiroirs des armoires. Certaines inscriptions étaient des abréviations qu'il ne comprit pas, mais la plupart d'entre elles étaient tout simplement des chiffres qui allaient de 1 à 12. Quand il ouvrit le tiroir numéroté 5, il découvrit un système de dossiers suspendus avec plusieurs compartiments. Il sortit l'un d'entre eux au hasard et en renversa le contenu sur la table. Il découvrit la photographie d'un homme, des clichés pris sous différents angles ; sur d'autres feuilles encore, des représentations schématiques de boîtes crâniennes, sous différents points de vue elles aussi, des formulaires avec des colonnes de chiffres manuscrits. Sur un autre document, la photo de profil d'un crâne avec un trait rouge qui allait environ du trou de nez au point le plus éloigné de la voûte crânienne, et sous laquelle était noté : *Ligne auriculo-nasale : 22,5°*. Sur d'autres papiers encore, il découvrit des colonnes de chiffres réunies sous les intitulés *ventral*, *dorsal*, *latéral* et *supérieur*, et finalement une fiche plus petite avec les mentions :

N° d'expo. : 23

Ecart, de 0 = 3 – 6

Origine de la préparation : Hôpital municipal de Breslau

Nationalité : polonais

Origine géog./ethn. : Galicie occidentale

Sexe : m

Germa. : 0

Indogerma. : 0

Balt. : 0

Cauc. : 10

Slav. : 30

Rom. : mesu. insuff. précises

Lev. : 20

Sémit. : 30 à 35

Maghr. : 0

Autres : —

Angl. fac. de Camper : 22,5°

Suivaient une notation et une estimation avec d'autres chiffres, qu'il ne comprit pas à cause des nombreux termes latins.

Il replaça tous les documents dans leurs compartiments respectifs, remit le dossier en place et en sortit un autre. *N° d'expo. : 12.* Il trouva de nouveau des photographies, des formulaires, des colonnes de chiffres et des fiches. Cette fois, il s'agissait d'une femme qui avait été répertoriée selon les catégories habituelles ; elle venait de la prison de Pilsen, c'était une Allemande des Sudètes.

Il continua à chercher, se mit à comparer les notations des documents avec les inscriptions sur les crânes, et sut vite trouver le crâne qui correspondait à son dossier. Il croisa ainsi presque tous les pays européens, vit des visages d'hommes et de femmes de Bohême, de la région de Lüchow, de la vallée d'Aoste, de Transylvanie et de pays dont il n'avait jamais entendu parler, des provinces espagnoles, françaises et levantines. Manquaient quelquefois les clichés des crânes. Selon les notices, la plupart d'entre eux venaient d'hôpitaux, de prisons ou de cimetières des pays mentionnés.

Mais il ne trouva pas ce qu'il cherchait. Il était de plus en plus nerveux et pressé. Il retirait les dossiers avec agacement, les consultait négligemment et laissait leur contenu en désordre sur la table. Il ne pouvait pas rester des heures à fouiller.

Et c'est alors qu'il tomba sur *Nationalité : Allemand, Père : Italien* et reconnut l'homme de la photographie : Lorenzo Wagner, le reporter du *Dithmarschener Volkszeitung* ! Il passa au *Tiroir 0* et en tira brutalement un dossier. Le Nègre trompettiste de Hanovre ! Une courte indication : *Circonstances difficiles. Beaucoup de monde. Ai tenté le coup malgré tout. Un jeu d'enfants en fin de compte*. Ses mains se mirent à trembler. Dossier suivant : photographie d'un inconnu. Dossier suivant : le travailleur polonais itinérant. Origine : route départementale Iéna. Brève note : *S'est laissé inviter. Ai travaillé avec du poison cette fois*. Dossier suivant. Inconnu.

Dossier suivant…

Il eut le souffle coupé, l'estomac noué, fut la proie d'un étourdissement, des larmes lui jaillirent des yeux. Des photographies de Véra, apparemment prises clandestinement depuis l'autre côté d'une rue. Puis, très pénible à voir, la tête tranchée, seule. Elle aussi proprement photographiée sous tous les angles sur un fond neutre. Note laconique : *Ai ramené patiente chez elle. Décédée suite à un avortement salopé. N'ai malheureusement pas pu lui porter secours. Ai saisi l'occasion favorable.*

Ses mains tremblaient, le sang lui venait aux tempes et lui obscurcit un instant la vue, les notes bruissèrent entre ses doigts jusqu'à ce qu'il ne voie plus qu'une petite fiche :

N° d'expo. : 48

Écart, de 0 = 0 + exemple parfait, tant selon les mesures phrénologiques de l'ensemble du crâne que de l'apparence physiologique. Angle facial de Camper parfait. Fait autorité, prendre comme matrice.

Origine de la préparation : Haidhausen, Munich

Nationalité : allemande

Origine geog./ethn. : probab. aléman./Franconie

Sexe : f

Germa. : 85

Indogerma. : env. 3

Balt. : 0
Cauc. : 0
Slav. : 0
Rom. : env. 10 –12
Lev. : 0
Sémit. : 0
Maghr. : 0
Autres : —
Angl. fac. de Camper : 17,8°

La notice se brouilla. Où était la tête ? Le crâne n° 48.

Il prit une fois encore en main pour les vérifier les crânes des rayonnages et des étagères de la carte dessinée au mur ; en les remettant nerveusement à leur place, quelques-uns tombèrent bruyamment sur le sol et roulèrent sous la table en cahotant. Où était la tête de Véra ? Il pivota, les livres, les crânes, les documents tournoyèrent sous ses yeux. Il fut cerné de colonnes de chiffres jusqu'à ce qu'il se raccroche à la dernière possibilité.

Cette vitrine près de la porte du sas. Il l'ouvrit brutalement et… ils étaient là ! Neuf crânes. De 44 à 52. Décharnés, cireux et soigneusement numérotés. Sur l'étagère du bas, il découvrit même la boîte à chapeau de Véra.

Il tendit la main et toucha la voûte crânienne.

N° 48. Couvert de chiffres. Comme il l'avait bien compris, il servait d'étalon aux autres crânes. Il se secoua pour chasser le bourdonnement de ses oreilles.

La seule chose qui lui permettait réellement d'identifier Véra, c'était ce petit espace entre les incisives.

Il respira à fond. Avec circonspection, il prit le crâne entre ses mains et le posa sur la table. Puis il retourna à la vitrine pour chercher le carton à chapeau dans lequel il le rangea soigneusement.

Il ne savait pas depuis combien de temps il était dans la cabane de jardin, mais il était temps qu'il s'en aille. Il avait trouvé presque tout ce qu'il y cherchait.

Comme von Dronte ne l'avait pas averti, il n'y avait pas péril en la demeure. Il prit le carton par la bride, quitta la cabane, referma la porte du mieux qu'il put et retourna à la voiture. Il déposa le carton à chapeau sur la banquette arrière.

« Mais tu es blanc comme un mort ! »

Il ne répondit pas.

Il lui sembla que la voix de von Dronte venait de très loin. « Est-ce que là… je veux dire là, dans ce carton à chapeau… est-ce que c'est… »

Incapable de parler, il répondit par un petit signe affirmatif.

« Mon Dieu, et maintenant ? »

Arno regardait au loin, à travers le pare-brise. « Je vais faire cette nuit ce que je me suis juré de faire : remettre la tête de Véra là où elle doit être. »

Von Dronte démarra, roula sur environ deux cents mètres pour faire plus facilement demi-tour. « Et c'est où ?

— Au vieux cimetière.

— Je t'aiderai, je viens avec toi. » Von Dronte accéléra. « Et demain, on prend contact avec le colonel et on fait l'échange avec Théa. Ensuite… ensuite je me livrerai à la police et je leur expliquerai tout. »

La voiture repassait à petite vitesse devant les villas. Arno vit, sur le chemin qui montait vers le numéro 6, une femme élégante coiffée d'un chapeau prétentieux, accompagnée d'une petite fille en robe noire, tablier blanc et bonnet.

Il se tourna vers von Dronte et lui dit en détachant bien les mots : « Tu leur expliqueras tout, oui, mais après la course. »

44

Ils garèrent la voiture dans un étroit sentier forestier entre la rive du lac et le centre de distribution des eaux, à environ deux kilomètres du lieu du rendez-vous, explorèrent les environs et attendirent. Ils avaient huit heures d'avance. Lamprecht était persuadé que cela suffirait ; ils sont plusieurs, ils se sentiront en sécurité, ils pensent avoir tous les atouts en main.

Lamprecht était toujours calme quand il mijotait un plan. Un classique meneur de troupes de choc. Il n'avait pas raconté ce qu'il avait vu dans la cabane de jardin, et Falk n'avait rien osé demander. L'essentiel à présent était de mener cet échange à bien.

Lamprecht aiguisait avec enthousiasme et amour la baïonnette rouillée qu'il avait trouvée dans une brocante de Berlin. Puis il s'occupa des armes à feu. Il commença par démonter et remonter le Nagan. En vieux routier, il testait le fonctionnement de toutes les pièces du pistolet pour les assembler de nouveau. Il renouvela toutes ces opérations avec la carabine militaire.

Ils avaient trouvé un fournisseur pour ces armes de guerre au Moccadiele, un bouge de la Linienstrasse.

Falk connaissait ce genre d'endroits grâce à Théa qui aimait les petites descentes dans les quartiers louches de la ville dès qu'elle sentait qu'elle risquait de s'ennuyer dans la vie nocturne officielle de Berlin. Il l'avait toujours accompagnée en traînant des pieds, car cela pouvait être dangereux. L'apparence de Théa, son maquillage, sa coiffure, ses vêtements et son comportement leur attiraient à chaque fois des remarques salaces et désobligeantes. Il lui fallait la défendre contre des importuns, quelquefois même avec les poings. Le Moccadiele était justement un de ces lieux de rencontre de la pègre berlinoise. Théa aimait beaucoup y passer des nuits entières au milieu de maquereaux, de tricheurs, de petites frappes, d'indicateurs de police, de grandes gueules qui plastronnaient à propos de tous les coffres qu'ils avaient forcés. Mais le plus grand danger sur lequel elle était tombée dans sa vie, c'était d'avoir fait sa connaissance à lui, Falk. Avait-elle jamais songé à juger leur rencontre de ce point de vue ?

Le patron avait voulu faire monter les prix, arguant que les armes auraient appartenu à un général russe blanc qui avait fui les Bolcheviques. Ils avaient fini par trouver un accord, d'autant que Lamprecht était un négociateur hors pair, impatient surtout, qui ne laissait aucun doute sur la manière dont il aimait conclure ce genre d'affaires.

Il explorait le terrain toutes les deux heures, sortait des fourrés à grandes enjambées, courbé en deux, baïonnette au fourreau, glissée dans sa botte droite de motocycliste, jumelles en bandoulière. Il se déplaçait avec des gestes mille fois répétés.

Oui, Lamprecht était un vrai soldat ; il connaissait son métier et il avait fait son devoir pendant la guerre.

Et lui, Falk ? Qu'est-ce qu'il avait été ? Un bourreau ? Un vrai mouton oui, qui s'était laissé endoctriner et était devenu meurtrier à cause des flatteries de louches criminels. Et il ne lui restait plus qu'à boire le calice jusqu'à la lie.

Une brindille craqua et quand il se retourna, Lamprecht était derrière lui, de retour d'une de ses tournées d'inspection. « Ils sont venus avec deux autos. Je crois qu'ils sont cinq. Une des voitures est stationnée aux environs du carrefour, capot direction Chaussee. Deux hommes sont restés sur place, à creuser un grand trou, un autre s'est caché avec Théa dans les buissons derrière le monument de Bismarck, et je suppose que le colonel et un de ses hommes sont en route avec le second véhicule. »

Il regarda Arno. « Ils creusent un trou. C'est pas bon signe. »

Arno fouilla le coffre de la voiture « Évidemment ! Et tu ne te trompes pas si tu penses que ce trou vous est destiné, à Théa et à toi. Ils cherchent à t'entuber, tes vieux camarades... »

Lamprecht prit la direction des opérations, traça de l'index les itinéraires sur le sol meuble et expliqua son plan à grand renfort de gestes.

En réalité, Lamprecht était un type bien. Pourquoi ne s'en était-il pas aperçu auparavant ?

Arno jeta un œil à la montre de Falk. « Faut que j'y aille. Allez, tu me donnes une demi-heure. »

Falk le vit disparaître, entendit craquer quelques branches, puis ne perçut plus que le bruissement du vent dans les frondaisons.

Une demi-heure plus tard, il lançait son moteur.

Le colonel se tenait auprès de son auto garée sur le chemin caillouteux au pied de la petite montée. Derrière lui, le monument dédié à Bismarck s'élevait au-dessus des arbres de la forêt sombre. Falk aperçut un énorme lion de pierre qui veillait au-dessus du portail de l'entrée principale, une inscription aux lettres démesurées gravée dans la pierre du socle : *Sans peur et fidèle.*

« Über allen Wipfeln ist Ruh[1]. » Le colonel ricana. Il était vêtu d'une veste en loden, d'un vieux pantalon militaire aux jambes pincées dans des bottes à haute tige. Cassé dans la saignée du coude droit, un fusil de chasse à deux coups. Une ramille de pin était fixée dans le bandeau de son chapeau. Derrière lui, également habillé en chasseur, se tenait un homme que Falk ne connaissait pas. « Mes vieilles blessures ne m'ont pas menti : tu es plus malin que Brahmke. » Le colonel dégagea lentement le fusil de son bras et vint à la rencontre de Falk. L'homme qui l'accompagnait ne bougea pas. Le colonel désigna le monument qui s'érigeait dans son dos. « Regarde, petit, en l'honneur du fondateur de notre Reich. Un titan, un qui savait encore comment se gagnent les guerres, un chancelier qui savait comment traiter les ennemis intérieurs du Reich, les socialos, les cathos et la juiverie. Je te le prédis, un jour l'Allemagne retrouvera son ancienne grandeur et brisera les chaînes du honteux traité. »

Falk ne pouvait plus supporter ces discours. Plus maintenant.

---

1. « La paix règne sur toutes les cimes. » Citation d'un vers de Goethe extrait du poème *Wanderers Nachtlied*, qu'il aurait écrit au soir d'une randonnée le 6 septembre 1780.

« Garde ça pour ta clique de malfrats, et épargne-moi tes délires. Tu n'es qu'une crapule, un voleur, un receleur. Tu ne m'entuberas plus avec ce genre de baratin patriotard. »

Le colonel reprit son air narquois. « La façon dont on gagne son argent ne dit rien sur la manière dont on aime sa patrie. Notre mouvement a besoin d'argent, tu comprends, d'argent ! C'est même un devoir de s'en procurer, même s'il faut pour cela employer des moyens détournés. De plus, il n'y a que les imbéciles pour vouloir rendre le monde meilleur sans argent. Mais laissons cela. Les injures ne nous mèneront pas bien loin. »

Le colonel se tourna, sembla réfléchir, puis regarda de nouveau Falk dans les yeux.

« Comment as-tu fait pour te débarrasser de Brahmke ? Il est mort ?

— Il a eu un moment d'inattention, il est tombé sur un tournevis. » Le colonel se fendit d'une révérence exagérée.

« Chapeau ! Ah, Falk, mon fils, on aurait pu faire de grandes choses ensemble, toi et moi, dans le combat pour le bien de notre patrie. Mais il a fallu… (le colonel écarta théâtralement les bras) que tu t'adonnes aux jeux du cirque, aux bassesses profanes de la compétition motocycliste professionnelle. » Il secoua lentement la tête.

Comme au cinéma, pensa Falk, ou du très mauvais théâtre. Un cabot. Il aurait dû s'en rendre compte plus tôt.

Il avait une furieuse envie de lui sauter à la gorge. Il ne supportait plus ses boniments. Mais il tint bon et respecta ses engagements envers Lamprecht. Toute initiative intempestive mettrait Théa en danger. Il jeta un œil à sa montre. Plus que quelques minutes. Rester calme. Attendre. On ne gagne la course que la tête froide et toute précipitation risque d'entraîner la défaite.

Le colonel s'adressa brusquement à lui.

« Où est la tête, où est la valise ?

— Où est ma femme ? »

Le colonel ricana une nouvelle fois.

« Bien. Chaque chose en son temps. »

Il leva la main.

Un homme sortit de sous l'escalier du monument, poussant devant lui Théa qui se débattait et se cabrait, mains liées derrière le dos. Un foulard blanc lui écartelait la bouche. Elle donnait sans succès des coups de pied à l'aveuglette. L'homme l'entraîna.

C'en était trop. Quel salaud !

Falk voulut se précipiter sur lui, mais l'idée ne se communiqua pas à ses muscles. Il tressaillit, réussit à se maîtriser.

Le colonel avait senti le danger et tenait à présent un pistolet à la main. « Sois prudent, mon petit ! Reste tranquille, et va me chercher tout ça. »

Falk sortit le seau et la petite mallette de cuir du coffre de la voiture, les déposa aux pieds du colonel et recula d'un pas.

Von Gross fit un signe et son complice s'approcha, ouvrit la mallette, fit un signe de tête et il s'apprêtait à retourner le seau avec les géraniums pour le vider quand le colonel s'interposa vivement : « Pas ici ! Va savoir à quoi elle ressemble ! Et ça va puer très fort. Fais quelques pas dans le sous-bois, vérifie que tout est en ordre, et fais-moi sauter tout ça. Tu as la grenade ?

— À vos ordres ! » L'homme s'éloigna avec le seau.

« Libère ma femme maintenant. Tu as tout ce que tu voulais. »

Le colonel fit comme s'il n'avait rien entendu. Le pistolet dirigé sur la poitrine de Falk, il prit la mallette de sa main libre. Il fronça les sourcils. « Tu ne crois tout de même pas que je vais vous laisser partir ! Tu n'es quand même pas naïf à ce point, si ? »

Ils avaient donc bien l'intention de l'arnaquer. « Accepte au moins que ma femme s'en aille, elle n'a rien à voir avec tout ça. »

Le colonel secoua la tête. « Trop de risques. Je n'ai pas envie que tout recommence. Pas question. » Il vrilla ses yeux dans ceux de Falk. « Mais je vais... »

Le vent apporta un cri de surprise, suivi d'une exclamation de dépit. « Mais il n'y a rien dans ce seau, pas de tête, rien ! »

L'homme réapparut, brandissant le seau. « Que des putains de bégonias !

— Des géraniums », corrigea Falk, et dans le même temps, un coup de feu projeta l'homme à terre et le seau dans les airs. « Des putain de géraniums, pas des bégonias ! »

Le colonel se figea, détourna le regard une seconde de trop vers l'homme qui se tordait sur le sol en gémissant, ses mains enserrant sa cuisse gauche. Falk se jeta sur lui et le frappa violemment sur l'avant-bras avec le canon de son Browning. Le colonel hurla de douleur et lâcha son arme. « Tire, mais tire donc, cria-t-il en se tournant vers le monument, tire-lui dans le genou, pour que ce merdeux comprenne enfin qui fait…

— … la loi ici ! » termina la voix de Lamprecht qui apparut, carabine en bandoulière, au pied du monument. Falk le vit libérer Théa, lui retirer son bâillon, la soutenir pour descendre la pente.

Il appliqua le canon de son arme contre le cou du colonel.

« Prends garde à toi, espèce de salopard. Tu prends le volant, tu embarques tes deux bras cassés, tu vas rejoindre les deux autres guignols à qui tu expliqueras qu'ils ont creusé un trou pour des prunes. » D'une bourrade, il le poussa vers l'homme à terre. « Je t'avais pourtant donné au téléphone le nom de celui qui te faisait chanter, et Brahmke avait réglé le problème pour toi avant d'entreprendre cette dernière course qui lui a été fatale, en fidèle homme de confiance qu'il était ; alors laisse-moi tranquille maintenant, s'il te plaît ! C'est compris ? »

Le colonel ne répondit pas, aida son complice à se relever et le soutint tandis qu'il boitillait jusqu'à la voiture, suivi de Falk qui lui confia encore : « L'argent est pour toi, mais je garde la tête de Huber en otage. Tu m'as compris ? Je ne veux plus te croiser sur ma route. »

Après qu'il eut installé le blessé sur le siège arrière, le colonel s'assit au volant, claqua la portière et mit le moteur en marche. Il fit demi-tour, descendit la vitre et cria à Falk en passant près de lui à le frôler : « On se reverra, mon petit, je n'ai pas encore dit mon dernier mot. » Puis il fonça vers le monument, laissa monter l'autre homme, qui avait la tête en sang, et disparut dans un nuage de poussière.

Pendant ce temps, Lamprecht était arrivé jusqu'au chemin caillouteux tout en soutenant Théa. Épuisée, elle se laissa tomber sur une souche. Lamprecht ramassa le pistolet du colonel qu'il rangea avec sa carabine dans le coffre de la voiture de Falk.

Von Dronte se précipita vers Théa, s'agenouilla auprès d'elle et voulut lui passer le bras autour du cou. Mais elle lui martela la poitrine de ses deux poings. « Idiot, espèce d'idiot ! » Il essaya de la serrer contre lui, mais elle se leva, se débattit, zigzagua quelques mètres sur le chemin jusqu'à ce que ses jambes se dérobent. Elle se recroquevilla sur le sol.

Falk lui avait couru après ; il voulut la soutenir, mais elle se détourna. « Va-t'en ! Laisse-moi tranquille, et surtout, n'essaie pas de me toucher. » Elle se mit à sangloter.

« Théa, ça me fait tellement de peine. » Mais il n'osait plus la toucher.

45

Arno regardait défiler le paysage de la lande de Brandebourg. De Berlin à Werneuchen, c'était un simple saut de puce en auto.

Théa suivrait avec le directeur, lui avait annoncé von Dronte en réponse à son regard interrogateur, lorsqu'il était venu le chercher au lever du jour devant le petit hôtel de Köpenick, au sud-ouest de Berlin. Il avait prétendu que pour Théa, potron-minet était une heure barbare, l'heure pour les Indiens de passer à l'attaque, pour les coureurs de jupons et pour tous ceux qui avaient quelque chose à se reprocher de regagner leurs pénates.

Ils avaient ri, fait des commentaires, puis ils s'étaient tus pendant le reste du trajet. La tension était trop grande. Arno la lisait sur les traits du visage de von Dronte. Peut-être pensait-il à Théa, à tout ce qui était arrivé ; mais peut-être ne songeait-il qu'au dernier jour de la saison, celui qui devait lui apporter la décision finale. Victoire ou défaite.

Pour Arno, le championnat n'avait plus aucune importance. Il n'avait plus qu'un seul but : mettre coûte que coûte la main sur le type qui avait infligé cela à Véra.

Von Dronte le laissa descendre peu après Werneuchen, à la gare de Werftphul sur la route de Tiefensee. « Après la course, je me livrerai à la police et je leur raconterai tout.

— Réfléchis bien, il vont t'arracher les couilles, je les connais, les flics, tu vas passer un sacré bout de temps en taule.

— C'est bien le moins que je te doive.

— Te fais surtout pas de souci pour moi, pense à Théa.

— Écoute-moi bien, Arno, j'ai bien réfléchi à tout ça. Et je pense à Théa tout le temps, tu m'entends ? Le colonel n'aura de cesse que d'avoir éliminé tous ceux qui pourraient témoigner contre lui. Ma déposition va le mettre hors-jeu. Et je vais leur dire comment Bammel, Brahmke et Wotava ont été tués et aussi que tu es innocent de la mort de ta femme. » Falk laissa pendre son bras par la portière. « Mais je te prie de t'occuper de Théa parce que je crois qu'elle t'a à la bonne… »

Arno ne sut que dire.

« … et livre le type que tu recherches à la police, ne fais pas de… conneries, comme tu dis. Promis ? Sinon, tu vas tout gâcher et ma déposition n'aurait plus aucun sens. Si tu arrives à faire ça, tu es tiré d'affaire. »

Arno lui tendit la main. Ils se regardèrent dans les yeux. « Promis. Et toi, tu vas gagner le championnat !

— À bientôt !

— Au plus tard sur la ligne d'arrivée ! »

Il claqua la portière et regarda la voiture qui s'éloignait. *Promis, Arno !* Promis, promis, tout ça ne voulait pas dire grand-chose. Jusque-là, les promesses ne l'avaient pas beaucoup aidé.

Quelques centaines de mètres plus loin, Falk tourna à gauche devant les barrages qui interdisaient l'accès motorisé au circuit. Il cahota sur le chemin de terre qui le conduisit au campement des pilotes.

On avait délimité le terrain où régnait déjà l'agitation habituelle des jours de compétition. Vers l'est, Arno repéra la baraque de la ligne de départ. Des policiers en uniforme et des agents de sécurité stationnaient devant une rangée de barrières qui bornaient le parcours de la course en direction de Hirschfelde. Pour Arno, c'était le meilleur emplacement avant le départ de l'épreuve. De là, il pouvait embrasser du regard à la fois les flots de spectateurs qui descendaient des trains de Berlin et l'immense aire de stationnement surveillée aménagée sur une prairie en face de la gare.

Il partait de l'idée que ce salopard allait rester aux alentours de la ligne de départ pour suivre la course. S'il se plantait le long du circuit, il n'aurait aucune chance de le repérer. Il fallait qu'il se fie à sa bonne étoile. Cela dit, il jouait son va-tout et aurait refusé de parier un kopeck sur ses chances.

Il s'adossa à l'un des arbres qui bordaient la chaussée et attendit.

Le tumulte commença vers neuf heures. De plus en plus d'autos, de cyclistes, de piétons arrivaient de Werneuchen, prenant toute la largeur de la route pour investir les abords du parcours, derrière les barrières de sécurité. Descendaient en même temps des trains spéciaux des masses de voyageurs qui agitaient des drapeaux, des fanions et qui chantaient à tue-tête. Beaucoup transportaient des sièges, pliants ou non, d'autres des tabourets ou des escabeaux pour avoir meilleure vue sur le spectacle.

Découvrir un visage parmi ces milliers de gens ! À proprement parler, c'était mission impossible. Et si ce type portait un chapeau, et de surcroît enfoncé sur le front ? Au milieu de cette marée humaine, comment reconnaître quelqu'un en l'espace d'une seconde ? Impossible.

Il fallait donc qu'il prenne aussi en compte d'autres indices. Un style de vêtements, par exemple. Comment était-il habillé, ce type ? S'il en jugeait par l'installation de sa villa, il était sapé milord, mais pourquoi pas en motocycliste ? S'il était élégamment vêtu, il avait plus de chances de le repérer, le choix serait plus restreint.

Un groupe d'anciens combattants républicains en coupe-vent gris et casquette bleue passa bruyamment devant lui.

Beaucoup parmi les jeunes spectateurs portaient l'uniforme, montraient ostensiblement leur appartenance politique. Sans doute parce qu'on n'était pas loin de la capitale. Il repéra les couleurs gaies des Jeunes du Front social-démocrate, les tenues des amicales de syndicalistes randonneurs et celles des mouvements sportifs ouvriers, les chemises vertes des organisations de jeunesse qui fédéraient les républicains. On en vint aux mains quand un groupe de socialistes en chemises bleues se retrouva sur le quai face aux chemises brunes des SA. La police remit de l'ordre à coups de matraque et s'efforça de garder sous contrôle le chemin qui menait de la gare au circuit. Il se dit que ce genre d'échauffourées allait se répéter durant la course, car la police ne pouvait pas être présente partout.

Une heure plus tard, tandis que ses yeux allaient nerveusement d'une silhouette à l'autre, d'un visage à l'autre, l'aire de stationnement était pleine à craquer, la gare continuait à dégorger des masses de gens et la chaussée se transformait en une grande zone de migration motorisée.

Un motocycliste freina soudain devant lui.

« Nom de Dieu, Arno, qu'est-ce que tu fous là ? » Fiffi Gernersheim remonta ses lunettes de vitesse sur sa casquette en cuir. « T'es là comme en vitrine. »

Il lui tendit la main : « Eh ben, et alors, c'est interdit ?

— Tu lis pas les journaux ? Jette un œil sur la une. » Il porta la main sous sa veste en cuir et en retira le *BZ am Mittag* qu'il lui déplia. « LE REICH ALLEMAND EST MEMBRE DE LA SDN », lut-il en énormes caractères.

« La colonne de droite, en bas.

— *Inauguration de la tour émettrice de radio. Le docteur Joseph Goebbels chef de région de Berlin-Brandebourg à dater de novembre.*

— S'cuse-moi, je veux dire, bien sûr, en bas à gauche. L'avant-dernier article. » Fiffi tapotait impatiemment du doigt sur la bonne colonne.

« Merde. »

C'était écrit là. Il en eut le souffle coupé.

« *Triple meurtre à Munich. On a retrouvé dans son appartement munichois la dépouille mutilée d'un marchand de motocyclettes très connu localement. Le représentant de la marque belge Sarolea concourait pour les lauriers du championnat d'Allemagne motocycliste. Le mystère s'est épaissi quand on a découvert simultanément, dans l'atelier de réparation et le garage de la même entreprise, le corps d'un mécanicien ainsi que celui d'un individu dont l'identité demeure inconnue. La police est confrontée à une énigme, mais elle espère que le pilote motocycliste sous contrat pour cette firme, Arno « À-fond-les-manettes » Lamprecht, qui a disparu sans laisser de traces, sera en mesure de lui fournir des indications précises et pertinentes sur le déroulement de ces drames. Car, selon les enquêteurs de la police criminelle, des indices révéleraient que le célèbre pilote, si toutefois il n'a pas été victime lui aussi du ou des meurtriers, pourrait être impliqué dans ces assassinats particulièrement horribles. »*

Fiffi reprit son journal. « Arno, t'as quelque chose à voir là-dedans ?

— Non, bien sûr que non, je vais tirer ça au clair. » Il observait à nouveau les passagers d'un train. » Excuse-moi, mais j'ai à faire. »

Fiffi le regarda tristement.

« J'en conclus que tu prends pas le départ ? Dommage. J'avais parié sur toi, vieux !

— Je te rembourserai ta mise, Fiffi, mais tu pourrais me rendre un service. Passe-moi ta casquette et tes lunettes, je te les rendrai après la course. »

Fiffi le regarda, un rien méfiant. « Pas de problème, Arno, mais je vois pas très bien… Je te souhaite bonne chance. »

Il lui tendit ce qu'il réclamait et s'en alla dans un grondement.

Arno se coiffa de la casquette et ajusta les grosses lunettes en mica au-dessus de la visière. Personne ne le reconnaîtrait. Mais aussi, qui pourrait-on identifier parmi cette masse de gens ! Peut-être que ce type lui avait déjà filé entre les doigts, à cause de la bagarre qui l'avait distrait un instant, ou même de l'intermède avec Fiffi.

Les haut-parleurs commencèrent à grésiller à la hauteur de la ligne de départ. La voix du directeur de course tenta de se faire entendre sur la lande de Brandebourg. Elle égrena les noms des pilotes, les numéros et les marques des machines au départ de la première course. Quelques spectateurs retardataires se mirent à courir pour essayer de se poster à temps aux barrières.

Sa surveillance était inutile. La première course démarrait et ce type était certainement déjà passé. Cette idée le plongea dans l'abattement. Il en avait mal aux yeux, et il avait perdu tout espoir. Il était en place depuis plus d'une heure et n'avait évidemment dévisagé qu'une infime partie de cette foule de gens qui avaient défilé devant lui. Et même si ce type l'avait coudoyé, rien ne l'assurait qu'il l'aurait vraiment reconnu.

Il restait en position, comme enraciné. Il ne parvenait pas à quitter son poste de guet et continuait obstinément à scruter la route et l'entrée de l'aire de stationnement.

La première course avait débuté et le flot des derniers arrivants tarissait. Seuls quelques retardataires descendaient encore des trains, quelques véhicules isolés venaient encore de Werneuchen.

Tandis qu'il suivait du regard un groupe de cyclistes qui agitaient les sonnettes de leurs engins, un homme seul avec un sac à dos passa devant lui. Il ne l'aperçut que de profil, brièvement, et très vite il ne vit plus que sa nuque. Il n'était pas habillé avec élégance et ne portait pas le cuir des motocyclistes. Il se dirigeait avec détermination vers les rangs serrés des spectateurs qui s'agglutinaient aux barrières les plus proches. Le retardataire suivant s'annonçait déjà quand il eut brusquement conscience de ce qu'il venait de voir. Le sac à dos.

C'était lui ! Nom de Dieu, c'était bien lui ! L'homme qu'il attendait. Il avait donc fini par arriver. Tout l'attirail dont il avait besoin était sans doute camouflé dans le sac à dos.

Arno se hâta, mais déjà l'homme s'était fondu dans la foule qui se précipitait derrière les rangs des spectateurs en place pour essayer d'atteindre le bord du circuit. Merde, il venait de disparaître exactement là où les rangs étaient les plus serrés.

Sac à dos vert. Veste de velours brune.

Arno se faufila à travers la multitude en tendant le cou pour voir au loin par-dessus la cohue.

Le sac à dos vert émergea soudain au milieu d'un groupe de chemises brunes. Le type se dirigeait vers la ligne de départ. C'est bien ce qu'il avait pensé. Son calcul se révélait exact.

Arno joua des coudes à sa poursuite, bousculant les uns, poussant les autres, se rendant à peine compte des insultes qui pleuvaient sur lui. Il avançait, reculait. En vain. L'homme s'était évanoui dans la mêlée.

Mais la manifestation était loin d'être terminée. Il le retrouverait bien quelque part aux environs de la ligne. Il avait toute la journée devant lui pour inspecter le secteur, calmement et systématiquement. Il ralentit et régla son pas sur le flux de la foule. Sans voir la moindre parcelle de circuit, tellement les spectateurs étaient nombreux, il entendait à sa droite les moteurs rugir au passage des concurrents et les commentaires crachotés par les haut-parleurs.

Au moment où une bousculade s'ébauchait et où les insultes volaient, prélude à une bagarre entre plusieurs individus, il essaya de filer sur le côté en remontant à contre-courant le flot des spectateurs. Il se faufilait de groupe en groupe quand il glissa et atterrit dans le fossé à sec qui bordait la clôture, à l'arrière du campement des pilotes. Seules quelques personnes empruntaient ce passage difficile, encombré de buissons.

C'est ainsi qu'il passa sans se faire remarquer derrière trois hommes debout sur le bord herbeux du fossé, occupés à dévisager attentivement les spectateurs. Celui du milieu était Langenstras, le flic de Berlin. Ils le recherchaient.

Tête baissée, il poursuivit son chemin dans le fossé. Ah, bravo !

Après quelques mètres, il se retourna, mais déjà les bosquets lui cachaient les flics.

Il ne restait plus qu'à savoir qui atteindrait son but en premier, qui trouverait l'autre d'abord.

46

Le starter fit l'appel des coureurs.

« Numéro trois. »

Falk observa Petzold qui lançait son moteur et poussait sa machine jusqu'à la ligne de départ, sous les applaudissements des spectateurs.

Il se retourna. Ils étaient massés en grappes compactes le long du parcours et attendaient le signal du départ. Le circuit d'automne de la lande, quatre tours de 26 kilomètres. La dernière épreuve du championnat d'Allemagne.

Son circuit sur route préféré ! Il le connaissait comme sa poche. Chaque virage et chaque revêtement de sol. La Chausseehaus de Werftphul, Werneuchen, Hirschfelde, Giesldorf, Heidekrug, et on passe au tour suivant. Il aurait pu rouler les yeux fermés. Il boucla sa jugulaire.

La Brough Superior de Petzold envoya le nuage de fumée attendu. Le championnat d'Allemagne se déciderait dans un énorme nuage de poussière et de gaz d'échappement à l'arrivée de la dernière course. Aucun signe de pluie.

On présenta les as. Islinger, Henne, Bauhofer, Roberts et lui. Aucun autre ne pouvait devenir champion d'Allemagne.

Son tour arrivait. Il vérifia une fois encore les freins avant et arrière, l'embrayage, pinça le tuyau d'essence et les durites entre le pouce et l'index, s'assura que le robinet d'arrivée était bien ouvert. Il ne voulait pas rester en carafe à cause d'une stupide négligence ou d'un tuyau de caoutchouc défectueux. Il frappa de l'index replié sur le réservoir. Bonne chance ; et il avait de bonnes chances.

Être une fois tout en haut des marches, une fois dans sa vie être le meilleur et gagner proprement.

Mais les doutes s'insinuèrent de nouveau dans son esprit. À quoi bon tout cela ? Une victoire dans le championnat pourrait-elle influencer les juges ? Il irait en cabane au sommet de la gloire. Pour combien de temps ? Peu importait, il était trop tard pour hésiter. Il fallait qu'il songe à la sécurité de Théa.

On appela son numéro. Il actionna à plusieurs reprises la manette des gaz et laissa le moteur tourner au point mort. Il ajusta ses lunettes de vitesse et son masque de protection et poussa la Victoria sur la ligne de départ à côté de Bauhofer qui le salua d'un bref signe de tête.

Le starter expliqua les rites du départ au public, tandis que les pilotes jouaient nerveusement avec la commande des gaz.

On se reverra, mon petit.

Les paroles du colonel résonnaient encore dans sa tête. *On se reverra, mon petit.* Une nouvelle menace. Une promesse plutôt. Sa vie n'était plus en sécurité et cette tête enfouie dans le sable de la lande de

Brandebourg n'y changerait rien. Il se fit la réflexion qu'à un moment ou un autre, à l'improviste, le colonel trouverait moyen de lui envoyer un de ses affidés pour le passer au fil de l'épée. Cela ne faisait aucun doute ! Et il ne serait pas le seul.

Le hurlement de la BMW de Bauhofer submergea momentanément le cours de ses pensées.

Falk leva les yeux vers la tribune. Les deux mains sur la balustrade, Théa se tenait au premier rang, à côté du directeur qui lui parlait en riant. Mais elle ne réagissait pas, du moins pas comme d'habitude. Un hochement de tête muet, ce fut tout ce que le directeur réussit à tirer d'elle. Aucun de ses rires éclatants, nulle gesticulation enthousiaste. Pas de main sur l'épaule, pas de conciliabule à l'oreille. Elle gardait obstinément les mains agrippées au garde-fou.

Après qu'elle eut été délivrée, il lui avait tout raconté, tout ce qui s'était passé pendant sa captivité. Elle l'avait écouté sans un mot, sans aucun commentaire, ne lui avait fait aucun reproche – elle se contentait de hocher la tête de temps à autre, effarée, hagarde. Elle n'y comprenait rien. Elle avait fini par se lever, s'était versé un cognac qu'elle avait avalé cul sec.

« Tu sais ce qu'il te reste à faire. »

C'est tout ce qu'elle avait fini par lui dire. Rien que cette phrase. Les jours suivants, elle n'avait pas échangé un mot avec lui, jouant les femmes d'intérieur affairées, se retirant avec la bonne pour établir la liste des achats de la semaine.

Il la laissait tranquille, espérait que son tempérament exubérant finirait par reprendre le dessus, qu'elle exploserait et lui dirait son fait, pour qu'il sache sur quel pied danser, et si leur avenir s'éclaircissait. Mais il devina qu'il l'avait perdue.

Les choses en étaient là peu de jours avant la course. Elle n'était pas inamicale, non, mais réservée. Et lui ? Il espérait.

Tu sais ce qu'il te reste à faire.

Il aurait pu y penser avant. Bien avant. Déjà lors de ce rendez-vous au Kurfürstendamm. Mais il n'y avait plus d'autre issue à présent. Il fallait qu'il retire le colonel de la circulation, sinon cette histoire n'en finirait jamais, ni pour Théa, ni pour Lamprecht, et encore moins pour lui.

Bauhofer lui hurla dans l'oreille : « Et Lamprecht, il est où ? Il ne veut plus être champion d'Allemagne ?

— Il a mieux à faire. » Sa réponse lui parut absurde.

« Mieux à faire ? » répliqua Bauhofer en balançant sa machine entre ses jambes. « Et moi qui pensais que votre guéguerre personnelle était ce qu'il y avait de plus important dans sa vie, votre putain de petite guerre personnelle pour le championnat. »

Le starter leva le bras. Bauhofer regarda devant lui. Tous attendaient le coup de pistolet du départ.

Guerre personnelle pour la victoire ? Il était vraiment question de ça ?

Quand le signal du départ parvint à ses oreilles, Bauhofer avait déjà quelques mètres d'avance sur lui. Falk avait dormi. Il partit, en colère contre lui-même, en colère contre Bauhofer. Un dernier regard en coin vers la tribune. N'était-ce pas la main de Théa qui le saluait depuis là-haut ? Est-ce qu'elle ne levait pas les bras au ciel comme tout le monde ? C'était bien elle, non, qui le saluait avec fierté d'un geste de la main ?

Partie ! L'image s'était évanouie. C'en était fini.

Son pouce ne lâchait pas la manette des gaz, comme si elle était le prolongement de sa main. Tout lui était égal, c'était la fatalité, il n'y pouvait rien changer. Il piloterait à la Lamprecht. Il n'avait plus rien à perdre. Les dés étaient jetés.

C'est dans cet état d'esprit et à fond les manettes qu'il s'engagea sur la départementale en direction de Werneuchen. À droite et à gauche, les visages ternes des spectateurs s'effacèrent, gommés comme par magie. À l'amorce du virage suivant, dans la courbe de la Tuilerie, il se coucha sur le côté. Avec dix pour cent de plus d'angle que d'habitude, en faisant frotter l'aluminium du repose-pied. Il se moquait bien de ce qui pouvait lui arriver ! Il n'avait plus rien à perdre. À la sortie du virage, il se maintint dans la trajectoire idéale. Piloter une seule fois à la Lamprecht, une seule, manette à fond, lui aussi pouvait le faire. Il suffisait de ne pas trop réfléchir. Tant que la machine tenait, la seule tactique était de rouler au maximum de la vitesse.

Il n'avait que trois concurrents devant lui, dissimulés par un nuage de poussière. Il fallait qu'il les rattrape, et il pourrait ensuite s'attaquer à Bauhofer. Il fila sur les pavés de Hirschfelde, passa devant l'église. Clôtures, maisons, les bras qui se levaient au bord des trottoirs, tout s'envolait comme pris dans une bourrasque. L'écho de la course changeait constamment, rue étoite, allée bordée d'arbres, rase campagne. Plus vite, plus de gaz encore !

Il franchit à toute vitesse la montée et la descente de la courbe en S de Elswerder et aperçut les autres dans la ligne droite. Chausseehaus de Gielsdorf. Virage à gauche très serré. Heidekrug. Il allait devoir affronter la prochaine courbe à angle droit. Il angla, décala les fesses de la selle, mais personne ne voulut céder un pouce de terrain. Aucun favori ne voulait rendre les armes. Aucun.

Ils traversèrent le passage à niveau de Werftphul et quelques secondes plus tard ils passaient la ligne d'arrivée et se lançaient dans le deuxième tour, très proches l'un de l'autre, avec pour tous encore la chance d'être champion d'Allemagne.

47

« Et il ne reste plus maintenant que trois tours de vitesse pure, au mépris de la mort, compteur au taquet ! » La voix chavirait d'excitation dans le haut-parleur.

À chaque fois que Paule Roberts passait la ligne, ses partisans la transformaient en une mer de drapeaux à croix gammée. Arno ne supportait plus leurs aboiements et leurs cris de ralliement : Victoire pour le pilote allemand ! Que tous les autres crèvent dans leur sang !

La compétition touchait à sa fin. À chaque fois que les coureurs abordaient cette partie du circuit, leur lutte était transmise par haut-parleur, si bien qu'Arno était à peu près informé de l'évolution de la course et avait une idée du combat sans merci que se livraient à présent ceux du peloton de tête.

Il aurait quand même bien aimé prendre le départ. Plus il scrutait vainement les lieux, et plus cette idée le hantait. Il ne savait plus combien de fois il avait déjà arpenté le terrain aux alentours de la ligne d'arrivée, il ne se rappelait plus combien de visages il avait goulûment observés. Il avait vu encore deux fois ce putain de Langenstras, mais pas l'homme au sac à dos. Tout avait l'air ensorcelé.

Chercher et être recherché, cette situation l'irritait. Il se sentait vidé. Et ces bousculades incessantes, ces innombrables frôlements et coudoiements, ces vrombissements de moteurs, ces cris d'encouragements des spectateurs, la puissance sonore des haut-parleurs, tout avait fini par lui taper sur le système.

Il n'était pas loin d'exploser, de cogner sur tout ce qui passait à sa portée.

Il longeait la même buvette pour la cinquième fois et comme on s'y bousculait un peu moins, il s'acheta une bouteille de bière, s'adossa à un arbre, loin de la mêlée, but à longues gorgées, lunettes au poignet.

Cela lui fit du bien et lui calma les nerfs. Il baissa même les yeux un instant.

« Arno ? »

Théa était devant lui et l'empoignait par la manche.

« Il faut que vous partiez. La police vous recherche ! »

Il se laissa entraîner sans résistance derrière la baraque.

Elle poursuivit, à bout de souffle :

« Je suis là-haut, sur la tribune, et je n'en ai pas cru mes yeux.

— Mais j'ai mis la casquette exprès…

— Votre démarche, Arno, dit-elle en lui replaçant les lunettes sur la casquette, tous ceux qui vous connaissent n'ont aucun mal à vous repérer ! » Une ombre passa sur son visage. « La police va vous arrêter, et je ne comprends pas pourquoi Falk accepte tout ça, il fait ses tours comme si de rien n'était.

— Peut-être que pour une fois il veut en être du début à la fin. Tout sera élucidé après la course. Tout va rentrer dans l'ordre. »

Théa secoua lentement la tête.

« Je ne le crois pas. Je quitte Falk.

— Mais Théa, c'est pour vous qu'il fait ça, il veut vous protéger, il craint que le colonel ne vous laisse pas en paix.

— Trop tard. Il aurait dû y penser avant.

— Que voulez-vous que je vous dise ? » Arno ne cessait de passer d'une jambe sur l'autre. « Théa, je vous prie de m'excuser, j'ai à faire. » Il jeta la bouteille de bière vide dans les buissons.

Elle le retint par la manche.

« Attendez, Arno. Il faut encore que je vous dise que je regrette, vous savez, toutes mes stupides accusations, cette histoire avec votre femme, tous ces malentendus.

— Oubliez ça. Vous auriez difficilement pu croire autre chose.

— Vous me pardonnez ?

— Mais bien sûr, et vous le savez.

— Alors, on se reverra ? Vous vous rappelez notre rendez-vous. Repoussé n'est pas oublié. »

Il fit un lent signe d'acquiescement et la regarda dans les yeux. Elle était tout près de lui, cheveux à la garçonne, cravate rayée et costume trois pièces. Elle lui lâcha la manche et lui caressa le bras du bout des doigts. Il baissa le regard. Théa von Bock était une très belle femme. Il ne savait que dire. Il se vit en train de danser avec elle, étroitement enlacés, au gré de leur humeur…

La voix du haut-parleur le ramena à la réalité de la course. « Là – là – les voilà, en train de traverser à une vitesse folle le passage à niveau de Werftphul … je vois Roberts, Bauhofer, Islinger, von Dronte et – oui, c'est exact –, Petzold, le numéro 11, ce diable sur sa Brough Superior. Oh, quelle vision ! Quelle vitesse ! Là-bas, ces ombres noires, rapides comme une bourrasque – ici, la bande blanche de la ligne d'arrivée que – oui, c'est lui – von Dronte la passe en premier – et la chasse continue en direction du virage de la Tuilerie ! Deux tours encore, mesdames et messieurs, deux tours de cette tension insupportable, et nous saurons qui a gagné le championnat d'Allemagne cette année… »

« Faut que j'y aille. » Il eut du mal à le dire, mais il devait se jeter de nouveau dans la mêlée s'il voulait retrouver ce type avant la fin de la manifestation.

« On se reverra, Arno ? » Elle baissait les épaules et, pour un instant, elle eut l'air fragile.

Il n'osa pas l'enlacer. « Quand tout ça sera fini. Il faut vraiment que j'y aille, maintenant. »

Elle écarquilla les yeux. « Quand quoi sera fini ? »

Il ne répondit pas et lui tourna le dos. Elle le rattrapa par le bras. « Arno, de quoi s'agit-il ? Qu'est-ce que tu veux faire ? » Il lui retira doucement la main. « Je n'ai plus le temps, maintenant. » Il se dirigea vers le virage de la Tuilerie.

Il l'entendit crier : « Ne va pas, toi aussi, jouer les justiciers ! » Mais il poursuivit sa route et ne répondit pas.

Retourner une fois encore à ce virage, puis faire le trajet inverse. Il n'avait plus le temps d'entreprendre autre chose avant la fin de la course.

Merde, il aurait aimé une fois dans sa vie aller lui aussi au bout de quelque chose. Mais pour qui ? Pour soi-même, pour cette femme en pantalon aussi ?

Non ; la réponse tourna dans sa cervelle.

Il le faisait pour Véra !

48

Les cailloux giclaient avec force contre les balles de paille qui délimitaient l'extérieur de la courbe.

Falk se pencha encore plus sur le côté pour serrer son virage, repose-pied à frôler le revêtement. La poussière de la moto qui le précédait tourbillonnait à gauche de son masque de protection.

L'avant-dernier tour.

Il collait à la roue de Bauhofer. Par deux fois, il avait échoué à le doubler. Il fallait qu'il refasse une tentative immédiatement à la sortie du virage sous peine de perdre contact avec le groupe des trois machines de tête. Bauhofer le retardait.

Dès qu'il aurait quitté le côté abrité du vent, il pousserait le moteur au maximum. Il fallait absolument qu'il le saute après Hirschfelde. Il redressa vers l'extérieur et se retrouva à sa hauteur. Ils luttèrent un temps côte à côte, jusqu'à ce que Bauhofer décroche enfin.

Falk le déposa et il eut Roberts en ligne de mire. Il s'en rapprocha rapidement. Roberts pouvait aller se faire foutre.

Il risqua un coup d'œil par-dessus son épaule. Il ne vit personne. Il était seul à la lutte avec Roberts. Restait un tour et demi. Il ne pouvait pas se permettre d'attendre. Il fallait qu'il le double rapidement. Il s'installa dans son sillage, suça sa roue arrière et se rendit vite compte que Roberts ne résisterait pas longtemps.

Non, ce n'était pas son jour !

C'était son jour à lui, Falk.

Il allait le prendre dans le virage serré de la Chausseehaus de Gielsdorf.

Il se porta à sa hauteur à l'amorce de la courbe. Lentement, sans coup férir, il le déborda. Au milieu du virage, ils furent obligés de ralentir. Roberts essaya de faire l'intérieur. Trop tard. Il jura et céda pour ne pas se mettre en danger.

Falk était passé !

Il essaya d'imaginer la tête dépitée de Roberts. Ce Roberts, toujours aussi content de lui. De colère, il avait sans doute vieilli de dix ans. Non, ce n'était décidément pas son jour ! Mais c'était bien son jour à lui. Personne ne pouvait lui en remontrer.

Il passa devant le Heidekrug à toute allure, le prochain virage en vue et ses deux derniers rivaux, Islinger et Henne. Aucun d'eux n'était imbattable. Il les avait déjà dominés tous les deux.

Il se coucha dans la courbe. Il sentait que Roberts était revenu derrière lui, mais n'osa pas se retourner. Il poussa la manette des gaz à fond. Le guidon vibra. Il recentra la machine dans la ligne droite et bascula dans la descente du Gamensee. Une poursuite infernale, bille en tête. Il déposa Henne. Un jeu d'enfant.

Qu'est-ce qu'il lui arrivait, à celui-là ? Il faisait la sieste ?

En avant, en avant toute, vite, de plus en plus vite.

Islinger devait à présent sentir le souffle de son haleine dans la nuque. Oui, Islinger jetait un regard inquiet derrière lui.

Prends garde à toi, me voici !

Il sentit sous ses roues les secousses des rails du passage à niveau. Elles le soulevèrent de sa selle, faillirent l'éjecter. Il se cramponna, tint bon. Il ne lui restait plus qu'Islinger. Dans la prochaine ligne droite, peut-être. Comme ça tout le monde pourrait assister au spectacle, à sa victoire ! Le dernier tour sera une promenade de santé, une parade pour la galerie, à la rencontre du titre de champion motocycliste d'Allemagne !

Tout allait-il encore s'arranger ? Peut-être que la police ne recherchait pas Lamprecht. Il n'aurait donc pas de déposition à faire. Et Théa. Peut-être… Il ferait avec elle ce tour du monde à motocyclette. Il courrait à l'étranger. Il serait connu dans le monde entier. Paris, Rome, Londres. Champion du monde, voilà ce qui l'attendait. Le directeur organiserait tout cela.

Islinger lui aussi manquait de souffle. Mais qu'avaient-ils donc tous, aujourd'hui ? Il réussit à le sauter sans problème au début de la ligne droite. Il entama le dernier tour en tête et sentit qu'Islinger ne pouvait pas le suivre. Il perçut les hurlements d'enthousiasme des milliers de spectateurs.

Falk fonçait le long des tribunes. Une gigantesque marée humaine qu'il laissa derrière lui. Dans cette confusion, il distingua un visage, un seul visage. Celui de Théa qui sautait en l'air de joie, il l'entendit clairement l'appeler, crier son nom. Impossible de s'y tromper. Il vit qu'elle riait.

C'était bien elle, évidemment.

Il compta. Un, deux, trois, voilà le nouveau roi. C'est un combattant qui passe. Il gagnait la guerre des moteurs. Il avait vaincu l'infamie, effacé la souillure. Tout le monde pouvait s'en rendre compte. Falk von Dronte, le héros. Il les avait tous possédés. Oui, c'était bien un combattant. Même le colonel allait le reconnaître, l'accepter.

Et Théa. Tout redeviendrait comme avant.

Lui aussi entendit nettement cette déflagration sèche car la foule s'était brusquement tue. Des ombres noires volèrent par-dessus sa tête et il s'affala en avant.

Il voulut saluer de la main. Non, ce genre de morgue pouvait lui coûter la victoire.

Il garda le pouce sur la manette des gaz. Ce n'était pas le moment de lâcher. Il ne faisait plus qu'un avec sa Victoria. Comme s'il s'était incarné dans sa machine, comme si elle s'était faite chair, n'était plus qu'une partie de lui-même, qu'une extension de sa main, de son corps, de son esprit. Sa roue avant céda un peu. Il n'était plus en appui sur la piste.

Il volait.

Il allait donc si vite ?

Il n'y avait pas un nuage pour tacher le bleu du ciel. Il eut l'impression de faire la culbute, mais il gardait néanmoins toujours le ciel au-dessus de sa tête. Il n'entendait rien. Jusqu'à ce que sa Victoria le dépasse. Le double sur sa gauche. Le ciel disparut. Il eut l'impression que des spectateurs se ruaient vers lui et s'écartaient tout aussi vite. Quelqu'un agita un drapeau.

Une motocyclette parvint à sa hauteur. Il ne réussit pas à l'éviter, il était impuissant, une balle, absolument incapable de faire un geste, énergie pure, boulet de canon !

Il vit la roue qui tentait vainement de l'éviter – mais ils s'attirèrent comme un aimant la limaille de fer.

Encore un tour, pensa-t-il, et il aurait atteint le but, son but, il aurait gagné le championnat d'Allemagne.

Falk von Dronte, champion d'Allemagne de motocyclettes 1926.

Il vit l'ombre tordue qui puait le carburant voler dans les airs au-dessus lui…

49

« Von Dronte devant Islinger, suivi de Roberts, puis Petzold. C'est ainsi que se présente le dernier tour, mesdames et messieurs et maintenant, c'est fou ! Roberts dépose Islinger, attaque von Dronte, ils sont côte à côte. Lequel va céder avant le virage ? De la folie, chers spectateurs, de la folie pure… »

Le poteau du haut-parleur vibrait.

Arno n'avait pas cessé de chercher l'homme au sac à dos. En vain. Et le temps passait. Mais la fièvre des circuits s'empara de lui sans prévenir. Il se rua vers la piste, se fraya un chemin en bousculant tout le monde, ignorant les remarques courroucées, jusqu'à ce qu'il puisse voir par-dessus la tête des enfants du premier rang.

À cinquante mètres sur sa gauche, juste avant la Tuilerie, il y avait ce virage sur la droite qui menait vers Hirschfelde, et ils arrivaient dans un bruit assourdissant à quelques centaines de mètres, occupant toute la largeur de la chaussée sous les applaudissements frénétiques de milliers de spectateurs en délire : quatre points noirs, qui ne cessaient de grandir.

« Et c'est maintenant Petzold qui lui aussi dépasse Islinger et s'installe à la troisième place. C'est fou ! Petzold ne peut certes plus être champion, mais il peut encore gagner cette épreuve et ainsi gâcher la course de l'un ou l'autre favori. Ooooh… quelle tension, mesdames et messieurs ; von Dronte et Roberts dans le duel des meilleurs. Celui qui freine a perdu… »

Oui, celui qui freine a perdu.

Cette sentence de Lapompe était parvenue jusqu'aux organisateurs, elle faisait son entrée dans les annales du sport motorisé. Une sorte d'hommage à son mécanicien. Celui qui freine a perdu. Celui qui perd a freiné. Celui qui ne freine pas tombe. Et celui qui tombe est éliminé.

Que faire ?

Forcer le passage ou couper la route !

Von Dronte et Roberts étaient au coude à coude, leurs machines se touchaient presque – dans des occasions pareilles, il était même arrivé à Arno d'envoyer des coups de latte… –, ils essayaient de se pousser sur la gauche ou la droite pour trouver la meilleure ligne d'attaque du virage de la Tuilerie. Von Dronte, qui roulait à la droite de Roberts, allait sans doute tenter de prendre l'intérieur, pour le repousser contre la barrière de sécurité, juste avant le virage, tandis que Roberts se déportait pour pousser von Dronte contre la barrière de droite en sortie de courbe.

Ils approchaient à vive allure, accompagnés des cris des spectateurs. Les petits drapeaux à croix gammée s'agitèrent. Arno s'exalta, cria de tous ses poumons : « Dronte, Dronte, Dronte ! »

Mais il fut couvert par la voix des camarades de Roberts, par leurs « *Sieg Heil !* et par des roulements de tambours. Un drapeau claqua, se plaqua sur son visage, lui boucha brièvement la vue, et quand il eut réussi à s'en dépêtrer, les pilotes filaient déjà devant lui.

Von Dronte et Roberts, puis Petzold à droite, et de l'autre côté de la chaussée, un clin d'œil plus tard, Islinger.

Et il entendit le bruit sec de l'éclatement d'un pneu, vit la secousse qui traversait la machine de von Dronte, des lambeaux noirs qui voltigeaient, la jante claire de la roue avant… De gros morceaux de pneu déchiquetés rebondirent sur la masse compacte des spectateurs et atterrirent au milieu de la chaussée.

Tout alla très vite.

La Victoria de von Dronte s'emballa, fit une embardée. Lui-même fut catapulté vers l'avant, tomba tête la première sur le pavé et glissa en virevoltant vers les rangs de spectateurs debout dans le virage, tandis que sa machine volait dans les airs au-dessus de lui, puis ricochait sur le sol à plusieurs reprises pour s'enfoncer d'un dernier bond à hauteur de poitrine dans la foule et y ouvrir une tranchée sanglante.

Petzold essaya d'éviter les lambeaux de pneu éclaté, manœuvre réussie mais qui l'obligea à tirer vers la droite plus qu'il ne l'aurait voulu, de sorte qu'il passa sur le corps de von Dronte et qu'il fut propulsé en l'air par le choc, mannequin désarticulé toujours en selle sur sa machine qui termina sa course au milieu de la multitude.

Puis on entendit une explosion et une fumée noire s'éleva.

Et l'enfer s'ouvrit sous les pieds d'Arno !

Tout le monde criait, les parents tirèrent les enfants vers l'arrière et la masse gesticulante des spectateurs essaya de se disperser dans toutes les directions possibles au milieu d'une mêlée chaotique de corps vacillants et ensanglantés.

Il entendit le tonnerre des machines encore en course qui passaient à intervalles irréguliers. Mais malgré ce vrombissement, il était impossible de ne pas entendre les cris et les gémissements des blessés, tandis que le commentateur s'efforçait de décrire les événements.

« … et je vois de la fumée. Un accident, peut-être ? Mon Dieu, espérons que personne n'est blessé. On me communique à l'instant que les secouristes sont en route… »

Il enjamba la barrière et se hâta vers les lieux de l'accident.

L'automobile, c'est la guerre[1]. Cette phrase qu'il avait entendue quelque part et dont il ne connaissait pas le sens exact le hanta et s'ancra dans sa cervelle. L'automobile, c'est la guerre.

Il progressa vers l'horreur, courbé en deux, avec dans les narines l'épouvantable puanteur d'essence et d'incendie, devant lui des cris de douleur presque insupportables, au-dessus la voix du haut-parleur.

« … mesdames et messieurs, ne bougez pas. Il n'y a rien à voir. Vous ne feriez que gêner les secours. J'en appelle à votre bon sens… »

Il se retourna et vit deux vagues humaines, l'une, saisie de peur panique, essayant à tout prix de quitter

1. En français dans le texte. L'expression est de Léon Daudet.

les lieux, l'autre qu'attirait irrésistiblement la vue du sang. De l'autre côté de la chaussée aussi, la foule s'était mise en mouvement. Une grande partie des spectateurs se hâtait vers le virage pour évaluer les conséquences de l'accident, beaucoup enjambaient les barrières et essayaient de traverser, mais les forces de l'ordre et les agents de piste réussirent à les refouler.

« … s'il y a des médecins parmi l'assistance, ils sont priés de se rendre immédiatement sur les lieux de l'accident. Un instant ! On me dit que c'est Paule Roberts qui a négocié en tête le virage en S d'Elswerder. »

Même à cette distance, impossible de ne pas entendre crépiter les applaudissements.

Dès qu'il eut franchi les barrières entièrement défoncées du virage de la Tuilerie, des souvenirs lui revinrent en mémoire. Une image se présenta à son esprit qui n'avait plus rien à voir avec une manifestation sportive. Des hommes éparpillés sur le sol, des membres arrachés, des sacs à dos, des escabeaux, des chaussures, le tout pêle-mêle, sale, éclaboussé de sang. Les cris, les gémissements de douleur, les plaintes des blessés et des mutilés étaient épouvantables. Des blessés légers zigzaguaient à ses côtés, un enfant errait, perdu, en criant un nom. Des curieux encombraient le passage tandis que d'autres spectateurs portaient secours aux victimes. La Brough Superior de Petzold s'était complètement désintégrée et était en feu, le pilote était introuvable.

Les pompiers arrivaient de Werneuchen, les premiers secouristes investissaient la place avec des civières et aidaient les blessés.

« Y a-t-il un médecin ? Nous avons besoin de médecins. Aidez-nous donc, au lieu de rester plantés là ! »

Les cris des sauveteurs lui parvenaient tandis qu'il cherchait von Dronte. Il trouva d'abord la Victoria. Elle était couchée sur le flanc. Il vit deux jambes nues d'enfant qui dépassaient de la roue arrière. Il se précipita, souleva la machine et se rendit compte que le corps manquait.

Mon Dieu !

Il chancela. Oui, effectivement, la guerre n'était pas encore finie, elle continuait, elle continuait toujours…

Il le trouva derrière une barrière de sécurité fracassée. Von Dronte était allongé sur le ventre, ne bougeait pas, semblait pourtant indemne. Il avait perdu son casque en touchant le sol. Quand il le retourna, il vit le côté gauche de la calotte crânienne fracassé, un morceau de cervelle, et le sang qui lui coulait de la bouche, du nez et des oreilles.

Arno trembla quand il regarda le visage blême de von Dronte. Ses yeux s'embuèrent. Ses jambes mollirent.

Il n'avait pas réussi à atteindre son but, le meurtrier de sa femme était toujours en liberté. Son unique témoin ne bougeait plus, son dernier rempart contre la police. Il ne tint plus sur ses jambes et s'affaissa. Il avait tout perdu. Sa force. Ses espoirs. La fatigue le plombait.

« Aidez-nous au lieu de bayer aux corneilles ! » On le poussa de côté sans ménagement. « Je suis médecin. » L'homme se pencha sur von Dronte. Exercé, il examina le corps et se releva. « Cet homme est mort. » Il fit signe à un sauveteur. « Vous pouvez jeter une couverture dessus. Où est le suivant ? » Nom de Dieu ! Cette voix, il la connaissait.

« Là-bas. » Le secouriste désignait un autre corps.

Le médecin passa devant lui d'une démarche lourde et se pencha sur la victime suivante. Sans la quitter du regard, il fit glisser son sac à dos sur le sol.

Le cœur d'Arno s'emballa. Il se releva d'un bond, dévisagea le médecin et poussa un cri de triomphe. Von Dronte lui avait livré ce type. Un dernier service entre amis !

Il touchait au but. Ce salopard allait le sentir passer.

Il voulut se jeter sur le médecin, mais on le ceintura par-derrière et des bras puissants bloquèrent son élan.

« Arno Lamprecht, je vous arrête. Vous êtes soupçonné d'avoir assassiné votre patron, Eckhard Bammel, votre collègue Hinnerk Wotava et un troisième homme, dont l'identité demeure encore inconnue.

— Quoi ? »

Langenstras était debout devant lui. Il l'avait reconnu à travers un rideau de brume qui devenait de plus en plus rouge devant ses yeux. « Neumann, les menottes ! » Le policier de la criminelle ordonna d'un geste nonchalant au troisième flic d'approcher.

« Quoi ? »

Je ne suis pas coupable ! Je n'ai jamais fait de mal à une mouche ! Arrêtez ce type, là, derrière, c'est un meurtrier en série, une bête féroce. Je vais tout vous expliquer, je sais tout, je connais les tenants et les aboutissants, y compris concernant le meurtre de Bammel et de Wotava, il y a deux assassins différents, l'un s'appelle Brahmke et l'autre c'est celui-là, le médecin, Sonthäuser.

Il ne savait pas s'il avait réellement parlé à haute voix ou si ces phrases avaient seulement résonné dans son crâne comme au fin fond d'une oubliette.

Quoi qu'il en soit, Langenstras demeurait impassible. Tout cela ne l'intéressait pas. Seul Arno Lamprecht l'intéressait.

Le flic s'avança, menottes en mains.

Arno sentit que l'attention de celui qui le retenait se relâchait un peu, que sa prise se desserrait. Il se libéra d'un geste brusque, balança son coude dans le visage du flic abasourdi, envoya un coup de pied dans l'entrejambe du deuxième et gratifia Langenstras d'un coup de boule. Le policier tomba à genoux en gémissant.

Vif comme l'éclair, il tira la baïonnette de sa botte, la sortit du fourreau et se précipita sur le médecin qui examinait un nouveau corps une vingtaine de mètres plus loin.

Le haut-parleur crachota de nouveau : « … le groupe de tête vient de traverser le passage à niveau et vire dans la dernière ligne droite. Voyons à qui nous avons affaire. Je reconnais Bauhofer et Islinger, le numéro 1 Henne et, oui, c'est ce diable de Paule Roberts qui fait la course en tête, mesdames et messieurs. D'une longueur de moto. Est-ce que cela lui suffira ? »

Encore cinq mètres.

« Islinger se rapproche ; réussira-t-il à passer Roberts ? »

Deux mètres encore. Était-ce bien Théa qui lui tendait les bras ?

« Non ! C'est gagné ! Paule Roberts est champion d'Allemagne de motocyclettes 1926. Deuxième Islinger, troisième Toni Bauhofer, quatrième Henne. Toutes nos félicitations ! Et voici déjà les suivants. »

Il arriva dans le dos du médecin, se jeta sur lui, le saisit par les cheveux et lui tira la tête en arrière.

« Pour le vainqueur un triple hourrah, hourrah, « *Heil !* »

« *Heil – Heil – Heil !*

Il appliqua la lame de la lardoire de tranchée sur la gorge de Sonthäuser. Une taillade suffirait, une simple incision. Attendre, bondir de la tranchée, frapper. Très simple, tout ça. Un jeu d'enfant. Les yeux de ce salopard lui sortirent de la tête. Tu me reconnais, tu me reconnais ?

« Maintenant, je vais te faire ce que tu as fait à ma femme. »

« *Heil – Heil – Heil !*

Ne fais pas ça, Arno !

Était-ce Véra ? Une simple petite taillade et ta collection sera à nouveau complète, espèce de salopard ! Était-ce bien la voix de Véra ?

Arno, tu me fais mal !

Véra ?

Il retira la baïonnette de la gorge et voulut se relever. Il entendait de nouveau les « *Heil*, il entendit un coup de feu, il entendit même encore le bruissement de milliers de petits drapeaux en papier agités en l'honneur du vainqueur, et il entendit une fois encore la voix de Véra.

Arno ! Non… ?

Le médecin le frappa soudain en pleine face et le repoussa de côté. Il partit lentement à la renverse, tomba sur le dos, le vit encore avec son *rucksack* qui s'en allait en haussant les épaules, le vit se masser la nuque, puis disparaître à sa vue.

Il n'arrivait plus à lever la tête.

Le visage de Théa apparut en surplomb, elle le regardait. Ses lèvres formaient un nom.

Ar-no.

Silencieusement. Il n'entendait rien.

Il sentit la chaleur de la main de Théa sur son front, vit ses larmes couler sur son visage. Puis il les sentit tomber sur son propre cou et lui couler dans la nuque.

Ar-no.

Il n'entendait plus rien, tout devenait de plus en plus flou.

Véra ?

Le visage s'évanouit et celui d'un homme s'y superposa. Sa tête était bien éloignée, se découpant dans le bleu rayonnant du ciel sans nuages.

Cette tête se tourna, sembla crier quelque chose, l'homme fit des grands gestes avec le bras. Les rayons du soleil frappèrent son visage. Il avait le nez en sang. Sa main serrait la crosse d'un pistolet dont le trou noir du canon se rapprochait rapidement d'Arno et grossissait tout aussi vite.

Un moment, mais je le connais, ce type… C'est ce Langenstras, cette misérable tronche de flic de Berlin, ce puant morceau de mer…

50

12 décembre 1926

Suis très excité. Mes mains tremblent. N'arrive plus à tracer que des signes cryptiques. Espère que je pourrai encore les déchiffrer dans quelques années.

Tout s'est bien passé. Il était temps. Je commence à être las. Cette recherche sans fin. Cette course perpétuelle. Ça vous use toutes vos forces. Car malgré toute sa modestie, on veut aussi être reconnu. Oui, on a besoin de ça, fatalement. Sinon, pourquoi s'être donné tant de mal ? Cette fastidieuse recherche de pièces d'exposition. Et de recherche internationale ! La laborieuse correspondance avec les hôpitaux, les prisons, les cimetières. Ne serait-ce que les frais, les pots-de-vin. Au cours d'une telle quête, on tombe sur des types très suspects. Immonde. Et je n'oublie pas mes propres initiatives. Et avec le risque constant de n'être pas compris.

J'en suis enfin à l'étape suivante !

Jailli de la tranchée de la recherche fondamentale, j'affronte les joies de la lutte pour la reconnaissance scientifique, les plaisirs du combat pour la gloire de la connaissance.

Le Professeur a fait une mention élogieuse de ma petite dissertation. A décerné à la carte de mes nombres comparatifs la mention « matrice de Waldseemüller[1] ». M'a donné l'espoir qu'il interviendrait favorablement pour moi auprès de l'Institut pour l'hygiène de la race[2]. Quel honneur ! Ai bu ça comme du petit-lait. Les portes ont l'air de s'ouvrir enfin. Après consultation avec le Professeur, ai obtenu hier l'autorisation d'expertiser à l'Institut médico-légal de Berlin et, le cas échéant, de mesurer le crâne de ce pilote de motocyclette qu'on disait risque-tout, cet Arno Lamprecht. Avais déjà vu ma dernière heure arrivée lors de cet horrible accident. Mais Lamprecht n'est pas allé jusqu'au bout. Rien dans les tripes. Preuve supplémentaire que l'apparence extérieure ne correspond pas à la réalité du caractère. Comme pour le numéro 1, le Français. Nouveau paradoxe qui se traduit certainement dans les massifications. Mais quelle ironie du sort ! On rend responsable un si faible caractère des actes que j'ai commis au service de la

1. Martin Waldseemüller, dit Hylacomylus (1470-1520). Moine et cartographe de la Renaissance, auteur du planisphère dit de Waldseemüller, une reproduction du monde en surface plane et en projection sphérique.

2. Le premier Institut pour l'hygiène de la race est créé en 1923 pour les travaux du professeur Fritz Lenz. En 1934, Rudolph Hess crée le *Rassenpolitisches Amt der NSDAP* (Administration de la politique raciale du parti nazi), puis en 1935, la SS crée le *Rasse- und Siedlungs-Hauptamt*, l'Office central de la race et de la colonisation.

science. Des actes cruels mais nécessaires, pour lesquels j'ai réussi à bannir toute sensiblerie déplacée.

PS : Suis toujours excité. Ai besoin de détente. Emmènerai ma femme à l'opéra ce soir.

Des mêmes auteurs :

DEUX DANS BERLIN, Le Masque, 2012.

PAPIER À BASE DE FIBRES CERTIFIÉES

Le Livre de Poche s'engage pour l'environnement en réduisant l'empreinte carbone de ses livres. Celle de cet exemplaire est de :
450 g éq. CO_2
Rendez-vous sur www.livredepoche-durable.fr

Composition réalisée par PCA

Achevé d'imprimer en avril 2014 en France par
CPI BRODARD ET TAUPIN
La Flèche (Sarthe)
N° d'impression : 3005152
Dépôt légal 1re publication : mai 2014
LIBRAIRIE GÉNÉRALE FRANÇAISE
31, rue de Fleurus – 75278 Paris Cedex 06

31/7898/5